Züri...

Walser

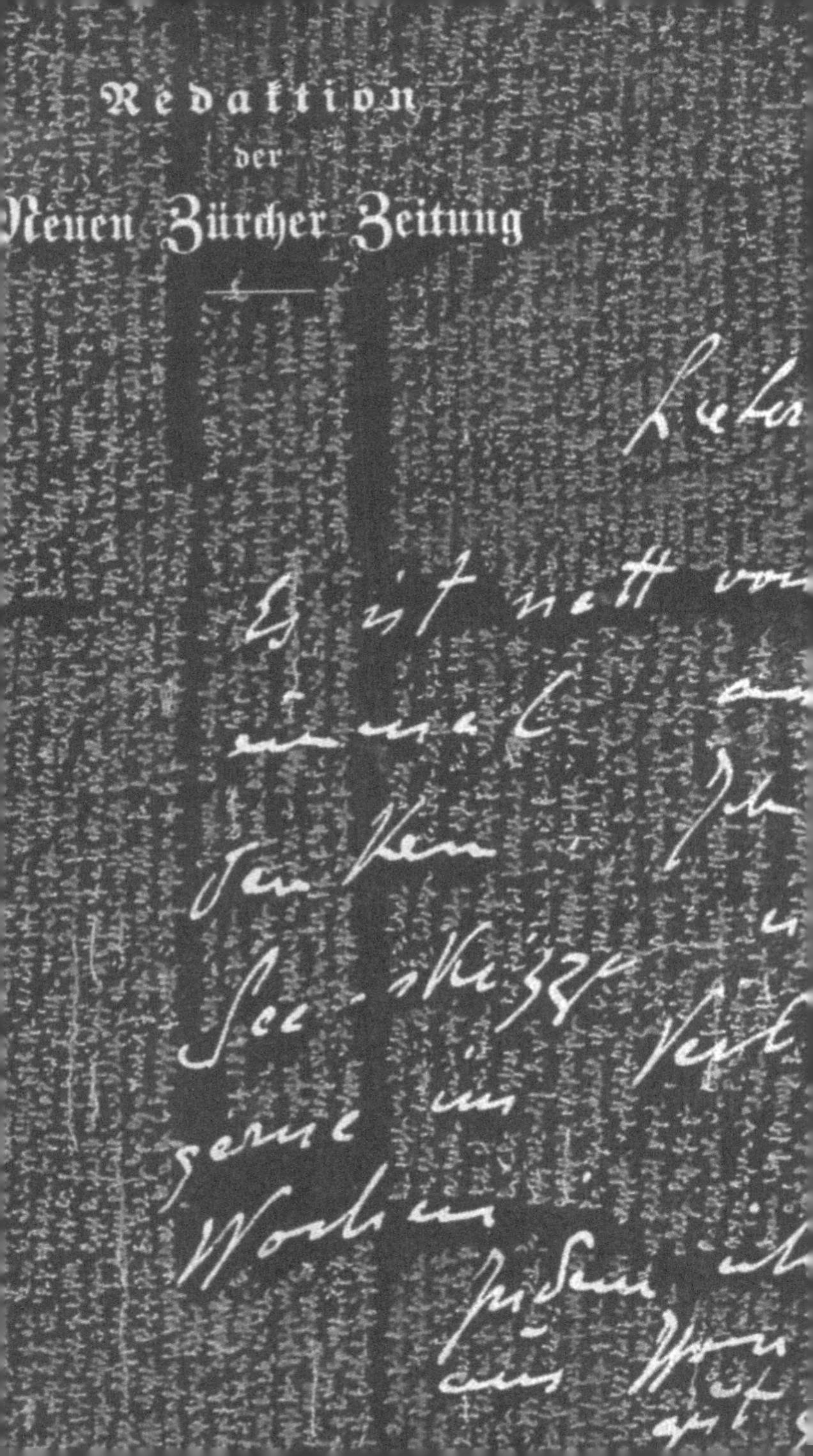

Redaktion
der
Neuen Zürcher Zeitung

Lieber

Es ist nett von

[...]

[illegible handwritten text]

세상의 끝

로베르트 발저 산문·단편 선집

세상의 끝

로베르트 발저 산문·단편 선집

초판 1쇄 발행 2017년 12월 13일
초판 2쇄 발행 2018년 3월 30일

지은이 로베르트 발저
엮고 옮긴이 임홍배
펴낸이 정중모
편집인 민병일
펴낸곳

기획 · 편집 · Book Design │ Min, Byoung－il
Book Design │ Min, Byoung－il
　　　　　　　Kwon, Soon－young
편집진행 최은숙 │ 홍보마케팅 김경훈 김정호 김계향
제작관리 윤준수 조혜연 김다융 허유정

등록 1980년 5월 19일(제406－2000－000204호)
주소 경기도 파주시 회동길 152
전화 031－955－0700 │ 팩스 031－955－0661~2
홈페이지 www.yolimwon.com │ 이메일 editor@yolimwon.com

Printed in Korea

ISBN 979－11－88047－30－7 03850

표지 제목 글씨(Kalligraphy) Min, Byoung－il

책값은 뒤표지에 있습니다.

문학판은 열림원의 문학 · 인문 · 예술 책을 전문으로 출판하는 브랜드입니다.

문학판의 심벌인 무당벌레는 유럽에서 신이 주신 좋은 벌레, 아름다운 벌레로
알려져 있으며, 독일인에게 행운을 의미합니다. 문학판은 내면과 외면이 아름다운 책을 통하여
독자들께 고귀한 미와 고요한 즐거움을 드리고자 합니다.

이 도서의 국립중앙도서관 출판예정도서목록(CIP)은 서지정보유통지원시스템 홈페이지(seoji.nl.go.kr)와
국가자료공동목록시스템(nl.go.kr/kolisnet)에서 이용하실 수 있습니다. (CIP제어번호: CIP2017031973)

글 로베르트 발저

소설가, 극작가, 시인 발저는 1878년 스위스의 소도시 빌에서 몰락한 중산층 집안의 8남매 중 일곱째로 태어났다. 가정형편이 어려워 14세에 김나지움을 중퇴하고 그때부터 20대 초반까지 은행과 보험회사 등에서 일했고, 20세 무렵 시와 산문을 발표하기 시작했다. 장편소설 『타너 가의 남매들』(1906), 『조수』(1908), 『야콥 폰 군텐』(1909) 외에 1천 편이 넘는 산문과 단편소설을 썼다. 발저의 이야기에는 무일푼 실업자, 노동자, 말단 사무원, 방랑자, 하인, 가난한 시인, 아웃사이더, 고독한 산책자가 주로 등장한다. 발저는 이들의 눈으로 세상을 관찰하고, 우리가 당연시하는 가치와 통념이 허상이 아닌지 끊임없이 되물으며 고정관념을 허물어뜨리는 사유의 실험을 보여준다.

평생 독신으로 살았던 발저는 성장기 이후 일정한 직업과 거처가 없었고, 생의 마지막 28년을 정신병원에서 보냈다. 1929년 심한 불면증과 환청에 시달리다 발다우 요양병원에 입원했고, 1933년 헤리자우 요양병원으로 옮긴 이후로는 절필했다. 그는 1956년 12월 25일 성탄절에 눈길을 산책하다가 쓰러져 영면했다.

엮고 옮긴이 임홍배

서울대 독문과를 졸업하고 동 대학원에서 괴테 연구로 박사학위를 받았으며, 독일 프라이부르크 대학 및 훔볼트 대학에서 수학했다. 서울대 독문과 교수이자 문학평론가로 활동 중이다. 지은 책으로 『괴테가 탐사한 근대』(2014), 『독일 고전주의』(2016), 『기초자료로 본 독일 통일 20년』(2011, 공저), 『독일 명작의 이해』(2008, 공저) 등이 있으며, 펴낸 책으로 『황석영 문학의 세계』(2002), 『살아 있는 김수영』(2005), 『김남주 문학의 세계』(2014), 『김남주 시 전집』(2014) 등이 있다. 번역한 책으로 『로테, 바이마르에 오다』(2017), 『젊은 베르터의 고뇌』(2012), 『독일 단편 선집 – 어느 사랑의 실험』(2010), 『나르치스와 골드문트』(1997), 『파우스트 박사』(2010, 공역), 『진리와 방법』(2012, 공역), 『루카치 미학』(2002, 공역) 등이 있다.

세상의 끝

로베르트 발저 산문·단편 선집

문학판 26

I

자연, 가족, 자화상

그라이펜 호수 · 15

은둔자의 오두막 · 21

몽상가 · 23

저녁 산책 · 26

자연 · 30

어머니의 무덤 · 36

아버지가 아들에게 쓰는 편지 · 38

아버지의 초상 · 42

여섯 개의 작은 이야기 · 69

어느 시인이 어느 신사에게 쓰는 편지 · 79

어느 화가가 어느 시인에게 쓴 편지 · 84

어떤 시인 · 88

타자기 · 95

나의 노력 · 101

II
사랑과 고독

지몬 · 111

메타 · 123

빌케 부인 · 127

크리스마스 이야기 · 136

어떤 추억 · 146

크누헬 양 · 148

파르치발이 여자 친구에게 쓰는 편지 · 151

어린아이 · 155

꿈이 아니었어 · 163

올리비오 여행기 · 171

꿈 · 180

마리 · 184

III
세상의 이치

두 개의 이야기 · 215

네 개의 이미지 · 222

이상한 도시 · 237

환상 · 241

재, 바늘, 연필 그리고 성냥개비 · 244

난로에게 말 걸기 · 247

날쌘돌이와 게으름뱅이 · 250

헐거 인간 · 252

천사 · 263

원숭이 · 266

단순한 이야기 · 274

자유에 대하여 · 277

철가면 · 281

올가의 이야기 · 287

IV
삶과 노동

세상의 끝 · 299

나는 가진 게 아무것도 없어 · 303

노동자 · 307

일자리를 구합니다 · 317

사무원 · 320

오전 근무 · 346

뷔블리 · 357

게르머 · 366

헬블링의 이야기 · 375

귀부인 · 401

주인과 피고용인 · 405

계급투쟁과 봄날의 꿈 · 411

V
문학예술론

브렌타노(1) · 419

브렌타노(2) · 432

툰의 클라이스트 · 439

횔덜린 · 457

파가니니 · 463

고흐의 '아를의 여인'에 대하여 · 469

형이 그린 그림 두 점 · 473

앙커의 화첩 · 481

세잔 생각 · 490

로베르트 발저 연보 · 496

|역자 해설| 미지의 '나'를 찾아가는 고독한 산책 · 501
　　　　임홍배(문학평론가·서울대 독문과 교수)

I

자연, 가족, 자화상

그라이펜 호수

상쾌한 아침이다. 나는 유명한 큰 호수가 있는 대도시를 벗어나 잘 알려지지 않은 작은 호수를 향해 길을 떠나기 시작한다. 가는 도중에 마주친 것은 죄다 평범한 길에서 평범한 사람이 마주칠 수 있는 것들뿐이다. 더러 부지런히 풀을 베는 농부들과 마주치면 '안녕하세요'라고 인사하는 것이 전부다. 예쁜 꽃이 눈에 띄면 유심히 살펴보고, 또 그것이 전부다. 그러다가 즐겁게 혼잣말을 중얼거리고, 그러면 또 그것이 전부다. 풍경의 특색에는 신경 쓰지 않는다. 이곳에서 나에게 특별한 풍경은 더 이상 없으려니 생각하며 걷는다. 나는 계속 걸어간다. 그렇게 가다 보면 어느새 첫 번째 마을을 지나왔다. 크고 널찍한 집들도, 휴식과 망각을 선사하는 정원들도, 졸졸 흐르는 샘물도, 아름다운 나무들과 농장들과 식당들도 모두 지나치고, 이 망각의 순간에 더이상 기억나지 않는 다른 모든 것들도 그냥 지나친다. 그렇게

그라이펜 호수. 멀리 아펜첼러 산이 보인다.

마냥 가다가 푸른 나뭇잎과 듬직한 전나무 꼭대기 너머로 반짝거리는 호수의 광경이 비로소 눈에 들어온다. 나는 생각한다. 저건 나의 호수라고. 나는 저기로 가야 하고, 저 호수가 나를 끌어당긴다고. 호수가 어떤 방식으로 나를 끌어당기고 왜 끌어당기는지 애정 어린 독자라면 알 것이다. 나의 묘사를 계속 따라가며 읽어줄 용의가 있는 독자라면 말이다. 나의 묘사는 길과 초원, 숲과 숲속의 개울, 들판을 과감히 건너뛰고 작은 호수에 다다른다. 나의 묘사는 여기서 나와 더불어 걸음을 멈추고, 은밀히 예감했던 뜻밖의 아름다움에 경탄해 마지않는다. 예전부터 늘 해오던 방식대로 아름다움이 벅찬 감동을 스스로 말하게 하자. 하얗고 드넓은 정적이다. 정적은 다시 살랑대는 신록에 감싸여 있다. 호수가 있고, 숲이 호수를 에워싸고 있다. 그리고 하늘이 보인다. 하늘은 눈부시게 푸르고 엷은 구름이 끼었다. 그리고 물이다. 물은 하늘을 닮아서 물이 곧 하늘이고, 하늘이 푸른 물이다. 아침 정적이 달콤하고 푸르고 따사롭다. 아름답고 또 아름다운 아침이다. 나는 할 말을 잊는다. 벌써 말을 너무 많이 한 느낌이 들지만. 무엇부터 말해야 할지 모르겠다. 모든 것이 너무 아름답고, 모든 것이 오로지 아름다움을 위해 존재하기 때문이다. 이글거리는 태양이 하늘에서 호수로 내리 비치고, 호수는 태양처럼 되고, 호수 주위 생물들의 그림자가 해가 비친 호수에 비쳐 아침잠이 덜 깬 듯 꾸벅꾸벅 졸고 있다. 거슬리는 것 하나 없다. 눈에 닿을 듯 가까운 것이나 아득히 멀리 있는 것이나 모든 게 사랑스럽다. 세상의 모든 빛깔이 어우러져 하나의 황홀한 아침 세상이 된다. 보는 이도 황홀하고, 이 세상도 황홀에 잠겨 있다. 저 멀리 아펜첼러 산의 높은 봉우리가 다소곳이 솟아 있다. 저 산은 쌀쌀맞게 불협화음을 내지 않고, 저 높이 멀리서 가물거리는 신록으로 보이며, 온 사방에 가득한 부드러운 신록의 일부로 보인다. 아, 호수 주위는 얼마나 부드럽고 조용하고 무구한가. 그로 인해 거의 이름조차 없는 이 작은 호수는 또 얼마나 조용하고 부드럽고 무구한가. 나는 이런 식으로 묘사하고 있으니 과연 감격하고 매료된 묘사다. 그런즉 무슨 말을 더 하겠는가? 내가 처음부터 다시 말하더라도 지금과 똑같이 말할 것이다. 전적으로 내 가슴에서 우러나오는 말이니까. 호수 전체를 둘러보아도 오리 한 마리가 이리저리 헤엄치고 있을 뿐이다. 나는 얼른 옷을 벗고 오리처럼 따라 한다. 나는 아주 신명나게 멀리까지 헤엄친다. 숨이 차고 팔이 지치고 다리가 뻐근해질 때까지. 그저 신명이 나서 뭔가를 하는 것은 얼마나 신나는가! 조금 전에 별다른 감격 없이 묘사했던 하늘이 내 위로 보이고, 내 아래로는 달콤하고 고요한 깊은 물이다. 나는 깊은 호수 위로 숨이 가쁘게 헤엄쳐서 다시 뭍으로 나온다. 나는 몸을 떨면서도 웃는다. 거의 숨이 막힐 지경이다. 호수 건너편에서 그라이펜 호수의 옛 성이 인사를 건네온다. 하지만 지금은 성에 얽힌 역사적 추억에는 관심이 없다. 저녁이 오기를, 밤이 오기를 고대할 뿐이다. 오늘 밤은 여기서 보낼 것이다. 마지막 햇살이 수면에 어른거릴 때 이 작은 호수가 어떤 모습일지 이리저리 상상해본다. 그리고 하늘에 수없이 많은 별이 뜨면 또 어떤 모습일지 상상해본다. 그러면 나는 다시 저기로 헤엄칠 것이다.

(1899년)

은둔자의 오두막

　　　　　　　　스위스의 산악지대 어딘가에 전나무 숲으로 에워싸인 바위 틈새에 은둔자의 오두막이 있다. 그 오두막은 너무 아름다워서 그 모습을 바라보노라면 현실감이 들지 않고 마치 시인의 섬세한 몽상적 환상을 보는 것만 같다. 작은 정원으로 둘러싸인 작고 평화로운 오두막은 마치 한 편의 우아한 시에서 튀어나온 것처럼 그렇게 있고, 그 앞에는 예수의 십자가상이 서 있다. 오두막 주위에 그윽한 향기로 감도는 경건한 분위기는 이루 형언할 수 없고, 오로지 느끼고 사색하고 노래할 수 있을 따름이다. 바라건대 그 정겨운 오두막이 지금도 그대로 있으면 좋겠다. 나는 여러 해 전에 그 오두막을 보았는데, 설마 그럴 리는 없겠지만 혹시라도 그새 없어졌을지도 모른다고 생각하면 울고 싶은 심정이다. 그 오두막에는 은둔자가 산다. 이보다 더 아름답고 아늑하고 훌륭한 거처는 상상도 할 수 없을 것이다. 그가 사는 집은 그림 같고, 그가 사는 삶 또한 그림 같다. 그는 무엇에도 영향을 받지 않고 묵묵히 자신의 나날을 살아간다. 이 고요한 은둔처에서 낮과 밤은 오누이 같다. 한 주일은 조용히 흘러가는 작고 깊은 냇물처럼 그렇게 흘러가고, 가는 달과 오는 달은 오래 사귄 좋은 친구들처럼 서로를 알아보고 인사하고 사랑하며, 한 해는 길고도 짧은 꿈과 같다. 아, 이 고독한 사람의 삶은 얼마나 부럽고 얼마나 아름답고 풍성한가. 그는 기도를 하고, 아름답게 조용히 나날의 건강한 노동을 한다. 아침 일찍 일어나면 누가 시키지도 않았는데 숲의 새들이 들려주는 성스럽고 즐거운 교향악이 귓전에 울리고, 달콤한 아침 햇살이 그의 방 안에 비쳐든다. 행복한 사람이다. 생각에 잠긴 그의 걸음걸이가 곧 그의 정당한 권리이고, 어디를 둘러보아도 자연이 그를 에워싸고 있다. 이 정겹고 아늑한 거처의 주인에 비하면 아무리 호사를 누리는 백만장자도 거지나 다름없다. 여기서는 모든 움직임 하나하나가 곧 생각이고, 사소한 일에도 존엄이 깃들어 있다. 은둔자는 아무것도 생각할 필요가 없다. 그가 기도드리는 분께서 그를 위해 생각해주기 때문이다. 마치 멀리서 왕자님들이 신비롭고 장엄하게 다가오기라도 하듯 저녁이 찾아와서 아름다운 낮에 입 맞추고 낮을 잠재워준다. 그리고 저녁에 이어 신기한 어둠의 면사포를 쓰고 별이 총총한 밤이 온다. 나는 제발 저 은둔자처럼 저 오두막에 살고만 싶다.

(1913년)

몽상가

숲 가장자리에 있는 작은 산비탈의 풀밭에 누군가가 누워 있었다. 그의 앞쪽에는 풀을 베어낸 초원이 펼쳐져 있었고, 그의 뒤로는 곧게 뻗은 전나무 고목들이 충직한 보호자 겸 파수꾼처럼 서 있었다. 때는 오전이었고, 게으름뱅이 친구는 나른하게 팔다리를 뻗은 채 부드러운 바닥에 마냥 드러누워 있었으며, 흰 구름 사이로 다정하고 온화한 햇살이 그에게 따스하게 비치고 있었다. 그의 다리와 등과 얼굴에는 개미가 기어 다녔고, 그의 주위로 날벌레들이 춤추고 있었다. 하지만 그는 조금도 성가셔 하지 않았다. 그는 하루 종일 그렇게 빈둥거릴 작정이라도 한 것처럼 드러누워 있었고, 실제로 그럴 생각이었다. 세상은 너무나 경쾌하고 아무런 근심걱정도 없이 푸르렀다. 기껏해야 하늘에 걸린 엷은 구름이 근심어린 듯이 보였지만, 그나마도 심각한 고민에 잠긴 것은 아니었다. 진지함이 살짝 가미되면 즐거움은 배가되고, 가벼운 고통이 살짝 가미되면 기쁨은 그만큼 더 달콤하고 섬

카를 발저 〈목동〉(형 카를 발저가 로베르트 발저의 시에 그려준 삽화)

세해지는 법이다. 우리의 게으름뱅이 친구 머리 위로 솔방울
이 몇 개 달린 전나무 가지가 옷소매처럼 늘어져 있었고, 저
높이 하늘에는 흰 구름이 둥실둥실 떠다니고 있었다. 누워 있
는 친구는 꿈을 꿨다. 이 게으름뱅이는 해야 할 의무도 없는
걸까? 에이 무슨 소리야, 의무라니! 반드시 모든 사람이 의무
를 져야 하는 것은 아니지 않은가. 몽상가의 발 아래로 풀밭
을 가로질러 꼬불꼬불 흘러가는 시냇물이 정겹게 졸졸거리며
멜로디를 선사했다. 한번은 맞은편 숲 가장자리에서 여우 한
마리가 튀어나왔다가 풀밭에 인기척이 나자 큰 걸음으로 달
아났다. 그렇게 시간이 흘러서 오후 시간이 지나고 저녁이 되

자 저녁노을이 물들고 새들이 놀랍도록 구슬프고 달콤하게 노래하기 시작했다. 게으름뱅이는 가만히 귀를 기울였다. 어쩐지 무서운 느낌이 들었다. 아련한 슬픔이 밀려오기도 했다. 하지만 청년은 어떤 짐승이 나오더라도 버티기로 각오했고, 그런 것은 아예 무시하는 태도를 취했다. 자연의 소리와 빛깔과 향기를 품은 저녁이 여인의 품에 안겼다. 밤이 그 여인이었고, 이제 완전히 밤이 되었다. 하지만 청년은 아주 태평하게 계속 드러누워 있었다. 풀밭의 촉감은 부드러웠다. 풀밭은 잠을 자기에 딱 좋은 잠자리 같았다. 사방이 완전히 캄캄해졌고, 쥐 죽은 듯 고요했다. 오랜 정적이 흘렀다. 어떤 형체도 더 이상 분간되지 않았다. 아, 이제 숲의 인간은 잠이 들었고, 젊은이든 노인네든 그 누구도 이보다 더 편안하게 잠든 사람은 없을 것이다. 밤새 내내 곤하게 잠자고 깨어나자 그는 밝고 상쾌하고 부드럽고 아름다운 아침을 맞았다.

(1914년)

저녁 산책

대지에는 아주 독특한 빛깔로 땅거미가 내렸고, 집들은 조용히 환하게 빛났으며, 정겨운 초록색 창의 덧문들에서는 오래전부터 친숙한 즐겁고 사랑스러운 음향이 울려 나왔다. 여기저기 나들이옷을 차려 입은 사람들이 더러 진지한 표정으로 지나간다. 남자들, 여자들, 아이들이다. 아이들은 부드럽고 촉촉한 깨끗한 길에서 봄맞이 놀이를 하고, 온화하고 따사로운 하늘에는 부드러운 미풍과 돌풍의 기운이 가득했다. 높은 성벽을 따라 늘어선 상록수와 성벽과 바위들은 살아 있는 세상 전부가 다시금 젊어져야 한다는 듯 싱그러운 청춘의 언어로 말했다. 모든 것이 너무 유쾌하고 경쾌하고 섬세하고 정겨웠다. 나는 다소 신중한 생각에 잠겨 산책을 했는데, 혹시라도 이것저것 아름다운 것을 놓치지 않았나 싶어 수시로 걸음을 멈추고 주위를 살폈다. 나는 오래되고 널찍한 쾌적한 광장에 이르렀고, 거기에는 격조 있게 가꾼 오래된 정원 한가운데에 역시 오래되고 격조 있는 집들이 있었다. 집집마다 그리움으로 설레는 봄기운이 감돌았고, 은밀한 기쁨과 은근한 수심을 품고 즐거운 슬픔과 정겨운 비애에 잠겨 있었다. 세상은 반쯤은 밝고 반쯤은 어두웠으며, 기쁘면서도 골똘한 생각에 잠겨 있었다. 두어 개의 오래된 성탑들이 독특한 바위 모양새로 은근히 미소 지으며 신기하게 손짓을 보내는 것 같았다. 나무와 돌들은 촉촉이 젖어서 형형색색으로 빛났고, 사방에 흩어져 있는 사물들은 달콤하고 부드러운 저녁 햇살에 감싸였다. 태양은 불그스레한 노을을 마법처럼 풀어놓아 저녁인사를 하는 벽들을 장밋빛 비애로 물들였다. 마치 신들의 자애로운 황금빛 손이 어디로 가야 할지 모르는 어린아이 같은 적막하고 가난한 대지를 어루만져주는 것처럼 보였다. 사람들의 발소리와 목소리는 순수하고 투명한 대기 속에 기묘하게 울려퍼졌고, 공기처럼 보이지 않는 것들, 보이지 않는 아름다운 것들이 정원과 집들 주위로 몰래 숨어들어 서로 속삭이는 것 같았다. 그리하여 온 사방에서 신비롭고 신기한 제2의 세계가, 제2의 삶이 꿈틀대는 것 같았다. 정령들과 상념들이 매력적인 의상을 길게 드리우고 황홀하게 아름다운 몸짓으로 보일 듯 말 듯 배회하는 소리가 들려왔다.

대기는 은근한 기쁨과 감동으로, 영혼과 설레는 기대로, 그리움과 온전한 만족감으로 충만했다. 한적한 곳에 있는 집의

산책 중인 발저(요양원 시절)

조용한 창문을 통해 창백하고 섬세한 여인의 얼굴이 뭔가를 묻는 듯한 독특한 눈길로 나를 바라보고 있었다. 여인은 너무 조용하고 꼼짝도 하지 않아서 마치 닫혀 있는 희미한 창문 안쪽에 앉아서 인적이 드문 좁은 골목길을 내다보고 있는 한 폭의 그림 같았다. 본질적이고 현실적인 것은 사라졌고, 꿈같고 정령 같은 사물들에 자리를 내주었다. 상상한 것이 대담하고 활기찬 몸짓으로 또렷이 형태를 드러내며 돌아다녔고, 반면에 단단한 사물들은 사라질 것만 같았다. 가까이 있는 또 다른 집에서 수줍은 소녀의 노랫소리가 들려왔고, 나는 귀를 쫑긋 세우고 주위의 모든 기척에 주의를 기울이며 걸어갔다. 아름다운 저녁도 귀가 달려서 나의 동정에 귀를 기울이는 것 같았고, 입이 달려서 나와 더불어 얘기하는 것 같았다. 언덕에 있는 작은 교회에서 많은 사람들이 쏟아져 나왔다. 대개는 여성들로, 손에는 성경책을 들고 만족스러운 표정들을 짓고 있어서 마음이 상쾌하다는 걸 분명히 알아차릴 수 있었다. 소녀가 부르는 가녀린 저녁노래로 다시 돌아가면, 방 안에서 부르는 소녀의 노래는 마치 숲속에서 영원히 잠자는 장미 공주가 잠결에 부르는 노랫소리처럼 들려왔다. 공주는 생기발랄하게 다시 행복하게 깨어나길 갈망하며, 사랑스럽고 씩씩한 기사가 가시덤불과 온갖 장애와 역경을 헤치고 그녀에게 달려와서 그녀를 마법으로부터 구해주길 바라고 있었다. 나는 조심스레 다시 걸음을 옮겼다. 산 위의 숲은 너무나 은은하고 부드러웠다. 태양은 사랑과 아름다움이 넘치는 이별의 노래를 부르며 지고 있었다. 전나무들은 한없이 고요했다. 숲을 가로질러 돌아가는 길을 따라 나는 다시 집으로 갔다.

(1915년)

자연

　　　　　　　자연으로 가라. 그러면 자연은 그
대를 반겨줄 것이니. 자연은 자신의 품에 안겨오는 모든 이를
사랑하고, 그대 또한 자연을 사랑하게 될 것이다. 자연에서는
잃을 것이 없으며, 자연은 누구도 해친 적도 없다. 그대는 자
연의 언어를 금방 배우게 될 것이다. 자연은 그대를 좋은 길
로만 인도하고, 자연을 좋아하는 사람에겐 자연이 낯설지 않
음을 알게 될 것이다. 자연과 더불어 있으면 지루하지 않고
산만해지지도 않을 것이다. 자연은 그대를 강하게 만들어주
니 무엇을 두려워하지도 탐내지도 않을 것이다. 자연의 공간
과 시간은 그 자체가 곧 즐거움이며, 맑은 공기는 청량음료처
럼 마실 수 있다. 자연은 그대 자신을 사랑하는 법을 가르쳐
준다. 그대가 이 세상을 아름다운 집처럼 받아들이고, 시간이
지남에 따라 그대 자신과 다른 모든 것을 있는 그대로 받아들
이는 법을 가르쳐준다. 트집을 잡고 불평을 하는 버릇은 어느

새 씻은 듯 사라질 것이다. 모든 것을 명료하게 깨우치기 때문이다. 매일 소박하게 살겠다는 생각만 하면 된다. 자연은 말없이 사물의 이치를 깨우쳐준다. 자연의 눈길, 자연의 형태가 친절하고 간단히 설명해준다. 그대는 그 무엇도 오해하지 않을 것이다. 그릇된 길로 인도하는 것은 자연의 이치가 아니기 때문이다. 자연은 언제나 좋은 영향만 준다. 자연은 지배하려 들지 않고, 그렇다고 무조건 복종하지도 않는다. 자연은 누군가가 자연과 더불어 일하도록 기다려준다. 자연은 위대하고, 계산할 수 없는 방식으로 움직인다. 그러므로 매 순간다 이해하려고 덤비지 말라. 그런 태도는 과도한 문명이 초래하는 조바심일 뿐이니. 자연은 잊는 법을 가르쳐준다. 그러면 그대는 번잡한 생각들을 훌쩍 제치는 것이 얼마나 아름다운 일인지 마음에 새기게 될 것이다. 그래야 더 아름다운 새로운 생각들이 들어설 자리가 생기는 법. 기존의 것은 새로운 것이 도래하는 길을 가로막는다. 자연에서 그대는 모든 것을 내줌으로써 모든 것을 다시 얻는 용기를 배울 것이다. 그대는 성스러운 깨우침을 얻게 될 것이다. 자연이 그대에게 보여주는 경이를 가만히 바라보려면 많은 힘이 필요할 것이다. 모든 아름답고 좋은 것이 실패하는 것은 언제나 오직 불안 때문이다. 그런즉 불안에서 벗어나 날마다 느긋함과 선의의 이해심이 마르지 않는 샘물처럼 졸졸 흐르는 그곳으로 가라. 자연과 더불어 있으면 경박함도 멀어지고 갑갑한 근심걱정도 모두 멀어진다. 자연은 멀리 있지 않지만, 그대가 찾아가야 할 만큼은 멀리 있다. 가장 가까이 있는 것도 가장 멀리 있는 것만큼이나 떨어져 있지만, 조금만 마음을 열면 찾을 수 있을 것이다. 자연은 언제나 평온하다. 그러므로 그대 역시 평온하면 틀림없이 자연을 찾게 될 것이다. 자연은 그 무엇도 애써 찾지 않는다. 성스러운 것은 그 무엇도 필요로 하지 않기 때문이다. 하지만 그대는 언제나 궁핍한 존재다. 그러므로 자연을 본받기 바란다. 마치 그대 자신은 안전하니 굳이 자애로운 자연에 의지할 필요가 없다는 식으로 행동하는 것은 아무런 의미도 없다. 모든 사람은 무기력하게 뻗지 않으려면 열심히 움직여야 한다고 믿는다. 인간은 누구도 무위(無爲)를 견디지 못한다. 그러니 도약하라. 생사가 달려 있는데 주저하는 것은 어리석은 일이니. 그대를 자연에 맡겨라. 유일무이한 자연에 자신을 내맡기면 당당한 쾌활함이 솟구칠 것이니. 처음에는 그대가 초라하다고 생각되겠지만, 금방 그대는 가난하지 않다는 걸 깨닫게 될 것이다. 자연에 자신을 온전히 내맡기는 사람은 탄식할 필요가 없다는 걸 깨닫게 된다. 아무것도 내주지 않는 사람이야말로 진짜 가난뱅이요, 오로지 받기만 바라는 사람이야말로 이루 말할 수 없이 가난하다. 자연과 더불어 있으면 다시는 갈가리 찢긴 느낌이 들지 않고, 그대 자신이 온전한 인간임을 느낄 것이며, 그런 느낌에 따라 살아가고 생각하게 될 것이다. 예술이 그대를 잘못된 길로 인도했다. 그런즉 한동안은 예술을 멀리 하라. 그러면 자연이 다시 예술로 가는 길을 더 신선하게 안내해줄 것이니.

(1920년)

발저의 고향 도시 빌(19세기 후반의 모습)

어머니의 무덤

어느 일요일 저녁에 내가 사는 곳
에서 불과 몇 걸음 떨어진 공동묘지로 갔다. 조금 전에 비가
와서 길도 나무도 모든 것이 촉촉이 젖어 있었다. 나는 묘지
마당 안으로 들어가서 오래 되고 조용한 신성한 무덤들로 향
했다. 지금까지 한 번도 본 적이 없는 아름답고 싱싱한 신록
이 달콤하고 사랑스럽고 정결한 손길로 나를 맞아주었다. 온
사방이 고요했다. 나뭇잎도 움직이지 않았고, 아무것도 미동
도 하지 않았다. 모두가 가만히 귀를 기울이는 것 같았다. 신
록이 사방에 퍼진 장엄한 분위기를 느끼며 태곳적부터 지금
까지 늘 새로운 질문을 던져온 죽음과 삶의 수수께끼에 관해
오래도록 깊은 사색에 잠겨 있는 듯했고, 촉촉하고 경이로운
아름다움을 언뜻언뜻 드러냈다. 일찍이 이런 광경은 본 적이
없었다. 엄숙한 죽음과 침묵의 장소가 내내 이토록 감미롭고
푸르고 따뜻하다니 이 광경이 나를 온통 사로잡았다. 나 말

고는 아무도 보이지 않았다. 신록과 묘비 말고는 아무것도 없었다. 너무나 고요해서 감히 숨 쉬기도 저어되었고, 이 성스럽고 진지하고도 부드러운 침묵 속에서 내 발걸음 소리도 무례하고 거칠게 느껴졌다. 아카시아 나무 한 그루가 내가 걸음을 멈춘 무덤 위로 너무나 다정하고 사랑스럽게 풍성한 신록을 드

발저의 어머니 엘리자 발저(1839~1894). 결혼 무렵.

리우고 있었다. 어머니의 무덤이었다. 여기선 모든 것이 속삭이고 귓속말을 하고, 말을 걸고 눈짓을 해오는 것 같았다. 사랑하고 존경하는 어머니의 생시 모습이 얼굴과 함께, 얼굴의 고결한 표정과 함께, 푸른 잔디가 깔린 조용한 무덤의 헤아릴 수 없는 깊이로부터 면사포처럼 살포시 올라왔다. 하지만 슬프지는 않았다. 나도 너도, 우리 모두가 언젠가는 그곳으로 떠나간다. 모든 것, 모든 것이 조용하고 모든 것이 마감된 그곳으로, 모든 것이 멈추고 모든 것이 침묵을 향해 해체되는 그곳으로.

(1914년)

아버지가 아들에게 보내는 편지

　　　　　　　　사랑하는 아들아, 내가 네 교육을
너무 소홀히 한다고, 이를테면 너를 니다우까지 심부름을 보
내고 또 장작을 쌓아둔 헛간으로 내려 보내서 장작을 패라고
시킨다고 너는 불평을 하는구나. 얘야, 감상에 빠지지 말고
솔직해져라. 너는 먼지가 쌓인 무더운 시골길을 걸어서 고색
창연한 소도시 니다우까지 가는 걸 좋아하고 또 신이 나서 장
작을 팬다는 걸 나는 너무 잘 안다. 쓰레기통을 실어 내리고
장작을 패고 하는 일 따위는 교육의 효과가 없다고 나를 탓하
는구나. 하지만 나는 생각이 다르단다. 다소 천박하고 곰팡내
나고 저급한 일을 하는 것도 최상의 교육이 될 수 있단다. 예
를 들어 네가 우유 통을 들고 골목길을 지나가서 우유를 우유
장사한테 배달해줄 때면 아는 사람들을 만나서 다소 창피할
지도 모르겠다. 그들이 "쟤가 이젠 우유 배달까지 하네"라고
수군댄다는 걸 너는 알지. 하지만 겉보기와 달리 그런 일을

하는 것도 실제로는 훌륭한 교육이란다. 겸손해지는 법을 배울 수 있으니까. 우리를 겸손하게 하는 것을 흔쾌히 받아들이는 거야말로 값진 교육이지. 사랑하는 아들아, 나는 너를 그런 식으로 교육하는 거란다. 그러니 네가 나에게 고마워할 거라고 믿는다. 그런데 너는 어째 고마워하지 않는 것 같구나. 그렇다면 내 생각에는 네가 아직 이해하지 못하는 거야. 하지만 나중에는 이런 일의 가치를 제대로 평가하고 이해하게 될 거다.

얘야, 뿐만 아니라 네가 좋아하는 친구들과 숲속이든 호숫가든 야외에서 뛰어 놀고 싶다는 걸 내가 알면, 또는 네가 나한테 그런 눈치를 주면, 내가 기어이 너한테 어떤 일을 시켜서 붙잡아 둔다는 걸 너는 용케 알아챘을 테지(원래 아들은 눈치가 빠르거든). 그럼 내가 그렇게 짓궂다고 생각하니? 설령 좀 짓궂으면 어때서? 도대체 근심걱정 잘 날 없는 불쌍한 아버지들이 쩨쩨하게 언제나 먹고살 궁리에만 매달려야겠냐? 기분전환 삼아 은근살짝 짓궂게 굴 수도 있지 않겠니? 생각해봐라. 내가 얼마나 걱정이 많은지 생각해봐. 그러면 내가 이따금 너를 살짝 골려주려고 네가 수영을 하고 싶거나 골목에서 뛰어놀고 싶은 줄 알면서도 "어서 얌전하게 장작을 패라, 알겠지!"라고 해도 너는 넓은 마음으로 받아들이게 될 거야. 아버지들도 약점이 있게 마련이다. 그 점을 명심해둬라.

내가 일요일 오후에 진한 커피를 마시면서 삼류 소설을 읽는다고 너는 나를 흉보는데, 그건 이상한 소리야. 아니, 실은 난데없는 소리지. 하긴 네가 몰래 삼류 소설을 탐독하면 내가 바로 적발해서 네 머리를 쥐어박긴 하지. 그래도 날 흉보는 건 잘못한 거야. 못 읽게 하니까 징징대는 거라고. 나는 앞으로도 그런 소설은 못 읽게 할 거야. 하지만 나는 계속 읽어도 무방하다고 생각해. 이제 늙어가는 마당에 여흥 좀 즐긴다고 못마땅해 하지 마라. 요령껏 봐주라고. 아들은 여흥을 즐기지 못하게 하는 게 내 의무인데 그러면 안 되지.

전반적으로 보자면 내가 네 교육을 어지간히 소홀히 했다는 걸 진심으로 인정한다. 하지만 그렇다고 걱정하진 않는다. 장담하건대 너는 틀림없이 너 자신의 인생행로를 개척할 거야. 인생행로는 수없이 많은데, 어느 길로 가든 틀림없이 요지부동의 엄청난 난관이 버티고 있단다. 다소 철학적인 얘기를 하더라도 이해해주기 바란다. 얘야, 철학자가 되어라. 다시 말해 네 마음속에 용기를 키우란 뜻이다. 그러면 그리 많은 교육이 필요하지 않고, 인생이 알아서 너를 가르쳐줄 거다. 두려워하지 마라. 알다시피 내가 너를 제대로 교육시키지 않고 거칠게 내버려두어도 너는 오히려 인생에서 훨씬 더 쓸모 있는 사람이 될 거다. 교육을 받지 않으면 장차 인생을 훨씬 더 잘 가꾸고 보듬을 수 있을 거야. 다듬어지지 않은 채로 두면 오히려 삶 자체를 통해 더 훌륭하게 다듬어지고 빛을 발하게 될 거야. 삶이란 즐겁게 사람을 다듬어가는 것이지. 앞으로 네가 겪게 될 세상이 곧 너의 교육자가 되어 너를 온전히 키워줄 것이다. 내가 너를 소홀히 키운 것에 대해서도 언젠가는 고맙게 여길 거다. 이제 다음 얘기만 더 하고서 편지를 마무리하고 싶을까 하니 제발 명심해두기 바란다.

만약 내가 너를 모범적으로 키웠더라면 너는 엄청난 책임감 때문에 감당하기 힘들 정도로 부담스러울 거다. 어째서 그런가 하면 모든 관점에서 훌륭한 교육, 이른바 빛나는 교육이란 그 수혜자에게 그런 교육에 상응하는 빛나는 성과를 요구하고, 빛나는 인생행로를 요구하기 때문이지. 아들아, 줄곧 성공만 생각해야 하는 부담에서 벗어나 자유롭게 숨 쉴 수 있으니 얼마나 다행이냐. 너는 부족한 교육 덕분에 오히려 모범이 되어야 하고 모든 면에서 두각을 나타내야 한다는 끔찍한 망상에서 벗어날 수 있어. 자유인이 되는 거야. 자연의 아들, 세상의 아들이 되는 것이지. 너는 자유롭게 숨 쉬고 살게 될 거다. 모범적인 사람들은 인생을 제대로 사는 게 아니다. 이 정도면 내가 너한테 제법 쓸 만한 생각을 들려준 것으로 알고, 진심으로 안부를 전하며 편지를 맺는다.

아빠가

(1914년)

아버지의 초상

도시 외곽 언저리에 자리 잡은 고풍스럽고 아담한 집에서 얼마 전에 한 노인이 죽었다. 사람들은 고인이 평생 자기 일에 열중하는 모습을 지켜보았었고, 고인은 지상에서 보낸 마지막 날까지도 한결같은 정성으로 자기 일에 헌신했다.

이미 오래전에 장성한 자식들은 아버지가 돌아가셨다는 부고를 받자 이 특별한 상황에서 할 수 있는 한 최대한 신속하게 달려와서 이승을 떠나 미지의 세계로 건너간 선량한 고인이 미동도 하지 않고 조용히 차갑게 누워 있는 모습을 지켜보았다.

고인은 생기가 없는 창백한 얼굴에 아직도 다정한 표정을 띤 채 누워 있었다. 고인 주위에 빙 둘러선 자식들의 눈앞에 의미심장하고 장엄한 모습이 드러났다. 자식들은 고인이 지상에서 영위한 모든 것과 함께 무덤 속에 눕기 전 마지막으로 아버지의 모습을 보기 위해 달려온 터였다.

자식들은 인생의 모든 것이 얼마나 초라하고 협소한가를 느끼면서, 이제 아버지의 삶은 다 지나갔고 숨은 멎었지만 여전히 생생한 모습이 불가사의했다. 아버지가 더 이상 존재하지 않고 영원히 생을 마감했으며 이제 아버지를 땅에 묻으면 다시는 볼 수 없다는 사실이 믿어지지 않았고 뭐라 설명할 수 없었다.

자식들은 온갖 침울한 상념에 잠긴 채 무상함의 상징처럼 보이는 고인의 침상 곁에 서 있는 동안 서로를 바라보며 뭔가를 묻는 듯 눈길을 주고받았다.

얼마 지나서 다시 겨우 말을 할 수 있는 상태가 되자 그들의 대화는 자연스럽게 주로 고인에 대한 이야기로 모아졌다. 함께 고인에 대해 거듭 상세한 이야기를 나누고, 고인의 습관들을 관찰하듯 얘기하고, 고인이 살아온 일생을 조망하고, 고인의 모습을 생생히 떠올리고, 고인의 생시 모습이 어떠했고 고인이 자식들에게 어떤 존재였으며 아버지를 잃은 빈자리가 얼마나 큰지를 낮은 목소리로 서로 앞다투어 이야기할 수 있다는 것이 진지하고도 훈훈한 위안이 되었다.

신중하게 옆방으로 물러난 자식들은 한 사람씩 차례로 돌아가며 이야기를 꺼냈다.

가족 사진 판넬

맏이가 말했다.

아버지는 예전 사람이었지. 이제 사라져가는 시대를 대변하는 분이었어. 당신에게 주어진 세상을 있는 그대로 받아들였지. 사람들이 아무리 세상을 바꾸고 개선하려 해도 크게 보면 세상은 늘 제자리에 머물게 마련이라고 여겼던 거야. 많은 생각에 골몰하지도 않으셨고, 쓸데없이 많은 걱정도 하지 않으셨어. 그러니까 매사에 다 책임을 져야 한다는 생각 때문에 마음고생을 하진 않았지. 워낙 소박한 분이어서 편안한 마음으로 하느님에 의지하여 평생을 사셨어. 세련된 취향에는 별로, 아니 전혀 무관심하셨지.

당연히 약점과 단점도 갖고 계셨는데, 하지만 기꺼이 그렇다고 시인하셨지. 주위 사람들을 있는 그대로 선의로 대하셨기에 당신도 있는 그대로 드러내 보이는 게 당연하다고 여기셨어. 그러니까 선의의 상호관계가 성립했던 셈이지. 다른 사람들이나 당신 자신에게 심하게 질책하는 경우는 없었고, 그저 순리대로 살자는 원칙을 성실히 지키셨지. 워낙 낙천적인 성품이어서 어떤 일도 심각하게 따지는 건 마다하셨어. 따뜻하게 삶을 즐기는 분이었기에 힘든 시절에도 결코 삶을 원망하지 않으셨지. 언제나 타고난 성품대로 우호적이고 유쾌한 생각만 하셨기에 어떤 걱정거리도 가볍게 감내하셨어. 오래도록 침울한 생각에 잠기는 일은 없었지.

흔히 힘센 사람들은 이른바 권력의지라는 것을 통해 뜻을 이루지만, 아버지는 참고 양보하는 미덕과 차분한 아이러니의 재주를 통해 더 많은 걸 이루셨지. 기세등등하게 덤비기보다는 신의와 평정심을 지키셨기에 결코 억지로 운명을 휘어잡으려고 하지 않았어. 섭리에 따라 자신에게 주어진 길을 겸손하게 가는 식으로 선의를 갖고 자기 자신에게 순종하셨지. 그래서 웬만한 고통이나 나쁜 생각은 하늘의 뜻이라 여기셨고, 결코 자기 자신을 괴롭히는 경우는 없었던 거야.

손실이나 패배는 잊어버릴 줄 아셨지. 부당한 일을 겪더라도 그 결과를 두고 세상을 원망하는 경우는 없었어. 절대로 누구를 미워할 줄 모르셨어. 그러다보니 자애로운 태도로 고통을 감내하고 운명의 타격을 기꺼이 받아들일 줄 아셨지. 이런저런 처세술보다 그런 재주가 훨씬 더 의미심장하고 아름답지 않을까?

장애물을 무모하게 뛰어넘으려 한다거나 냉혹하게 돌진하는 일 따위는 평생토록 추호도 허용하지 않으셨지. 천성이 점잖고 너무 가상할 정도로 남들과 사이좋게 지내셨어. 남을 짓밟거나 옆으로 밀쳐내느니 차라리 당신이 짓밟히고 옆으로 비켜주셨지. 두각을 나타내거나 화려한 조명을 받거나 온갖 장점을 제몫으로 챙기거나 하는 짓은 전혀 당신 취향이 아니었어.

아버지는 아주 열성적으로 교회에 나가는 분은 아니었지만, 그래도 천성적으로 신앙을 존중했지. 의미심장한 말을 입에 담는 경우는 없었지만, 그러지 않고도 훌륭한 기독교인이 될 수 있었지. 분명히 아버지는 인간에 대한 우애만 있으면 충분하다고 생각하셨고, 실제로 그런 분이었어. 선의가 저절로 신앙심을 갖게 했던 거야.

발저의 아버지 아돌프 발저(1833~1914). 발저의 아버지는 파리에서 인쇄 기술을 배워 와서 고향 빌에서 제본소를 운영했으나 사업이 실패하자 발저는 김나지움을 중퇴해야 했다.

감히 남을 괴롭히느니 차라리 당신이 괴롭힘을 감당하셨고, 남에게 손해를 입히느니 차라리 당신이 손해를 감수하셨고, 남에게 나쁜 짓을 하느니 차라리 당신이 화를 감내하셨지. 언제나 교활함보다는 선의, 명령보다는 순종의 편에 섰기에 당신의 마음이나 양심도 외양과 마찬가지로 평온하고 차분하셨어.

아버지는 늘 점잖고 싹싹한 마음으로 충만하셨지. 남을 도와주는 것도 낙으로 아셨어. 누군가를 도와주거나 신경 써줄 일이 생기면 금세 당신의 행동거지에서 행복감이 배어났지.

여성을 대할 때면 스스럼없는 태도를 취해서 호감을 주셨지. 특히 모든 소박하고 가난한 사람들한테 마음이 끌리셨지.

느긋하게 수다를 떠는 것을 유달리 좋아하셨지. 수다 떠는 시간을 놓치느니 차라리 일을 미루셨고, 상황에 따라서는 이득이 되는 일도 미루셨어. 그렇게 수다를 떨면 몇 주일 동안 유쾌하시고 젊어지셨지. 그래서 고령이 되도록 젊음을 유지하셨던 거야.

둘째가 말을 이어갔다.

아버지는 술집에서 호기를 부릴 생각은 꿈에도 하지 않았는데, 내가 꼭 말해두고 싶은 아버지다운 모습이야. 내가 기억하는 한 정치 얘기는 거의, 혹은 전혀 하지 않으셨지. 국정이나 공적인 문제에는 여간해서 참견하지 않으신 건 딱히 미덕이라 할 수는 없지만, 어떻든 당신의 겸손한 성품에는 어울렸어. 점심때 진한 커피를 드시면서, 또는 저녁때면 불을 켜놓고 붉은 포도주를 한잔하시면서, 신문을 열심히 읽으셨지. 아버지 같은 분이 통치나 국정운영 등에 좀처럼 관여하지 않으셨던 것은 너무 당연해. 확실히 그런 일에서 무슨 공을 세우거나 의의를 찾지는 않으셨으니까. 시민의 덕목을 채우기보다는 늘 순전히 인간적인 미덕으로 넘치는 분이었기에 시대에 보조를 맞추어 큰 역할을 하겠다는 욕심도 없었고 그럴 형편도 못 되었지.

정치 문제에는 너무 말을 아끼셨던 반면에 어느 면에서든 당신 자신에 관해서는 확고하게 잘 아는 분이었지. 당신 몫으로 주어진 삶의 범위를 잘 아셨던 거야. 분수에 맞게 처신하셨지.

크게 되겠다는 야심이 없는 사람은 대체로 세상사에 어둡고 자기인식도 못한다고들 하지. 하지만 유유자적하는 사람이 여타의 모든 중대사를 판단하고 헤아릴 능력이 없다는 가정은 분명히 경솔한 생각에서 비롯된 거야.

아버지의 삶은 협소하고 초라했지만, 놀라운 정갈함과 고매한 품위가 당신의 삶을 아름답게 에워쌌어. 그런데 아버지를 멀리서는 물론이고 가까이서 지켜본 사람들도 몰라본 사실은 취향이 까다롭고 심지어 미식가였다는 거야. 어쨌거나 섬세한 감정과 세련된 감각은 당신에게 미지의 영역이 아니었지.

백여 미터 떨어져서 보면 세련된 태도와 고도의 지성과 그밖에도 모종의 품위가 느껴지는 사람이 가까이서 관찰하면 소처럼 미련한 엉터리로 밝혀지는 경우가 허다하지. 그런데 아버지는 달랐어. 많이 이해하고 생각이 많은 분인데도 좀처럼 바로 아는 내색을 안 하시거든. 세월이 흘러도 온갖 경험과 관찰을 조용히 혼자서 간직하려 하셨고, 세상에 대해 자신을 실제 모습보다 낮추셨지. 일체의 위대함, 선함, 아름다움, 대범함을 해가 바뀌어도 변치 않는 일상적인 습관과 얌전하고 겸손한 태도로 마치 외투로 가리듯 감추셨던 거야.

진실한 사람은 일체의 광고 따위에 근본적으로 거부감을 느끼지. 사람들이 세상의 환호에 혹해서 시장에 내다 파는 그런 바람직하지 않은 자질이 진실한 사람에겐 없으니까. 광고를 좋아하는 이들은 시장에서 대중이 보고 듣는 앞에서 자신의 재주와 학식을 널리 퍼뜨리며 배우 흉내를 내는데, 그건 결코 품위 있는 처신이 아니지.

아버지는 예의 바르고 정직하고, 당신 나름의 방식으로 매우 고매하고, 매사에 중용을 지키고, 겉보기보다 훨씬 더 총명하셨다고 할 수 있지. 당신 같은 분은 사실은 겉으로 보이는 모습보다 늘 더 중요한 사람이라고 믿어도 좋아. 겉모습은 실상을 조금도 입증하지 못하지. 눈에 띄지 않는 사람을 제대로 평가하려면 인간에 대한 이해가 깊어야 하는데, 그런 자질을 갖춘 사람은 확실히 세상에 흔치 않아.

눈에 띄지 않는 사람이 제발 많기를 바라는 것이 만인의 진정한 소망인지도 몰라. 눈에 띄지 않는 미덕이 얼마나 아름답고 좋은 것인가는 누구나 철저히 배워서 깨우쳐야 해. 하지만 사람들은 몸에 배인 욕구에 따라 겉만 번지르르한 무가치를 숭배하는 반면에 진정한 가치를 줄곧 하찮게 여기지. 그런 식으로 사람들은 예나 지금이나 불행을 자초하는데, 워낙 세상이 그렇게 돌아가는 것 같아. 늘 그렇듯이 자신을 미혹에 빠뜨리는 사람을 신처럼 숭배하는 것을 목격하게 되지. 알다시피 진짜 한심한 애송이를 맹목적으로 경배하고 높이 떠받들고 최고로 위대하다고 존경하는 일이 허다했지. 그런 사람들에겐 보지 못하는 것이 오히려 달콤한 최면이지. 인간이 존재하는 한 삶의 모든 진지함은 늘 다시금 모욕당하고 수모를 겪을 거야. 대부분의 사람들이 말도 안 되는 몰상식과 굴욕의 상태를 갈망하니까. 이로써 그런 자들이 정의와 상식, 일체의 법도와 절제를 하찮게 여긴다는 걸 입증하는 셈이지.

어진 성품의 아버지가 지닌 약점 가운데 하나는 때때로 유쾌하고 스스럼없이 사람을 놀려먹는 거였는데, 아버지는 체질적으로 그러길 좋아했지. 하지만 어떤 경우에도 비웃거나 화를 돋우는 일은 없었어. 알다시피 당신은 누구를 욕보인 적은 없으니까.

정직한 사람이 천연덕스레 남을 놀려먹을 때 악의를 갖고 그럴까? 분명히 그렇지 않아. 다만 흔히 오해를 사서 나쁜 사람으로 오인되는 경우도 있지. 그런 오해는 대개 악의 없이 조롱하다가 오해받는 사람 자신에 비해 악의를 품은 당사자한테서 비롯되지.

셋째가 말을 계속했다.

아버지는 여기저기 흩어져 사는 동포 시민들이 보유한 장점과 훌륭한 업적, 행운이 따르고 성공을 거둔 일, 뛰어난 지식과 선행 등을 시샘 없이 인정하고 존중하셨지. 그랬기에 당신이 누린 근사한 자족감이 조금도 흐트러지지 않았어. 아버지는 남들의 경사에 겉으로는 맞장구를 치면서도 속으로 분통이 터져 죽을 맛이 되는 그런 질투심 따위는 몰라. 다행히 그런 은밀한 괴로움을 감당할 일이 전혀 없었지. 아버지의 눈은 남에게 뭔가 베풀려는 선의와 영원히 시들지 않는 만족감으로 빛났는데, 그런 성품 덕분에 당연히 지극한 호감을 샀고, 사람들 사이에서 별로 눈에 띄지 않는 존재로 남았지.

아버지는 용기 있는 사람의 용기, 성실한 사람의 성실, 솜씨 좋은 사람의 솜씨, 능숙한 사람의 능숙함을 정직하게 인정하고 진솔하게 칭찬했는데, 그런 점에서는 착한 아이를 닮으셨지. 아버지가 살아온 삶은 포근한 잠이나 방해받지 않은 선잠 같은 게 아니었을까? 당신의 마음은 내내 신선하고 건강하지 않았던가? 자기를 앞세우지 않고 남을 시샘하지 않는 마음은 다정한 간호사의 사랑의 손길이나 위로의 말처럼 달콤하지.

아버지가 언제나 자기 자신보다는 다른 사람을 더 존중했다는 사실은 의문의 여지 없이 섬세한 마음씨와 인간애의 징표였어.

아버지가 특별히 세심한 교육을 받지 못한 것은 확실해. 일 찍부터 생업에 뛰어들어 부족한 교육과 모자라는 지식으로 당당하게 세상을 헤쳐 오셨지. 그런 식으로 사서 고생하고 부 대끼며 헤쳐 온 사람이 나는 모범적인 교육을 받고 어머니 사 랑을 받으며 자란 사람만큼이나 좋아. 아니, 오히려 더 좋아. 모범생 교육을 위해서는 흔히 너무 많은 노력이 허비되는 것 같거든.

만약 아버지가 그런 혜택과 보살핌을 받았더라면 아마 출 세하셨겠지. 하지만 그랬으면 아마 다른 사람, 더 위대한 사 람이 되셨겠지. 그렇지만 분명히 그토록 선량한 사람, 사랑스 러운 사람은 되지 못했을 거야. 그랬더라면 허영심이라곤 모 르는 선량하고 다정한 아버지의 모습이 사라진 빈자리만큼 세상은 더 빈곤해졌을 거야. 우리 자식들한테 그토록 훌륭한 감화를 주지도 못하셨겠지.

아버지가 우리한테 좋은 본보기가 되시고, 우리가 이렇게 감사드리고, 당신이 존경받는 모습으로 남아 있는 까닭은 무 엇보다 힘들게 싸우셔야 했기 때문이고, 그 힘든 싸움을 비록 가난하지만 즐겁게 견뎌내셨기 때문이지.

승리와 개선행진이 얼마나 화려할지 몰라도 성공한 사람 주위에는 언제나 절망에 빠진 패배자의 눈물이 묻어나게 마련이지. 그런 모습은 어쨌거나 아름답지 않아. 싸운다는 것은 좋을지 몰라도 승리한다는 것은 절대로 좋을 수 없어. 천만다행으로 아버지는 전혀 승자가 아니었고 오히려 불운한 편이었지. 그래도 삶의 기쁨을 늘 간직하셨고, 인간에 대한 우애도 잃지 않으셨지.

넷째가 이야기를 계속 이어갈 채비를 차리며 말했다.

아버지가 당신의 일을 꾸려가는 데 혹시라도 미숙했는지 여부는 우리는 잘 모르지. 그런 자세한 내막을 캔다는 건 도대체 자식들이 할 도리가 아니지. 행여 그저 시험삼아라도 부모님의 잘못을 들여다보는 것은 우리 분수에 맞지 않는 일이야.

아버지는 외지에서 충분히 세상 구경을 하신 후에 당시 막 보기 좋게 번창하기 시작하던 고향 도시로 돌아오셨고, 거기서 수공업 기능장으로 자리를 잡으셨지. 상당한 유산을 물려받아 아주 유리한 여건에서 당신의 사업장을 차리셨던 거야. 이로써 사람들이 하는 말로 자립을 하신 것이지.

대략 그 무렵 어느 날 아버지는 그 고장 민속춤을 즐기는 자리에서 어떤 처녀를 알게 되었는데, 그분이 나중에 당신의 아내이자 우리의 자애로운 어머니가 되신 거야. 아버지는 싹싹하고 이해심 많은 태도로 스스럼없이 유쾌하게 사랑의 고백을 해서 그분의 승낙을 얻어냈을 테지.

당시에 아버지가 어머니에게 보낸 편지 한 통을 오늘 우리가 처음 보게 되었는데, 그 편지를 읽어보면 아버지의 다정함과 진솔한 품위가 정말 감동적이야. 이토록 우아하고 애정이 배어 있는 편지 내용에 젊은 처녀가 마음이 끌리는 것도 전혀 놀랄 일이 아니지. 우리에게 독특한 기쁨을 선사한 이 편지를 우리 중 누군가가 보관했다가 이따금 읽으면 두고두고 즐거울 거야.

앞에서 언급한 대로 아버지는 한때 집안에서 넉넉한 유산을 물려받았지만, 정작 우리한테는 유익하게 쓸 만한 것이라곤 조금도 남겨놓지 않으셨으니, 어쩌면 이따금 그런 썩 유쾌하지 않은 생각이 치밀지도 모르겠어.

그런데 아버지가 무일푼이라고 해서 우리가 다짜고짜 화를 내도 돼는 걸까? 아버지가 아무것도 남겨주지 못한 까닭은 베풀기 좋아하는 마음씨를 보여줄 일체의 수단을 빼앗겼기 때문인데도? 그렇지만 않았어도 그 선량한 분은 흔쾌히 우리 모두에게 한 밑천씩 물려주지 않았을까? 가난한 사람 중에도 제후처럼 마음껏 베풀고 싶은 사람이 더러 있게 마련이지. 반면에 부자들은 꼭 필요한 경우에도 여간해서 베풀려고 애쓰지 않아. 도대체 베풀기나 할까.

아버지가 우리에게 남기신 것은 구김살 없는 인간적인 모습에 대한 추억이야. 아버지의 그런 모습은 재산이나 돈 보따리 못지않게 소중하고 값진 거야. 당신의 진실한 모습에 대한 추억은 우리에게 최고의 풍요, 가장 확실한 이득, 가장 막강한 혜택으로 돌아오는 것이지. 늘 정직하게 살고자 했던 변함없는 노력만으로도 아버지는 우리에게 최상의 것을 베풀어주신 거야. 우리가 진실하게 아버지를 생각하면 우리가 선의로 세상을 이해하는 마음이 점점 더 풍요로워질 거라고 믿어. 부자가 요란스럽게 선행을 베풀 수 있다면, 가난한 사람은 빈곤과 미천함을 드러내고도 불쾌해하지 않는 다정한 표정, 부드러운 마음씨가 드러나는 인내와 감내, 사랑스러운 모습과 위안을 주는 언행, 그것만으로도 선행을 베풀 수 있지.

다음에는 다섯째가 순서를 이어받아 말을 계속했다.

아버지가 사업에 성공하고 사회적으로 인정받기를 원했던 사람은 바로 어머니였을 거라고 분명히 단정하긴 어렵지만 어쨌든 그랬을 가능성은 있어. 아버지는 그렇게 성공하는 듯했다가 힘든 처지를 감당하지 못해서 금세 다시 추락하고 말았지. 명예욕이 있었던 존경하는 어머니도 당연히 함께 추락했고.

전혀 명예욕을 몰랐던 아버지는 주로 어머니의 강력한 독려 때문에 원래 소박하지만 기반이 든든했던 수공업 일을 무리하게 확장했던 게 아닐까. 우리는 그런 느낌이 들고, 그래서 감히 그런 추측도 하지. 하지만 무모한 계산이나 장사꾼다운 과감한 확장 따위는 아버지의 성품에 전혀 맞지 않았어. 한때는 당신 편이 되어주었던 행운이 이젠 아버지를 비웃었지. 아버지는 행운이란 위험하고 무례한 동반자라는 걸 깨달았지.

한때 반짝했던 시민적 체통도 무너지고 그밖에 온갖 불운한 실패를 겪게 되자 아버지는 당연히 어머니한테 견디기 힘든 고통을 안겨주었지. 그런데 이런 말이 적절치 않거나 부당하게 들릴지도 모르지만, 결국 아버지는 당신이 겪은 모든 불운을 어느 정도는 어머니 탓으로 돌려야 할 처지가 되었지.

아버지의 능력과 근면함, 추진력과 성실함에 대한 어머니의 신뢰는 당연히 여지없이 무너졌을 테지. 그런데 어머니는 모든 명망의 상실과 불행이 너무 깊이 가슴에 사무쳤어. 아버지는 어머니가 거의 쉴 새 없이 원망하는 소리를 들어야 했고, 그래서 어머니 곁에서는 더 이상 편안한 삶을 영위할 수 없는 지경이 되었지.

이 대목에서 내가 잘못 생각하는 것일 수도 있지만, 내 생각에는 여성이 남자보다 남들에게 보이는 체면에 훨씬 더 신경 쓰는 것 같아.

어머니는 확실히 유머라곤 없었어. 유머가 있는 사람은 불행에 처해서도 평정심을 유지하고 어떤 나쁜 상황에도 용기 있게 대처할 힘이 생기는데 말이야.

도움을 줄 법한 친지들도 두 분이 곤경에 처한 걸 쌀쌀맞게 방치했지.

실패에 시달리고 '행복'을 바라는 여성의 무자비에 시달리는 사람은 동시에 예상보다 빨리, 두려워하는 정도보다 더 집요하게 여론의 손가락질에 시달리게 되지. 여론이란 대체로 예로부터 불행한 사람을 깔보고 가혹하게 판단하거든.

따라서 어떻게든 성공을 거둔 사람은 줄곧 자기가 중뿔나게 옳고 떳떳하다고 자부하지만, 당당하던 사람의 행보에 불운이 덮치면 더 이상 떳떳하고 당당하게 행세할 수 없는 처지가 되고 말아. 세상이 그런 거지.

그런 불운을 당한 사람의 인생행로는 저절로 캄캄해지지. 행복에 배신당한 집안에는 어떻게 해도 떨어질 줄 모르는 동반자 비슷하게 내내 밤중처럼 어두운 짙은 먹구름이 드리우지. 그런 상황에서는 사소한 자극만 가해도 섬뜩한 타격이 되고 침통한 심정이 되지. 한때는 아늑하고 믿음이 가득하고 정겨웠던 집안 분위기가 갈수록 갈등과 불신과 불화로 바뀌게 되지. 평화와 사랑과 기쁨은 쓸데없는 원망 타령으로, 자극적인 비난으로 바뀌는 거고.

아버지는 성화를 내는 어머니를 견뎌야만 했는데, 그렇지만 부당한 대우를 받아 마땅한 잘못을 저지른 적은 없어. 아버지는 늘 최대한 노력을 기울였고, 항상 좋은 쪽으로 생각하셨고, 언제나 최선의 아름다운 것만 염두에 두셨어. 어머니가 아무리 짜증을 내고 고약한 소동을 부려도 내내 어머니를 사랑하고 존중하셨지. 봇물처럼 쏟아지는 일상적 고충과 곤경, 근심걱정 속에서도 극진히 사랑하고 존중하셨어. 그러자 마침내 어머니도 그걸 깨닫게 되었지. 사실 어머니는 아버지를 너무 잘 알았고, 아버지를 이해 못할 분이 아니었거든. 아버지가 늘 얼마나 따뜻하고 선량하고 정직하신지 익히 아셨던 거야. 아버지를 비난하고 타박하고 격한 모습을 보였을 때도 사실은 그런 태도가 누구보다 어머니 자신에게 가장 큰 상처가 되었더랬지.

인생이란 정말 수수께끼가 아닐까? 행여 그런 상황을 해결할 수 있으리라고 감히 바라거나 상상이나 할 수 있었어? 형이나 나 또는 우리 모두 감히 생각이나 할 수 있겠어? 이상하게 정신이 혼미했던 어머니가 드디어 매사에 우리한테 상냥하게 대해주고 너무나 유순해지실 거라고 어떻게 상상이나 했겠어? 감히 설득할 엄두도 내지 못했잖아?

사업에 실패한 후로 아버지는 말하자면 눈에 띄지 않는 구석에 은거하셨지. 길거리에서 만나는 사람들이 경멸감을 어설프게 감추며 인사를 건넨다는 걸 잘 아셨거든. 건성으로 손을 들어 모자를 벗는 시늉만 하고 기껏해야 모자 언저리를 스치기만 하는 걸 똑똑히 보셨으니까. 그래도 아버지는 조용히 갈 길을 가셨는데, 어쩌다가 소박한 사람들과 마주치기도 하셨지. 그들은 행여 아버지를 흉보기는커녕 흔쾌히 말을 주고받아서 아버지는 장차 어떤 부류의 사람들과 교제해야 할지 실감했지. 이로써 가난해진 사람은 주목받지 못한다고, 가난한 다른 모든 사람들과 어울리는 거라고 아버지가 조용히 혼잣말을 하신 뜻도 충분히 이해될 법해.

아버지는 위신이 추락한 결과를 겸손하게, 더 정확히 말하면 다정한 미소로 감내하셨지. 그래서 정말 일찍 돌아가시지 않고 더 오래 여생을 즐길 수 있었던 거야. 독재자처럼 구는 은행장이나 지점장, 실패한 모험적 투기꾼, 증권투자자나 여타 금융 족속들이 일삼는 짓거리는 전혀 하지 않았지. 그런 부류의 인간들은 삶을 묵묵히 견디는 걸 싫어하고 호기롭게 죽는 걸 더 선호하는 것 같아. 오만하고, 뻔뻔하고, 우쭐대고, 멍청한데도 전혀 웃기지도 않고, 오히려 죽음을 자초하는 총알로 코체부[1] 부류의 비극을 모방하여 구제불능의 머리를 쏘아 자살하는데, 그러면 나는 정말 고맙다고 말해주지.

아버지는 달랐어. 쾌활하고, 겸손하고, 이성적이고, 평화롭고, 가식을 모르고, 우쭐대지 않고, 화내지 않고, 과장하지 않고, 감정에 휘둘리지 않는 분이었어. 사람들이 당신을 떠받들

---

1 August von Kotzebue(1761~1819): 독일의 극작가. 러시아 간첩으로 의심을 받아서 살해당했음.

지 않아도 전혀 불만이 없었고, 그래서 흔히 자기가 엄청 똑똑하다고 황당한 주장을 하는 수많은 사람들에 비해 훨씬 더 철학자 같은 분이었지. 어렵고 두꺼운 책을 읽거나 심지어 직접 쓰기도 하셨지. 아주 엉뚱한 생각을 하실 때도 있어서 부차적인 문제를 터무니없이 중시하거나 중대한 사안을 완전히 오판해서 소홀히 하셨고, 그래서 인생을 살면서 아주 단순한 일에도 너무 미숙하게 대처하셨지.

정말 주목할 것은 아버지가 삶에서 늘 새롭게 어떤 가치를 찾아내어 삶에 적응할 줄 알았다는 사실이야.

아버지는 조용하고 아름답게, 어떤 의미에서는 풍성하게 즐기면서, 사소한 행복에도 감사하며 부지런히 살다가 평온한 죽음을 맞으셨지. 그렇게 죽음은 당신에게서 온화하게 빛을 거두어갔고, 당신의 선량하고 즐거운 마음을 부드럽게 감싸주었지.

끝에서 둘째인 여섯째가 차분한 목소리로 말했다.

우리는 물론 언제나 어머니를 지극히 존경하고 사랑했지. 그래서 너무 어머니를 위하다 보니 눈에 띄지 않게 살았던 아버지를 지금까지 어쩌면 부당하게 과소평가하고 뜻하지 않게 여러 모로 잘못 이해했을 수도 있어. 그런 면에서 분명히 우리는 꽤 오래도록 다소 일방적인 생각을 해왔어.

전반적으로 보면 평화와 선의의 합의를 이끌어내는 천성의 소유자들은 대개 홀대를 당하고 너무 쉽게 과소평가되는 경우가 많은데, 그것은 툭하면 세상에 평지풍파와 격앙된 다툼을 일으키는 부류의 인간들 때문에 뒷전에 밀려나기 때문이지.

하긴 온건하고 차분하고 중도적인 사람은 언제나 조금도 도드라지지 않고, 따라서 거의 주의를 끌지 못하지.

분명히 우리가 그런 이유로 어머니를 과대평가한 적은 없지만 어쨌거나 한동안 오로지 어머니만 쳐다보았고, 반면에 상대적으로 아버지한테는 너무 적게, 다시 말해 너무 건성으로 관심을 가졌던 것 같아.

두 사람 또는 여러 사람의 귀하고 소중한 존재를 동시에 사랑으로 지켜보고 온전히 배려해주기란 물론 힘든 일이지만, 한 사람만 존중하는 것보다 분명히 더 온당하고 고귀한 일이니까 그만큼 더 노력할 만한 가치가 있지.

어떤 대상이나 사람을 판단하려면 금세 편견에 빠지지 말고 가능한 한 온갖 일방적인 생각을 부지런히 피하고 편애를 정직하게 이겨내야 공평할 수 있지. 그래야 전체를 환하게 조망하면서 신중하게 헤아리고, 관심을 갖고 치우치지 않게 관찰하고, 경외심을 갖고 신중을 기하고, 정직을 사랑하는 마음으로 지칠 줄 모르고 대담하게 시종일관 진실한 판단을 내릴 수 있는 것이지.

내가 보기에 편견과 편애
는 완강하고 미련하고 답답
한 반면에 진실한 판단과 진
실한 사랑은 부드럽고, 순수
하고, 밝은 눈으로 보고, 섬
세하고 깃털처럼 가벼운 것
같아. 선입견을 갖고 보면
사람이나 사안을 힘들게 하
고 공정해질 수 없어.

발저의 어머니와 첫째, 둘째 형

아버지의 훌륭한 자질이
모두 당신이 겪었던 고난으로 인해 가려지고 완전히 은폐되
었다는 것을 우리는 분명히 느끼고 확인하고 있어. 그래서 묻
혀 있는 것을 다시 조명하고, 온갖 더미와 잔해 속에 파묻힌
것을 다시 꺼내어 조심스럽게 이해하는 것을 우리의 의무로
삼아야 해. 그렇게 되면 너무 기쁜 일이지.

바른 자식들에겐 아버지와 어머니 모두 똑같이 소중하고
이루 말할 수 없이 지극히 훌륭하고 아름다운 분들이지.

자식들이 정직함을 잃게 만드는 세상은 산산조각이 나고,
서로 다투며 황폐해지고, 끔찍한 절망과 비탄에 빠지고 말지
않을까? 젊은이가 노인을 존중하지 않고 업신여기고 홀대하

고 존경심을 팽개치려 든다면 아무리 영리하고 영광과 부를 쌓고 온갖 대단한 업적을 이룬다 한들 무슨 소용이 있겠어? 그렇게 되면 사람들이 서로 잡아먹으려 들지 않겠어? 그러면 세상은 악마적 타락이 판치는 활극장이 되지 않겠어?

우리 중에 누군가 때때로 어머니는 아버지로 인해 불행해졌을 거라고 어렴풋이 생각할 수도 있을 텐데, 그런 생각은 길게 따져보지 않더라도 분명히 잘못된 거라고 할 수 있어. 어머니가 불행했던 것은 사실이지만, 그렇더라도 선량하고 헌신적인 남편이었던 아버지 때문은 분명히 아니야. 오히려 두 분은 완전히 똑같은 불행을 함께 겪느라 고생하셨을 거야. 다만 확실히 아버지 쪽이 두 분을 덮친 청천벽력 같은 고난을 천성적으로 더 쉽게 견디고 더 담담히 받아들였을 뿐이지. 아버지는 하늘이 보살펴주지 않고 불리한 역경이 덮쳐오는 운명의 타격을 묵묵히 감내하고 온갖 어려움을 달갑게 받아들이며 힘껏 짊어지고 가셨지. 반면에 이상주의적인 어머니는 자존심이 강하고 당당해서 사납게 덮쳐오는 운명의 무게에 맞서 늠름한 여장부처럼 저항하셨던 거야. 뼛속까지 고결한 성품이어서 어떤 경우에도 마음을 다스려 상황에 순응할 줄 모르셨지.

불굴의 천성을 타고난 사람은 묵묵히 인내하고 순응하는 천성의 소유자보다 더 쉽게 무너지고, 더 빨리 병들어 탈진하게 돼. 아버지는 그런 사람이 아니었어. 그렇다고 어머니보다 못난 분은 결코 아니었지. 결국 아버지도 남자였던 거야.

어쨌거나 기질이 전혀 다른 두 분이 함께 살아오셨다니 정말 놀라워. 피상적으로 생각하면 두 분이 전혀 잘 어울릴 것 같지 않은데, 성격이나 기질은 판이하게 달랐는데도 확고하게 결합된 소중한 가정을 이루기 위해 드디어 결혼하기로 작심하셨지. 성격상 근본적으로 대립되는 두 분이 결합하다보니 물론 세월이 흐르는 사이에 피차 마음고생을 하셨던 거지. 어떻든 두 분이 함께 사신 것은 분명히 대범한 사건이었어.

그런데 인생이 너무 매끈하고 예쁘고 산뜻하고, 구구단처럼 뻔하고 정확하고, 명문화한 규칙처럼 무미건조하고 질서정연하다면, 전혀 고난도 시련도 없고, 폭풍우도 천둥번개도 없고, 눈물도 없고, 아무런 아쉬움도 실망도 없다면, 천국도 지옥도 모른 채 그렇게 인생이 흘러간다면, 그런 인생이 무슨 가치가 있을 것이며, 어떻게 위대하고 의미심장한 광경을 보여줄 수 있을까?

자식들은 부모님의 결혼생활이 연출한 놀라운 장관을 감동과 경탄의 마음으로 바라보게 되지. 부모님은 신뢰가 넘치는 용기를 발휘하여 서로에게 아낌없이 베풀고자 했고, 실제로 그렇게 살아오셨고, 합심하여 인생에 대처하고 인생의 위험과 싸우셨지. 그런 모습을 보니 고인을 축복해드리지 않을 수 없어. 고인은 좋은 분이었다고 인정할 수밖에 없으니까.

현명함이 항상 선한 것은 아니야. 때로는 이른바 현명하지 못함이 가장 고귀한 덕의 바탕이 되기도 하지. 어떤 식으로든 싸움을 치른 사람은 복 받을 자격이 있어. 아버지와 어머니도 싸움을 치르셨으니 자식들이 보기에 두 분은 아름답고, 결코 잊히지 않고, 우리 마음속에 우아하고 사랑스러운 불멸의 기념비를 세워주신 거야.

두 분이 얼마나 마음이 넓은지, 반면에 두 분에 비하면 우리가 얼마나 소심하고 우유부단한지 이제 똑똑히 지켜보고 깨닫게 되었으니 두 분은 우리 마음속에 늘 엄중한 경고로 아로새겨져 길이 남을 거야.

마지막으로 일곱째 막내가 덧붙여 말했다.

어찌 보면 아버지는 자신을 낮추고 순종하는 성향을 보이셨고, 반면에 어머니는 지배하고 명령하고 다스리려는 기질을 드러내신 것 같아. 흔히 말하듯이 대립되는 성격은 서로 좋아하고 기꺼이 접촉하지. 어머니가 워낙 성품이 진지해서 농담과 장난을 좋아하는 유쾌한 아버지를 남편으로 맞고 싶어 했다는 걸 어머니 자신도 잘 알고 계셨을 거야.

이제 아버지는 저세상으로 가셨어.

어진 마음과 삶에 대한 진실한 애정으로 아버지는 사소하게 기뻐할 일만 생겨도 너무나 따뜻하게 반기셨는데, 그런 분이 이제 고인이 되었고, 인간애로 넘치는 당신의 영혼은 미지의 세계로 건너갔어.

언젠가는 우리 자식들도 그런 죽음을 맞기를 바라야지.

그때까지는 평온하게 조용히, 눈에 띄지 않게 사는 거야. 사랑하는 고인의 삶을 본받아 세상에서 아름다운 일에는 무조건 진심으로 기뻐하고, 당신이 했던 대로 행하고, 즐겁게 지내고 다정하게 견뎌내는 거지. 그러면 남들도 우리를 견뎌 줄 테고, 우리는 선량한 고인이 그랬듯이 꿋꿋하고 용감하게 버텨낼 수 있겠지.

아버지는 마지막 날까지도 익살스럽게 삶을 즐기고 진정으로 깊이 만족하며 유유자적 지내셨잖아?

아버지는 젊은 세대의 활동에도 활발한 관심을 보이셨지. 호의를 베풀고 이야기를 즐기는 태도가 조금도 위축되지 않았어. 고향과 일가친지, 근사한 전통과 미풍양속, 도시와 시골의 풍경, 하늘, 오래되었지만 여전히 젊고 아름다운 대지, 이 모든 것과 함께 어머니의 초상을 마음속 깊이 간직하셨지.

이제 우리 중 누구도 더 이상 아버지 때문에 걱정할 필요가 없고, 아버지를 찾아 헤맬 필요도 없어. 많은 것을 잃었지! 우리 자신도 전혀 소중하지 않고 하찮아 보여. 그 어느 때보다 지금은 우리 눈에 먼지만 보이고 견고한 것은 사라지는 것 같아.

어느새 밤이 깊었으니 이제 각자 잠자리를 찾아서 잠을 청하기로 해. 내일 아침에는 아버지와 비교적 가깝게 지낸 분들에게 보낼 부고 문안을 생각해야지.

기쁨과 밝음과 경쾌함으로 가득했던 온 세상이 이제 가라앉는 심정이야. 하지만 다시 위안을 얻고 새로운 용기를 가다듬을 수 있는 날이 오겠지. 더 살아야 하고 노력해야 하니까.

아버지, 당신이 이 방에 거하시매 너무 아름답고 흡족하게 생기를 북돋아주셨으니, 안식의 방에서 부디 편히 쉬소서!

당신보다 더 위대하고 더 중요하다는 사람들도 당신만큼 아름답게 살지 못했고, 당신만큼 편히 잠들지 않았어요.

우리 형제 중 하나는 그림을 그릴 줄 아니까 묘비를 디자인하면 되겠네요. 또 한 형제는 때때로 펜을 잡고 아버지의 인생행로와 초상을 재주껏 글로 남길 거예요.

(1916년)

여섯 개의 작은 이야기

1. 어떤 시인에 대하여

　　어떤 시인이 고개를 숙이고 자신이 쓴 스무 편의 시를 들여다본다. 한 장 한 장 넘겨보는 동안 그는 각각의 시가 아주 특별한 감정을 불러일으킨다는 걸 깨닫는다. 그는 자신의 시에 감도는 분위기가 과연 어떤 것인지 골똘히 생각한다. 하지만 아무리 머리를 쥐어짜내도 아무런 생각도 떠오르지 않고, 머리카락을 쥐어뜯어도 모든 것이 여전히 모호하기만 하다. 그는 팔짱을 끼고 펼쳐놓은 책 위로 넙죽 엎드려 운다. 반면에 악당 필자인 나는 몸을 숙여 그의 작품을 훑어보고서 이 과제의 수수께끼를 아주 간단히 해결한다. 시는 모두 스무 편에 불과한데, 그중에 하나는 단순하고, 하나는 과장되고, 하나는 매혹적이고, 하나는 지루하고, 하나는 감동적이고, 하나는 경건하고, 하나는 순박하고, 하나는 형편없고, 하나는 천박하고, 하나는 편파적이고, 하나는 무도하고, 하나는 난해하고, 하나는 역겹고, 하나는 매력적이고, 하나는 절제되어 있고, 하나는 웅대하고, 하나는 옹골차고, 하나는 하찮고, 하나는 빈약하고, 하나는 이루 형언할 수 없고, 더 이상은 아무것도 없다. 시가 딱 스무 편만 있기 때문이다. 나는 이렇게 이 시들에 대해 딱히 정당하지는 않더라도 어쨌든 또박또박 신속한 판단을 내렸는데, 이런 일은 식은 죽 먹기다. 하지만 한 가지 분명한 사실은 이 시들을 쓴 시인이 여전히 책 위에 엎드려 울고 있다는 것이다. 그의 몸 위로 햇살이 쏟아진다. 그리고 나의 폭소가 바람처럼 그의 머리카락을 세차게 훑고 지나간다.

2. 류트

　　　　　　나는 류트로 추억을 연주한다. 류트는 늘 똑같은 소리를 내는 보잘것없는 악기이다. 이 악기의 소리는 때로는 길고 때로는 짧으며, 때로는 게으르고 때로는 민첩하다. 그 소리는 평온한 호흡으로 숨을 쉬거나 빠른 도약으로 숨이 가쁘다. 그 소리는 슬프기도 하고 흥겹기도 하다. 그런데 특이한 것은 이 악기가 침울한 소리를 내면 나는 웃게 되고, 뛸 듯이 흥겨운 소리를 내면 나는 울지 않을 수 없다는 점이다. 일찍이 이런 악기 소리가 있었던가? 일찍이 이렇게 신기한 악기가 연주된 적이 있었던가? 이 악기는 손에 잘 잡히지 않는다. 아무리 부드럽고 섬세한 손도 이 악기를 잡기엔 너무 거칠다. 이 악기의 현은 이루 말할 수 없이 가늘고 섬세하다. 그에 비하면 머리카락은 밧줄이나 다름없다. 이 악기를 연주할 줄 아는 한 소년이 있다. 나는 몰래 숨어서 소년을 엿볼 시간 여유가 있어서 소년의 연주에 귀를 기울인다. 소년은 식음을 전폐하고 밤낮으로, 밤이 새고 낮이 다 가도록 연주한다. 소년에게 시간이란 오로지 악기 소리처럼 흘러 지나가기 위해 존재할 뿐이다. 내가 소년의 연주에 귀를 기울이듯 연주자인 소년은 내내 그의 애인, 즉 악기 소리에 귀를 기울인다. 사랑에 빠진 사람이 일찍이 이토록 성실하게 줄곧 몰래 엿들은 적은 없었다. 몰래 엿듣는 사람을 몰래 엿듣고, 사랑에 빠진 사람을 지켜보고, 모든 걸 잊고 오직 사랑에 열중하는 사람이 곁에 있다고 느껴질 때면 얼마나 달콤한가. 소년은 예술가이고, 추억은 그의 악기이며, 밤은 그의 공간이고, 꿈은 그의 시간이다. 소년이 생명을 불어넣는 악기 소리는 그의 부지런한 하인이고, 세상에서 그 소년에 관해 말하는 사람들은 그의 연주를 듣기를 갈망하는 귀들이다. 나는 그저 귀, 이루 형언할 수 없는 감동에 사로잡힌 귀일 뿐이다.

3. 피아노

　　　　　　　　　나는 그 소년의 이름이 무엇인지 알지 못한다. 소년은 피아노 앞에 앉아 너무나 아름답고 고결한 여선생님에게 피아노를 배우는 행운을 얻었다. 바야흐로 세상에서 가장 아름다운 손이 날렵하게 건반 짚는 법을 그에게 가르치는 중이다. 여인의 손은 검은 물 위에 노는 하얀 백조처럼 건반 위를 미끄러지듯 움직인다. 여인의 손은 잠시 후에 입술이 말하려는 것을 아주 우아하게 미리 보여준다. 소년은 줄곧 정신이 산만하지만, 선생님은 이에 개의치 않는 것 같다. "이걸 연주해봐요." 하지만 소년은 아주 형편없이 연주한다. "한 번 더 해봐요." 하지만 소년은 더 형편없이 연주한다. 그러니 또다시 연주해야 한다. 하지만 연주는 여전히 형편없다. "게으르군요." 소년은 이 말을 듣고 운다. 이 말을 하는 여인은 미소를 짓는다. 이 말을 들어야 하는 소년은 피아노에 머리를 처박고 있다. 이 말을 해야 하는 여인이 그의 부드러운 갈색 머리카락을 쓰다듬어준다. 애무를 받고 부끄러움에서 깨어난 소년은 여인의 고상하고 하얀 섬세한 손에 키스한다. 이제 여인이 황홀하게 아름다운 팔로 소년의 목을 껴안는다. 그녀의 팔은 아주 부드럽게 집게처럼 꼭 끌어안는다. 이제 여인은 키스를 허락하고, 사랑스러운 소년의 입술은 다정한 여인의 키스에 굴복한다. 키스를 받은 소년의 무릎이 순식간에 맥이 풀려 쓰러지는 풀줄기처럼 무너지고, 무릎을 꿇은 소년의 팔은 여인의 무릎을 자연스레 감싸 안는다. 여인의 무릎도 흔들리고, 이제 두 사람은, 자애롭고 아름다운 여인과 소박하고 가난한 소년은 포옹과 키스로 하나가 되고, 함께 무너져 눈물 흘리며 하나가 된다. 그런데 여기에 더하여, 이 순간에 누군가 방문을 열고 이 뜻밖의 광경에 소스라치게 놀란다. 이로써 두 사람이 몰입한 사랑의 달콤함도, 이에 관한 이야기도 끝난다.

4.

　　　　　　　언젠가 아주 의기소침한 가난한 시인이 살았다. 이제 그 시인이 생각난다. 시인은 성스러운 야생의 자연을 실컷 둘러보았기에 이제는 오로지 자신의 환상을 시로 쓰기로 결심했다. 어느 날 저녁, 대낮, 혹은 아침에, 여덟시, 열두시, 혹은 두시에 그는 어둠침침한 방 안에 앉아 벽을 향해 말했다. 벽아, 너를 내 머릿속에 새겨놓았다. 그러니 네 고요하고 기이한 겉모습으로 나를 속이려 들지 마라. 이제부터 너는 내 환상의 포로다. 이어서 그는 창문을 향해, 그리고 매일 창밖으로 펼쳐지는 황량한 풍경을 향해 똑같은 말을 했다. 그러고서 그는 모험심이 발동하여 산책에 나섰는데, 아름다운 하늘 아래 들판과 숲, 초원, 마을, 도시를 지나고 강과 호수를 건넜다. 그러는 내내 그는 들판과 초원, 길, 숲, 마을, 도시, 강을 향해 말했다. 이봐, 너희들은 내 머릿속에 단단히 새겨졌어. 그러니 더 이상 너희들이 내게 감동을 준다고 착각하지 마. 그는 집으로 돌아와서 혼자 계속 웃었다. 나는 그것들을 모두 고스란히 머릿속에 새겨놓았어. 그러니 그는 지금도 여전히 그것들을 모두 머릿속에 간직하고 있을 것이고, 그것들은 (내가 도움을 줄 수 있다면 얼마나 좋을까) 거기서 더 이상 빠져나올 수 없을 것이다. 이건 환상적인 이야기가 아닌가???

5.

언젠가 어떤 시인이 있었다. 그는 자기 방의 공간을 너무 사랑한 나머지 하루 종일 등받이 의자에 앉아 눈앞의 벽을 골똘히 바라보았다. 그는 벽에 걸려 있던 그림들을 치웠다. 주의를 분산시키는 대상으로 인해 지저분하고 음침한 작은 벽 이외의 다른 것을 관찰하지 않기 위함이었다. 그가 의도적으로 방 안을 관찰했다고 할 수는 없다. 오히려 아무런 생각도 없이 종잡기 힘든 몽상에 사로잡혀 있었다고 보아야 할 것이다. 그러는 동안 그의 기분은 즐겁지도 슬프지도 않았고, 쾌활하지도 우울하지도 않았으며, 오히려 광인처럼 냉정하고 무심했다. 이런 상태로 그는 세 달을 보냈는데, 네 번째 달이 시작되던 날 그는 더 이상 자리에서 일어설 수 없었다. 그대로 붙박이가 되어버린 것이다. 이는 특이한 일인데, 곧이어 이보다 더 특이한 일이 일어날 거라고 이 글의 작가가 단언한다면 아마 믿기지 않을 것이다. 그런데 이 무렵 우리 시인의 친구가 시인의 방으로 찾아왔는데, 방에 들어서자마자 그 친구 역시 시인이 사로잡혀 있는 상태와 똑같이 우울한 몽상 혹은 우스꽝스런 몽상에 빠져들고 말았던 것이다. 얼마 후에 세 번째 시인 혹은 소설가가 친구를 보러 왔다가 똑같은 불행을 당했고, 그런 식으로 모두 여섯 명의 시인들이 친구의 안부를 살피러 왔다가 줄줄이 낭패를 당했다. 이제 일곱 명 모두 비좁고 어둡고 우중충하고 음침하고 썰렁하고 황량한 방 안에 앉아 있으며, 바깥에는 눈이 내리고 있다. 그들은 붙박이로 눌러앉아 있고, 아마 다시는 자연을 관찰하지 못할 것이다. 그들은 앉아서 멀뚱멀뚱 앞만 바라보고, 이 이야기를 재미있어하는 호의적인 폭소도 그들을 슬픈 마법에서 풀어주지 못한다. 안녕히 주무시라!

6. 멋진 곳

나는 이 이야기가 그다지 신빙성이 없다고 생각하지만, 그래도 이 이야기를 들었을 때는 아주 즐거웠다. 여기서 그 이야기를 재미 삼아 들려주고자 하는데, 다만 한 가지 조건을 달자면 이야기가 끝날 때까지 하품을 하여 이야기를 중단시키지 말아달라는 것이다. 두 명의 시인이 있었는데, 그중 한 명은 이름이 에마누엘이었고 신경이 아주 예민하고 민감한 청년이었다. 기질이 투박한 다른 한 명은 이름이 한스였다. 에마누엘은 숲속에서 아무도 알지 못하는 외진 구석을 발견했고, 거기서 시를 쓰기를 아주 좋아했다. 이를 위해 그는 할아버지에게서 물려받은 공책에 반듯하고 그만그만한 짧은 운문들을 썼고, 자신의 소명에 매우 만족하는 듯했다. 하기야 만족하지 않을 이유가 있었을까? 숲속의 장소는 너무나 조용하고 편안했고, 그 위로 하늘은 너무나 맑고 푸르렀으며, 구름은 모양이 아주 재미있었고, 맞은편 가장자리의 나무들은 무척 다채롭고 알록달록했으며, 풀밭은 너무 포근했고, 이 한적한 숲속 풀밭을 촉촉이 적셔주는 개울은 너무 청량했다. 그러니 에마누엘 씨가 바보가 아니고서야 행복을 느끼지 않을 수 없었으리라. 하늘은 순박하게 시를 쓰는 시인과 숲속 나무들을 굽어보며 푸르고 환하게 웃었다. 이 목가의 평화는 결코 파괴될 수 없는 것처럼 보였기 때문에 이제 곧 닥쳐올 방해는 주중의 사고 소식처럼 믿기지 않았다. 다음과 같은 일이 일어났던 것이다. 한스는 이미 앞에서 소개한 바 있다. 어느 날 두 번째 시인 한스가 우연히 숲에서 그 한적한 장소 근처를 배회하다가 이 외진 구석과 그곳 주민, 즉 에마누엘 형제를 발견했다. 두 사람은 서로 일면식도 없지만, 마치 새가 다른 새를 바로 알아보는 것처럼 한스는 에마누엘이 시인이라는 걸 바로 알아차렸다. 그는 에마누엘 뒤로 살금살금 다가갔고, 거두절미하고 말하자면, 에마누엘의 뺨을 호되게 후려쳤다. 그러자 에마누엘은 외마디 비명을 지르더니 누가 자기를 골탕 먹였는지 살펴보지도 않고 부리나케 줄행랑을 쳐서 순식간에 모습을 감추었다. 한스는 쾌재를 불렀다! 그는 이 근사한 알짜배기 장소에서 영원히 경쟁자를 몰아냈노라고 안도했고, 곧장 이 호젓한 숲속 장소의 매력을 어떻게 하면 가장 효과적으로 묘사할지 궁리했다. 그도 노트를 갖고 있었고, 노트에는 조만간 발표하기를 원하는 좋은 시와 나쁜 시들이 빼곡히 들어 있었다. 이제 그는 노트를 꺼내어 시인들이 적당한 정취에 잠기기 위해 곧잘 그러듯 별 생각 없이 온갖 것들을 끄적거리기 시작했다. 하지만 자신이 쟁취한 풍경의 고요하고 부드러운 아름다움을 섬세한 음절로 옮겨 조금이라도 생생한 느낌을 표현하려고 무척 애쓰는 것 같았다. 그가 그렇게 고심하는 동안 앞쪽에서 혹은 뒤쪽에서 새로운 난관이 닥쳐오고 있었는데, 결국 이 때문에 그가 개처럼 짖어대어 다른 사람에게서 빼앗은 낙원에서 물러나야 할 판이었다. 이번에 무대에 등장한 세 번째 인물은 여성 시인이었다. 이 소동에 깜짝 놀란 한스는 그녀를 쳐다보고는 바로 여성 시인임을 알아차렸고, 여성에게 신사답게 예를 갖출 겨를도 없이 이전 시인처럼 순식간에 사라져버렸다.

이 좋은 이야기는 여기서 중단되는데, 나는 이 이야기의 무기력함을 전적으로 인정하고 이해한다. 이 이야기와 마찬가지로 나 역시 이야기를 더 계속할 수 없다. 아무리 이야기를 더 진행해도 결국 아무 짝에도 쓸모없을 것이기 때문이다. 이미 두 명의 시인이 노래를 포기했거늘 새삼스레 여성 시인의 거동에 대해 뭐라고 읊조려봤자 무슨 소용이 있겠는가? 나는 그저 여성 시인이 숲속 장소의 아름다움에서 전혀 아름다운 것을 찾지 못했고, 그곳의 진기함에서 전혀 진기한 것을 찾지 못했으며, 그녀가 나타날 때처럼 요란스럽게 다시 사라졌다는 정도만 전하는 것으로 만족하고자 한다. 시인이라니, 빌어먹을 노릇이다.

(1901년)

어느 시인이 어느 신사에게 쓰는 편지

존경하는 신사 분께

오늘 저녁에 책상 위에 놓인 귀하의 편지를 보았습니다. 귀하는 편지에서 저를 만날 수 있는 시간과 장소를 알려달라고 요청하셨더군요. 저는 귀하의 요청에 뭐라고 말씀드려야 할지 모르겠다고 답할 수밖에 없습니다. 저는 이런저런 이유로 우려가 되는데, 저는 귀하께서 사귈 만한 자격이 없는 사람이기 때문입니다. 그걸 분명히 아셔야 합니다. 저는 아주 무례하고 거의 예의를 모르는 사람입니다. 귀하께 저를 만날 기회를 드린다면 제가 어떤 인간인지 아시게 될 겁니다. 저는 이를테면 빵모자의 귀퉁이를 가위로 잘라내어 볼썽사나운 꼴을 하고 다니는 인간입니다. 그런 괴짜를 직접 보고 싶으신가요? 귀하의 다정한 편지에 무척 기뻤습니다. 하지만 번지수가 틀렸습니다. 저는 그렇게 정중한 편지를 받을 자격이 없는 사람입니다. 부탁드리건대 저를 사귀고 싶다는 소망을 즉시 접으시기 바랍니다. 저는 상냥한 태도가 거북한 사람입니다. 당신을 만나면 어쩔 수 없이 상냥한 시늉이라도 해야겠지요. 하지만 그러고 싶지 않습니다. 상냥하고 예의 바른 처신이 저에겐 어울리지 않는다는 걸 잘 아니까요. 저는 상냥한 태도가 달갑지 않기도 합니다. 그러면 지루하니까요. 제 짐작에 귀하는 부인이 있고, 귀하의 부인은 우아하고, 귀하의 저택은 살롱 분위기가 나겠지요. 귀하처럼 세련되고 멋진 표현을 구사하는 분이라면 당연히 살롱을 갖고 있겠지요. 하지만 저는 그저 길거리의 인간, 숲과 들판을 쏘다니고 식당과 제 방에만 죽치고 있는 인간일 뿐입니다. 제가 행여 누군가의 살롱에 드나든다면 진짜 얼간이로 보이겠지요. 저는 지금까지 살롱에 가본 적이 없고, 혹시라도 그럴 기회가 올까봐 두렵습니다. 저는 건전한 이성을 가진 사람으로서 저를 불안하게 하는 일은 피해야요. 보시다시피 저는 진솔합니다. 귀하께서는 아마 유복한 분일 테고, 귀하의 말투에서도 유복한 분위기가 풍기겠지요. 반면에 저는 가난하고, 제가 하는 모든 말에는 가난한 티가 납니다. 그러면 귀하의 습관적인 어투가 제 기분을 상하게 하거나 저의 습관적인 어투가 귀하의 기분을 상하게 하겠지요. 제가 저의 생활형편을 얼마나 정직하게 선호하고 좋아하는지 귀하는 상상도 못하실 겁니다. 저는 비록 찢어지게 가난하지만 지금까지 신세타령은 생각도 해본 적이 없습니다. 그 반대로 오히려 저는 제 생활환경을 너무나 존중하기 때문에 제 생활환경을 지키고자 무던히 애써왔습니다. 저는 폐가나 다름없는 낡은 누옥에서 살고 있습니다. 하지만 그래서 저는 행복합니다. 가난한 사람들과 초라한 집들을 바라보노라면 저는 행복합니다. 물론 귀하께서 이런 저를 이해하실 리 없겠지요. 저는 황폐하고 영락하고 지리멸렬한 생활환경을 일정한 수준으로 유지해야 합니다. 그렇지 않으면 숨 쉬기조차 힘들 것입니다. 제가 세련되고 고상하고 우아하게 살아야 한다면 사는 게 고통일 것입니다. 우아함은 저의 적입니다. 제가 그런 주제넘은 시도를 하거나 예의를 차리느니 차라리 사흘 동안 굶겠습니다. 제가 이런 말을 하는 것은 무슨 자존심 때문이 아니고 솔직히 조화와 편안함을 좋아하기 때문입니다. 어째서 저의 본래 모습이 아닌 삶을 택해야 하고, 어째서 저의 본래 모습을 부정해야 합니까? 그건 바보짓이지요. 저는 있는 그대로의 제 삶에 만족합니다. 그러면 만사가 즐겁고 행복합니다. 그러니까 이를테면 새 양복을 맞추면 저는 불만스럽고 불행해집니다. 그런 사실에 비추어보면 저는 무엇이든 예쁘고 새것이고 세련된 것은 죄다 싫어하고, 무엇이든 낡고 닳고 남루한 것은 다 좋아합니다. 저는 벌레를 특별히 좋아하지는 않습니다. 그러니까 딱히 벌레를 먹고 싶지는 않지만, 그렇다고 벌레가 방해가 되지도 않습니다. 제가 사는 집에는 벌레가 득실거리지만, 그래도 이 집에 사는 것이 좋습니다. 제 집은 도적떼 소굴처럼 어질러져 보이지요. 그게 오히려 정겹다는 것입니다. 세상의 모든 것이 새것이고 반듯하다면 저는 더 이상 살고 싶지 않고, 차라리 죽고 말겠습니다. 저는 고상하고 교양 있는 사람들과 사귀어야 한다고 생각하면 덜컥 겁이 납니다. 저는 당신에게 방해만 되고 뭔가 유익한 자극이 되지 못할 거라고 저어됩니다. 마찬가지로 (아주 솔직히 말씀드리면) 당신도 저에게 방해만 되고 즐거운 자극이 되지 못할 거라고 저어됩니다. 각자 어떤 처지에 있든 사람 마음은 똑같습니다. 분명히 말씀드리지만 제 형편이 아무리 궁색하고 초라해도 저는 있는 그대로의 저 자신을 존중합니다. 이 점을 분명히 아셔야 합니다. 저는 일체의 시기심은 어리석다고 생각합니다. 시기심은 일종의 망상이지요. 누구나 자신의 처지를 있는 그대로 존중하면 그만큼 대접받게 마련입니다. 당신이 저한테 영향을 줄 수 있다는 것도 꺼려집니다. 다시 말해 당신의 영향에 저항하기 위해 불필요하게 정신을 쏟아야 하는 것도 꺼려집니다. 그래서 저는 굳이 사람들을 사귀려 하지 않고, 사귈 수도 없습니다. 누군가 새로운 사람을 안다는 것 자체가 적으나마 일정한 품이 드는 일이지요. 이미 말씀드린 대로 저는 편안함을 좋아합니다. 저를 어떻게 생각하실까요? 하지만 그건 제가 신경 쓸 필요가 없는 문제입니다. 저와는 상관없는 문제입니다. 제가 이런 식으로 말한다고 굳이 양해를 구할 생각도 없습니다. 그건 입에 발린 소리일 뿐이지요. 진실을 말할 때는 언제나 예의에 어긋나게 마련입니다. 저는 별을 좋아하고, 달은 저의 은밀한 친구입니다. 제 위에는 하늘이 있습니다. 저는 사는 동안에는 하늘을 우러러보기를 잊지 않겠습니다. 저는 대지 위에 서 있습니다. 이것이 저의 입지입니다. 흘러가는 시간은 저와 농담을 하고, 저는 흘러가는 시간과 농담을 주고받습니다. 저는 이보다 더 소중한 즐거움을 상상할 수 없습니다. 낮과 밤은 제 동반자입니다. 저는 아침저녁으로 친숙한 발에 의지하여 일어섭니다. 그럼 편안히 지내시기 바랍니다.

가난한 시인 올림

(1914년)

어느 화가가 어느 시인에게 쓴 편지

시를 쓰는 동생에게

지난 일요일에는 어떤 사람의 방을 찾아갔단다. 그는 무슨 고약한 변덕이 생겼는지 집에 붙어 있지 않더구나. 나는 한 시간 동안 네 방에 앉아서 책상 위에 놓여 있는 책을 몇 페이지 읽기도 하고, 방주인 대신 빈 벽과 수다를 떨기도 했지. 대화는 매력적이었어. 네가 돌아오기를 기다리다 헛수고만 하고, 진심 어린 작별인사를 수없이 하고는 방을 나왔지. 너를 만나지 못한 것이 너무 아쉬웠단다. 네가 있었더라면 우리 둘이서 분명히 이루 말할 수 없이 많은 이야기를 나누었을 텐데. 예전에 우리가 함께 몰래 과수원에 배를 훔치러 갈 때 얼마나 마음이 설레었던지. 그런 모험은 혼자서 하면 전혀 매력이 없지만 둘이서 하면 정말 재미있거든.

너는 도대체 어디에 숨어 있었던 거야? 내가 지난주에 감행한 대담하고도 무모한 알프스 산행을 길게 자세히 들려주고 싶었는데. 엄청나게 높은 고지대의 협곡을 통과했는데, 예전에 주바로프 장군[2]도 아마 그랬을 거야. 사방이 눈과 얼음으로 뒤덮인 협곡에서 허기와 탈진으로 거의 죽을 뻔했을 때 나는 그 장군을 떠올렸지. 네가 얌전하게 집에 있었더라면 이 비슷한 이야기를 내 입으로 직접 들을 수 있었을 텐데. 하지만 이제는 이렇게 글로 전하는 것에 만족해야겠구나. 사실 글로 전달하면 실감이 떨어지기 십상이지. 어떻게 지내니? 네가 새로 쓴 시가 몇 편이라도 있으면 시를 보내달라고 부탁하는 사람이 누구인지 알 테니 좀 보내주려무나. 그러면 시를 읽고 시의 내용으로 기분전환을 할 수 있을 텐데.

보고 싶은 아우야, 지금 나는 고풍스럽고 정겨운 소도시에 머물고 있단다. 이 도시는 옛날 성벽과 성탑들을 거의 그대로 보존하고 있고, 생기발랄한 상상력으로 떠올릴 수 있는 가장 아름답고 우아한 경관에 둘러싸여 있지. 주위 풍경은 너무 아름답고 푸르고 매력적이고 마음이 끌리고 사랑스럽단다. 그 부드러운 사랑스러움은 너무 매혹적이어서 공주님을 영접하기에 딱 어울린다고 하고 싶을 정도야. 너에게 단언하건대 나는 너무 매료되었고, 너무 깊이 매료된 이 자연스러운 느낌을, 이 벅차고도 진솔한 기쁨을 말과 문장으로 다소라도 제대로 묘사할 수 있기를 바란다. 내가 이 도시에 온 이유는 실내 벽화를 그려달라는 주문을 받았기 때문이야. 나는 이 과제를

2 A. W. Suwarow(1730~1800): 러시아의 장군.

쉽게 마칠 수 있기를 바라는데, 보수가 그런대로 괜찮을 거라고 즐겁게 상상하지. 나는 근교에 있는 아담한 방에서 묵고 있는데, 벽에 어두운 색깔 판자를 댄 창문 밖으로 보이는 전망이 너무 매력적이어서 그림을 그리지 않을 수 없어. 조만간 걸어서 내가 있는 곳으로 와보렴. 그러면 내가 여기서 어떻게 지내는지 직접 보게 될 거야. 내가 아주 다정하게 맞아줄 테니까 기대해도 좋아. 그리고 이곳에는 아름다운 경치가 온 사방에 넘쳐나니까 미리 마음의 준비를 하렴.

네가 시를 쓸 때도 비슷한 경험을 하겠지만, 나는 일감으로 그림을 그리는 것 외에도 자연을 그리곤 하지. 나는 탁 트인 곳으로 나가서 자연의 신성한 모습을 실컷 바라보고, 깊은 인상, 구상 또는 밑그림을 집으로 가져와서 방 안에서 내 생각을 그림으로 완성해. 그러니까 자연 앞에서 그린다기보다는 자연을 뒤로하고 그리는 형국이야. 아우야, 자연의 위대함은 너무 신비롭고 무궁무진해서 우리가 자연을 즐길 때면 자연에 압도당하게 되지. 그런데 내 생각에는 세상에서 모름지기 고통이 섞여들지 않는 행복이란 없는 것 같아. 내가 너와 나 자신에게 이런 말을 하는 이유는 요컨대 내가 힘들게 싸우고 있음을 말하려는 거야. 주위의 모든 자연 속에 깃들어 있는 색깔에는 멜로디가 흘러들어가. 그리고 우리의 생각도 첨가되지. 나아가서 모든 것은 계속 변화한다는 것을 유념해야

해. 하루 중의 시간들, 아침, 점심, 저녁 또한 계속 변화하지. 공기 자체도 아주 독특하고 신기하게 떠도는 것이어서 모든 현상을 휘감아 떠돌고, 모든 대상에 다채로운 낯선 얼굴을 부여하며, 형태들을 변화시키고 마법으로 흘리지. 붓과 팔레트, 수작업 도구와 수작업의 아주 느린 움직임을 생생히 떠올려봐. 신기하고 모호하고 이리저리 흩어지는 무수한 아름다운 현상들은 다양한 방식으로 우리 눈에 휙 스쳐 지나가지만, 화가는 조바심에 쫓기면서 그처럼 느린 수작업으로 그런 현상들을 포착해서 단단한 영속성을 부여하고, 그림의 영혼으로부터 힘차게 섬광을 발하는 생생한 그림으로 재창조를 해야만 하지. 이 모든 과정을 떠올리면 너는 이 힘든 싸움을 이해하고, 이 전율을 느낄 수 있을 거야! 아, 우리가 느끼는 사랑으로, 기쁨으로, 만족스럽고 매혹적인 생각으로, 그리움으로, 뜨거운 진심의 소망으로 또는 그저 순수하고 행복한 관찰만으로 이 작업이 이루어질 수만 있다면!

진심으로 잘 지내기 바란다. 한 가지 분명한 것은 우리 두 사람은, 시인인 너나 화가인 나는 인내와 용기와 힘과 끈기를 가져야 한다는 거야. 거듭 잘 지내기 바라며, 치통이 없기를 바라고, 돈이 떨어지지 않기를 바라며, 내가 밤새 읽을 수 있도록 긴 편지를 보내주기 바란다.

(1915년)

어떤 시인

어느 시인이 글을 썼다. 나는 내가 원해서 세상에 태어나지 않았다. 부모님께 나는 어떤 존재였을까? 무엇보다 걱정거리였다.

학교에 다닐 때는 성적이 떨어지기도 하고 오르기도 했다. 역사 수업이 가장 재미있었다. 예수 그리스도가 등장하는 종교 과목은 달콤했다. 종교 수업은 전혀 거슬리지 않았고 오히려 거의 오락처럼 즐거웠다. 종교는 일종의 소설 같았고, 성경 이야기는 아름답고도 자명한 내용으로 들렸다.

졸업 후 몇 년 동안은 성장의 시간을 보냈다. 나는 이런 소박한 표현방식에 담겨 있는 모든 의미를 그냥 덮어두고자 한다. 장황하게 표현하지 않도록 주의해야 한다고 느끼기 때문이다.

스무 살이 되자 나는 곧잘 골똘한 생각에 잠긴 채 책상에 앉아 시를 쓰곤 했는데, 그럴 때면 때로는 몇 분씩이나 시가 막혀서 손으로 머리를 괴고 있었다.

어떤 때는 시가 전혀 써지지 않다가 다시 장난처럼 시구가 떠올랐는데, 그럴 때면 날카로운 사고는 전혀 필요 없고 아주 멍청한 짓이라는 생각이 들었다.

어느 날 나는 어떤 분에게 편지를 썼다. "아, 지금 보내드리는 원고를 모두 읽어주시고 어떻게 생각하시는지 말씀해주시면 감사하겠습니다. 기탄없이 비판도 해주시기 바랍니다. 저는 비판을 감당할 용의가 있습니다."

이 편지와 함께 나는 써놓은 원고를 대담하게 부치고는 대답을 애타게 기다렸다. 얼마 후에 다음과 같은 내용의 답장이 왔다. "안됐지만 당신의 시는 완전히 아마추어 티가 납니다."

나는 그가 보내온 편지의 내용을 절반만 믿었지만 어쨌거나 혼란에 빠졌고 완전히 기가 죽었고, 간단히 짐을 챙겨서 정처 없이 길을 떠났다.

저녁이 되자 향기로운 나무들에서 새들이 전에는 들어본 적이 없는 아름다운 소리로 노래했다. 그때 느꼈던 매력에 취해 나는, 이런 표현이 어떨지 모르지만, 하늘나라에 오른 것 같았다. 여름밤도 황홀했다. 나는 가만히 서서 스스로에게 물었다. "이제 어디로 가지?"

사람들은 나를 쳐다보았고, 나도 그들을 쳐다보았다. 이상하게 왜 그랬을까? 나는 길을 잃은 아이처럼 거의 울상이 되었지만, 입술은 조롱기 어린 미소로 일그러져 있었다. 워낙 조소와 고통은 서로 가까운 친화성이 있지 않을까?

나는 몸을 추스르고 다시 길을 갔다. 불확실성은 뭔가 근사한 것이 아닐까? 어느 집 창문에서 음악이 흘러나왔고, 울타리 그늘에서는 사랑하는 연인들이 키스를 하고 있었다.

밤은 잠자는 여인 같았고, 달은 꿈만 같았다. 이 비슷한 말들은 분명히 이미 흔히 사용된 표현들인데, 이런 진부한 표현을 피하지 못한 것이 아쉽다. 어떤 집에 불이 켜져 있었고, 나는 그 집으로 나도 모르게 이끌려 들어갔다.

나는 정원에 들어섰고, 현관으로 가서 초인종을 눌렀다. 하인이 문을 열어주면서 물었다. "이렇게 밤늦은 시간에 어쩐 일이오?" 그러자 내가 대꾸했다. "나를 안으로 안내하게."

내 말투가 너무 당돌하고 거침없어서 당황했는지는 모르겠지만, 하인은 나를 멀뚱하게 바라보면서 어찌할 바를 몰랐고, 더 이상 아무런 질문도 하지 않고 자기를 따라오라고 했다.

그를 따라 들어가자 금세 어떤 여성이 나타났는데, 그녀는 예고 없이 찾아온 방문객에 전혀 놀라는 기색도 보이지 않았고, 오히려 마치 나를 아주 오래도록 기다렸다는 식의 태도를 취했다.

내가 감히 먼저 말을 꺼냈다. "저는 오랫동안 방랑하느라 상당히 지쳐 있습니다. 인생은 갑갑하고, 세상은 작고 단조롭습니다. 하지만 계속 이런 어투로 말하진 않겠습니다. 그러면 부인께서 저를 철학자로 여기실 테니까요. 부인께서는 제가 상상했던 대로 정말 아름답고도 낯설어 보입니다. 부인의 미소를 지켜보노라면 흔히 들을 수 없는 신기한 이야기를 듣기 좋아하는 분이라는 걸 알겠습니다. 저는 부인을 신뢰하니 청하건대 부인께서도 저를 믿어주시기 바랍니다. 저는 한때 시를 쓴 적이 있는데, 그로 인해 너무 진이 빠져서 휴식이 필요합니다. 저는 여기저기 돌아다니면서 수많은 사람들을 가까이 접하고 사귀었지만, 모두가 떠나갔고 저만 홀로 남아서 결국 이런저런 연을 맺었다가 끊었다가 하는 식으로 지내왔습니다. 이제 저는 부인의 호의에 저를 맡기고자 하니 저를 자애롭게 거두어주시기 바랍니다.”

덧붙여 말하자면 나는 그때 아주 바보 같은 옷차림을 하고 있었다.

“괜찮으시다면 저의 말동무가 되어 주시겠어요?” 그렇게 말하면서 부인은 나에게 손을 내밀었고, 나는 승낙의 뜻으로 힘차게 악수를 했다. 덧붙이자면 부인의 손은 세상에서 가장 아름답고 섬세하다는 생각이 들었다.

그녀의 얼굴은 무척 예뻤다. 하지만 더 이상은 묘사하지 않겠다. 그래야 더 재미있으니까. 옷차림은 지체 높은 부인 티가 났는데, 거의 여왕처럼 보일 정도였다. 이런 표현은 다소 과장된 것이지만, 나는 워낙 과장을 잘한다.

그녀가 눈으로 말하고 표정으로 장단을 맞추는 태도가 얼마나 매력적이었던가. 하지만 그런 말도 여기서는 적절치 않다. 나는 어째서 온갖 것들을 뒤범벅으로 버무리는지 모르겠다.

나는 심지어 머리도 제대로 빗지 않았는데, 그녀는 그래도 알아채는 내색을 하지 않았다. 그녀가 미소를 지으면 주위에 음악이, 최고의 음악이 울리는 것 같았다. 피아노나 바이올린 따위가 아니라 뭐라고 형언할 수 없는 전혀 다른 음악이었다.

그녀는 나에게 방을 배정해주고는 잘 자라고 인사했고, 그녀는 나에게 상상할 수 있는 최고의 인상을 주었다. 이 이야기는 어쩐지 동화적인 분위기가 물씬 풍기지 않는가? 그건 그렇고, 나는 잠이 들었다. 다음 날 깨어났을 때는 마치 목욕을 한 것처럼 기분이 상쾌했다.

아침식사를 하면서 그녀는 자기가 어떤 '스캔들'에 엮였다고 했다. 나는 그렇더라도 그녀 곁에서 편안히 지내는 데 아무런 문제가 없다고 대꾸했다. 어떤 스캔들에 엮였든 간에 무슨 상관이란 말인가.

그녀는 나를 내무부 장관으로 지명했다. 하지만 나는 그 직책을 거절했다. 그 직책은 나한테 너무 과분한 것 같다고 솔

카를 발저 〈시인〉(동생 로베르트 발저를 모델로 그린 그림)

직히 털어놓았다. 무거운 책임을 지는 일은 성가시고, 비중 있는 관직은 나한테는 어울리지 않는다고 했다.

그녀는 나더러 장차 어떤 일을 할 생각이고 어떤 활동을 선호하는지 물었고, 나는 이렇게 대답했다. "저는 시를 쓰겠습니다. 그때그때 제가 쓴 시를 부인께 낭송해드리겠습니다. 물론 시간당 5백 프랑 이하는 곤란합니다."

"좋아요." 그녀가 말했다. "이제 당신에게 무한정의 자유를 드리겠어요. 당신은 얌전히 지내고 자제심을 발휘한다는 조건으로 얼마든지 자유롭게 지내도 좋아요."

나는 그녀에게 걱정하지 마시라고 약속했다.

(1914년)

타자기

타자기를 생각하면서 커피 집에 갈까를 고민하는 나의 자아, 여러분의 자아는 도무지 느낄 수 없는 나의 자아는 오래된 다리의 지붕 아래에서 힘차고 부드럽게 움직이고 있었다. 지붕을 씌운 이 독특한 다리 아래로는 강이 유유히 흐르고 있었는데, 나는 섣부른 비유가 내 글에 득보다는 실이 된다고 믿기에 강의 경관을 굳이 뭐라고 비유하지는 않겠다. 아, 살랑대는 숲이여, 내 발자국 소리에도 흐트러지지 않았던 밤에 너는 얼마나 사뿐히 솟아올랐던가. 나는 시골 머슴처럼 투박한 발걸음으로 길을 성가시게 했고, 너무 걱정이 되어 내가 무례했는지 길에게 물어보았다. 주위에는 여기저기 사람으로 보이는 형체가 어른거렸고, 내가 인사하면 반갑게 맞아줄 것 같은 집이 한 채 보였다. 황금색 커피 생각이 뇌리에 박혔고, 내 걸음걸이는 생각에 지쳤는데, 이런 상태가 이해되지 않는 사람이 내 심정을 가장 잘 이해할 것

[역자 주석] 이 글은 필자가 폐휴지 등에 1~3밀리미터 크기로 깨알처럼 쓴 이른바 '마이크로그램' 원고 중 하나다. 필자는 1920년대 중반부터 이런 방식으로 글을 쓰기 시작했고, 특히 요양원에 들어간 1928년부터는 거의 이런 방식의 글쓰기를 고집했다. 사진은 '마이크로그램' 견본.

이다. 밝게 불이 켜진 작은 방에서는 누군가가 이런저런 글을 읽고 있었을 것이다. 내가 골똘한 생각에 빠져 있었다고 말하면 그건 진실에 근거한 말이 아닐 것이다. 몇 해 전에 명성이 있는 어떤 동료 작가가 찾아와서 자기는 글을 쓸 때 타자기를 사용한다고 했고, 한동안 나는 이 문제로 고민했다. 다시 말해 나도 타자기를 사용하면 도움이 되지 않을지 이따금 스스로에게 물어보곤 했다. 하지만 그 생각은 점차 완전히 사라졌다. 이 글의 독자에게 털어놓자면, 독자 여러분이 아직까지 알아차리지 못했을 수도 있겠지만 나는 지금 아주 불편하게 글을 쓰고 있고, 이런 불편함에 매료되어 있다. 그것은 마치 밤 아홉시에 숲속에 들어서면 일정한 구간에서 나를 에워싸는 어둠이 나를 기쁘게 하는 것과 비슷한 이치다. 나는 지금까지 살아오면서 아주 다양한 방식으로 나의 두 손에 의지해왔다. 나는 내 손을 아주 잘 다루어왔고, 시간이 지남에 따라 내 손도 교양을 갖추었다고 단언할 수 있다. 이와 관련하여 나는 손으로 쓴다는 생각에, 손가락의 법칙에 충실함으로써 타자기 생각을 극복할 수 있었다. 그런데 이런 표현도 아주 부적절한 게 아닐까? 오후 세시 무렵에 나는 구덩이 속에서 또는 구덩이를 건너뛰면서 갑자기 멀리 있는 어떤 도시가 생각났고, 또한 산책하는 도중에 군밤을 사야겠다는 생각도 했는데, 나는 실제로 군밤을 샀다. 존경하는 독자에게 나의 뇌리에 맴돌았던 어떤 생각을 밝히자면, 스위스 독일어에서 '부랑자'(카이브 Cheib)라는 말이 다름 아닌 오리엔트 지방에서 유래했다는 것이다. 사실대로 말하면 최근에 이슬람 신전(카바 Kaaba, 영묘靈廟)에 관한 신문 기사를 읽었는데, 그 신전은 비교적 오래된 사원이었다. 기사에 따르면 '카이브'라는 말과 '카바'라는 말 사이의 어원적 친족성을 떠올리면 다음과 같이 추론할 수 있다는 것이다. 즉 예전에 중세 스위스 거주민들은 역사가 가르치듯 유럽 전역의 사람들과 활발히 교류했던 중동 지방 사람들을 '카이브'라 일컬었다는 것이다. 다시 말해 '카바'의 계시를 받아 먼 곳으로 여행했던 사람들을 '카이브'라 일컬었고, 그렇게 해서 '카이브'들은 어느 길로 가든지 언제나 다시 신전으로 돌아오는 길을 찾아올 수 있었다고 한다. 카발레(계략), 카바, 카이브 등의 어휘는 민간 구전에서 이슬람교와 관련되는 모든 것을 쉽게 폄하했던 시대의 산물이다. 유럽인들이 그랬듯이 이슬람 '부랑자'들 역시 기독교인들을 곧잘 폄하했을 것이다. 어두운 밤에 숲을 파악하기 힘든 것은 나무줄기가 보이지 않기 때문이다. 그래도 나무줄기가 있긴 있다고 짐작하니까 계산할 수밖에 없고, 온 사방으로 더듬어서 확인해보는 것이다. 그런데 도니체티[3]의 오페라 공연장에서 먹었던 두어 개의 치즈크림케이크는 얼마나 기막히게 맛있었던가. 그때 나는 공연에 귀를 기울이는 동안 마음속으로

---

3 Gaetano Donizetti(1797~1848): 이탈리아의 오페라 작곡가.

환호했다. 나는 끈질기게 줄곧 손으로 글을 쓰는 용기를 잃지 않았다. 나는 신의를 지키는 성품이니, 사람들이 이런저런 일에서 나를 믿을 거라고 믿어도 무방하지 않을까. 솔직히 말하면 나는 어느 정도는 그런 신뢰가 필요하다고 생각한다. 일요일 산책을 하는 동안 나는 식당에는 단 한 곳도 들르지 않았다. 나는 그것만 해도 하나의 성과라는 생각이 들었다.

(1927년)

나의 노력

              나는 시간이 흐를수록 내가 관계하는 출판사들의 걱정거리가 되었다. 그 출판사들 중 하나가 노벨레를 써달라고 제안해왔다. 하지만 지금까지 나는 단 한 편의 노벨레도 성공하지 못한 것 같다. 나는 스무 살 무렵에 시를 썼고, 스물여덟 살에 다시 시를 쓰기 시작했다. 자화상을 서술하려는 이 글에서 나는 특정인의 신상에 관련된 내용은 일체 피하기로 하겠다. 이를테면 나의 인생행로에서 마주쳤던 비중 있는 인물에 관해서는 전혀 언급하지 않겠다. 반면에 내가 기울인 노력에 관해서는 가능하면 최대한 정확히 기록하고자 한다. 짐작건대 나는 오늘날 짧은 이야기의 작가로 다소 명성을 얻은 것 같다. 아마도 짧은 이야기의 문학적 영향력은 상대적으로 호흡이 짧을 것이다. 그렇지만 내가 이 글에서 구술하는 이야기가 기분 좋은 상태에서 하는 이야기라고 독자 여러분에게 믿어달라고 부탁해도 될까? 나는 지금 이

발저 산문집 『호수 나라』(1916) 표지(위).
발저가 직접 쓴 글씨(아래).

순간이 너무나 편안하다. 지금까지 나는 대체로 침착하게 글을 써왔다. 나라는 사람 자신은 이따금 불안정할 때가 있지만 말이다. 부연해서 강조하자면 나는 대략 5년 전부터 애인이 있는데, 최선의 사랑으로써 그 애인을 사랑하지는 않는다. 솔직히 말하면 나는 이따금 프랑스어 책을 읽는데, 그렇다고 프랑스어로 쓴 책을 남김없이 이해한다고 주장하는 것은 아니다. 나는 책에 대해서나 사람에 대해서나 빈틈없이 이해하면 유익하다기보다는 오히려 흥미가 떨어진다고 생각한다. 나는 때때로 독서를 통해 영향을 받는다. 약 20년 전에 나는 비교적 빠른 속도로 세 권의 소설을 썼다. 그런데 그것은 보기 여하에 따라서는 소설이 아니고 온갖 이야기를 늘어놓은 책일 뿐이지만, 그래도 그 책들은 좁은 범위의 독자들 또는 폭넓은 독자들 사이에서 좋은 평가를 받은 것 같다. 얼마 전에 한 젊은 비평가가 나와 언쟁을 벌인 적이 있다. 그는 내가 예전에 쓴 책을 높이 평가한다고 말했는데, 나는 그의 말에 시큰둥했기 때문이다. 사실은 그가 말한 책은 이젠 서점에 꽂혀 있지도 않으니 내가 그의 말에 감동을 받을 까닭이 없었던 것이다. 내가 존중하는 동료 작가들 중 몇몇도 사정이 비슷한 것 같다. 학교에 다닐 적에 선생님은 나의 필체를 칭찬해주셨는데, 아무리 생각해도 나의 필체는 산문을 쓰기에 딱 어울리는 필체인 것 같다. 나는 그 필체 덕분에 수많은 스케치 등을 탈고했고 작가라는 직업을 유지할 수 있었으니, 그래서 당연히 기쁘다. 나는 언젠가부터 책을 쓰는 대신 산문을 쓰기 시작했다. 장황한 서사의 얼개를 엮는 일이 짜증이 나기 시작했기 때문이다. 언젠가부터 내 손은 글쓰기 봉사를 거부하려고 했다. 그래서 손을 달래기 위해 나는 기꺼이 업무량을 줄여주었고, 그런 배려를 통해 보다시피 다시 점차 손을 내 편으로 만들 수 있었다. 나는 야심을 억제하고 아주 하찮은 성공에도 만족하기로 마음먹었다. 나의 작가정신은 다양한 신문의 문예란에 기고하면서 조용히 살기를 원하는 나의 소망에 순응했다. 나는 예전에는 근사한 호칭을 누렸던 것 같다. 하지만 이제는 '신문 기고가'라는 호칭에 만족하며 덜 근사한 호칭에 적응했다. 내가 작가로서 엉뚱한 길로 빠졌다고 생각하는 사람도 있겠지만, 나는 그런 감상적인 생각으로 마음이 상한 적이 없다. '지금 내가 하는 일이 문학의 본령에서 벗어난 것은 아닐까?' 이따금 이런 의문이 불쑥 엄습하곤 했다. 하지만 꾸준히 노력하는 사람이라면 이상주의적인 요구의 부담 때문에 의욕이 꺾이고 마음고생을 할 필요는 없을 것이다. 솔직히 고백하면 나는 어느 정도 한도 내에서 게으름을 피우는 것조차 스스로 금지할 만큼 마음이 모질지 못하다. 나는 이 시대가 놀랍도록 나를 배려해주었다고 믿어도 무방하다고 생각하며, 그것으로 만족한다. 나는 아직 살아 있으니 그것으로 감사하며, 일관되게 나의 길을 걸어오고자 노력한 것으로 감사의 마음을 표현해도 무방할 것이다. 내가 이따금 즉흥적으로 떠오르는 대로 글을 쓰면 아마 아주 진지한 사람들한테는 다소 우스꽝스럽게 보일 것이다. 하지만 내가 언어의 영역에서 실험을 하는 것은 언어 속에 그 어떤 미지의 생기가 잠재해 있고 그 생기를 일깨우는 것이 기쁜 일이라는 희망을 품고 있기 때문이다. 나 자신을 확장하고 싶었고 그런 소망을 언어로 표현하고자 했던 것인데, 그러면 여기저기서 나의 그런 실험을 비난했던 것이다. 뭔가를 위해 노력하면 늘 비판이 따르게 마련이다.

(1928/29년)

툰의 교회에서 바라본 호수와 알프스

II

사랑과 고독

지몬

어느 사랑 이야기

　　　　　지몬은 스무 살이 되었을 때 어느 날 저녁 부드럽고 푸른 이끼가 낀 길가에 드러누워 있다가 이제 길을 떠나 시동이 되어야겠다는 생각이 들었다. 그는 허공을 향해 자기 생각을 큰 소리로 말해서 그의 목소리는 전나무 꼭대기까지 들렸고, 사실인지 꾸며낸 이야기인지 모르겠지만 그러자 전나무는 위선적인 수염을 흩날리고 솔방울을 드러내며 무언의 폭소를 터트렸다. 전나무의 웃음소리에 고무된 지몬은 억누를 수 없는 욕구에 달아올라 자기가 원하는 것을 바로 실행에 옮기기로 했다. 이제 지몬은 자리에서 일어나 지리적인 방향에는 신경 쓰지 않고 발길이 닿는 대로 정처 없이 길을 떠났다. 그의 행색을 잠시 살펴보자. 그는 다리가 길었는데, 전도유망한 시동의 길로 떠나는 청년치고는 다리가 너무 길어서 걸음걸이가 우스꽝스러웠다. 신발은 닳았고, 바지는 너덜너덜했으며, 저고리는 얼룩투성이였고, 얼굴은 꺼칠했으며, 머리에 쓰고 있는 모자는 싸구려 재질이라 부주의하게 다루면 시간이 흐를수록 흉하게 변형될 텐데, 이미 서서히 변형되고 있었다. 지몬의 머리에 모자가 얹혀 있는 모습은 흡사 관(棺) 덮개를 씌운 것 같았고, 낡고 녹슨 프라이팬에 양철 뚜껑을 덮어놓은 것처럼 보이기도 했다. 정말이지 지몬의 머리칼은 불그스레해서 프라이팬에 견주어도 항변할 수 없을 지경이었다. 지몬은 등짝에(이 이야기에서 우리는 언제나 지몬을 등 뒤에서 몰래 관찰할 것이다) 낡고 흉물스런 만돌린을 메고 있었는데, 그는 만돌린을 손에 잡더니 연주하기 시작했다. 아, 얼마나 경이로운 연주인가! 이 낡고 볼품없는 악기가 이토록 청아한 소리를 낼 수 있다니! 사랑스러운 하얀 옷의 천사가 황금 바이올린을 연주하는 것 같지 않은가! 숲은 예배당 같고, 숲에 울려 퍼지는 음악은 옛날 이탈리아의 탁월한 명연주자가 들려주는 음악 같다. 거친 녀석으로만 알았던 지몬은 너무나 섬세하게 연주했고, 너무나 곱게 노래했다. 그가 즉시 음악을 중단하지 않으면 우리는 정말 그를 사랑하게 될 것이다. 그는 음악을 중단했고, 우리는 숨을 고를 시간 여유가 생겼다.

지몬은 숲에서 나와서 또 다른 숲으로 들어가면서 생각했다. 세상에 시동이 없다니 얼마나 이상한 일인가. 그렇다면

이 세상에 아름답고 위대한 여인이 더 이상 존재하지 않는다는 말인가? 그렇지는 않을 것이다. 왜냐하면 내가 시를 보내주는 우리 도시의 여성 시인은 뚱뚱하고 덩치가 크고 위풍당당해서 부지런한 시동이 필요할 거라는 생각이 들기 때문이다. 그 여성 시인은 지금쯤 무얼 하고 있을까. 내가 숭배하는 그 여인은 아직도 나를 생각하고 있을까? 지몬은 이런 생각과 느낌에 잠겨서 한 구간을 더 갔다. 다시 숲에서 나오자 풀밭이 마치 금가루를 뿌려놓은 것처럼 반짝반짝 빛났고, 풀밭에서 자라는 나무들은 흰색과 연두색과 초록색이 어우러져 너무나 싱그러워서 지몬은 저절로 웃음이 나왔다. 하늘에 넓게 퍼져 있는 구름은 사지를 쭉 뻗은 고양이들처럼 나른해 보였다. 지몬은 마음속으로 고양이 구름의 부드러운 얼룩무늬 털가죽을 쓰다듬어주었다. 공기는 상쾌하게 청명하고 촉촉했다. 새들이 노래했고, 공기가 떨렸으며, 대기에는 향기가 감돌았고, 저 멀리 바위산이 보였다. 지몬은 바위산을 향해 곧장 내달았다. 어느새 오르막길이 시작되었고, 금세 날이 어두워지기 시작했다. 지몬은 다시 만돌린을 잡았고, 이 악기를 연주할 때면 그는 마술사가 되었다. 이 이야기는 지몬의 뒤쪽에 있는 바위에 걸터앉아 망연자실 그의 연주에 귀를 기울인다. 그러는 사이에 이 이야기의 저자는 한숨 돌리고 휴식을 취한다.

이야기를 한다는 것은 고된 일이다. 언제나 이처럼 다리가 길고 만돌린을 연주하는 낭만적인 녀석을 뒤쫓아 가면서 그가 노래하고 생각하고 느끼고 말하는 것에 귀를 기울여야 하는 것이다. 이 거친 시동 녀석은 줄기차게 걷고, 우리는 마치 시동의 시동인 양 그를 뒤따라가야 한다. 참을성 있는 독자들이여, 귀를 열고 계속 들어보시라. 이제 곧 다양한 인물들이 여러분에게 삼가 경의를 표할 것이니. 이야기는 흥미진진해진다. 성이 보인다. 고적한 성을 찾는 시동에겐 얼마나 소중한 발견인가. 자, 이제 너의 재주를 선보여라. 그러지 못하면 너는 지는 거다. 드디어 지몬이 재주를 선보인다. 그는 2층 발코니에 모습을 드러낸 여인을 위해 노래를 부른다. 그의 목소리는 거짓말처럼 달콤하니, 여인은 진심으로 감동을 받지 않을 수 없다. 우리가 보는 것은 동화에나 나올 법한 어두컴컴한 성이다. 암벽이 있고, 전나무가 있고, 시동들이 있다. 아니, 시동은 단 한 명뿐이다. 그렇다, 지금 이 순간 우리의 지몬은 앞에서 묘사한 그의 우아한 모습으로 세상의 모든 사랑스러운 시동들을 한 몸에 구현하고 있다. 우리는 그의 노래와 만돌린 연주를 듣고 있다. 이 소년이 그의 악기로 마법처럼 홀리는 달콤한 음악이다. 어느새 밤이 되어 별이 반짝이고 달이 환하고 공기는 감미롭다. 드디어 하얀 옷을 입은 상냥한 여인이 아래를 향해 미소를 지으며 올라오라고 손짓을 한다. 지몬의 노래는 여인의 심금을 울렸으니, 소박하고 사랑스럽고 달콤한 노래인 까닭이다. "사랑스럽고 달콤하고 아름답고 다정다감한 소년이여, 위로 올라오너라!" 그러자 행복한 녀석의 목청에서 터져 나오는 환호와 감격의 흐느낌이 밤공기를 가른다. 녀석의 그림자가 사라지는 것이 보이고, 바깥은 쥐죽은 듯 조용하고 달빛 아래 그림자가 진다.

이 글의 필자는 이제 더 이상 눈으로 확인할 수 없는 것을 힘들게 상상력을 발휘하여 보여주어야 한다. 상상력은 사물을 투시하는 혜안을 갖고 있다. 10미터 높이의 담벼락도, 아무리 칠흑처럼 캄캄한 어둠도 상상력의 시선을 가로막지는 못하며, 상상력의 시선은 담벼락도 어둠도 꿰뚫어 본다. 시동은 양탄자가 깔린 넓은 층계를 뛰어 올라갔고, 위층에 다다르자 자애로운 여주인이 눈처럼 하얀 옷을 입고 입구에 서 있었다. 여주인은 지몬의 손을 잡고 안으로 데려갔는데, 그녀의 손에 그의 뜨거운 입김이 닿았다. 이제 손에 입을 맞추는 인사가 이어졌는데, 그 모든 절차를 묘사하는 일은 면해주기 바란다. 여인의 아름다운 팔과 손, 손가락, 손톱까지도 뜨거운 갈망의 입술이 닿지 않은 곳이 없었고, 이렇게 흠모의 정을 표하는 지몬의 입술은 한껏 벌어졌다. 그러고 보니 이런 이유에서 시동들은 언제나 책의 양쪽 페이지처럼 활짝 펴지는 입술을 갖고 있는 것이다. 이제 그 입술의 언어가 계속 전하는

'마이크로그램' 원고

이야기를 차분히 들어보기로 하자.

여인은 이제 그만하면 됐다고 소년을 제지하고 나서 친밀한 어투로, 마치 주인을 잘 따르는 영리하고 충직한 강아지에게 말하듯이, 자기는 너무 외롭다고 했다. 그래서 밤마다 발코니에 나오며, 뭐라 말할 수 없는 그 무엇에 대한 그리움 때문에 잠시도 무심히 편안한 시간을 보낼 수 없노라고 했다. 여인은 손수 지몬의 거친 머리칼을 이마 위로 빗어 넘겨주었고, 그의 입을 만지고 뜨거운 뺨을 어루만지며 계속 얘기했다. "사랑스럽고 착한 소년이여! 그래, 너는 나의 하인, 나의 종자, 나의 시동이 되어야 해. 어쩌면 그렇게 아름답게 노래를 하니. 네 눈은 충정으로 빛나는구나. 네 입에 번지는 미소는 얼마나 아름다운지. 아, 너무 오래전부터 너 같은 소년과 시간을 보내고 싶었단다. 너는 사슴처럼 내 주위에 뛰어놀아야 해. 그러면 내 손으로 우아하고 천진한 어린 사슴을 어루만져줄 거야. 내가 지칠 때는 네 갈색 몸에 앉고 싶어. 아⋯⋯." 이 대목에서 고결한 여인은 얼굴을 살짝 붉히며 아주 화려한 방의 어두컴컴한 구석을 오래도록 말없이 바라보았다. 그러고서 여인은 마음을 진정시키려는 듯 일어서서 아름다운 손으로 지몬의 양손을 다정하게 잡으며 말했다. "내일은 너에게 시동 복장을 입혀줄 거야. 피곤하지, 그렇지?" 그리고 여인은 미소를 지었고, 미소로 그에게 잘 자라는 인사를 대신했다. 여인은 지몬을 성탑으로 짐작되는 높은 데로 데려가서 작고 깨끗한 방으로 안내했다. 여인은 그에게 입을 맞추고는 말했다. "나는 완전히 혼자야. 여기서 우리 둘만 사는 거야. 잘 자!" 그러고서 여인은 사라졌다.

다음 날 아침 지몬이 아래층으로 내려가자 하얀 옷의 여인은 이미 오래도록 참고 기다렸다는 듯이 문가에 서 있었다. 여인은 아침인사로 입을 맞춰달라고 그에게 손과 입을 내밀며 말했다. "너를 사랑해. 내 이름은 클라라야. 내가 보고 싶으면 그렇게 불러줘." 두 사람은 양탄자가 깔려 있는 우아한 방으로 들어갔다. 검푸른 전나무 숲이 내다보였다. 화려하게 장식된 의자의 팔걸이에 검은 비단으로 만든 시동 복장이 걸쳐져 있었다. "자, 이 옷을 입어봐!" 그러자 우리의 지몬은 너무 행복하고 감격해서 어리둥절한 표정을 지었다. 여인은 그에게 옷을 갈아입으라고 하고는 얼른 나갔고, 10분 후에 다시 미소를 지으며 돌아와서 지몬이 검은 비단 시동 복장을 하고 있는 것을 보았다. 혼자 몽상에 잠길 때면 상상 속에서 이런 시동을 얼마나 간절히 원했던가. 지몬은 시동 복장 차림이 너무 근사했다. 그의 날씬한 체격이 꽉 조이는 시동 복장에 딱 맞았다. 지몬은 곧장 시동에 어울리는 행동을 했는데, 수줍어하면서도 자기도 모르게 여인의 몸에 몸을 기댔다. 그러자 여인이 속삭였다. "네가 마음에 들어. 어서 더 가까이 와!"

두 사람은 날마다 여주인과 시동 놀이를 즐겼고, 그러면서 행복감을 느꼈다. 지몬은 진지해졌다. 이제 드디어 본업을 찾았다고 생각했고, 그의 생각은 지당했다. 지몬은 자애로운 여인이 과연 진지하게 자애를 베풀고 있는지는 한순간도 생각해본 적이 없었고, 그것 역시 지당했다. 그는 쾌락을 탐하는 여인의 몸에 열심히 봉사할 때면 그녀를 클라라라 불렀다. 그는 그밖에 다른 어떤 것도 물어보지 않았다. 너무 행복하면 이것저것 길게 물어보는 시간도 아까운 법이다. 여인은 마치 어린아이의 키스를 받듯이 편안히 그의 키스에 몸을 내맡겼다. 한번은 여인이 그에게 이렇게 말했다. "그런데 나는 결혼한 몸이란다. 남편 이름은 아가파이아라고 해. 정말 악마 같은 이름이지. 그가 곧 돌아올 거야. 아, 너무 무서워! 그는 아주 부자야. 이 성도, 숲도, 산들도, 공기도, 구름도, 하늘도 그의 것이지. 이 이름을 기억해둬. 이름이 뭐라고 했지?" 그러자 지몬이 더듬거렸다. "아카……, 아카……." "이봐, 아가파이아라니까. 푹 자고 나면 괜찮을 거야. 이름이 악마는 아니니까." 이렇게 말하면서 여인은 울었다.

다시 여러 날이 지났고, 그렇게 한두 주일이 지난 어느 날 여인과 시동은 벌써 날이 어두워지기 시작하는 저녁 무렵에 성의 발코니에 앉아 있었다. 별들이 마치 사랑에 빠진 기사처럼 이 이상한 한 쌍을 내려다보며 반짝이고 있었다. 여인은 현대식 복장을 하고 있었고, 시동은 옛날 스페인풍의 옷차림이었다. 시동은 저녁마다 늘 그랬듯이 만돌린의 현을 튕기며 연주하고 있었다. 시동의 날렵한 손놀림과 연주자를 바라보는 여인의 그윽한 눈길 중에 어느 쪽이 과연 더 달콤한지 이야기를 하고 있는 나 자신도 뭐라 단언하기 어렵다. 밤공기가 마치 맹금류처럼 이리저리 선회하고 있었다. 어둠이 점점 더 짙어졌고, 그때 두 사람은 숲에서 총소리가 울리는 것을 들었다. "그가 왔어. 악마 같은 아가파이아가 근처에 있어. 이봐, 침착해야 해! 너를 그에게 소개시켜줄게. 겁먹을 필요 없어!" 하지만 여인은 이렇게 말하면서도 이마를 찌푸렸고 손을 떨고 한숨을 쉬었다. 여인은 엄청난 불안을 애써 감추려는 듯 짧게 웃기도 했다. 지몬은 침착하게 여인을 바라보았다. 아래에서 누군가가 '클라라!' 하고 부르는 소리가 들렸다. 그러자 여인은 애교 있는 목소리로 '네!'라고 대답했는데, 목소리가 이상하게 너무 컸다. 그러자 아래쪽에서 응답하면서 누구와 함께 있는 거냐고 물었다. "나의 사슴이에요. 사슴이라니까요!" 여인이 이렇게 말하는 소리를 듣자 지몬은 벌떡 일어나서 벌벌 떠는 여인을 꼭 끌어안고는 아래를 향해 소리쳤다. "나는 지몬이다! 이 악당 녀석아, 나한테는 농담 따위는 통하지 않는다는 걸 두 주먹으로 톡톡히 가르쳐주겠다. 올라오너라! 내가 사랑하는 여주인을 소개시켜줄 테니." 악마 아가파이아는 부인이 자기를 속이고 바람을 피웠으니 이제 한심한 꼬락서니가 되었다는 걸 단번에 알아차리고는 아래에 그대로 머물렀는데, 지금 자신이 처한 위태로운 상황을 돌파하기 위해 공격을 해야 할지 망설이는 것 같았다. '위에 있는 녀석은 물불 안 가리는 냉혹한 불한당이고 나를 비웃고 있구나. 내가 더 유리한지 자신이 없어. 더 따져봐야지. 따지고 또 따져보자.' 밤공기도 수상하고, 부인의 거동도 이상하고, 위에 있는 녀석의 목소리도 범상치 않다. 뭐라고 꼬집어 말할 수 없는 수수께끼 같은 그 무엇이 이 악마에게 무조건 더 따져보라고 명했다. 별들도 더 따져보라고 애원했고, 밤에 우는 새들도 더 따져보라고 했으며, 전나무 꼭대기도 고개를 설레설레 저으며 모호하지만 분명하게 신호를 보내왔다. 이윽고 시동이 낭랑한 목소리로 의기양양하게 "저 녀석은 계속 따지고만 있네"라고 쾌재를 불렀다. 그자는, 한심하고 칠칠맞은 아가파이아 녀석은 오늘날까지도 계속 따지고 있는 중이다. 그자는 자신의 골똘한 생각에 들러붙어버렸다. 지몬과 클라라는 부부가 되었다. 어떻게 부부가 되었을까? 이야기는 나중에 언젠가 그렇게 묻겠지만, 지금은 숨을 고르고 휴식을 취해야겠다.

(1904년)

메타

　　　　　　　　　나는 어느 날 밤에 겪었던 사소하
고도 짠한 사건을 아직도 희미하게 기억하고 있다. 그날 밤
나는 술집을 마구 전전하느라 얼이 빠져서 비틀거리며 귀가
하던 중에 대도시의 어느 단조로운 거리에서 어떤 여성을 만
났는데, 그녀는 함께 자기 집으로 가자고 요구했다. 미인은
아니었는데, 다시 보면 미인이었다. 나는 술에 취한 사람답
게 들떠서 밤의 여인에게 온갖 바보 같은 소리를 지껄였는데,
어쩌면 재치 있는 말일 법도 했다. 그러면서 나는 도취에 빠
진 사람 특유의 직감으로 그녀가 나를 아주 유쾌한 사람으로
본다는 걸 알아차렸다. 뿐만 아니라 나는 그녀의 마음에 들
었고, 그녀는 나에게 매력적인 호감을 갖기 시작했다는 인상
을 받았다. 나는 그녀를 떠나고 싶었지만, 그녀는 나를 놓아
주지 않고 이렇게 말했다. "아, 나를 두고 떠나지 마. 사랑스
러운 그대, 함께 가자고. 매정하게 나한테 아무 감정도 못 느

끼는 거야? 그럴 리 없어. 술을 많이 마셨군, 귀염둥이. 그래도 그대가 사랑스러워. 못되게 나를 물리쳐서 창피를 줄 거야? 나는 이렇게 금방 사랑에 빠졌는데도? 그럼 안 되지. 아, 그대가 알기나 할까……. 하긴 처음 보는 남자한테 감정을 노출하면 곤란하지. 그러면 우리 같은 여자를 경멸하고 비웃을 테니까. 그대가 알기나 할까, 허구한 날 육체적 쾌락에 나를 내맡기는 오싹하고 공허한 삶이 얼마나 괴로운지. 이게 비극처럼 끔찍한 내 직업이야. 내가 보기에도 여태까지 나는 괴물 같았어. 그러니 발로 걷어차여도 싸지. 그런데 지금은 마음속에 부드럽고 달콤하고 경건한 감정이 느껴져. 사랑스런 그대 덕분에 마음이 되살아난 거야. 그런데도 당신은 지금 나를 다시 끔찍한 나락으로 떨어뜨릴 거야? 그럴 순 없어. 제발 곁에 있어줘. 함께 가자고. 이 밤 내내 즐거운 시간을 보내자고. 아, 나는 당신을 즐겁게 해줄 수 있어. 두고 보면 알 거야. 기쁨을 느끼는 당사자가 가장 즐겁게 해줄 수 있는 적임자잖아? 지금 나는 정말이지 너무 오랜만에 드디어 기쁨을 느껴. 당신은 알까, 인간 이하의 삶을 살아온 나에게 이것이 무얼 뜻하는지? 당신이 알아? 미소를 짓는 거야? 예쁘게 미소 짓네. 나는 당신의 미소가 좋아. 그런데 이제 당신은 매정하게 멋진 우애를 외면하고 내가 당신을 바라볼 때 느끼는 기쁨을 짓밟을 거야? 나를 행복하게 해주는 이 감정을 파괴하고 묵살할 거야?

정말 너무, 너무 오랜만에 내가 다시 행복을 느끼는데도? 사랑스러운 친구! 내가 전에는 언제나 소름끼치고 경악스러운 짓을 감내해야만 했는데, 이제 다시금 진정한 만족을 누릴 권리도 없다는 거야? 잔인하게 굴지 마. 제발, 제발. 그래, 당신은 후회하지 않을 거야. 당신은 경멸당하고 천대받은 여성과 보낸 시간을 반기고 축복하게 될 거야. 다정하게 나와 함께 가줘. 나 때문에 다정해지라는 건 아니야. 수모당한 여인에게 다정하게 신뢰의 손길을 건네줘. 보라고, 이렇게 내 눈에서 눈물을 흘리잖아. 들어줘, 이렇게 애원하잖아. 당신이 매정하게 떠나가면 나는 눈앞이 캄캄해. 반대로 당신이 사랑을 보여주면 한밤중에도 밝은 태양이 빛나지. 오늘 밤에는 나의 하늘에서 행복을 약속해주는 다정한 별이 되어줘. 마음이 움직인 거야? 나에게 손길을 주는 거지? 나와 함께 가는 거지? 날 사랑하는 거지?……."

후기: 그녀는 그리스의 용감한 뱃사람들에게 곁에 있어달라고 애원했던 키르케[4] 가 아니었을까? 그는 집으로 가려고 하는데, 그녀는 자기 곁을 떠나지 말아달라고 애원한다. 그녀는 자기를 쳐다보는 사람들을 꿀꿀거리는 돼지로 둔갑시키는 사악한 마녀다. 그녀는 자기가 사악한 마녀가 아니고 오히려 자신이 사악한 마술에 걸렸노라고 말한다. 확실히 그럴 수도

---

4 그리스 신화에 등장하는 마녀. 호메로스의 『오디세이』에서는 오디세이의 부하들을 돼지로 둔갑시킨다.

있겠다. 뿐만 아니라 그녀는 마음이 설레도록 아름답다. 그녀는 부드럽게 속삭이는 목소리를 가졌고, 흔히 외국산 고양이의 눈에서 볼 수 있듯이 바다 색깔의 청록색 눈에서는 경이롭고 당당하고 사랑스러운 광채가 빛난다. 그녀는 불행하지 않지만, 행복하지도 않다. 그리스인에게서 그녀는 행복을 찾고 발견한다. 그런데 그는 기다리는 부인에게 돌아가고자 그녀를 떠나려 한다. 아, 애잔한 비극이다. 특히 그녀는 선원들이 전적으로 자신들 잘못으로 돼지로 둔갑한 거라고 말한다. 그녀 곁에 있기 때문이 아니라, 그들 자신이 수치와 죄를 탐하는 거라고. 그들은 돼지가 되고자 하므로 그렇게 되었다는 것이다. 그녀는 미소 짓고, 그녀의 미소에 한 줄기 눈물이 고인다. 그녀는 장난기가 넘치면서도 아주 진지하고, 깜찍하면서도 침울하다. 그의 손을 잡으며 이렇게 말한다. "보다시피 지금은 내가 마녀가 아니라 당신이 마법사잖아? 아, 친구가 되어줘. 나의 보호자, 사랑스럽고 당당한 마법사가 되어줘. 나를 키르케로부터 지켜줘. 당신이 내 곁에 있으면 나는 키르케가 아니야. 당신이 내 곁을 떠나지 않으면 키르케는 떠날 거야." 그녀는 이렇게 말하며 달콤한 애무로 그를 껴안는다. 하지만 그는, 그는 끝내 떠나간다. 그는 그녀를 키르케한테 내맡긴다. 그녀 자신에게 내맡긴다. 그녀의 내면에 숨은 잔인함에 그녀를 내맡긴다. 그녀를 치욕에 내맡기고, 그녀는 치욕의 노예가 된다. 그가 떠나갈 수 있을까? 그토록 매정할까?

(1913년)

빌케 부인

어느 날 나는 적당한 방을 찾아보러 다니다가 대도시의 외곽 지역에 발을 들여놓게 되었는데, 도시철도 노선이 지나가는 길과 인접한 곳에서 우아하고 고풍스러우면서도 이상한 느낌을 주는, 거의 방치된 어떤 집을 둘러보게 되었다. 그 집은 외관이 기묘해서 금세 아주 마음에 들었다.

밝고 널찍한 층계를 천천히 올라가는 동안 한때 우아했을 분위기의 향취가 은은히 배어났다.

이른바 지난 시절의 아름다움이라는 것은 흔히 사람들에게 특별한 매력을 선사한다. 한때 아름다움이 머물렀던 흔적은 감동을 자아낸다. 생각하고 느낄 줄 아는 마음을 지닌 사람은 고귀한 것의 자취 앞에서 고개를 숙이게 되는 것이다. 한때 빼어나고 섬세하고 찬란했던 것의 잔재는 우리에게 연민과 더불어 존경심도 불러일으킨다. 지나간 것, 쇠락한 것은 얼마나 매혹적인가!

현관문에 '빌케 부인'이라는 문패가 붙어 있었다.

나는 조심스럽게 살짝 초인종을 눌렀다. 하지만 초인종은 쓸모가 없다는 걸 알았다. 아무도 나올 기미가 보이지 않았던 것이다. 그래서 노크를 했더니 그제야 누군가 다가오는 기척이 들려왔다.

아주 조심스럽게, 천천히 누군가가 문을 열어주었다. 앙상하게 메마르고 키가 큰 부인이 모습을 내밀고 가녀린 목소리로 물었다.

"무슨 일이세요?"

특이하게 무미건조하고 쉰 목소리였다.

"방을 좀 볼 수 있겠습니까?"

"아, 그럼요. 들어오세요!"

부인은 독특한 느낌을 주는 어두컴컴한 복도를 지나서 나를 방으로 안내했다. 나는 방의 우아한 분위기에 금방 매료되었다. 방은 제법 세련되고 고상했는데, 다소 비좁긴 했지만 그 대신 상대적으로 천장이 높은 편이었다. 나는 소심한 내색을 애써 숨기지 않고 방세를 물어보았는데, 가격이 딱 적당해서 오래 생각하지 않고 곧바로 이 방에 세를 들기로 했다.

그렇게 원만하게 성사되어 나는 기분이 좋았다. 얼마 전부터 마음이 뒤숭숭해서 꽤나 힘들고 무척 지쳐서 쉬고 싶었기 때문이다. 방을 구하러 돌아다니느라 진력이 나서 기분이 저하되고 짜증이 나서 어디든 편히 의지할 거처를 고대하던 참이었기에 아늑한 안식처가 주는 평온이 너무 반가웠다.

"뭘 하는 분이세요?" 부인이 물었다.

"시인입니다!"라고 내가 대답했다.

부인은 아무 말 없이 물러갔다.

"백작의 성에라도 온 기분이야." 나는 새 거처를 조심스레 살피면서 혼자 중얼거렸다.

나는 혼잣말을 계속했다. "그림처럼 아름다운 이 방은 정말 큰 장점이 있어. 아주 외진 곳에 있으니까. 여기는 동굴처럼 조용해. 정말이지 은신처에 숨은 느낌이야. 마음속으로 품어온 소망이 이루어진 거야. 보아하니 이 방은 볕이 잘 안 드는 것 같네. 어두운 듯 밝고, 밝은 듯 어둡고, 명암이 절묘하게 어우러져. 최고로 칭송할 만한 현상이야. 어디 보자! 제발, 절대로 조급하게 서두르지 말자고. 서두를 일이 아니야. 충분한 시간 여유를 갖고 봐야지. 여기 벽걸이 양탄자는 군데군데 뜯겨져서 슬프고 침울해 보이잖아? 정말 그렇군! 하지만 바로 그렇기 때문에 매력적이야. 나는 어느 정도는 해어진 채 가만 내버려두는 걸 아주 좋아하니까. 뜯겨진 천 조각은 그대로 매달려 있게 둬야지. 어떤 일이 있어도 제거하지 않을 거야. 나는 어떤 측면으로 보나 이 뜯겨진 조각의 존재에 동의하니까.

짐작하건대 이 집에는 한때 남작이 살았을 거야. 어쩌면 장교들이 샴페인을 마셨을지도. 높고 갸름한 창문에 친 커튼은 오래되어서 먼지가 쌓인 것 같네. 하지만 예쁜 주름은 고상한 취향을 말해주고 세련된 감각을 증명해. 창문 밖 정원에는 바로 창가에 자작나무 한 그루가 서 있군. 여름이면 신록이 방 안으로 나를 향해 환하게 웃고, 정겹고 부드러운 가지에는 온갖 새들이 앉아서 노래하겠지. 새들도 즐겁고 나도 즐겁게 해주려고. 오래되고 품격 있는 이 필기용 탁자는 경탄을 자아내는군. 섬세한 감각을 알았던 지난 시대의 유물이야. 아마도 이 탁자에서 수필과 초고, 습작이나 단편, 어쩌면 노벨레까지도 쓰게 되겠지. 그렇게 쓴 글들을 온갖 신문과 잡지의 까다롭고 존경하는 편집진에 보내서 잘 봐줘서 빨리 게재해달라고 간곡히 부탁해야지. 이를테면 「베이징 최신 뉴스」라든가 「메르퀴어 드 프랑스」가 있는데, 그런 지면에 내 글이 실리면 확실히 대박이 나는 거지.

침대는 잘 정돈되어 있는 것 같네. 침대를 살펴보는 것은 성가시니까 그만둬야지. 여기 모자걸이는 이상하게 생겨서 꼭 유령 같군. 저기 세면대 위에 있는 거울은 날마다 내가 어때 보이는지 성실하게 말해주겠지. 바라건대 거울이 나한테 보여주는 모습이 늘 마음에 들어야 할 텐데. 휴식용 소파는 오래되어서 편안하고 몸에 맞아 보이는군. 새 가구는 방해가 되기 십상이지. 새것은 우리더러 적응하라고 보채고 성가시게 구니까. 벽에 네덜란드 풍경화 한 점과 스위스 풍경화 한 점이 얌전하게 걸려 있는 걸 보니 기분이 흡족해. 나중에 이 두 개의 그림들은 아주 주의 깊게 살펴봐야지. 보아하니 방 안 공기는 꽤 오래전부터 제대로 환기를 시켜주지 않은 게 거의 확실해. 환기는 꼭 해줘야 하는데. 분명히 곰팡내가 나는군. 하지만 그것도 재미있어. 나쁜 공기를 들이마시는 것도 묘한 즐거움을 주거든. 어쨌거나 여러 날 여러 주 동안 창문을 열어두면 되겠지. 그러면 금세 방 안에 맑고 상쾌한 공기가 감돌 거야."

"아침 일찍 일어나셔야 해요. 나는 늦도록 드러누워 있는 건 참지 못하니까요." 빌케 부인이 나에게 말했다. 그밖에는 별로 나와 얘기를 하지 않았다.

그러니까 나는 며칠 내내 드러누워 있었던 것이다.

몸 상태가 좋지 않았다. 몸을 가누기 힘들었다. 우울증에 빠진 것처럼 그냥 드러누워 있었다. 망연자실, 갈피를 잡을 수 없었다. 전에는 명료하고 쾌활했던 온갖 상념이 침울한 혼란과 무질서에 빠져 허우적댔다. 의식이 산산조각이 나서 널브러져 있는 것이 나의 슬픈 눈에 보이는 것 같았다. 생각과 감정이 어지럽게 뒤엉켰다. 모든 것이 죽어 있고, 공허하고, 절망적인 상태가 가슴으로 느껴졌다. 영혼도 없고, 기쁨도 사라졌다. 내가 한때 즐겁고 쾌활했으며, 마음씨 좋고 낙관적이었으며, 독실하고 행복했던 그런 시절이 있었다는 사실이 가까스로 어렴풋이 기억났다. 아, 얼마나 애통한 일인가! 아무리 생각을 가다듬어보려고 해도 이런 상태에서 벗어날 가망은 없어 보였다.

그럼에도 나는 빌케 부인에게 일찍 일어나겠노라고 약속했고, 실제로 다시 열심히 작업하기 시작했다.

나는 종종 전나무와 소나무가 자라는 가까운 숲으로 산책을 갔는데, 숲의 아름다움이, 겨울철의 놀라운 고적함이 나의 절망이 도지지 않도록 지켜주었다. 나무들이 나를 내려다보며 이루 말할 수 없이 다정한 목소리로 말을 건넸다. "세상의 모든 것이 가혹하고 그릇되고 사악하다고 침울한 생각에 빠지면 안 돼. 그저 자주 우리한테 오기만 해. 숲은 너한테 호의를 베풀 테니까. 숲과 사귀다보면 다시 건강해지고 쾌활해질 거야. 다시 고상하고 아름다운 생각을 하게 될 거야."

나는 사회로는, 다시 말해 세상 사람들이 모여 있는 곳, 세상을 뜻하는 그곳으로는 나간 적이 없다. 나는 성공하지 못했으니 그곳에서 딱히 볼 일도 없었다. 사람들 사이에서 성공하지 못하는 사람은 딱히 사람들 틈에서 부대낄 일도 없는 것이다.

불쌍한 빌케 부인. 그러고서 얼마 후 부인은 숨을 거두었다.

자신이 가난하고 외로움을 겪어본 사람은 가난하고 외롭게 살았던 사람을 사후에 더 잘 이해하게 된다. 우리가 더불어 사는 사람의 불행, 치욕, 고통, 무기력 그리고 죽음을 막지는 못할지언정 적어도 그들을 이해하려고 노력은 해야 하지 않을까.

어느 날 빌케 부인은 나에게 손을 내밀며 속삭이는 어투로 말했다.

"내 손을 한번 잡아봐요. 얼음장처럼 차요."

나는 부인의 빈약하고 늙고 야윈 손을 내 손으로 감싸 잡았다. 손이 얼음장처럼 차가웠다.

빌케 부인은 자기 방에서 꼭 유령처럼 살금살금 돌아다녔다. 그녀를 찾아오는 사람은 아무도 없었다. 그녀는 며칠씩 차가운 방에 혼자 있었다.

홀로 있다는 것, 그것은 얼음처럼 차갑고 무쇠처럼 단단한 공포로, 무덤 속의 흙냄새로, 가차 없는 죽음의 전령으로 다가온다. 아, 스스로 외로움을 경험한 사람에겐 다른 누군가의 고독이 결코 낯설지 않다.

내가 이해하기로는 빌케 부인은 더 이상 아무것도 먹지 못했다. 물론 집주인 여자가 사고무친의 노부인을 불쌍히 여겨서 매일 점심때와 저녁때에 고기 스프를 갖다 주었지만, 오래

빌의 '녹십자 호텔' 다락방. 발저는 1913년부터 1920년까지 이 방에 장기 투숙했다. 발저를 방문했던 에른스트 후바허 목사는 "테이블, 의자, 침대 1개씩이 가구의 전부였다"라고 회고했다.

지 않아 빌케 부인은 안색이 창백해졌다. 노부인은 미동도 하지 않고 누워 있었고, 바로 시립병원으로 옮겨졌지만 사흘 후에 숨을 거두었다. 나중에 주인 여자가 빌케 부인이 살던 방을 물려받았고, 나에겐 계속 내 방을 쓰도록 해주었다.

　빌케 부인이 죽은 지 얼마 후 어느 날 나는 그녀가 쓰던 빈 방에 들어가보았다. 따사로운 석양이 정겨운 연분홍 노을빛을 방 안으로 비추고 있었다. 불쌍한 노부인이 얼마 전까지 사용하던 치마, 모자, 양산, 우산 등의 물품들이 침대 위에 놓여 있었고, 바닥에는 작고 아담한 장화가 놓여 있었다. 이 특이한 광경에 나는 말할 수 없이 슬퍼졌고, 기분이 너무 야릇해서 나 자신도 거의 죽은 것처럼 느껴졌다. 그리고 한때 위대하고 아름답게만 보였던 풍성한 삶 전체가 너무 빈약하게 메말라서 툭 터질 것만 같았다. 덧없이 지나가고 사라지는 모든 것이 이토록 가까이 느껴진 적은 없었다. 나는 이제 주인을 잃고 쓸데도 없는 물품들을, 그리고 미소 짓는 황금빛 저녁햇살이 장엄하게 비쳐드는 방 안을 오래도록 바라보았다. 그러는 동안 나는 꼼짝도 하지 않았고, 더 이상 아무것도 이해할 수 없었다. 하지만 그렇게 말없이 얼마 동안 서 있고 나서야 마음이 편하게 가라앉았다. 삶이 내 어깨를 붙잡고서 놀라는 눈길로 내 눈을 가만히 들여다보고 있었다. 삶은 늘 그랬듯이 생기가 돌았고, 너무 아름다운 시간이면 그러했듯 아름다웠다. 나는 조용히 방에서 나와 길거리로 나갔다.

(1915년)

크리스마스 이야기

나는 집으로 가고 싶지 않아서 이리저리 배회하다가 손님이 찾아오는 걸 원하지 않는 신사 분을 찾아가볼까 하는 생각이 들었다. 나는 최근에 어떤 모임에서 그 사람을 알게 되었다. 그는 괴짜로 통했는데, 워낙 과묵하면서도 진솔해서 사람들이 좋아하기도 하고 두려워하기도 했다. 그에 관해 존경 어린 태도로 말하는 사람들도 제법 있었다. 하지만 여성들 사이에서는 그만한 대접을 받지 못했는데, 구제불능의 노총각이라는 평판이 돌았기 때문이다. 그를 높이 평가하는 사람들은 그에 관한 얘기가 나오면 그를 낮게 평가하는 사람들과 똑같이 미소를 지었다. 미소라는 것은 상황 여하에 따라 독특한 의미를 갖는 것이다. 나는 그를 부르군트 공작에 대항하여 출정했던 동맹자들에 버금갈 정도로 높이 평가했다.

그의 집 문 앞에서 노크를 하는 동안 그가 아마 나를 성가

셔할 거라는 생각이 들었다. 그가 "들어오세요"라고 하는 말
도 방문객을 저주하듯이 노골적인 불평조로 들렸다. 그의 널
찍하고 밝은 서재에 들어서면서 나는 진심으로 "방해가 되는
군요"라고 했다. 그러자 내키지 않는 손님을 맞게 된 집주인
은 "당연하지요"라고 짧게 대꾸했다. 이미 말했듯이 그는 솔
직한 태도로 유명했고, 어떤 사람들 사이에서는 무뚝뚝하다
고 평이 났으며, 사람들이 마지못해 그를 존경한다는 걸 본인
자신도 느꼈다.

그가 거친 어조로 말했다. "저를 찾아온 용무가 무엇입니
까? 앉으십시오." 마치 곰이, 또는 빙하시대의 인간이, 오스
트레일리아 원주민이 말하는 것 같았다. 그의 안경 뒤로 크고
영리해 보이는 눈이 빛났다. 나는 그가 권한 대로 자리에 앉
았다. 그를 찾아온 용무가 무엇이냐는 질문에 나는 다소 주저
했다.

나는 용기를 내어 "대수로운 일은 아닙니다"라고 대답했
다. 그러자 그가 말했다. "그래요? 그래요? 그럼 무작정 오
셨다는 거고, 그러니 그냥 가시겠네요. 다른 의향은 없군요.
그러니 별 볼일 없군요. 대수로운 일이 아니라고 하신 게 맞
네요. 당신의 방문은 별 뜻이 없어 보이지만 어떻든 반갑습
니다."

나는 말이 없었고 집주인도 말이 없었다. 따라서 피차 온갖

로베르트 발저의 시 「눈」에 형이 그려준 삽화

추측이 가능한 무거운 침묵이 흘렀다. 우리는 이따금 서로 별 뜻 없이 상대방을 쳐다보곤 했다. 이 철학자는 나를 의식하지 않고 하품을 했다. 나는 그가 예의 바른 처신에는 아랑곳하지 않는 노골적 태도에 어리둥절했다. 업적을 쌓은 사람은 예의를 차리지 않고 그 반대로 행동하는 것이 지당하다는 뜻이렷다. 피차 서로를 당당히 묵살하고 지켜보는 분위기였다. 그의 혀는 경색증에 걸린 것 같았고 나의 혀 역시 그 못지않았다.

이 학자의 눈과 표정은 노골적으로 '당장 꺼져'라고 말하고 있었다. 나는 감히 그대로 있을 수도 없었고 그렇다고 떠날 수도 없었다. 떠나야지 하고 마음먹으면 그대로 눌러앉게 되었고, 눌러앉아야지 하고 생각하면 바로 떠나는 것이 좋지 않을까 하는 생각이 들었다. 하지만 나는 떠나지 않고 그대로 눌러앉아 있었는데, 이글거리는 연탄불 위에 앉아 있는 심정이었다.

내가 그에게 할 말이 있었을까? 정녕 눈곱만큼도 없었다! 이제는 별 볼일 없는 말이라도 지껄이고 싶었다. 이 말은 순전히 쥐어짜낸 것이다! 대화는 침묵이었고, 주고받는 말도 너무 단조로웠다. 나는 혼잣말로 "이제 떠나야지"라고 외쳤지만, 그대로 의자에 눌러앉았다. 마치 못에라도 박인 듯 붙박이 신세였다. 의문의 여지없이 딱하고 처량한 처지였고, 이 집에서 나가야만 이런 처지에서 벗어날 터였다. 하지만 나는 너무나 당돌하게 이런 상황을 깡그리 무시하는 태도를 드러냈고 그대로 죽치고 있었다. 상황은 지극히 우스꽝스러웠다. 물론 끔찍했다고 할 수도 있겠지만.

가는 말이 있어야 오는 말이 있다고들 한다. 하지만 이 상황에는 들어맞지 않았다. 도대체 한마디도 하지 않았으니까. 마침내 나는 더 이상 그에게 매달려 있는 것은 생각할 수도 없는 일이라는 걸 깨달았다. 그래서 유감스럽지만 모자를 집어 들었다. 아니, 모자는 이미 오래전부터 쥐고 있었다. 벌써 오래전부터 이 집에서 나갈 생각이었으니까. 하지만 이제는 정말 일어섰다. 일어선다는 것 자체는 특이한 행동이었다. 이제 잽싸게 떠나줘야 피차 해방될 터였다.

집주인이 억지로 말했다. "귀한 시간을 내주셔서 정말 즐거웠습니다. 독창적이고 매력적인 방식으로 세심하게 대화를 위해 신경 써주셔서 아주 기분이 좋았습니다. 이제 저를 혼자 있게 두고 이 집에서 나갈 결심을 하셨다니 아주 기쁩니다."

내가 대꾸했다. "제가 이 집에서 나가면 아주 좋아하실 거라고 충분히 상상이 됩니다. 솔직히 말씀드리면 진작 나갔어야 하는데 말입니다."

우리는 서로를 바라보며 즐겁게 웃었고, 걸음을 옮겼다. 나는 출입문 쪽으로 걸어갔고, 그는 만족스럽게 방 안을 이리저리 거닐었다. 나는 속으로 '이 작자한테는 두 번 다시 찾아오지 않을 거야'라고 생각했고, 그는 아마 '이 작자가 다시는 찾아오지 않으면 좋겠어'라고 생각했을 것이다. 그러니까 결국 우리는 완전히 의견이 일치했던 것이다.

밖에 나오자 창피한 생각이 들었다. 나는 그런 식으로 사람들 곁을 떠나왔다. 우스운 기분도 들었고, 익살맞은 느낌도 들었다. 눈이 내리고 있었고, 소담스럽게 함박눈이 내리는 허공으로 저녁종이 울려 퍼졌다. 도시는 한 편의 동화 같았다. 눈은 바람에 날려 회오리를 그리며 너무나 달콤하고 부드럽게 떨어져 내렸다. 눈송이 하나가 마치 키스라도 하듯 내 입으로 떨어졌다. 내 모자와 외투는 주위의 모든 사물과 사람들처럼 이내 하얀 눈으로 덮였다. 이 고요한 정적 속에서 등불이 빛났다. 이제 이 세상에는 오로지 아름다운 보금자리와 사랑스러운 사람들, 온갖 유쾌한 기분과 다정한 말들, 이루 형언할 수 없는 편안함만 존재하는 것 같았다.

필저는 1956년 12월 25일
눈길에 산책 중 쓰러져 영면했다.

그 학자는 지금 틀림없이 창가에서 눈이 정겹게 내리는 풍경을 지켜보고 있을 것이다. 그도 이렇게 기뻐했을까? 아무렴! 그 어떤 사람도 이렇게 아름다운 풍경에 기뻐하지 않을 수 없을 것이다. 눈 내리는 풍경을 지켜본 사람이라면 누구나 아름답다고 여겼을 것이다.

이제 나는 여러 아이들의 아버지가 되었고, 동시에 나 자신도 어린아이가 되었다. 나는 사랑스런 아이를 껴안는 어머니였고, 동시에 아직 말도 할 줄 모르는 어린아이였다. 나는 마음속에 집을 갖고 있었다. 대문 앞에는 개가 지키고 있었고, 명랑한 부인이 선량한 남편을 기다리고 있었으며, 어린 아들은 책상에 앉아서 숙제를 하고 있었다. 나는 생각했다. '눈이 내리니까 나는 행복한 시민이 되었고, 행복한 가정생활을 갖게 되었다. 어느덧 나도 모르게 아몬드와 오렌지와 대추야자를 먹으면서 크리스마스 양초가 전나무 가지를 지직지직 태우는 소리를 듣는다. 나는 너무 정겨운 성탄절 향기를 맡으면서 기꺼이 듬직하고 성실한 대장부가 되고 싶다. 믿고 의지할 데라곤 없는데 이제 어떻게 나의 귀소로 돌아갈 것인가? 흠뻑 눈을 맞으며 마침내 눈 속에 묻혀서 포근히 생을 마감하면 되리라. 비록 전망이 보잘것없어도 삶은 아름다운 것이다.'

나는 땅바닥에 드러누워 잠이 들 때까지 마냥 기다리고 싶었다. 나는 눈에 관해 글을 쓸 생각이었다. 나의 시에서도 여기 자연에서처럼 눈송이가 펄펄 휘날릴 것이고, 내가 지금 함박눈을 맞으며 느끼는 그리움을 표현할 것이다. 나는 눈을 맞으며 꼼짝 않고 있었다. 그 교수의 집에서 그랬듯이. 이제 생각하면 얼굴이 화끈거리고, 아마 오래도록 실소를 자아낼 것이다.

명절 즈음에는 웃을 일도 많았지만 슬픈 일도 분명히 많았다. 명절이 되면 쉽게 비애가 가슴에 스며들어 사람들은 지난날의 정겨웠던 모든 추억을 곱씹고 상처를 들추게 되기 때문이다. 그러면 즐거움은 사라지고 고통이 마법처럼 되살아난다. 바로 그런 경험이 우리의 내밀한 마음에 아로새겨진다. 하느님, 우리 인간을 당신 뜻대로 하소서. 당신이 정하는 모든 것은 선하고 옳은 것이니.

(1919년)

어떤 추억

내가 기억하기로는 그때 이런 일이 있었다. 그는 초로에 접어든 이상한 노인네였고, 나 역시 이상하고 별났지만 그래도 젊었다. 우리는 그 노인의 방에서 서로 마주보고 앉아 있었다. 노인은 내내 말이 없었고, 나는 내내 말을 했다. 어째서 그랬을까. 나는 무엇에 사로잡혀 봇물처럼 말을 쏟아냈을까? 또 그는 어째서 그랬을까. 마주 앉은 노인네는 무엇에 사로잡혀 집요하게 침묵했던 것일까? 내가 점점 조급해지고 마음이 달아올라 가슴을 활짝 열고 말을 할수록, 그럴수록 노인은 점점 더 깊이 불가사의하고 침울하고 슬픈 침묵 속에 꼭꼭 숨었다. 노인은 슬픈 눈으로 나를 머리부터 발끝까지 관찰했고, 그러면서 이따금 양해라도 구하듯 손으로 입을 가리며 하품을 했는데, 나는 그런 모습이 무엇보다 불쾌했다. 확실히 우리 두 사람은 올빼미처럼 이상한 기인, 유별난 별종이었다. 노인네는 하품을 해대며 집요하게 침묵했고, 나는 그의 귀에 대고 줄곧 말을 쏟아냈다. 노인은 분명히 내가 하는 말은 전혀 듣지 않았고, 내가 진심으로 하는 말에는 귀를 막고 완전히 딴청을 부리고 있었건만. 어쨌거나 나에겐 의미심장한 시간이었고, 그래서 이렇게 생생히 기억에 남아 있는 것이다. 한편으로 노인은 광채가 사라진 눈에 지루함을 공공연히 드러내는 태도를 취했고, 다른 한편 나는 한껏 이상주의에 달아올라 정신없이 열변을 토했다. 내 말은 무뚝뚝한 노인네의 무미건조하고 완강한 태도에 마치 잔잔한 파도가 바위에 부딪혀 부서지듯 그렇게 부서졌다. 그러는 동안 내내 이상했던 것은 내가 쏟아낸 모든 말이 하등의 가치도 없고 하등의 인상도 줄 수 없다는 걸 내가 익히 알고 있었다는 점이다. 어쩌면 바로 그래서 내가 영혼을 담아 말하는 행위 속에 점점 더 내밀하게 몰입했다는 것도 나는 익히 알고 있었다. 나는 마냥 물을 내뿜는 분수 같았고, 원하지 않아도 마냥 솟구치는 샘물 같았다. 나는 절대로 두 번 다시 아무 말도 하고 싶지 않았다. 그래도 마냥 솟구쳤다. 내가 느끼고 생각했던 모든 것이 나도 모르게 말과 문장이 되어 입으로 튀어나왔다. 내 입은 종종 너무 서두르고 이상하게 억눌려서 더듬거리기 시작했다. 그럴 때면 마주 앉은 노인네가 살짝 비웃는 것이 보였다. 내가 곤경에 빠져 허우적대는 모습을 보고 속으로 고소하다는 듯이.

(1916년)

크누헬 양

크누헬 양은 아름다운 머릿결, 아름다운 눈, 섬세한 손, 자그맣고 예쁜 발, 맵시 있는 몸매에 고운 하얀색 피부를 가졌다. 하지만 아직도 남자가 없다. 어떤 연유로 남자가 없을까? 크누헬 양은 자기를 아내로 맞으려는 남자는 소심한 사람이라고 생각했기 때문이다. 어째서 그런가 하면 그녀가 남자를 곧잘 비웃었기 때문이다. 어째서 그런가 하면 그녀는 가장 똑똑한 최고의 미남만 원했기 때문이다. 소박하고 정직한 남자는 멍청이라 여겼고, 그래서 남자가 생기지 않았다. 오로지 가장 똑똑한 최고의 미남만 원했다. 다른 남자들은 모조리 멍청이였다. 그녀는 자기를 좋아하는 남자를 보면 어깨를 으쓱하고 무시했다. 그런 남자는 얼간이니까. 크누헬 양은 자존심이 강하고 오만했던가? 정말 그랬다. 그래서 남자가 생기지 않았다. 이성적인 남자라면 얼간이일 리 없으니까. 그녀는 곧잘 "나는 정말 남자를 불행하게 하고 말 거야"라고 했고, 그런 겁 없는 말을 입에 담으면 난데 없이 재미있게 느껴졌다. 하지만 그런 말을 해서 남자가 생기지 않았다. 이성적인 남자가 불행을 자원할 리 없으니까. 한번은 어떤 남자가 간곡하게 진심 어린 청혼을 한 적도 있었던 모양이다. 그러자 그녀는 이렇게 말했다. "저를 아내로 맞으면 개고생을 할 텐데요." 그러자 그 남자는 "저는 개고생하고 싶지 않습니다"라고 대꾸하고서 떠나갔고, 그렇게 크누헬 양을 퇴짜 놓았다. 크누헬 양도 남자를 원하긴 했지만, 오로지 가장 똑똑한 남자만 원했다. 다른 남자는 죄다 맹한 푼수로 보였다. 그녀를 좋게 보는 남자는 칠칠맞아 보였다. 크누헬 양은 지배욕이 강했다. 그녀는 최고 미남에 최고로 똑똑한 남자를 남편으로 맞고 싶었지만, 그런 남자도 매사에 그녀에게 순종해야만 했고, 똑똑한 미남자가 순종하길 좋아할 리 없고, 당당하고 수완 좋은 남자가 마누라의 애완견이 되고 싶을리가 없다. 크누헬 양은 그걸 알아야 하는데, 안타깝게도 그런 생각은 하지 못했다. 그녀는 남자를 비웃을 때면 재미있다고 생각했고, 남자를 물리칠 때면 터무니없이 자기가 매력적이라고 생각했다. 하지만 그녀는 착각했던 거고, 착각했기 때문에 남자가 생기지 않았다. 그녀는 아름다운 머릿결, 아름다운 눈, 섬세한 손, 자그맣고 예쁜 발, 맵시 있는 몸매에 고운 하얀색 피부를 가졌지만, 남자는 갖지 못했다. 어째서 그러냐고? 한심하긴! 이미 말했으니 또 더 말할 필요도 없지. 그녀는 근검절약했고 바느질 솜씨도 좋았지만, 그녀 말마따나 남자를 불행하게만 했다. 근검절약하고 바느질 잘하면 남자한테 무슨 소용이 있을까? 자기가 불행해지는 길밖에 없는데. 아름다운 머릿결, 아름다운 눈, 섬세한 손, 자그맣고 예쁜 발, 맵시 있는 몸매에 고운 하얀색 피부가 남자한테 무슨 소용이 있을까? 크누헬 양이 그녀 말마따나 남자를 불행에 빠뜨리고 마는데. 만약 내가 불행을 감수해야 한다면 아름다운 머릿결, 아름다운 눈, 섬세한 손, 자그맣고 예쁜 발, 맵시 있는 몸매에 고운 하얀색 피부, 근검절약, 바느질 솜씨, 그 모든 걸 기꺼이 포기하고 달아나서 내가 이 모든 걸 멀찌감치 떼어놓았으니 행복하다고 자찬하겠다. 남자한테 재미가 무슨 소용이 있을까? 똑똑한 남자라면 재미 따위는 코웃음 치고 말지. 똑똑한 남자는 재미 따위를 코웃음 쳤기 때문에 크누헬 양은 남자가 생기지 않았다. 그녀는 너무 튀었으니까. 모름지기 여자는 너무 튀어선 안 되고, 정직하고 겸손하고, 싹싹하고 다소곳해야 하는 법. 그러면 확실하게 남자를 얻을 것이니. 비록 최고의 미남에 최고로 똑똑한 남자는 아니더라도.

(1916년)

파르치발이 여자 친구에게 쓴 편지

파르치발이 여자 친구에게 편지를 썼다

　　　　　　　　나는 아직 마음이 젊어서 많이 경솔하고, 아무 책이나 읽고, 아무나 스쳐 지나가는 사람한테 관심을 갖지. 나는 다른 사람들과 다를 바 없어. 우리 자신보다는 다른 사람들 문제에 매달리고, 다른 사람들 문제에 신경 쓰지. 그들의 잘못을 들여다보니까. 나 자신의 잘못은 나 자신보다는 다른 사람들 눈에 더 잘 띄고, 나는 다른 사람들 입방아에 오르고, 다른 사람들은 나의 입방아에 오르지. 나는 내가 하찮다고 생각해본 적이 없어. 내가 그래도 가치 있는 사람이라고 철석같이 믿지. 당신이나 다른 사람들이 얼마든지 나를 기죽일 수도 있겠지. 하지만 내가 당신들 좋으라고 일부러 기죽은 체할 수도 없어. 그러면 내가 정직한 사람이 아니지. 당신의 매력을 떠올리며 빙글빙글 춤을 추다가 그만 넘어져서 병원에 갔는데, 당신한테 그 사실을 곧이곧대로 알리지 않고 내가 당신 곁에 있다고 계속 생각하며 위안을 했어. 당신은 줄곧 내 주위에 있었고, 나를 지켜보았지. 어쩌면 사랑이 곧 사랑의 적인지도 몰라. 나는 너무 당신만 좋아해서 당신을 저버렸고, 당신의 아름다움에 홀딱 빠져서 밉게 행동했지. 그걸 깨닫게 되자 감히 더 이상 당신을 찾아갈 엄두도 내지 못하고 이리저리 쏘다녔어. 그래도 내 정신과 영혼은 언제나 당신에게 순종했고 그래서 복음이 편해졌어. 그러니까 말하자면 이런 거야. 내가 당신에게 가고 싶지 않은 까닭은 당신이 이미 나를 너무 행복하게 해주었고, 어쩌면 당신이 내가 가진 걸 다시 앗아갔기 때문일 거야. 투박하게 말하면 나는 당신한테 싫증이 났는데, 다시 말해 당신 생각에만 너무 몰입해서 굳이 당신이 내 곁에 있을 필요가 없다는 뜻이야. 게다가 당신을 보기가 부끄러운데, 그건 오매불망 당신만 생각했기 때문이지. 다른 여성을 사귀어볼까 하는 생각도 드는데, 그 여성을 멋지게 곯려줄까 해서 그래. 오직 당신만이 내 관심을 끌 자격이 있는데 내가 그 여성한테 관심을 보이는 척하는 거지. 당신이 나한테서 장난기를 몽땅 앗아가지 않았어? 나를 철부지 아이라고 낙인찍었잖아? 사랑을 하면 어린아이로 돌아가게 마련인데, 그런데도 내가 그렇게 비참한 상태를 감수해야 했을까? 당신 앞에 서면 그렇게 비참한 사람이 되니까 도저히 당신에게 돌아갈 결심이 서지 않았고, 안간

힘을 다해 나 자신에게로 가는 길을 찾았던 거야. 그러다 보니 당신 때문에 눈물 흘리는 것도 차츰 잊게 되었지. 당신을 결코 잊을 수 없지만, 그렇다고 당신 때문에 내 주위의 것을 하찮게 여길 수도 없어. 오랜 시간이 지나면 사랑의 불꽃은 심드렁해지게 마련이지. 내가 넋을 놓고 사랑의 감정에만 매달려야 할까? 지고의 행복에 압도되어 불행해져야 할까? 나는 내 능력을 활발하게 펼치도록 깨어 있어야 할 의무가 있다고. 당신을 사랑한다고 해서 주위 사람을 보살피고 존중하려는 노력을 소홀히 해선 안 되지. 당연히 그렇게 해야지. 감정에 치여서 불행해진 사람은 세상이 알아주지 않아. 나는 불쌍한 처지가 되고서도 마음이 편안한 그런 사람이 아니야. 나는 당신을 사랑하고 소유하고 있어. 당신을 소유하고 있으니 당신을 다시 볼 필요가 없지. 이미 갖고 있는 것을 붙잡으려고 굳이 애쓸 필요가 있을까? 당신은 나를 영원히 충족시켰고, 나한테 너무 많이 주었고, 나는 너무 많이 받았어. 그런데 내가 뭘 더 바라겠어. 물통이 꼭대기까지 가득 찼는데도 물을 더 부을 필요가 있을까? 한마디로 당신은 욕망의 대상이 되기에는 너무 아름답고, 나한테 만족감을 주기에는 너무 높은 곳에 있어. 나는 하늘같은 여성과는 교제하고 싶지 않고, 당신이 틀림없이 악용할 그런 역할은 맡지 않을 거야. 내가 당신을 똑똑하다고 여긴 적이 있던가? 전혀 아니야. 나는 아직 당신의 속내를 충분히 파헤치지 않았어. 혹시라도 당신이 나의 겸손한 태도를 비웃을 생각이 들었더라도 나의 이런 모습에 멈칫하겠지. 내가 바라던 바야. 아무리 당신한테 순종하고 싶어도 마음속으로 내가 존중받기를 바라거든. 어쩌면 욕심이 지나칠지도 모르지만, 어차피 내 마음이 그렇다면 내 마음을 따라야지. 그리고 내 마음속에는 행복을 무시하는 데서 행복감을 느끼는 그 무엇이 있어. 내가 아름다운 당신을 모욕하면 두 손 모아 하느님께 용서를 빌고 싶지만, 내가 과연 당신을 죽도록 그리워하는가 여부는 당신과는 무관한 문제라고 말해주고 싶어. 나는 나 자신 말고는 아무도 믿지 못해. 오직 나만이 나를 이끌 수 있고, 그러니 나 자신에게 순종해야 하니까.

(1924년)

어린아이

유감스럽게도 그는 그저 초등학생, 초짜, 어린애일 뿐이었다. 그는 명망은 없었지만 그 대신 애인이 있었다. 그의 애인은 입이 귀엽고 시선이 야릇했는데, 그런 시선으로 아이에게 애초부터 호되게 '벌'을 주었다. 사실 아이들은 워낙 까불게 마련이다. 그러니 초장부터 기를 죽여야 한다. 아이는 처음부터 애인한테 잔뜩 주눅이 들었다. 아이는 그의 여주인을 칭송하는 노래에 반주라도 할 수 있게 제발 만돌린이나 다른 악기를 갖고 싶었다. 이론적으로는 그런 악기를 얼마든지 선물할 수도 있었지만, 실제로는 그러기엔 아이는 너무 아껴서 살림을 했고 너무 소시민적이었다. 원래 아이들은 생각이야 아주 대담하다. 하지만 현실 앞에서는 벌벌 떨고, 마음먹은 일을 실행하기엔 너무 소심해서 꼬리를 내린다. 아이는 이를테면 그레이하운드처럼 예민했다. 이리저리 뛰어다닐 때면 마냥 신이 났다. 이 아이도 한때는 처신에 능한 대장부였다. 하지만 어느 모로 보아도 금방 어린 애 티가 났고, 그래서 애써 자신감을 내비치는 거동을 취해도 아무 소용이 없었다. 그래도 완전히 용기를 잃지는 않았는데, 적어도 줄곧 용기를 잃지는 않았다. 강자들의 조롱을 비웃기도 했던 것이다. 조소와 애정 상실은 그를 기쁘게 했다. 그런데 뭘 탓하겠는가? 아이는 어느덧 마흔 살이었다. 정확히 따지면 몇 살 더 먹었는지도 모르겠다. 하지만 진실은 덮어둬야겠다. 처녀들도 나이를 캐묻는 건 싫어하니까. 아이의 눈은 양순한 사슴의 눈 같았는데, 현명하지 못하게 곱상한 손으로 뭐든지 주는 대로 다 받았다. 하지만 나이가 들어서는 조심해서 받기로 했고, 챙기기보다는 베풀기로 했다. 챙기기만 하는 사람은 더부살이 소리를 듣기 십상이다. 이 아이도 한때는 기운이 넘쳤을까? 혹자는 그렇게 믿는다. 하지만 예전이나 지금이나 똑같다고 하는 이들도 있다. 그러니까 예전에는 두꺼운 책을 쓰기도 했다. 다시 말해 자기가 겪은 일을 창작해서 조망할 줄 알았다. 하지만 그러고도 삶을 계속 이어가야만 했고, 처음에는 새로운 경험을 표현할 형식을 찾지 못했다. 장편소설이 나올 거라는 기대를 모았는데, 사람들은 아이의 게으름을 탓했다. 아이는 완전히 기력이 거덜난 거라고 평이 났고, 마음이 메말랐다고 방방곡곡에 소문이 돌았다. 지금처럼 마음이 활짝 열린 적이 없는데도 말이다. 바로 인쇄에 들어갈 수 있는 원고 보따리를 갖고 있다고 해서 그것만으로 정말 교양인이라고 자부할 수 있을까? 그는 물론 마음속으로 애인을 받들고 사랑하느라 끔찍하게 많은 시간을 허비했다. 그는 애인을 엄마라 불렀고, 그래서 다시금 미숙한 티를 냈다. 하지만 그래도 봐주기로 하자. 한 번도 어른 대접을 받겠다고 감히 나선 적도 없으니까. 그는 때때로 버릇없이 굴었다. 그를 지켜주어야 할까? 그건 아니다. 그가 바라기나 할까? 예전의 초등학교 친구가 그에게 이렇게 말한 적이 있다. "자네는 한때 가장 총명한 학생이라고, 글씨도 가장 예쁘게 쓴다고 주목을 받았지! 그런데 지금은 아무도 알아주지 않아! 내가 자네 처지라면 원통할 거야. 정신 차려!" 그러자 아이는 살짝 화가 났고, 참견하는 친구를 그때부터 쌀쌀맞게 대했다. 한 개인의 삶에서 앞으로 나아가기 힘든 경우도 있게 마련이다. 그런 걸 어떻게 다 이해하겠는가? 성공하면 인정을 받지만, 허우적대면 웃음거리가 된다. 예컨대 이 아이가 애인 앞에서는 아무 말도 못하는 까닭은 하고 싶은 말이 너무 넘치고, 모든 것을 한꺼번에 말하고 싶고, 준비해둔 말을 죄다 쏟아내고 싶기 때문이다. 그러니까 그저 애인을 멍하게 바라볼 뿐이다. 그러면 애인은 당연히 지루해한다. 한때는 그가 재미있다고 여긴 적도 있건만. 그가 즐겁게 대화를 나눈 적이 있었던가? 그를 잘 아는 사람은 이 질문에 그렇다고 할 수도 있고, 아니라고 할 수도 있다. 그는 일찍부터 예외적인 경우에만 좋은 말동무 노릇을 했다. 예전의 여자 친구들한테는 호감을 주었더랬다. 그들과는 듣고 말하기를 곧잘 했다. 침묵은 말하는 것만큼이나 편안한 느낌을 줄 수 있다. 그때만 해도 그를 붙잡고 흔들며 "당연하지"라거나 "그건 삼척동자도 알아"라고 말해주는 여자 친구가 더러 있었다. 그건 말하자면 눈을 크게 뜨고 보라는 경고였던 셈이다. 아이는 여자 친구들이 제각기 결이 다르다는 걸 알았는데, 이런 관찰이 위안이 되었다. 아이는 머리를 헝클어뜨린 채 다녔고, 종종 세수도 하지 않은 채 아주 깔끔하게 단장한 방에 들어설 때도 있었다. 그렇게 한 것은 가난 때문이 아니라 허영심 때문이었다. 그의 적수들은 그걸 금세 알아챘다. 하지만 아이는 마음속에 적이 없었기에 누구나 편하게 상대해주었다. 그의 '사랑'은 성장 지체를 뜻했을까? 그는 첫사랑에 빠졌다. 하지만 그의 여인은 털끝만큼도 호의를 베풀어주지 않았는데, 사실 그에겐 호의를 베풀 필요도 없었다. 어차피 애들은 다루기 힘든 경우가 많다. 내 생각에는 아이들한테 너무 신경 써줄 필요도 없다. 애들은 까다롭고, 이해를 해주면 만족하기보다는 짜증을 내니까.

한번은 그 아이가 다음과 같은 글을 쓴 적이 있다.

그래, 나는 못난이야. 다시 말해 섬세하고 교양이 있다는 뜻이지. 섬세한 사람은 못난이가 될 권리가 있어. 교양이 없는 사람만이 잘난 사람이 되어야 한다는 의무감을 느끼지. 내가 사무실 여직원한테 뭘 잘못했지? 그녀가 매사에 옳다고 인정할 수는 없었어. 그래서 그녀는 너무 화가 나서 병이 났지. 어떤 예쁘장한 처녀가 내가 흠모해주기를 바랐지. 그런데 내가 이해를 해주지 않자 완전히 풀이 죽었어. 나는 보란 듯이 의연한 태도를 견지했고. 나는 여성들에게 공손히 머리 숙여 인사했다가 다음 날이면 아는 척도 하지 않아서 언짢은 분위기를 조성하지. 남들이 언짢아하면 나는 기분이 좋아지거든. 남들이 다투면 나는 마음이 편안해. 유쾌한 표정들을 보노라면 얼마나 싱거운지. 심각한 표정은 얼마나 재미있어! 나는 한동안 어떤 처자를 사랑했는데, 그녀가 정말 맹해서 그랬지. 어리석음도 나름 매력이 있거든. 나는 내가 본래 누구인지 잘 모르는 그런 사람이야. 나는 때로는 소녀처럼 예민해져. 경치가 어쩌고저쩌고 하는 소릴 들으면 지루해. 예술작품을 놓고 '근사해'라고 감탄사를 늘어놓는 것은 함량미달이라는 걸 문화인들에게 깨우쳐주어야 해. 칭송은 정말 아둔함의 표시니까. 무엇에 매료된다는 건 때로는 어리석음에 가깝지! 행복한 사람은 호감을 주지 못하기 십상이지. 쾌활함을 과시하고 스스럼없이 유쾌하게 눈을 반짝거리면 거의 염치없는 짓이 아닐까? 쾌활한 기분은 언제라도 사그라질 수 있거든. 만족감은 되도록 숨겨야 해. 나는 남들이 바랄 때보다는 기대도 하지 않을 때 오히려 기꺼이 도와줄 용의가 있어. 그 누구도 감히 나를 잘 아는 듯이 처신할 자격이 없어. 나는 어떤 사람을 잘 알면 면전에서 대놓고 그렇다고 말하진 않아. 그러면 내가 섬세하지 못한 사람으로 보이고 상대방 기분을 잡칠 수도 있으니까. 교양과 지성은 별개의 문제야. 누군가 이렇게 묻는 걸 들은 적이 있어. "아가씨, 피츠너[5] 음반을 들어보셨는지요?" 그러자 그 여성은 다소 지루해하는 것 같았어. 세련된 화법으로는 여자를 사로잡을 수 없지. 여자들도 세련된 화법으로는 남자를 사로잡지 못하는 건 마찬가지야. 얼마 전에 누군가 나한테 시샘이 나서 욕을 하더군. 나의 느긋한 태도에 화가 났던 거야. 너무 겸손해도 오히려 상대방은 죽을 맛이지. 반어적 어법은 해방감도 안겨주고 괴로움도 안겨줄 수 있어. 나는 그래도 도스토예프스키를 읽은 사람 축에 들거든. 내가 어떤 여성한테 다정하게 대해주지 않자 나더러 미쳤다고 하더군. 나는 앞으로도 다른 여성들을 그렇게 대할 거야. 나보다 우월한 사람은 나를 우월하게 해주지. 겸손한 사람들을 보면 나는 어리둥절해. 겸손함 뒤에는 힘을 감추고 있다고들 하지. 나는 이따금 천박해. 하지만 오래 가지는 않아. 내가 정신을 번쩍 차려야 할 사유가 생기면 그때가 제일 기분 좋아. 사람은 이 경이로운 세상에서 딱 한 번 사는 거야. 때로는 평범한 것이 너무 경이로울 수도 있어. 음악을 너무 많

---

5 Hans Pfitzner(1869~1949): 독일 작곡가.

이 들으면 건강에 해롭고, 너무 예의를 차려도 그래. 많은 사람들이 내가 응석받이라고들 하지. 아직까지 나한테 키스해준 처녀도 없는데 말이야. 근래에 어떤 소년을 알게 되었는데, 내가 당장 친구나 교육자가 되어주고 싶었지. 용모가 마음에 쏙 들었어. 그 소년은 내 애인 같았고, 나는 걔한테서 눈을 뗄 수 없었지. 나한테 애인이 생겼다니 놀랍고 기뻐. 이 정도면 나도 제법 똑똑하지. 애인이란 말은 여러 경우에 써먹을 수 있는 멋진 표현이 아닐까? 나는 결혼을 하기엔 너무 늙었고 또 너무 어리기도 해. 그러기엔 너무 영리하고 또 너무 경험이 일천해. 그래도 꼭 결혼을 해야 하면 굳이 안 하겠다고는 않겠어. 공공연히 속을 털어놓아야 대개는 성실한 사람으로 보이지. 겉치레가 중요하다는 걸 증명해주니까. 내가 겉치레로 처신하면 사람들에게 호감을 주지. 경박함도 사람들의 마음을 사로잡을 수 있어. 사랑에 빠지면 사랑스럽지 않게 행동하는 거야. 그래서 흔히 연인들은 공감을 얻지 못하지. 사랑은 사랑하는 체하는 것만큼 효력이 세지 않아. 에디트는 나를 멍청한 애송이 취급을 하지. 누군가에 집착한다는 것은 멍청한 애송이처럼 구는 게 아닐까? 그녀가 나한테 엄격한 엄마 노릇을 해주는 것은 옳아. 나를 바로잡으려 하고, 내가 격에 맞지 않다고 생각하지. 그녀는 피아노 선생님 같아서 고자세로 나오고, 살짝 교활하기도 해. 나는 그녀를 끔찍이도 사랑해. 이성은 감정을 터무니없다고 여기지. 이성이 좋게 보는 것을 영혼은 하찮게 여기고. 이성이 선호하는 것을 마음은 물리치지. 마음이여, 너는 얼마나 수없이 나를 조용히 영광되게 해주었던가! 그녀는 나를 쫓아냈고, 나는 그녀에게 순종하여 그녀를 다시는 보지 않으련다. 어린아이는 순종할 때가 행복하지.

(1924년)

꿈이 아니었어

간밤에 있었던 일은 꿈이 아니었다. 그러니까 어제 나는 그녀를 아주 담담하게 대했다는 뜻이다. 그녀는 나를 포옹하기를 좋아한다. 사실 어제는 기분 좋은 일이 있었다. 나의 누이를 다시 만난 것이다. 그런데 잘하면 나의 아내가 될지도 모를 아가씨를 누이라고 하는 것은 아마 온당치 않을 것이다. 우리는 장미가 만발한 산책로를 이리저리 걸었고, 산책로의 경관과 이제 막 물이 오르기 시작한 신록을 예찬했다. 이리저리 산책을 하던 중에 그녀는 아무렇지도 않게 이제 결혼할 여건이 되었다고 했다. 그저 마음만 먹으면 된다는 거였다. 마치 작은 창문 틈으로 바깥 동정을 살펴보기라도 하듯이 슬쩍 흘린 이런 말이 무엇을 뜻하는지 나는 물론 모르지 않았다. 잔디밭에서 자라는 예쁜 꽃들이 얼핏 무질서해 보이면서도 가지런히 화사하게 어우러져 한껏 매력을 발산하며 우리한테 수줍게 미소를 보냈다. 어떤 나무들은 우리의 심정을 이해한다는 듯 파수꾼처럼 단정하게 서 있었고, 태양은 사랑 때문에 괴로워하고 또 사랑에 겨워 태양처럼 환하게 빛나는 수녀를 닮은 것 같았는데, 정말 그런지는 모르겠다. 나는 "아, 사랑의 희열이 꺼질 줄 모르고 다시 조용히 꿈틀대는구나!"라고 외쳤다. 그러자 함께 있는 여성이 말했다. "당신은 척 보면 시인 티가 나요. 당신이 동의하든 안 하든 간에 당신은 소설 주인공을 쏙 빼닮았어요. 당신이 쓴 소설들이 아무리 근사해도 당신 실물에 비하면 빛이 바래요." 그녀가 이렇게 말하자 나는 한순간 아주 슬픈 느낌이 들었다. 함께 있는 여성한테 그런 심정을 들키지 않으려고 나는 그녀의 손을 가볍게 쓰다듬었다. "식사하러 갈까요?"라고 그녀가 물었다. 나는 그녀의 작은 제안을 수락했다. 이런 제안이라면 언제든지 수락할 용의가 있다. 그때가 저녁 무렵이었다. 어제 나는 이른 아침에 일어났다. 거리는 아직 조용했다. 키 작은 나무들은 서로 놀라는 시늉으로 눈길을 주고받는 것 같았다. 나는 아차 싶은 생각이 들었다. 앞에서 언급한 여성이 어제 전갈을 보내왔는데, 밤새도록 대문을 열어두겠다는 거였다. 나는 신중을 기하느라 대문을 열어두겠다는 말이 어떤 의미인지 곰곰이 따져보지 않았다. 나는 나에게 닥쳐오는 상황을 있는 그대로 받아들이는 편이고, 심사숙고하기보다는 몸과 마음이 가는 대로 따라가는 편이다. 그래서 그녀의 집에 갔더니 대문이 열려 있었고, 나는 집 안으로 들어갔다. 나는 우체통에서 조간신문을 꺼내 들었다. 집 안에서 읽기 위해서였다. 집 안은 조용했고, 그녀는 아직 자고 있는 것 같았다. 그녀는 혼자 살고 있어서 이 집에서 마음대로 할 수 있었다. 이렇게 찾아온 것이 조금도 꺼려지지 않았다. 나는 그녀가 오라고 해서 시키는 대로 따른 것일 뿐이다. 그렇게 함으로써 나는 무원칙을 허용하는 나 자신의 원칙도 준수한 셈이다. 여자들의 소망은 삶 자체의 소망이니, 우리가 삶의 소망을 충족하고자 노력할진대 여자들로부터 배우는 것 말고는 다른 길이 없다. 배움이야말로 최고의 원칙이 아닌가? 갑자기 그녀가 슬리퍼를 끌며 층계를 내려오는 소리가 들렸다. 나는 아직 정돈되지 않은 방에 멀뚱하게 서 있으려니 속으로 피식 웃음이 나왔다. 통상적인 방문 시간도 아닌 것이다. 그녀는 나를 보자 깜짝 놀랐다. 그래, 놀랄 수밖에. 다소 의아한 느낌도 들었지만, 다시 생각해보니 납득이 되었다. 그녀는 대뜸 나를 끌어안았다. 그녀는 내가 지켜주길 바랐을 테고, 이 정도면 웬만큼 지켜준 셈이다. 비록 완벽하게 지켜주지는 못했지만. 오래전부터 지켜본 바로는 그녀는 아주 잘 지내고 있어서 굳이 나를 타박하거나 할 이유가 별로 없다. 사실 이런 여성은 남자가 자기를 졸졸 따라다닌다고 상상만 해도 즐거워할 타입이다. 나로 말하면 상상을 존중해야 한다고 생각하는 사람이다. 어떤 여성이 자신의 감정에 충실하게 우리 같은 남자를 원할 때 느끼는 환상을 좋게 봐줘야 하고, 우리 자신의 착각이 아닌 여성의 착각을 사랑하고, 적어도 선뜻 용서해주어야 한다. 우리는 뺨과 뺨을 맞대고 포옹했다. 이런 포옹은 그 자체로 인간적으로 아름답다. 오누이 같은 친밀감이 생기고 마음이 하나가 되기 때문이다. 그림처럼 아름답다. 그녀는 나를 꼭 끌어안았고, 나도 그녀를 꼭 끌어안았다. 아무래도 우리가 실수하는 건 아닌 듯했다. 실수가 아니라면 굳이 주저할 이유가 없다. 그녀가 "아침 생각 있어?"라고 물었다. 나는 그렇다고 했다. 사실 나는 무척 배가 고팠다. 내 생각에 배고프다는 말은 다소 속된 어감을 준다. 맛본다는 말이 더 친근하고 세련되고 어울린다. 그녀가 부엌으로 가는 동안 양말도 신지 않은 모습이 눈에 들어왔다. 차림새로 보아하니 급하게 잠자리에서 일어나느라 옷도 제대로 챙겨 입지 못했다는 걸 알 수 있었다. 식탁 위에는 금도금을 한 남성용 시계와 담배 한 갑이 나란히 놓여 있었다. 이제 나는 들고 온 신문을 읽었고, 얼마 후 아침식사가 차려졌다. 식사는 어느 모로 보나 맛있었다고 할 수 있다. "대체 어디까지 당신을 믿어야 할까? 어서 말해봐. 지금 바로 알고 싶거든. 나는 어정쩡한 건 못 참아. 간밤에 나 혼자서도 잘 자긴 했어. 하지만 어떻게 그럴 수 있어? 나를 진정으로, 무조건 사랑해? 말해봐!" 그녀는 다짜고짜 나를 다그쳤다. "그러지 말고 날 안아줘요. 정신적인 문제로 당신 자신과 나를 들볶지 말고." 나는 그렇게 툭 내뱉었다. 실제로 아무 생각 없이 그저 입에서 나오는 대로 내뱉은 말이었다. 아, 그 엄청난 효과라니! 독자 여러분도 직접 두 눈으로 봤어야 하는데. 나는 아주 진지한 자세로 아침식사에 열중했는데, 그녀는 내가 찾은 근사한 해결책에 너무 행복해하며 내 무릎에 폴싹 올라앉았던 것이다. 우리 둘 사이의 갈등은 말끔히 사라진 듯했다. 나처럼 생각이 많은 사람이 아무 생각 없이 툭 던진 말이 우리한테 그토록 엄청난 위력을 발휘하다니. "이루 말할 수 없이 당신한테 만족해"라고 그녀가 속삭였다. 이처럼 듣기 좋은 말을 한 보답으로 나는 그녀에게 키스를 해주었다. 첫 키스냐고? 아니, 천만에. 대략 여든일곱 번째 키스일 것이다. 물론 정확한 숫자는 나도 모르겠다. "자애로운 아씨, 이제 적당히 몸단장을 하러 가심이 좋다고 사료되는데, 제 생각에 동의하심이 어떨지요." 나는 아주 천연덕스럽게 그렇게 말했는데, 혹시 누가 옆에서 내 말을 듣기라도 했다면 어리둥절했을 것이다. 하지만 그 자리에는 아무도 없었다. 그녀는 곧바로 일어서더니 이렇게 말했다. "그사이에 당신은 여기서 새 글을 쓰면 되겠네. 잠깐, 종이와 필기구를 갖다 줄게." 그녀는 정말 종이와 필기구를 갖다 주고는 물러갔다. 하지만 나는 작업을 위해, 즉 정신활동을 위해 테이블에 앉는 대신 정원으로 나가서 몇 걸음 떼어놓았다. 햇살이 비쳐드는 아침 공기가 상큼했다. 나는 정원을 아주 중시하고 좋아한다. 정원은 내 손 안에 있기 때문이다. 이 대목에서 나는 이상한 고백을 하겠는데, 다시 생각하면 이상할 것도 없고 충분히 납득될 것이다. 내 몸의 유연함에 기뻐하며 그렇게 정원에 서 있는 동안 나는 이 정원과 집의 주인이라도 된 느낌이었다. 나는 다른 사람들의 환상을 존중하므로 당연히 나 자신의 환상도 그리 나쁘게 보지 않는다. 갑자기 나는 거의 들릴 정도로 외쳤다. "아, 꽃다발을 만들어도 되겠어." 그러고는 바로 실행했다. 정원에 보이는 꽃들을 이것저것 꺾어서 모았고, 충분히 모았다고 생각되자 집 안으로 들어가서 적당해 보이는 화병에 최대한 주의를 집중해서 꽃을 꽂았다. 나는 꽃다발을 만들 때면 언제나 그렇게 모아놓은 꽃들 중에 어느 한 송이도 다른 송이에 비해 모양이나 색깔이 뒤지지 않고, 모든 송이가 제각기 돋보일 수 있도록 신경 쓴다. 어느 꽃도 두드러져 보이지 않게 모든 꽃을 저마다 맞춤한 위치에 배치하는 것이다. 그러면 각각의 꽃과 말을 나누고, 저마다 생명의 기쁨을 누리게 되고, 다소 못나 보이는 꽃도 똑같이 그런 기쁨을 누릴 수 있게 되는 것이다. 내가 얼마나 근사하게 꽃다발을 만드는지 직접 보면 알 것이다. 나는 이런 일에는 달인이라 자부한다. 내 손가락은 재주가 뛰어나다. 이런 섬세한 일을 할 때면 내 손은 영혼의 인도자가 된다. 그녀가 다시 아래층으로 내려오자마자 이렇게 말했다. "당신은 내 인생을 바꾸어놓았어. 그런데도……." "무슨 말을 하려는 거야? 의미심장한 말을 하다가 말이 끊겼네." 우리는 다시 오래도록 포옹을 했고, 그녀는 포옹을 풀면서 점심 준비를 위해 어떤 먹거리를 사면 좋겠냐고 물었다. 그러고는 "글 좀 썼어?"라고 당돌하게 물었다. "내가 숭배하는 당신에 대한 달콤한 근심에 빠져 정신이 없는데 어떻게 글을 쓰겠어?" 그러자 그녀는 나를 나무랄 엄두를 내지 못했고, 우리 사이에 다소 개운치 않았던 모든 정황이 말끔히 정리된 것 같았다. 그녀가 말했다. "오후에는 내가 아는 어떤 부인 집에 갈 거고, 내일은 손님이 많이 찾아올 거야. 물론 당신도 내일 와도 좋아. 하지만 오늘 모습과는 다른 사람으로 와야 해. 당신도 내 사정을 잘 아니까 너그럽게 봐줘." 나는 알았다는 시늉으로 꾸벅 절을 했다. 책상 필기판에서 나는 옛 시절을 배경으로 어떤 여성이 류트[6]를 들고 있는 그림을 발견했다. 이상이 어제 아침에 있었던 일이다. 어제 저녁에 나눈 대화는 이미 앞에서 언급한 대로다. 나는 어느 신문에 노벨레 한 편을 기고해야 하는데, 그 이야기의 내용은 물론 자연스럽게 들려야 한다. 나를 수없이 포옹해준 그 여성은 나에게 돈을 주면서 이렇게 덧붙였다. "칭찬의 표시로 받아둬. 당신이 부유하면 좋겠어." 이럴 때마다 나는 믿기지 않을 정도로 세

6 현악기의 일종.

련되게 돈을 챙겨 넣는다. 돈을 챙기는 걸 나 자신도 알아채지 못할 정도다. 돈이 저절로 알아서 주머니 속으로 미끄러져 들어온다. 많은 금액은 아니지만, 금액이 적어서 오히려 기분이 좋다. 게다가 보아하니 그녀는 그림도 그릴 줄 안다. 그녀는 나에게 자신의 초상화를 보내왔다. 마침 그려달라고 부탁하려던 참이었다. 그런데 그녀가 먼저 아이디어를 내어 보내준 것이다. 나는 이런저런 일로 그녀를 괴롭히는데, 그렇다고 나 자신을 가만히 내버려두지도 않는다. 나는 산만하게 엉뚱한 일에 정신이 팔리는 데는 이골이 났지만, 그러면서도 다시 얼른 정신을 차려야 할 필요성도 통감한다. 나는 완전히 빈털터리가 되어 만사를 되는 대로 내버려두기를 선망했던 걸까? 아, 나는 얼마나 지독하게 나 자신에 저항했던가? 이토록 나 자신의 자질을 반송장처럼 방치하고 경멸할 수 있다니. 절실한 필요성을 느껴서 인생을 새로 시작할 수 있을까? 나는 고난도 겪어보지 못한 채 죽은 것일까? 하지만 이런 사변적 고민은 빨리 떨칠수록 좋다. 우선 산책을 하고, 이제 막 읽기 시작한 책도 마저 읽어야지. 나는 지금까지 쓴 글을 노벨레라 일컫는다.

(1928년 이후, 유고)

[역자 주석] 이 글은 '마이크로그램' 원고 중 하나다.

올리비오 여행기

             길게 생각할 것도 없이 나는 그를 올리비오라 명명하겠다. 나는 어느 정도 그를 서투른 사람으로 묘사하겠다. 군복무 시절에만 해도 그는 누구보다 쾌활한 사람이었다. 그런데 그가 어떤 측면에서 보잘것없는 사람인가에 대해서는 논란의 여지가 있을 수 있다. 동화풍의 어조로 말하면 올리비오라는 사람은 아둔한 명석함과 극히 총명한 어리석음을 겸비했다는 정도만 암시하겠다. 하긴 모든 사람이 본래 그렇다고 할 수 있다. 어떤 사람도 자신의 지성의 한계가 어디까지이고 어디서부터 무지가 시작되는지 정확히 모르니까. 본다는 것과 보지 못한다는 것도 그렇게 맞물려 있고, 계몽이라는 것도 이성의 문이 열린 상태와 닫힌 상태를 동시에 포함한다. 그런즉 나는 올리비오의 체구가 전나무처럼 컸다고 감히 주장하면서도 심지어 그가 바늘처럼 쪼그맣다고 주장하는 바이다. 만약 후자가 맞다면 그가 날씬하다는 것만은 의문의 여지가 없을 것이다. 어느 날 올리비오는 눈에 잘 띄지도 않는 그런 외모로 여행에 나섰는데, 여행의 목표는 그가 그리워하는 여성이었다. 이 난쟁이가 그리움을 표현하는 데는 남다르다고 단언할 수 있다. 그가 선망하는 거구의 미인은 초원이나 푸른 양탄자 위에 우아한 자세로 편안히 드러누워 있었고, 올리비오는 이 거인의 몸을 기어오르기 시작해서 고된 등반 코스가 기다리고 있는 세계로 올라가야만 했다. 올리비오의 영혼이 선망하는 여성의 발은 자일과 사다리 등의 도움을 받아 오를 수 있었다. 불그스레한 빛깔이 감도는 협곡을 통과하는 길은 생김새가 기묘했는데, 드디어 거인의 발에 올라 먼 곳을 바라보는 그의 눈앞에 두 개의 거대한 기둥이 나란히 쭉 뻗어 있었다. 그것은 여인의 다리였다. 신체 부위를 완곡하게 둘러말하지 않고 이렇게 직설적으로 언급하는 것은 예외적으로만 허용된다. 그런 의미에서 다리라는 표현 대신 기둥이라 해두자. 황홀하게 아름다운 그 두 기둥은 자연스러운 차이에도 불구하고 신비로울 만큼 아주 비슷했다. 오직 자연만이 만물을 창조할 때 이토록 자유롭고도 엄격할 수 있단 말인가? 자연은 법칙에 어긋나는 것은 아무것도 허용하지 않지만, 그러면서도 모든 것을 허용하며, 자연의 척도가 허용하는 테두리를 벗어나지 않으면서도 일정한 편차를 허용한다. 방랑자 올리비오는 탁 트인 자연의 공기에 신이

나서 노래를 흥얼거리기도 하고 지팡이를 흔들기도 하면서 아주 힘든 구간을 통과했다. 그러자 다시 언덕이 나왔고, 곧장 언덕을 기어올라 언덕 위에서 그동안 힘들었던 만큼 충분한 휴식을 취했다. 이제 올리비오는 여인의 두 무릎 중 어느 한쪽에 있었는데, 여인은 낮잠을 마저 자느라 자기를 찾아온 손님에 관해서는 전혀 눈치채지 못하는 상태였다. 여인의 코는 올리비오의 모습에 비하면 산맥처럼 보였는데, 이 점을 강조하는 것은 독자가 반드시 균형감각을 유지할 수 있도록 하기 위해서다. 올리비오는 계속 길을 갔다. 여러 날이 지나갔다. 올리비오는 이따금 형편이 닿는 대로 요기를 했고, 이윽고 어마어마하게 거대한 언덕 앞에 당도하자 포기할 줄 모르는 그의 머리 위로 칠흑 같은 밤의 어둠이 드리웠다. 그 언덕을 바라보자 그의 여린 가슴에 엄청난 근심걱정이 몰려왔다. 원래 올리비오는 깊디깊은 그리움을 아주 유머러스하게 가슴에 품고 있다. 대개 사람들은, 특히 교양이 있다는 사람들은 유머를 쓸데없는 것, 죄스러운 것으로 여긴다. 예나 지금이나 늘 그래왔고, 아니 지금은 예전보다 더 그렇다. 사람이 늘 예술적 감각을 발휘하지는 못하게 마련이다. 내친 김에 이런 말을 하는 이유는 이 글의 필자가 얼토당토 않는 소리를 하고 있다고 생각하지 않도록 하기 위함이다. 가파른 언덕을 기어오르느라 올리비오는 안간힘을 썼다. 더 높이 오를수록 마음속에서 우러나오는 그리움도 점점 커졌다. 우리 시대의 사람들 중에는 애인을 향한 그리움에 사무쳐 죽을 지경으로 힘든 의무를 자원하는 사람들이 있다. 하지만 올리비오의 그리움은 그런 의무감과는 전혀 무관했다. 그는 당위적 의무감 때문이 아니라 순전히 즐거운 마음으로 여인을 그리워했다. 이제 그의 눈앞에 놀랍게도 고원 같은 풍광이 펼쳐졌는데, 둥그렇게 함몰된 구덩이가 눈에 띄었고, 그는 즐거움과 우려가 교차하는 심정으로 얼마 동안 그 구덩이의 입구를 내려다보았다. 얼마 후 이 특별한 탐사를 마치자 올리비오는 계속 가야 한다는 충동을 분명히 느꼈다. 그래서 아름다운 충동에 이끌려 계속 나아가자 상당한 시간이 흐른 후 지금까지 지나온 것보다 더 높은 새로운 산이 나타났다. 하지만 차분하고 유쾌하게 계속 발걸음을 옮겨서 이 전대미문의 난관도 극복했다. 이제 그는 조용히 쉬고 있는 여인의 높이 솟은 가슴에도 올랐고, 그리하여 이전에는 보지 못한 광활한 시야를 확보할 수 있게 되었다. 이곳에서 바라보니 수려함을 자랑하는 여러 형태의 지형들이 굽이굽이 장관을 이루고 있었다. 높은 산 정상이어서 물론 공기는 차가웠지만, 올리비오는 진실한 그리움의 뜨거운 열기를 비축해두었기에 그 온기로 충분히 몸을 데울 수 있었다. 그의 그리움은 조금도 인위적인 데가 없고 어느 모로 보든 자연산인 것이다. 다시 이야기하는 어조로 말하자면, 저 멀리 황홀하게 아름다운 커다란 언덕지대가 시야에 들어왔다. 그것은 여인의 얼굴이었다. 올리비오가 자나 깨나 그리워하던 바로 그곳이다. 물론 그의 그리움은 열병 같은 것은 전혀 아니다. 너무 심각하고 진지한 모든 것은 그의 삶에 배인 활달한 천성과는 무관하다. 여인의 두 눈이 파랗게 미소 짓는 호수처럼 반짝이며 그를 굽어보고 있었다. 이 한 가지 사실만으로도 그는 행복했다. 원래 올리비오는 행복을 남김없이 맛보지 않도록 아껴둘 줄 알았다. 그래야 감정생활이 늘 생기를 유지할 수 있고, 사랑의 대상으로 인해 마모되지 않는 법이다. 겹겹이 높이 솟은 바위 요새로부터 내려오는 일도 수없는 난관을 극복하며 즐기듯이 거둔 승리 가운데 하나였다. 이 대목에서 나의 여행기는 그 힘과 기교와 능란함이 내 어깨에 걸친 소중하고 값진 의상처럼 빛나는 스타일로 바뀐다. 자기 제어를 하느라 옷을 꽉 조이게 입을 필요가 없듯이, 내 글의 스타일도 그렇다. 올리비오가 이번 여행에서 겪은 모든 체험은 진기하다 할 만한데, 여행 내내 그는 혼자였다. 모름지기 그리움이란 홀로 있을 때 최선의 상태로 무럭무럭 자라고 활짝 꽃피지 않는가? 홀로 있을 때 그리움은 우리가 생각할 수 있는 가장 훌륭한 벗이 되지 않는가? 줄곧 진실한 마음으로 그리움을 간직해온 올리비오는 대화나 여흥 따위로 인해 조금도 흐트러짐이 없었다. 그는 언제나 여인의 사랑스럽고 섬세하게 속삭이는 목소리를 듣고 있었고, 여인은 그에게 언제나 가깝고도 멀고, 손에 잡힐 듯하면서도 다다를 수 없다. 그녀는 그의 안에서 노래하고, 먹고, 놀고, 걷고, 춤추고, 잠들었다. 그는 그녀의 웃음을 웃었고, 그녀의 한숨을 쉬었다. 그가 기뻐하면 그건 그녀의 기쁨이었고, 그의 기쁨이 아니면서도 가장 본래적인 그 자신의 기쁨이었다. 그녀를 그리워하는 그의 존재가 온전히 그녀의 존재 속에 들어갔고, 그녀의 존재를 자신의 존재로 만들었기 때문이다. 그에게 그럴 자격이 있었을까? 우스운 질문이다. 그녀를 향한 그리움은 그 자신의 그리움이었으니까. 또 유념해둘 사실이 있다. 즉, 그는 이따금 걷잡을 수 없이 피로가 몰려오면 포근한 이끼로 덮인 아늑한 곳에 드러누워 숙면을 취해 그동안 소모된 기운을 보충했던 것이다. 그는 계속 나아가기 위해 기운을 차려야 했고, 그리하여 언제나 새롭고 신선하게 그리움의 여인을 그리워할 수 있었던 것이다. 나는 이 산문의 품격을 철석같이 굳게 믿는다. 뿐만 아니라 나의 사고방식은 언제나 유연하고 부드럽다. 이를테면 사랑과 그리움은 동일한 것인가 하는 질문을 던져보자. 이 질문에 나는 단연코 아니라고 답한다. 사람은 사랑하는 대상을 조금도 그리워하지 않고도 얼마든지 사랑할 수 있다. 사랑한다는 것은 소유하는 것이며, 완벽한 만족과 충족, 이상적인 만족 상태이다. 반면에 그리움은 단지 사랑만으로는 만족하지 않으며, 대상을 소유하지 않는다. 올리비오에 대해 말하자면, 그는 한편으로 진실하고 강렬한 사랑을 할 만큼 아주 현명했고, 다른 한편으로 어리석게도 그리움을 고수했다. 그것은 물론 섬세하고 아름다운 어리석음이다. 말하자면 섬세한 인간의 어리석음, 현명한 자의 현명하지 못함이다. 그리움을 느끼는 사람의 그런 약점을 우리는 얼마든지 이해하고 봐줄 수 있다. 그런 사람이 느끼는 감정은 아주 강렬할 수도 있고, 신뢰가 떨어지거나 동요할 수도 있다. 올리비오가 사랑하는 여인을 향한 그리움으로 방랑을 할 때 그의 보행속도는 비교적 느린 편이었고, 그는 그 느림을 멜로디처럼 즐겼다. 내가 생각하기에는 걷고 인생을 살고 글을 쓸 때 속도는 매우 중요하며, 자기만의 고유한 운명을 지닌 원고도 있는 반면에 이러한 가치가 담겨 있지 않아서 아쉬운 원고도 있다고 나는 확신한다. 올리비오는 이제 여인의 목덜미에 다다랐는데, 여기서는 화려한 진주 목걸이가 둥글게 솟아 있어서 그 장애를 통과해야만 했다. 여인의 턱 위로 기어오르는 일은 이렇다 할 어려움 없이 해결되었다. 이제 여인의 입이 화사한 햇살을 받으며 활짝 꽃핀 젊은 자태를 드러냈다. 이 모습을 바라보는 올리비오의 양심은 한없이 섬세했는데, 워낙 그의 양심은 늘 주의 깊게 활동한다. 어쩌면 양심은 우리에게 아름다운 삶의 원천일 것이다. 올리비오의 눈앞에 펼쳐지는 풍경은 갈수록 더 독특하고 의미심장했다. 이를테면 여인의 귀가 그랬는데, 올리비오는 겁먹지 않고 귓속으로 들어가 보기도 했다. 그러자 여인은 그가 탐색하고 수집하고 쾌활하게 숨 쉬는 기척을 느꼈다. 이처럼 오래도록 전혀 방해받지 않고 휴식을 즐기는 여인은 전무후무할 것이다. 소풍을 즐기는 올리비오는 길고 가냘프게 곡선을 그리는 여인의 팔과 손의 여러 지역도 답사했는데, 여기에 요구되는 경건한 마음을 내내 유지했다. 그가 여인의 손바닥에 머물 때 그만 여인의 손바닥이 접혔다. 다행히 그는 제때에 빠져나올 수 있었다. 조그만 체격 덕분에 최소한의 틈새도 활용할 수 있었던 것이다. 여인의 머리는 숱이 풍성하고 꼬불꼬불 얽혀서 숲처럼 울창하고 도저히 통과할 수 없는 영역으로 보였는데, 요즘 젊은 작가가 어떻게 이런 것까지 묘사할 수 있겠는가? 올리비오는 그 울창한 머리 숲을 헤치고 나가서 마침내 여인의 이마에 다다랐다. 거기서 그는 들판처럼 펼쳐진 뺨을 굽어보면서, 이 전대미문의 모험이 성공한 것이 기뻐서 벌렁 드러누웠는데, 마치 그리움을 더없이 경배하는 지상낙원에라도 온 심정이었다. 올리비오의 체격은 그리움을 품은 자는 조그맣다는 것을 여실히 보여준다. 사랑은 무조건 크고, 그리움은 조그만 것이다. 큰 사람이 그리워하면 그는 작아진다. 올리비오는 번갈아 가며 작아졌다 커졌다 했다. 그는 여인에 대한 사랑을 느끼는 동안에는 한순간도 그의 마음이 여인 곁에 있지 않은 채로 몇 달씩 지낼 수 있었다. 그는 아무리 마음의 동요가 생겨도 어떤 면에서든 그 자신의 주인이었다. 나는 한 친구의 책에서 실마리를 얻어 지금까지 서술한 대로 사색의 여정을 거쳐왔다. 이렇게 나만의 개인적인 방식으로 그 친구의 작품에 대해 논평하는 것을 그 친구가 선의로 동의해주길 바란다. 우리가 그리워하는 여인이 이렇듯 그 무엇에도 구애받지 않는다면 그런 모습이야말로 정말 아름답지 않을까? 그리움을 품은 남자는 어째서 그토록 이 여인을 그리워할까? 내가 그걸 허용했을까? 내 생각에는 내내 그리워하는 사람은 적절한 강도로 그리워할 수 있는 자제력을 상실할 위험을 무릅쓰는 것이다. 과연 그래도 될까? 만약 그런 일이 벌어진다면, 우리가 그리워하는 여인을 마치 책제목으로 붙이는 질문처럼 하나의 질문으로 이해하는 것이 과연 타당할까? 나는 여인을 그리워하는 사람이라면 꼭 필요한 통찰력을 충분히 발휘할 거라고 믿는다. 그리워하는 사람은 이래저래 마음 쓰이는 일이 워낙 많아서 오히려 거칠어질 겨를조차 없다. 그를 위해 얼마나 좋은 일인가. 여인에게도 좋은 일이 아닐까? 여인은 배우들에게 간청했다. "그러려니 하고 담담하게 받아들여주세요!"

(1928년 이후, 유고)

[역자 주석] 이 글은 '마이크로그램' 원고 중 하나다.

꿈

                      간밤에는 얼마나 아름다운 꿈을 꾸었던가. 나는 그 꿈 이야기를 가벼운 필치로 전하고자 한다. 나는 어디선가 편안한 지인들에 둘러싸여 아주 매력적인 공간에 앉아 있었다. 편안한 느낌을 주는 어떤 여인이 내가 곁에 있어서 기쁘다고 해서 나는 황홀했다. 방에는 우아한 테이블이 많이 있었고, 그래서인지 레스토랑 비슷한 느낌이 들었다. 하지만 어느 모로 보든 레스토랑이라고 하기엔 분위기가 너무 정겹고 산뜻했다. 게다가 천장이 높지도 않았고 장식이 화려하지도 않았다. 누군가가 요기를 하라고 차려놓은 것으로 보이는 음식 접시가 아주 세련되어서 마음에 쏙 들었다. 나는 존경심이 들 정도로 잘 차려진 음식을 당연히 맛있게 먹었다. 여인은 아주 편안하게 나와 얘기를 나누었다고 나는 자신 있게 말할 수 있다. 그러고는 장면이 바뀌어서 나는 전망 좋은 널찍한 장소에 놓여 있는 소박한 침대에 누워 있었다. 낯선 느낌을 주는 언덕들이 낭만적인 인상을 주어서 보기에 좋았다. 나는 정겨운 휴식을 취하며 기운을 차렸고, 얼굴을 간질이며 살랑살랑 부는 미풍을 즐기며 가만히 누워 있었다. 그러면서 또 다른 광경이 아주 기분 좋게 눈길을 끌었는데, 그렇다고 전혀 놀라지는 않았다. 멀리서 아주 작게 두 명의 소녀가 보였는데, 우정의 이상을 생생히 보여주는 행복한 모습이었다. 솔직히 고백하면 나를 매료시킨 두 소녀 중 한 명이 숭배하는 소녀 앞에 무릎을 꿇고 있었다. 그 모습이 얼마나 우아하고 영롱한지 감히 필설로 형언할 엄두가 나지 않는다. 소녀는 너무나 자연스럽게 동작을 취했는데, 그 동작을 중시하고 신성하고 진지하게 여기는 것 같았다. 그러면서 소녀는 행복에 겨운 듯, 행복이 즐거운 듯 미소를 짓고 있었다. 정말로 아름다운 모든 것은 정녕 우리에게 유쾌함을 선사하니, 우리는 그런 유쾌함을 바로 이해하고 그런 상태에 우리 자신을 편안히 내맡기게 된다. 두 소녀가 가까이 다가오자 점점 크게 보이는 몸매가 숭고할 정도로 우아했다. 아름답게 균형이 잡힌 팔다리에 나는 경탄을 금치 못했으며, 그럼에도 내가 즐기던 평화는 전혀 흐트러지지 않았다. 두 소녀는 나를 바라보며 늘씬하게 아름다운 몸매로, 나를 매료시키는 자세로 내 침상 곁을 지나갔다. 내 발 언저리에는 아주 작은 꼬마가 누워 있었는데, 어린아이 또는 소년 같았다. 그리고 두 소

로베르트 발저 『단편집』(1914) 표지(형 카를 발저가 그려준 표지화)

녀는 온갖 잡초와 풀과 식물로 뒤덮인 암벽 같은 것을 기어올랐다. 그러면서도 조금도 힘들어하는 기색을 보이지 않고 나를 내려다보며 다정한 눈길을 보냈으며, 나는 그 다정한 눈길을 소중히 생각하면서 꿈에서 깨어났다.

(1927/28년, 유고)

마리

나는 아담한 방을 하나 얻어 살게 되었다. 한때 시계공이 작업장으로 썼을 법한 방이었다. 그 방은 아주 매력적이고, 너무 우아하고 편안하고 살기 좋은 방이라 해도 무방할까? 당연히 그렇다! 좁지만 제법 길쭉한 공간이어서 방 안에서 느긋하게 오락가락 산책을 할 수도 있었고, 실제로 나는 아주 즐겁게 산책했다. 나란히 늘어서 있는 창문 밖으로는 매력적인 경치를 조망할 수 있었다.

집이라기보다는 그저 오두막이라고나 해야 어울릴 법한 그 집은 도시철도 노선이 지나가는 길가에 자리 잡고 있었는데, 검회색의 바위가 집 근처에 바짝 붙어 있어서 마녀의 오두막 같은 느낌을 주었다.

실제로 이 집에는 반디 부인이라는 마녀가 살고 있었다. 물론 그녀는 마녀가 아니라 아주 똑똑하고 사랑스러운 여성이었다. 그녀가 일층에 살고 있었고, 나는 위층 지붕 아래 방에서 하숙을 했다.

나는 매일 선량한 노인네와 마주쳤는데, 그분이 나의 아버지였다. 머리가 하얗게 센 아버지를 보노라면 가슴이 뭉클했다. 아버지는 수요일마다 점심식사 후에 진한 커피를 마시면서 신문을 읽곤 했는데, 그러다가 규칙적으로 꾸벅꾸벅 졸거나 잠이 들었고, 그러다가 깨어나면 처음에는 늘 약간 짜증을 내곤 했다. 아버지는 이미 오래전에 고령이 되었지만 노인네 티를 내지 않으려 했고, 이미 상당한 고령임을 보여주는 사소한 징후들을 결코 달가워하지 않았다.

집에는 작지만 우아한 테라스 또는 베란다가 딸려 있었고, 아주 예쁘고 정겹게 잘 가꾼 아담한 정원도 있었다. 동쪽으로는 좋았던 옛 시절의 무덤들이 있는 오래된 공동묘지가 집에 바로 연결되어 있었다. 서쪽에는 호수가 넓게 펼쳐져 있었다. 남쪽에는 격조 있는 건물들과 날씬한 망루가 늘어선 구시가지가 자리 잡고 있는데, 그 주위에는 온갖 부류의 기묘한 오랜 정원들이 있고, 정원에는 기품 있는 높은 전나무들이 서 있었다.

내 방은 언젠가 중대한 정치적 변고로 추방당한 고귀한 혈통의 왕자가 임시로 체류했을 법하다. 그것은 물론 나의 상상이다. 나는 당연히 이런 분위기의 방에 아주 만족했다. 아름다운 밤이 되면 아담한 방에 은은한 빛이 비쳐든다. 너무나 정겨운 달빛이 비치고 사랑스러운 달님의 낭만이 있는, 동화처럼 아름답고 환한 마법의 밤이 찾아오는 날도 있는 것이다.

반디 부인은 성품이 조용하고 고결한 사람이었는데, 물론 나한테는 꽤나 재치 있게 얘기를 했다. 그녀는 독서를 많이 했다. 그런데 그녀가 애호하는 작가와 시인은 내 취향은 아니었다. 하지만 그것은 쉽게 수긍이 되었다. 여성은 당연히 취향도 다르고 느끼는 감정도 다르게 마련이다. 반디 부인은 한창 아름다운 나이는 지났다. 그렇지만 한때의 사랑스러운 미모의 흔적이 뚜렷이 남아 있었고, 재치도 넘쳤다. 재치 있는 사람들이 으레 그렇듯 그녀도 다소 짓궂은 데가 있었다. 그녀는 이따금 글을 쓰기도 했는데, 그렇다고 정식 작가라고 하긴 뭣했다. 솔직히 털어놓자면 만약 그녀가 작가였더라면 내가 다소 마음이 편치 않았을 수도 있다. 그녀는 입 표정이 다소 쌀쌀맞아 보였다. 눈은 어쩐지 퉁명스럽고 차가운 인상을 주었다. 그런 것만 빼면 그녀는 아주 사랑스러웠다. 전반적으로 보면 그녀는 인생에 크게 실망했고 자기가 불행하다고 주장하는 입장이었다. 당연히 사람은 자기가 불행하다고 상상하는 순간 정말로 불행해지게 마련이다. 그녀는 개나 고양이와 잘 어울렸고, 아름다운 문학과 슬픈 생각에 잠겨 있었다. 그녀가 사는 이유는 단지 큰 위안이 되는 자애로운 죽음이 아직까지 그녀를 데려가지 않았기 때문이 아닐까 싶기도 했다.

이따금 그렇게 보일 때가 있었다. 종종 그녀는 조용히 흐느끼며 복받치는 울음을 그칠 줄 몰랐다. 삶에서 해방되고 싶었던 걸까? 나는 내막을 알 수 없었고, 이 문제에 관해서는 한마디도 할 수 없다. 내 생각에는 너무 섬세한 문제에 관해서는 차라리 조용히 외면하는 편이 좋다.

아버지 역시 아담한 작은 방을 마음대로 사용했는데, 짐작건대 세입자의 쪼들리는 재정형편에 관해 아버지는 다소 지나치게 걱정을 해서 당신의 체면을 차리느라 크고 작은 궁금증을 털어놓곤 했다. 아버지는 확실히 때로는 대담하고 당돌하고 무모해 보이는 아들을 비록 완벽하게 이해하지는 못해도 웬만큼 파악하고 있었던 것이다.

"애야, 방세 좀 내줄 수 있겠니? 내 요청을 나쁘게 생각하진 마라. 알다시피 나는 부자가 아니거든." 아버지는 그렇게 말하면서 아주 측은해 보이는 태도로 선량함이 묻어나는 늙은 손을 귀에 갖다 대고 아주 근심어린 표정을 짓곤 했다.

나는 웃으면서 백 프랑을 테이블 위에 올려놓았고, 그것으로 아주 미묘한 거래가 끝났다.

아버지는 선량한 분이어서 돈을 바로 집어 들기를 망설였기에 나는 마치 스페인 귀족이라도 되는 양 당당하고 의젓하게 "쑥스러워하실 필요 없어요"라고 했다. 그러면 임대인 입장에 있는 아버지는 얼른 포도주와 잔 두 개를 갖고 와서 한

잔씩 따르곤 했다. 아버지의 그런 모습은 젊은이처럼 싹싹하고 애교가 넘쳐서 나는 어리둥절했다.

아버지는 그럭저럭 생활형편이 허락하는 한 호의와 생기가 넘치고 정중하고 싹싹한 분이었고, 포도주를 따르는 데는 언제나 달인이라고 나는 자신 있게 말할 수 있다.

이야기를 더 계속하기 전에 먼저 언급해둘 것은 내가 바로 얼마 전에 넉넉한 생활환경을 뿌리치고 도망쳐왔다는 사실이다. 이 점은 반드시 언급하고 어째서 그랬는지 강조하고 싶다. 나는 그런 생활환경을 포기하기까지 얼마 동안 고민했다. 일을 완전히 접고 눌러앉기에는 아직 너무 젊고, 또한 경솔하게 일자리를 포기하고 달아날 정도로 나이를 많이 먹지도 않았다고 감히 말할 수 있기 때문이다. 다시 말해 단조롭고 판에 박힌 일상의 직무를 수행하기에는 아직 너무 이르고, 무미건조하고 지루하게 한 곳에 붙박이로 있기에는 너무 이르다는 것이다. 설령 아무리 넉넉하고 확고한 월급을 받는다 하더라도 이동의 자유를 너무 일찍 포기할 경우의 손실을 보상할 수는 없다.

나에게 구속력 있는 취업 계약서를 제시한 직장에서는 내가 당연히 아주 흡족한 마음으로 서명해주기를 기대했지만, 나는 대담하게도 그 제안을 거절했다. 이로써 나는 나를 옭아맬 속박을 믿기지 않을 정도로 대범하게 뿌리쳤다. 물론 다른 관점에서 보면 그 제안은 나에게 안정된 생활을 보장해주기 때문에 유혹적이기도 했다.

그런 연유로 나는 지금 친절한 노인네가 선뜻 양보해준 방에 들어오게 되었고, 마음대로 자유 시간을 누릴 수 있게 되었다. 그래서 나는 때로는 숲속에서 어슬렁거리며 이리저리 돌아다니기도 했고, 이따금 기회가 닿는 대로 그렇게 정처 없이 돌아다니는 산책에 관해 제법 그럴싸한 글을 쓰기도 했다. 나는 가끔 프랑스 산 파이프 담배를 피웠는데, 아버지의 수많은 파이프를 애용했다. 아버지는 내가 당신의 파이프를 이용하는 걸 전혀 막지 않았다. 나는 말쑥한 정장이 두 벌 있었고, 근근이 절약해둔 돈도 약간 있었다.

나는 나 자신에게 아주 진지하게 이렇게 말한다. '나는 우선 당분간은 이렇게 어정쩡하게 지내고 보란 듯이 도락가처럼 생활하고 있지만, 조만간 확고한 결심을 하고 벌거벗은 거친 인생에 누구보다 당당히 맞설 때가 오리라는 것을 한순간도 의심하지 않는다.'

이렇게 혼잣말을 하면서 나는 적지 않게 자부심이 생긴다.

때는 이른 봄이었다. 근처에 있는 시장 광장에는 밝은 햇살 아래 청명한 봄 공기를 쐬며 말쑥하게 차려 입은 사람들과 상품들이 북적댔다. 그런 광경은 매력적이었다. 주위에 있는 정원들과 크고 작은 골목길마다 설렘과 매력이 넘치고 마음을 녹여주는 새 소리가 재잘댔다. 오래 전부터 친숙한 봄의 색깔이 여기저기 모습을 드러냈고, 사방에서 사랑의 기대와 사랑의 행복감이 은은한 향기로 번졌다. 온갖 사람들의 목소리가 들려왔고, 아이들은 길거리와 광장에서 신나게 뛰어 놀았다. 귀에 들리는 모든 소리와 눈에 보이는 모든 색깔이 서로 어우러졌다. 노인이든 젊은이든 가릴 것 없이 모두가 여느 때보다 더 다정하고 친근해 보였다. 선량함을 품은 모든 사물이 서로 친지처럼 가까워 보였다. 모든 것이 편안하게 고무되고 영혼과 생기로 가득했다. 다양하게 흩어져 있는 모든 것이 의좋게 하나의 행복한 전체로 어우러졌다. 기쁨과 선의와 사려 깊은 배려가 밝고 아름다운 형상으로 사람들 사이에서 유쾌하게 이리저리 산책하는 듯했다.

나는 숲으로 가서 꽃들과 예쁜 어린 풀들을 따서 모았고, 그것들을 상자 안에 가지런히 보기 좋게 담았다. 상자 안이 마치 봄의 축소판 같았다. 나는 화초 상자에 작은 쪽지를 붙이고 쪽지에 아주 섬세한 글귀를 적어 넣었다. 나는 그 상자를 쉴러의 희곡 『음모와 사랑』에서 루이제 역을 연기한 여배우에게 보내주었다.

나는 틈틈이 다른 인연도 맺고 있었는데, 어느 정도 행운이 따라서 내 인생에 처음으로 어느 문학잡지와 연줄이 닿았다.

이따금 나는 경제적 형편이 좋든 나쁘든 간에 순회공연을 해볼까 하는 생각을 했다. 맥주는 언제 마셔도 맛있었다. 나는 자제하고 수도승처럼 생활하는 편이 나에게 득이 될 수 있다는 생각은 하지 못했다.

한번은 집에서 부지런히 글을 쓰고 있었는데, 반디 부인이 내가 무얼 하나 보려고 내 방으로 왔다.

"남작님은 지금 어떤 작품을 쓰세요?" 그녀가 장난기 어린 어조로 물었다. 나 역시 장난스럽게 대답했다. "온갖 시시껄렁한 걸 씁니다."

오후에는 거의 규칙적으로 반디 부인이 자기 방에서 나에게 차를 대접했다. 그러면 당연히 매번 수다를 떨 기회가 생겼다. 그녀는 이따금 이 시간 무렵에 손님을 맞기도 했다. 그녀 자신이 누군가를 방문할 때면 내가 함께 가주었다. 종종 우리는 함께 짧게 산책도 했다.

그런데 얼마 후에 나는 전혀 다른 부류의 어떤 여성을 만나게 되었다. 반디 부인은 아무리 사소한 말이나 거동에서도 교양을 갖춘 여성의 티가 났다. 반면에 내가 새로 알게 된 여성은 교양과는 전혀 무관했다. 이제 곧 이 여성에 대해 이야기하겠다.

그 전에 언급해두고 싶은 것은 나는 잠자리에 들거나 아침 일찍 일어나는 걸 아주 좋아한다는 사실이다. 화창한 날에는 내 방에 밝은 햇살이 가득 비쳐서 방 안에서 기분 좋게 일광

욕을 즐길 수 있었다. 나는 매일 가까운 산으로 길든 짧든 산책을 갔는데, 경치가 환상적인 이곳 높은 산 숲에서 어느 날 방금 말한 낯선 여성을 만나게 되었다.

저녁 무렵이었다. 나는 온갖 상념에 잠긴 채 숲길을 따라가고 있었고, 울창함과 젊음의 광채를 뽐내며 깊은 사색에 잠긴 경이로운 숲속으로 석양이 눈부신 황금빛 햇살을 비추고 있었다. 바로 그때 이전에는 튀어나온 덤불숲에 가려 보이지 않던 키 큰 여성이 갑자기 바로 내 앞에 나타났다. 나는 어리둥절하고 무척 당황해서 그 자리에 멈춰 섰다. 그렇게 기이하고도 아름다운 여성의 모습은 이렇게 가까이서는 물론 멀리서도 본 적이 없었다. 그녀는 다정하게 미소 지으며 나에게 다가와 손을 내밀었고, 나는 추호도 꺼름칙한 생각은 하지 않고 그녀의 손을 잡았다. 그러자 그 여성은 울창한 숲속으로 점점 깊이 나를 이끌고 가면서 우리 둘이 전혀 방해받지 않고 머물 수 있는 곳을 보여주겠다고 했다. 나는 경이롭고 내밀한 편안한 느낌에 사로잡혔다. 전에도 경험한 적이 없고 앞으로도 다시 경험하지 못할 행복감이 사방에서 향기처럼 밀려왔다. 나는 동화 속의 나라에 들어선 느낌이었고, 은밀한 숲길 주위에 늘어선 전나무들이 마치 야자수처럼 느껴졌다. 알 수 없는 그 무엇에 이끌려, 내가 생각하는 선함과 아름다움에 이끌려 나직이 조용한 목소리로 그 낯선 여인에게 말했다.

"당신을 사랑해요. 당신이 원하는 곳으로 나를 데려가 주세요. 당신을 무조건 믿고, 진심으로 나를 당신에게 온전히 맡기겠어요."

그녀는 사랑스럽고도 매우 진지하게 나를 찬찬히 바라보았다. 내가 하는 말에 아무런 대꾸도 하지 않고 그녀는 나를 계속 데리고 갔고, 마침내 숲에 에워싸인 어느 장소에 다다랐다. 그곳은 호젓해서 바닥에 앉기에 알맞았고, 우리는 함께 앉았다. 우리는 스스럼없이 서로를 마주 바라보았는데, 그러고 싶었고, 시간도 충분했다. 시간이 멈춰 선 것만 같았고, 우리 두 사람 주위의 공간은 기쁨이 넘치고 그림처럼 아름다운 높다란 야외 텐트로 바뀌어서 조용히 행복에 잠긴 두 연인을 성대하게 환대해주는 것 같았다. 우리가 가까이 붙어 앉아 있는 땅바닥의 이끼는 부드럽고 아름다웠고, 마치 제후의 양탄자처럼 소중하게 느껴졌다. 페르시아의 양탄자도 이 사랑스럽고 수수한 초록색 숲의 바닥만큼 앉아 쉬기 편안하고 아늑하지는 않을 터였다. 우리는 그렇게 앉아서 황홀감에 잠겼다.

방해하고 침해하고 불안하게 하는 모든 것이 영원히 세상에서 추방되고 사라졌다. 나는 이 경이로운 여인과 함께 숲의 외진 구석에서 사랑스럽고 달콤한 숲의 향기와 속삭임을 느끼며 마법의 시간을 즐겼고, 여기에는 상서롭지 못한 어떤 것도 섞여들거나 몰려오지 않았다. 오직 석양이 발하는 황홀한 마지막 사랑의 빛살만이 희열에 잠긴 한적한 거처로 장밋빛으로 비쳐들었고, 오로지 저녁 산들바람이 이따금 우리 주위의 부드럽고 가벼운 잎사귀들을 속삭이듯 하늘거리면서 너무나 사랑스럽고 다정하게 우리의 친구가 되어주었다. 나는 여인을 조심스럽게 바라보면서 입을 맞추었고, 그녀는 내 입맞춤을 가만히 받아주었다. 내 입술이 닿은 그녀의 입술에 선한 미소가 번졌다. 나는 이루 말할 수 없이 평온한 마음으로 희열에 잠겼다.

그녀가 누구이며 이름이 어떻게 되는지 말해달라고 하자 그녀는 다음번에 말해주겠다고 했다. 나는 회피하는 대답에 만족했다. 그녀는 너무나 자연스럽고 스스럼없는 태도를 취했지만, 그럼에도 고매한 기품이 넘치는 존재였다. 그녀는 성품이 아주 진지해 보였지만 그러면서도 아주 쾌활했다. 우리는 거의 아무 말도 하지 않았고, 그렇게 계속 말없이 생각에 잠겨 함께 앉아 있는 희열에 만족했다. 그녀는 진지하고 아름답게, 의연히 앉아 있었다. 나는 속으로 혼잣말을 했다. '이 여인은 확실히 보기 드문 자연인이야. 어떤 생각을 하고 있는 걸까?'

이미 오래전에 밤이 되었다. 사방이 캄캄했다.

"당신은 집에 가야 하지 않을까." 그녀가 말했다.

"그럼 당신은?" 내가 물었다.

그녀가 말했다. "여기 숲이 내 집이야."

우리는 헤어졌다.

반디 부인은 짧은 폴란드 소설 한 편을 번역하고 있었다. 그녀는 집안일에는 비교적 적은 시간과 노력을 들이는 것 같았다. 이따금 그녀는 나에게 앞에서 말한 번역 원고를 읽고 여기저기 고치는 일을 거들어달라고 부탁했다. 나는 그녀가 부탁한 대로 들어주었다. 하지만 그 일은 끔찍하게 지루해서 나는 보기 흉하게 하품이 나오는 것을 참을 수 없었고, 체신머리 없이 한없이 늘어지는 한숨이 나오는 것도 억누를 수 없었다. 그 폴란드 소설은 너무 감상적이고 음울한 느낌을 주었다. 아무리 읽어도 자꾸만 검은 까마귀가 떠오를 뿐이었다. 또 그 두툼한 노벨레에는 눈물을 짜내는 장면이 자꾸만 나와서 내내 가슴이 답답하고 께름칙하고 소름이 돋았다. 젊은이여, 그만 징징 짜게. 계속 그러면 구제불능으로 파멸이야. 각설하고, 정말 끔찍하고 비극적이고 까마귀처럼 불길한 느낌을 주는 그 이야기는 어쨌거나 내 취향에는 완전히 거슬렸다. 그래도 반디 부인은 이 소설을 쓴 젊은 폴란드 작가와 서신 왕래를 곧잘 했는데, 어떻든 그 작가가 매우 흥미로운 사람인 것은 분명했다. 그런데 반디 부인이 버럭 화를 냈다.

"당신은 아주 못돼먹고 염치없는 사람이군요. 그걸 아세요? 그렇게 비웃듯이 한숨이나 쉬고 멍하니 하품이나 하다니, 사과하지 않을래요? 사과할 거예요 말 거예요? 아, 당신이란 사람은!"

반디 부인은 그런 식으로 말했다. 내가 폴란드 문학에 대한 존중과 이해심이 없다는 걸 숨기지 못하고 부주의하게 노골적으로 드러내자 그녀는 나를 아주 깔보았던 것이고, 그래서 나는 그저 너털웃음을 터뜨렸다. 물론 나는 몹시 화가 난 반디 부인에게 정중하고 아주 신중하게 사과했다. "두고 봐요, 내가 조만간 당신한테 한 방 먹일 테니까요!" 그녀는 그렇게 말하면서 따라 웃었다.

반디 부인은 이따금 만돌린을 연주했고, 반주에 맞추어 노래를 부르기도 했다. 하지만 그녀는 노래로 누군가의 귀를 즐겁게 할 정도로 목소리가 곱지는 않았다. 그 대신 그녀는 자기가 기르는 예쁜 앙고라 고양이와 깜찍하고 흥겹게 대화할 줄 알았다. 그러면 고양이는 주인이 하는 말을 다 알아듣는다는 듯 눈을 뜨고 얌전하게 귀를 기울였다.

"당신은 지금 칠칠맞게 뜨내기 생활을 하고 있는 거 아니에요? 부끄럽지도 않으세요? 정말 자책감이 들지도 않으세요?" 한번은 반디 부인이 나한테 이렇게 말한 적이 있다.

그러자 나는 태연하게 이렇게 대꾸했다. "이해하기 나름이지요. 나는 경박스러워 보이는 지금까지의 인생살이에 대체로 전혀 불만이 없답니다. 게다가 지금은 제가 누구한테도 방해가 되지 않고 또 앞으로 생계 문제에 신경 쓰려고 하니까요."

물론 이따금 나는 이렇게 줄곧 유유자적하는 생활 때문에 나 자신을 심하게 질책하지만, 그렇다고 그다지 마음이 불안하지도 않다. 나는 늘 일거리를 생각해왔고, 일하려고 시도해보기도 했지만, 오래전부터 일을 하지 않았고 여전히 일거리도 없이 어떤 활동도 하지 않고 빈둥거리고 있다. 골똘한 생각과 슬픈 기분이 특이하게 나를 사로잡았는데, 하루 종일 온갖 상념에서 헤어나지 못했고 자꾸만 떠오르는 생각들에 빠져 있었다. 나는 그런 상념들의 포로였고 또 나 자신이 감옥이기도 했다. 나는 나 자신에 의해 가두어지고 억눌리고 투옥되었다. 나는 자유로웠지만, 그러다가도 갑자기 전혀 자유롭지 않았다. 아버지의 흰 머리는 나에게 깊은 인상을 주었다. 저 멀리 밝고 드넓고 탁 트이고 건강한 세계를 향해 방랑하고 싶었지만, 그러다가도 다시 전혀 그럴 마음이 내키지 않았다. 나는 확실히 그 정도도 못 해낼 만큼 게으르지도 않은데 말이다.

지붕 밑 방의 진정한 이상이라 해도 좋을 우아한 지붕 밑 방에서 나는 반디 부인에게 편지나 짧은 소식 또는 메모 글을 썼다. 그녀를 조금이나마 즐겁게 해주고 싶었기 때문이다. 그렇게 쓴 쪼가리 글을 나는 나중에 아래층 현관에 있는 우체통에 떨구곤 했다. 그 짧은 편지들 중 하나는 다음과 같다.

친애하는 반디 부인께!

저는 여기 위층에 있는 제 방에서 자신이 마치 어떤 이
야기에 등장하는 인물처럼 느껴집니다. 그 이야기에는
이렇게 쓰여 있습니다. 그다지 영리하지는 않지만 다정
한 젊은이가 어느 날 자기 방에 앉아서 혼자 몽상에 잠
겨 있었다고. 저는 이따금 자신이 꿈이나 환상에 등장
하는 인물로 느껴집니다. 저는 현실에서 살고 있지는
않지만 그래도 생기가 넘칩니다. 어째서 그럴까요? 그
런데 아래층에 사는 당신은 어떻게 지내나요? 지금 이
순간 어떤 일을 하고 있습니까? 저는 부인의 아침식사
에 반찬 삼아 한없이 유쾌한 이야기를 들려주고 싶습니
다. 사랑스러운 햇살이 제 방에 비쳐들고, 책상과 필기
종이와 제 콧등에도 비치고, 지금 이렇게 시답잖은 말
을 쓰고 있는 펜촉에도 비치고 있습니다. 세상은 황홀
하게 아름답습니다. 부인께서도 그렇게 생각하지요, 그
렇죠? 부인에 관해 말씀드리자면, 저는 부인이 사랑스
러운 여인이라 생각하고, 그러니까 제가 실제로 부인에
게 마음이 끌린다고 자신 있게 단언합니다. 하지만 부
인이 제 마음에 든다는 걸 제가 대체 무엇으로 증명

할 수 있겠습니까? 저는 저 자신이 교활하고 애매모호한 태도를 취하는 나쁜 녀석이라기보다는 선량하고 멍청하고 정직한 사람이라 생각합니다. 약삭빠르기보다는 진실하고, 성격이 꼬이기보다는 직선적이고, 유감스럽게도 중요하고 비중 있는 인물보다는 시시한 인물에 가깝지요. 전반적으로 보면 저는 아마 아주 무난하고 싹싹한 사람인 듯합니다. 물론 여태까지 그걸 입증하진 못했지만 말입니다. 부탁드리건대 제가 마음만 먹으면 상황 여하에 따라서는 아주 싹싹하다고 해도 좋을지 한번 시험해보시기 바랍니다. 부인 역시 아주 싹싹한 분이지요.

이런 말을 늘어놓으면 반디 부인은 곧잘 박장대소를 했다. 그녀가 은방울처럼 깔깔대며 웃는 소리를 듣고 있노라면 나도 덩달아 기분이 좋았다. 뭐니 뭐니 해도 흥겨운 순간이야말로 가장 아름다운 순간이 아닐까? 사람들은 딱하게도 가련하고 침울한 기분 때문에 너무 자주 괴로움을 당하는 것이다.

이 무렵 언젠가 나는 씩씩하고 소탈한 어떤 사람과 함께 산에 오른 적이 있다. 지금도 또렷이 기억나는데, 산행 도중에 우리는 허물없이 편안한 대화를 나누었다. 당시 나와 동행했던 그 훌륭한 사람이 펼쳤던 생각을 다시 옮겨보면, 일반적으로 우리 인간은 평생 동안 열심히 뭔가를 추구하고 갈망하는 상태에서 벗어날 수도 없고, 그런 상태에서 벗어나려고 굳이 애쓸 필요도 없다는 것이었다. 행복 자체보다는 행복에 대한 추구야말로 분명히 더 아름답고, 늘 더 정겹고, 사려 깊고, 따라서 근본적으로 훨씬 더 바람직하다고 했다. 행복 자체라는 것은 전혀 존재할 필요도 없다는 것이었다. 행복을 추구하는 뜨겁고 즐거운 노력, 늘 행복을 바라는 그리운 갈망이야말로 상황에 따라서는 우리의 욕구를 완벽하게 충족시켜주고 우리의 욕구에 훨씬 더 내밀하게 부합한다고 했다. 그런즉 계속되는 의문도 근심걱정도 사라진 행복한 상태라는 것은 결코 세상을 사는 의미도 아니고 인생의 궁극적인 목표도 아니라는 것이었다.

그가 말했다. "어째서 만사 제치고 홀가분하게 이탈리아로 여행을 떠나지 않으세요? 이탈리아의 하늘과 이탈리아인들의 쾌활함은 분명히 당신에게 해롭지 않고 오히려 유익할 텐데요."

"정말 괜찮은 생각이군요." 나는 그렇게 말했다.

그러는 중에도 숲에 사는 아름다운 낯선 여인이 줄곧 나의 뇌리에서 떠나지 않았다. 나는 그녀가 나 자신처럼 가깝게 느껴졌다. 나 자신의 영혼도 그녀만큼 친숙하지는 않았다.

나는 높은 밤나무 아래 백조들이 노는 호수로 갔다. 아름다운 백조의 우아한 모습, 부드러운 당당함, 화려한 깃털, 고결한 자태를 유심히 지켜보면서 나는 그 특이하고도 늠름한 여성의 모습을 골똘히 요모조모 떠올려보았다. 그녀의 모습이 입김마저 느껴지는 아련한 꿈처럼 눈앞에 어른거리며 마음에 떠올랐다. 나는 그녀를 두 눈으로 직접 보았고, 너무나 따뜻하게 또렷이 내 손으로 직접 어루만지지 않았던가. 그녀의 모습이 내내 어른거렸고, 또한 그윽하고 사랑스럽고 편안하고 듣기 좋은 그녀의 목소리도 줄곧 들려왔다. 신기하고 수수께끼 같은 그 아름다운 여인에 대한 생각은 나 자신의 생명과 일치했다. 숨을 쉬는 것과 그녀를 생각하는 것은 동일한 것이었다. 나는 난간에 기대어 아름답게 반짝이는 물결을 아주 세심하고 주의 깊게 살펴보았는데, 보이는 것은 오로지 그 여인뿐이었다. 그녀는 불가항력으로 나를 끌어당기고, 나의 삶과 느낌과 생각을 완전히 사로잡았다.

저녁때가 되었고 더구나 아름다운 저녁이었기에 보기 좋게 초록빛이 감도는 길거리에는 수많은 산보객들이 이리저리 산책을 하고 있었다. 주위의 모든 것이 저녁노을에 황금빛으로 물들었고, 꿈을 꾸는 듯 깊은 생각에 잠긴 듯 향기에 감싸였다. 반디 부인이 오는 것이 보여서 그녀에게 마주 다가가 인사를 했다. 하지만 내 마음은 다른 여인, 자연이 빚어낸 그 여인, 숲에 사는 여인의 경이로운 자태와 함께 있었다.

반디 부인과 나는 당장에는 앉은 사람이 없는 휴식 벤치에 자리를 잡았고, 그러자 부인이 말했다.

"당신은 이따금 제가 우는 모습을 본 적이 있지요, 그렇죠? 그럴 때면 저는 완전히 낙담하고 절망에 빠졌고, 잃어버린 아름다운 꿈이 아쉬워 한탄하곤 했지요. 사랑스러운 것, 살 만한 가치가 있는 것이 영영 사라져서 슬피 울었지요. 제가 당신의 마음에 든다고 당신이 말한 적도 있고 때로는 정말로 그런 마음을 이해시켜주었지요. 만약 제가 더 이상 살 수 없다면, 더 이상 이승의 삶에 머무를 수 없다면, 완전히 절망에 빠진다면, 만약 그렇다면 당신은 저를 도와주는 셈치고 저를 죽여줄 수 있겠어요? 저는 그럴 용기가 없거든요. 이따금 확고하게 죽기로 결심하긴 하지만요. 저와 함께 죽어줄 수 있어요? 그러고 싶어요? 그럴 수 있겠어요?"

"그렇게 슬픈 얘기는 하지 마세요. 인생은 참고 견디며 평온한 마음으로 살아갈 만한 가치가 있다고 저는 확신해요. 제 생각에는 당신 인생에서 아름다운 것들이 많이 무너졌더라도 그래도 앞으로 아름다운 시간이 꽃필 수 있을 겁니다."

나는 이렇게 말하면서 최대한 부드럽고 세심한 목소리를 유지하려고 애썼다. 나는 어쩌면 다른 말을 더 할 수도 있었을 것이다. 하지만 이런 경우에는 간단한 한마디의 말이 최선이라는 느낌이 들었다. 게다가 나는 속으로 '아마 진지한 뜻

으로 저렇게 말하는 것은 아니겠지'라고 혼잣말을 했고, 내가
그렇게 말할 자격이 있다고 생각했다.

반디 부인은 일어나서 자리를 떠났다.

나도 황급히 일어나서 길을 서둘렀다. 숲속의 여인을 다시
보고 싶은 마음이 간절했고, 벌써 기대에 부풀어서 포도밭이
있는 비탈길을 올라갔다. 저 멀리 저녁 어스름이 깔리는 호수
가 유령처럼 창백하게 반짝거렸다. 마치 흰 옷을 입은 여왕의
모습 같았다. 드넓게 펼쳐진 거울처럼 빛나는 아름다운 호수
위로 장밋빛으로 물든 저녁 구름이 둥실둥실 떠 있었다. 낯익
은 길에 다다르자 고색창연한 허물어진 담장에 그녀가 그림
처럼 또는 조각상처럼 편안히 앉아 있는 모습이 보였다. 그녀
는 오래전부터 지각생을 묵묵히 기다리고 있는 것 같았다. 그
녀를 다시 만난 기쁨은 의미심장한 의문이라도 품은 듯 크게
뜬 그녀의 눈을 들여다보며 그녀에게 손을 내밀 때의 행복과
희열에 버금갔다. 그녀에게서 배어나는 다정한 평온함과 당
당하고 힘찬 기상은 아주 오래전에 몰락한 황금시대의 인물
을 떠올리게 했고, 그녀는 우리가 사는 세상과는 다른 세상에
속해 있는 것 같았다. 그녀에게서 느껴지는 힘은 어머니 같기
도 하고 누이 같기도 한, 힘차고도 달콤한 천상의 미소에서
번지는 선함과 아름다움과 유순함이 한 번도 시들거나 메마
른 적이 없는 꽃다움, 전혀 가식이 없고 세파에 씻기지 않은

무구함에서 우러나오는 것이었다. 그녀의 미소는 입을 맞춰 달라고 나를 유혹했고, 나는 당연히 지상에서 가장 부드럽고 따뜻한 여성의 입에 키스하지 않을 수 없었고, 그녀 역시 전혀 거절하지 않았다. 그녀는 모자를 쓰지 않았다. 그녀의 머리칼이 당당하고 환상적인 야생의 머릿결 그대로 흘러내렸고, 석양의 황금빛 광채로 눈부시게 물들었다.

우리는 천천히 다시 옛길을 따라 덤불이 우거진 숲속으로 들어갔다. 나는 일찍이 이렇게 행복하고 뿌듯한 적이 없었다. 그녀 역시 나를 바라보며 좋아했고, 그녀 역시 자기 자신과 나에게 만족했다. 나는 분명히 그걸 느꼈고 두 눈으로 확인했다.

우리는 금세 다시 소중하고 사랑스러운 그 보금자리에 앉았다. 이끼가 낀 그곳에서 나는 지난번에 조심스레 편안히 그녀를 포옹했고, 너무나 아름답고 부드러운 베개 같은 그녀의 다정하고 포근한 가슴에 편안히 기대었다. 나는 그녀의 사랑스러운 몸에 내 몸을 꼭 밀착시키고 내 얼굴을 그녀의 얼굴에 지그시 누른 채 너무나 자유롭고 부드럽고 뜨겁게 그녀의 목덜미를 한참 동안 끌어안고 있었다. 나는 오래 생각을 굴리지도 않고 아무 말도 없이 그렇게 내가 좋아하는 대로 할 수 있다는 생각이 들었다. 마치 돛단배를 탄 것처럼 흔들거리며 이상의 세계로 비상했다가 이윽고 내내 희열에 잠겨 근심걱정을 모르는 복된 사람들이 사는 곳에 머물렀다.

그녀는 내 이마를 쓰다듬어주었고, 그러면서 자기가 누구인지 말해주었다.

"내 이름은 마리이고 에멘탈[7] 출신이야. 아버지와 어머니는 일찍 돌아가셨고, 어릴 적부터 다른 사람들 손에 컸어. 억척같이 일했지. 강인하니까. 그런데 내가 보고 들은 모든 것이 금세 차갑고 낯설고 하찮게 느껴졌어. 사람들이 인생이라 일컫는 것을 나는 이해하지 못했어. 사람들이 느끼는 하찮은 애환이 갈수록 더 낯설어지고 도무지 이해되지 않았어. 사람들이 쉽게 기뻐하는 일에도 공감하지 못했고. 사람들이 겪는 고통도 이해할 수 없었어. 나는 언제나 평온하고 담담했지. 동요와 불안도 느낀 적이 없어. 그 어떤 일에도 불안을 느낀 적이 없어. 그러니까 사람들이 나를 피하기 시작하더군. 마치 유령을 대하듯이. 하지만 나는 평온을 잃은 적이 없고 앞으로도 잃지 않을 거야. 나는 여기 숲속에 오면 마음이 편안해. 사람들과 섞이고 싶지 않아. 물론 내가 숲속에서 사는 건 아니야. 지난번에는 그렇게 말했지만. 나는 저 아래 시내에, 어느 변두리 골목에 살아. 하지만 늘 나도 모르게 지금 있는 이곳으로 올라와서 하루 종일 지내지. 당신도 숲을 좋아하지."

"당신을 좋아하는 것처럼." 내가 말했다.

그녀가 말을 계속했다. "나는 한 번도 울어본 적이 없어. 그

---

7 스위스 베른 주의 구릉 목초지대.

렇다고 특별히 기뻤던 적도 없어. 그런 희비의 차이나 복잡한 문제들은 전혀 이해할 수 없어. 나는 늘 진지했지. 지금 당신이 보는 모습 그대로. 화를 내거나 슬퍼한 적도 없어. 나는 늘 똑같고, 그래서 사람들이 나를 무심한 여자라 하고 매서운 눈으로 나를 쏘아보지. 내가 사람들한테 잘못한 일도 없는데. 사람들은 나를 이해하지 못했고, 그래서 화를 냈고, 나한테 격분해서 나를 밀쳐냈지. 사람들은 모든 걸 알고 싶어 하고 곧장 이해하고 싶어 하거든. 내가 믿는 하늘처럼 좋아하는 나의 침묵 때문에 그들은 나한테 화를 내는 거야. 나의 평온함과 침묵이 그들을 모욕했다는 거야. 내가 반항심 때문에 평온하고 침묵하는 게 아닌데. 나는 그 누구도 모욕하려 한 적이 없어. 나는 워낙 천성이 그럴 뿐이야. 그런데도 사람들은 내가 고의로 이런 태도를 취한다고 생각하지. 하지만 그래도 그다지 걱정하지는 않아. 더구나 오늘은 당신이 나와 함께 있으니까 더더욱 전혀 걱정되지 않아. 당신은 좋은 사람이고, 나를 사랑하고 믿어주지. 당신은 나와 함께 있어도 평온하고 전혀 불안을 느끼지 않아."

우리는 다시 사방이 어두워질 때까지 말없이 가만히 귀 기울이며 나란히 앉아 있었다. 마침내 그녀가 나직이 말했다. "이제 집으로 가."

나는 반디 부인에게 마리에 관해 아무 말도 하지 않았고,

그녀를 언급조차 하지 않았다. 반디 부인은 내가 느끼는 기쁨을, 그리고 마리 같은 여성과 사귀고 싶은 내 마음을 전혀 이해하지 못할 것이다. 또한 만약 내가 마리의 아름다움을 묘사하고 그녀가 얼마나 매력적이고 소중한 존재인가를 털어놓으면 괜히 반디 부인의 마음만 상하게 할 텐데, 그러고 싶지는 않았다. 그런 이야기는 조심스럽게 피해야만 했다. 이런 경우나 또는 유사한 경우에 감히 누군가의 자기애와 자연스러운 허영심을 다치게 하는 일은 경솔하고 거칠고 무례한 짓이다. 다행히 나는 언제나 그런 짓이 매정하고 어리석으며, 잔인하고 멍청하며, 비겁하고 가혹하다고 생각한다. 요컨대 나는 내 행복의 비밀을 나 혼자서만 간직하는 것이 현명하다고 여겼다. 내가 아는 섬세한 비밀을 누설하지 말고 기대에 부푼 편안한 침묵이 들키지 않도록 아주 조심해야 한다는 생각이 들었다. 행여 실수라도 하면 조금도 득이 될 게 없고 불안과 낭패만 초래할 터였다. 좋은 것, 사랑스러운 것, 소중한 것을 괜히 발설해서 망칠 수 있고 또한 침묵이 티끌만큼도 해악을 초래하지 않을 거라고 통찰한다면 침묵하는 것이 좋다.

마리는 언제나 똑같이 아름답고 자연스러웠으며, 내가 그녀와 더불어 수많은 시간을 유익하고 즐겁게 보내는 내내 나는 늘 똑같이 한껏 만족했다.

한번은 내가 마리를 찾아가 만나곤 했던 숲 언저리에서 반디 부인과 함께 산책을 했다. 그런데 거기서 우연히 마리와 마주쳤다. 이번에는 마리가 이상하게 무슨 모험심이나 변덕이 생겼는지 손에 부채를 들고 있었다. 손목에는 반짝거리는 팔찌를 끼고 있었는데, 물론 싸구려가 분명했다. 그녀의 다정한 눈에서는 바다처럼 푸른 경이로운 광채가 빛났다. 그런 모습은 영락없이 한 남자의 사랑과 행복을 위해 빚어낸 듯한 여성의 자태를 완연히 드러냈다. 승리를 확신하면서도 무한히 겸손한 그녀의 표정은 마치 여신의 표정 같았다. 경쾌하고도 위대한 표정이었다. 그녀는 우아하면서도 살짝 어색해 보이는 자세로 다가왔는데, 걸음걸이는 음악이었고 동작은 멜로디였다. 이번에도 모자는 쓰지 않고 옷차림은 가벼웠는데, 눈부시게 아름다운 몸을 자유자재로 움직였다.

반디 부인은 혐오와 경멸을 드러내는 눈길로 마리를 흘낏 흘겨보았는데, 그런 눈길은 당연히 온당치 않은 것이었다. 나는 그토록 마리를 터무니없이 깔보는 매정한 태도를 직접 목격하자 오히려 교양 있는 여성 쪽이 측은해 보였다. 반디 부인은 천진무구한 자연의 딸을 질겁해서 내치는 태도로 바라보았고, 마리의 모습이 비난받아 마땅하다는 식이었다.

나는 여건이 닿는 대로 자주 마리를 찾아갔다. 그러면서도 여전히 반디 부인을 소중하고 고귀한 여성으로 계속 숭배했다. 기질이 상반되는 두 여성은 저마다 나름의 독특한 방식으로 소중한 존재라 여겨졌기 때문이다. 그러니까 마음은 마리에게 끌렸고, 반면에 교양에의 욕구와 소망은 나를 반디 부인에게 묶어놓았던 것이다.

그런데 어느 날 마리가 사라졌다. 최소한의 신호도 보내지 않고, 사소한 흔적도 남기지 않은 채. 갑자기 사라지다니 불가사의한 일이었다. 마치 아예 존재한 적도 없는 듯 완벽하게 사라졌다. 오로지 달콤한 향기, 나이팅게일 같은 목소리, 사랑스러운 자태, 나비처럼 나풀거리는 추억, 저녁 산들바람처럼 부드러운 추억만이 그녀의 자취로 남았다. 나는 사라진 여인을 그리며 몇날 며칠 동안이나 의기소침해서 마구 숲을 뒤지며 돌아다녔고, 슬픈 심정으로 여기저기 찾아 헤맸지만 아무런 소용이 없었다. 혼란스럽고 불안한 마음으로 그녀를 찾으려고 애썼지만 아무런 성과가 없었다. 숲은 여주인이 살다가 버리고 떠난 거처 같았다.

그 후로 나는 마리를 두 번 다시 보지 못했다. 그렇지 않아도 이젠 몸을 좀 움직여서 이런저런 일거리를 알아보고 무엇이든 확고한 일자리를 정해서 이제부터 분명한 목표의식을 갖고 정진해야 할 때가 되었다고 생각하던 참이었다. 그래서 나는 짐을 꾸리고 작별하고 떠나기로 결심했다.

"어디로 가실 건가요?" 반디 부인이 물었다.

"아직은 저도 잘 모르겠습니다. 어쨌거나 떠날 때가 되었습니다! 오늘날의 문명과 문화, 노동과 궁핍, 세련된 즐거움과 현대식 우아함과 교양이 제공되는 중심부 어디론가 가야겠지요. 소란스러운 대도시 중 하나겠지요. 거기서 저는 원래 처음에 시작했던 대로 더불어 사는 사람들 사이에 섞여서 약간은 존중받고 신망도 얻고 싶어요."

"며칠만 더 여기에 계시지 않을래요?"

"아닙니다."

"이제 앞으로는 당신을 만나기 힘들까요?"

"그럴지도 모르겠습니다."

"어떤 일을 하실 건가요? 잘 지내실 테죠?"

"두고 봐야 알겠습니다."

"이봐요, 저한테 가까이 와서 작별인사로 제 이마에 부드럽고 상냥하게 키스해주세요."

나는 그녀가 원하는 대로 해주었고, 우리는 작별했다. 아버지도 순조로운 여행과 행운을 빌어주었다. 나도 아버지에게 건강과 평안한 노년을 빌어주었다. 그런 다음 나는 길을 떠났다.

(1916년)

산책 중인 발저(요양원 시절)

III

세상의 이치

두 개의 이야기

천재

　　매섭게 추운 어느 날 밤에 천재 벤첼은 길거리에 서서 얇디얇은 옷을 걸친 채 지나가는 행인들에게 구걸을 하고 있었다. 신사 숙녀들은 생각했다. 저런, 저 사람은 천재인데, 어쩌다가 저렇게 영락한 신세가 되었나. 천재들은 보통 사람들과 달리 감기에 잘 걸리지 않는다. 벤첼은 밤에는 왕궁의 정문 문간에서 잠을 잤는데, 그래도 보다시피 감기에 걸리지 않았다. 천재들은 아무리 추워도 여간해서 감기에 잘 걸리지 않는다. 벤첼은 아침마다 구걸할 때의 옷차림으로 젊고 아름다운 공주님께 문안인사를 드렸다. 그런 옷차림을 하고 있으면 비참해 보이지만, 궁궐의 시종들은 서로 옆구리를 툭툭 치고 교활한 머리를 치는 시늉을 하면서 '이봐, 천재래, 천재라니까'라고 수군거리고는 벤첼이 문안인사를 드리러 왔다고 공주님께 알렸고, 벤첼이 우스운 몰골로 공주님을 알현하도록 들여보냈다. 그런데 벤첼은 공주님께 머리 숙여 인사하는 법이 없다. 천재는 그런 생각을 못하기 때문이다. 그럼에도 공주님은 자신의 위대한 정신을 입증이라도 하듯 젊은 천재 벤첼에게 허리 숙여 깍듯이 인사를 하고는 눈처럼 하얀 손을 내밀어 그가 가볍게 입을 맞추게 해주었다. 그러고서 공주님은 그가 대체 무얼 원하는지 물었다. 그러자 벤첼은 "식사"라고 무례하게 대꾸했다. 하지만 그의 대답은 반향을 얻어서 마음씨 어진 공주님이 손짓을 하면 곧장 포르투갈 산 적포도주와 함께 성대한 아침식사를 차려 왔다. 음식은 모두 은쟁반과 수정 병에 담겨 있었고, 금으로 만든 식판에 차려져 있었다. 음식을 보자 천재는 회심의 미소를 지었다. 보다시피 천재는 회심의 미소도 지을 줄 안다. 공주님은 너무 자상하게 벤첼과 함께 식사를 했다. 벤첼은 천재의 품격에 어울리게 점잖은 넥타이 따위는 매지 않았다. 공주님은 그의 작품들에 관해 물었고, 벤첼과 함께 건배를 했다. 공주님의 이 모든 몸가짐에서 천진무구하고 감미로운 우아함이 배어났는데, 그런 우아함은 공주님만의 특출한 장점이었다. 천재는 갈가리 찢겨진 그의 인생에서 난생 처음으로 완벽한 행복을 맛보았다. 보다시피 천재도 행복을 느낄 줄 알고 매우 인간적이고 섬세한 성품의 소유자인 것이다. 벤첼은 식사 분위기를 돋우는 특별한 덕담을 한답시고 내일이나 모레 세상을 뒤엎을 생각이라고 말했다. 그러자 공주님은 당연히 질겁했고, 천재가 자신의 천재성을 즐기도록 남겨둔 채 마치 쫓기는 나이팅게일마냥 불안과 애교가 뒤섞인 비명을 지르면서 내실로 달려가서 이 나라의 대왕인 아버지에게 모든 이야기를 털어놓았다. 그러자 왕은 당연히 벤첼에게 최대한 신속하게 궁궐을 떠나라고 간청했고, 그래서 벤첼은 궁궐을 떠났다. 이제 우리의 천재는 다시 거리에 나앉게 되었고, 먹을 것도 없었으며, 근심걱정에 어찌할 바를 몰랐다. 그는 워낙 언짢은 성격의 천재이니 사람들은 모두 그의 그런 처신을 기꺼이 용서해줄 것이다. 이런 상황에서 기발한 천재적 발상이 (모든 천재적 발상은 순식간에 떠오르게 마련이다) 그에게 도움이 되었다. 그는 눈이 내리게 했는데, 너무 오래 폭설이 내려서 세상은 금세 눈에 파묻히고 말았다. 천재는 높이 쌓여 단단하게 얼어붙은 눈덩이 위에 드러누워 세상이 그의 아래에 파묻혀 있다는 나쁘지 않은 느낌을 즐긴다. 그는 저 아래 세상은 괴로운 추억으로 가득하다고 중얼거렸다. 그렇게 한참 동안 중얼거리다가 마침내 그는 지상에 어울리는 좋은 식사(이를테면 콘티넨탈 호텔의 식사)와 사람들의 천대가 그립다는 걸 깨달았다. 하늘의 태양도 전혀 편하지 않았고, 하늘 아래 이렇게 홀로 있다는 것도 편하지 않았다. 그는 너무 추웠다. 거두절미하고 그는 다시 눈이 사라지게 했고, 그러자 일체의 초인적인 것에 대한 외경심을 품은 새로운 인류가 부활했다. 벤첼은 얼마 동안 새 인류가 마음에 들었으나, 다시 마땅치 않게 생각되었다. 그는 한탄했고, 그의 내면에서 울려 나오는 탄식을 사람들은 대부분 이해하게 되었다. 사람들은 그를 도와주려 했고, 그가 인류에 봉사하는 이른바 천재라고, 천재의 대변자 내지 화신이라고 확신을 심어주려 했다. 하지만 아무리 그래도 소용이 없었다. 천재에겐 어떤 방식으로도 도움을 줄 수 없기 때문이다.

세상

늙은 체르레더 씨가 평소보다 늦게 귀가하자 그의 상전 노릇을 하는 막돼먹은 아들이 대뜸 호되게 닦달하면서 말했다. "앞으로는 대문 열쇠를 주지 않을 거야, 알았지!" 이런 상황이 선뜻 이해될 수 있을지 모르겠다. 다음 날 아침에 어머니는 거울 앞에 너무 오래 있다는 이유로 딸한테 철썩 (정확히 말하면 '철썩' 하는 소리가 멀리까지 들렸다) 따귀를 맞았다. 딸은 화를 내며 "당신 같은 노인네한테는 허영심이 수치야"라고 하고는 불쌍한 노인네를 부엌으로 내쫓아 버렸다. 이 세상 어느 길거리에서는 다음과 같이 전대미문의 일들이 벌어졌다. 처녀들이 끈질기게 젊은 남자들의 꽁무니를 쫓아다니면서 집요하게 청혼을 해서 괴롭힌다. 그렇게 쫓기는 청년들 중 일부는 추근거리는 여성들의 무례한 언사에 얼굴이 새빨개졌다. 그런 부류에 속하는 어떤 여성이 환한 대낮에 전혀 나무랄 데 없고 평판이 썩 좋은 양가집 아들을 공공연히 공격했고, 그러자 청년은 비명을 지르며 달아났다. 나는 그 청년보다는 분방하고 덕이 모자라는 편인데, 그런 나도 젊은 아가씨한테 딱 걸렸다. 나는 미리 연습해둔 대로 내숭을 떨면서 얼마 동안 버텼는데, 그러자 성미가 불같은 그 아가씨는 더 버럭 화를 냈다. 나는 다행히 그 아가씨한테 버림받았다. 나로서는 잘된 일이었다. 나는 더 나은 여성들한테만 눈독을 들였으니까. 학교 교실에서는 선생님들이 이번에도 일곱 번, 여덟 번이나 진도를 나가지 못해서 지진아반으로 남았다. 그들은 울음을 터뜨렸다. 오후에는 맥주를 마시거나 볼링을 하거나 그밖의 여흥을 즐기고 싶었기 때문이다. 골목길에서는 행인들이 거리낌 없이 건물 벽에 대고 오줌을 쌌다. 마침 어슬렁거리며 지나가던 개들이 당연히 깜짝 놀랐다. 어떤 귀족 여성은 박차가 박힌 장화를 신은 남자 종을 가녀린 어깨에 업고 갔다. 그런가 하면 말괄량이 삐삐처럼 볼이 발그스레하고 주근깨가 돋은 하녀가 이 나라 공작님의 4륜 경마차를 타고 나들이를 했다. 하녀는 세 개의 덧니를 드러내며 제법 고상하게 미소를 짓기까지 했다. 대학생들이 마차를 끌고 있었다. 하녀는 쉴 새 없이 대학생들을 날렵한 채찍으로 톡톡 쳤다. 노상강도 몇 명이 체포된 법원 정리(廷吏) 몇 명을 호송하고 있었는데, 강도들은 도중에 술집이나 사창가에서 정리들을 급습했던 것이다. 이 희한한 광경을 지켜보려고 개떼들이 몰려들었는데, 개들은 체포된 자들의 엉덩이를 신나게 물어댔다. 정리들이 나태하면 이런 일도 벌어지는 것이다. 이렇게 웃기는 일과 죄악이 넘치는 세상 위로 오늘 오후에 하늘이 무너져 내렸는데, 우지끈 쿵쾅 하는 소리도 없이 부드럽고 촉촉한 천처럼 내려앉아서 모든 것을 베일로 뒤덮어버렸다. 하얀 옷을 입은 천사들이 도시에서 맨발로 돌아다녔고, 다리를 건너 반짝이는 물속에 비친 자신의 모습을 거울처럼 바라보며 허영심에 잠겼다. 검은 털이 부숭부숭한 악마 몇이 거친 괴성을 지르고 쇠스랑을 허공에 휘두르며 이리저리 몰려 다녀서 사람들이 모두 질겁했다. 악마들은 전반적으로 아주 거리낌 없이 행동했다. 내가 무슨 말을 더 하겠는가? 천국과 지옥이 대로에서 활보하고, 상점에서는 복자(福者)들과 저주받은 자들이 거래를 한다. 모든 것이 혼돈이고, 아비규환이고, 아우성이고, 찧고, 까불고, 악취를 풍긴다. 마침내 하느님은 이 치욕스러운 세상을 측은히 여겼다. 하느님은 아래로 내려와서 일찍이 오전 나절 동안 만들어냈던 지구를 곧바로 거두어버렸다. 그 순간은 (단지 한순간이니 얼마나 다행인가) 물론 끔찍했다. 갑자기 공기가 돌처럼, 아니 돌보다 더 딱딱해졌다. 공기는 마치 주정뱅이처럼 오만방자하게 으스댔던 도시의 집들을 박살냈다. 산들이 들썩대더니 드넓은 산등성이들이 무너져 내렸고, 나무들은 괴조(怪鳥)처럼 허공을 날아다녔으며, 마침내 허공 자체가 녹아서 뭐라 형언할 수 없는 노랗고 차가운 물질 덩어리로 변했다. 시작도 끝도 없고, 측량할 수도 없고 그 무엇도 아닌 어떤 것, 더 이상 아무것도 아닌 물질 덩어리였다. 우리는 아무것도 아닌 것에 대해 뭐라고 글을 쓸 수는 없다. 자애로운 하느님 스스로도 자신의 걷잡을 수 없는 파괴가 원통해서 마침내 해체되고 말았는데, 그리하여 아무것도 아닌 그 무엇을 딱히 뭐라 규정하고 색깔을 입힐 수 있는 마지막 여지마저 사라졌다.

(1902년)

네 개의 이미지

1. 예수

어쩌면 지금부터 하려는 이야기는 죄다 뒤죽박죽으로 헝클어진 상상이요 혼란스럽고 거친 환상, 한밤중의 허깨비 같은 것일지도 모르겠다. 나는 이 사람을, 예수를 당연히 내 눈으로 직접 본 적은 없지만, 그럼에도 언젠가 그를 본 적이 있다고 믿고 싶다. 어느 겨울날 벌써 어두워지기 시작하는 늦은 저녁 무렵에 그가 눈 속에서 모습을 드러냈다는 걸 나는 의심하고 싶지 않다. 그곳은 도시의 외곽 교외로, 하얀 눈으로 뒤덮이고 유령이 나올 것 같은 넓은 벌판이 도시의 끝자락에 듬성듬성 떨어져 있는 집들과 면해 있었고, 황량한 적막감이 주거지역을 에워싸고 있었다. 바로 그곳에서 나는 그와 마주쳤다. 그는 내 쪽으로 조용히 큰 걸음으로 천천히 다가오고 있었다. 괴물 같은 불가사의한 인물이었다. 그는 죽은 듯, 무덤에서 나온 듯, 느닷없이 한순간에 부활한 듯한 모습이었다. 아마 틀림없이 그런 존재일 것이다. 인류의 고결하고 위대한 벗 예수는 이미 오래전에 죽어서 무덤에 묻혔고, 살아 있는 존재가 아니기 때문이다. 하지만 그는 엄청나게 추운 겨울날 저녁에 유령 같은 모습으로 살아 있었다. 엄청나게 키가 크고 아름다운 모습이었다. 아, 이것이 단지 상상일 뿐이고, 내가 넋을 잃고 헛것을 보았을 뿐이라면 너무 슬프다. 우리는 어떤 일은 무조건 믿고 싶어진다. 자기도 모르게 믿지 않을 수 없고, 달리 어떻게 해볼 도리가 없다. 어느새 겨울 하늘에 큰 별들이 유난히 반짝이는 것도 놀라웠고, 어슬렁거리는 내가 입고 있는 얇은 옷 속으로 파고드는 추위도 예사롭지 않았다. 내가 얇은 옷을 입고 벌벌 떨었던 기억이 지금도 생생하다. 그러면서도 끝없이 뜨거운 희열에 온몸이 짜릿했고, 그 전에도 그 후로도 느껴보지 못한 생기가 솟구쳤다. 우리에게 생기를 불어넣는 것은 영혼이다. 어두컴컴한 곳에서 이리저리 걸음을 옮겼던 그 역시 영혼이었고, 분명히 다름 아닌 영혼, 감정을 지닌 영혼이었다. 어떤 영혼이 나를 전율케 했고 뜨겁게 달구었으며, 내 주위의 모든 사물이 노래하고 말하고 울리기 시작했다. 정적과 사랑이 같은 소리로 울렸고, 나는 그것을 아주 생생하게 느끼고 기뻐했다. 내 마음속에 이루 말할 수 없는 기쁨과 희망, 믿음과 사랑이 넘쳤다. 수수께끼 같은 그 인물은 황홀하게 아름다운 금발

머리를 머리에서 어깨로 치렁치렁 늘어뜨린 채 서 있었고, 나는 꼼짝도 하지 않고 그 모습을 지켜보았다. 아름다운 금발이 마치 활활 타오르는 불길처럼 그의 몸을 휘감고 있었다. 게다가 그의 눈길은 어떠했던가. 고백하건대 나는 평생 그토록 섬뜩하게 아름다운 모습은 어디서도 두 번 다시 본 적이 없다. 이런 모습은 평생 딱 한 번 볼 수 있을 뿐이며, 설령 천 년을 산다 해도 다시는 볼 수 없다.

그런데 특이하게도 나는 그 낯선 모습을 보자마자 예수를 보고 있다는 생각이 들었다. 훗날 나는 이 사건을 골똘히 생각하곤 했지만, 도무지 달리 생각되지 않았다. 어떤 일을 명확히 파악한다는 것은 경우에 따라서는 모든 앎을 잃는다는 것을 뜻한다. 흔히 불명료한 것이 가장 아름다울 수도 있고, 숭고한 현상은 온전히 통찰하고 인식할 수 없다. 상상하건대 숭고한 대상은 철저히 탐구하면 더 잘 이해할 수 있는 게 아니라, 오히려 대상을 파괴하고 보이지 않는 어둠 속으로 가라앉히는 결과에 이를 수도 있다. 나는 어떤 예감을 그대로 간직하고 더 이상 파악하려 들지 않는다. 그것으로 충분하고 기쁘다. 그러니까 예수는 죽지 않았다. 나는 이 근사한 생각을 고이 간직했다. 사랑이 경이롭게 부드러운 몸짓으로, 천상의 눈길로 섬뜩한 광채를 발하며 눈 속에서 내 눈앞에 서 있었다. 나는 그 모습에 나의 전 존재를 바쳤다. 근처에 있는 식당

주점에서 취객이 거칠게 소란을 피우는 소리가 흘러나왔다. 나는 그 소리도 신성한 현상의 아름다움과 황홀한 부드러움과 똑같이 생생히 기억하고 있다. 도시의 외진 끝자락에서 예수는 무엇을 원했던 것일까, 하는 의문이 들었다. 이 세상에서 대체 무슨 볼 일이 있었던 걸까. 무슨 생각으로 모습을 드러냈던 걸까. 기이한 생각들이 뇌리를 스쳤다. 그러고서 나는 집으로 돌아가서 내 방으로 올라가 등불을 켜고, 책상에 앉아서 펜을 들고 내가 보았던 모습과 이와 관련된 모든 생각을 조심스레 종이에 옮겨 적었다. 글을 다 쓰자 나는 창가로 가서 창문을 열었다. 어느새 밤이 깊었고, 나는 어둠 속을 내다보았다. 높이 뜬 반달이 야경을 비추고 있었고, 낯선 사내가 아직도 길에 서 있는 모습이 보였다. 그에게 뭐라고 소리치고 싶었지만 무슨 말을 해야 할지 떠오르지 않았고, 목소리가 굳어버린 것만 같았다. 나는 창문을 닫고 잠자리에 들었다. 다음 날 아침에 길거리로 내려가보니 그 낯선 사람의 발자국이 눈 속에 찍혀 있는 것 같았다. 하지만 그 사람은 자취를 감추었다.

2. 가난한 사내

그는 보잘것없고 주눅이 들고 소심한 가난뱅이였다. 활력이나 자신감이라곤 전혀 없었다. 자부심도 없었다. 그가 대체 무엇으로 자부심을 느낄 수 있었겠는가? 그는 체격이 작고 볼품없고 허약했다. 그는 신문을 읽을 때면 눈이 휘둥그레졌다. 그는 지체 높은 사람들을 외경심을 갖고 우러러보았다. 그는 모든 것을 존중했지만, 정작 자기 자신은 존중하지 않았다. 대체 무엇으로 자신에 대한 존중심이 생길 수 있었을까? 그는 성격이나 외모 모두 눈에 띄지 않게 빈약했다. 그의 삶은 복종과 순종으로 점철되었다. 그가 살아온 인생의 의미는 그저 순종하고 뒤로 숨고 타협하고 자기를 낮추는 것이 전부였다. 그는 늘 가난했다. 그는 양순하고 존재감이 희박했으며, 자기를 전혀 내세우지 않고 오로지 남에게 봉사만 했다. 그렇다고 비겁하거나 비굴하지는 않았다. 그런데 비겁함과 비굴함은 제대로 이해할 필요가 있다. 비굴하지 않게 생각할 수 있는 사람, 비굴하지 않게 생각해야 할 의무가 있는 사람이 비굴해지면 그게 진짜 비굴함이다. 당당한 용기를 발휘해야 한다는 걸 익히 아는 사람이 비겁해지면 그게 진짜 비겁함이다. 그런 점에서 이 가난한 사내는 비겁함이 뭔지 용기가 뭔지도 몰랐으며, 오로지 자기가 가난한 남자라는 것만 알았다. 저급하고 비겁한 처신으로 출세하는 사람들이 있다. 그런 자들은 당당하게 소신껏 처신하면 인생이 고달파지는 수가 있다. 그런데 이 가난한 사내는 출세나 입신양명은 한순간도 생각해본 적이 없다. 그 가난하고 빈약한 영혼이 행여 그런 주제넘은 생각은 한 번도 품어본 적이 없다. 세상에서 뭔가 의미 있는 존재가 된다는 것 자체가 그에겐 너무 대담한 발상이었다. 그는 오로지 가난하고 미천한 삶을 위해 태어났다. 아, 내가 지금 무슨 하찮고 서글픈 노래를 부르고 있는 걸까? 나는 하찮은 삶을 노래하는 가수라도 된 것일까? 그는 늘 겁을 냈고, 그가 전적으로 존중하는 세상사를 마주할 때면 그저 줄곧 벌벌 떨기만 했다. 그는 사무실 직원, 관청 서기였다. 그래서 그는 변변치 않은 서류를 손에 들고 왔다 갔다 하고, 소심하고, 수줍음을 타고, 눈치를 보고, 너그러이 불쌍하게 봐달라고 애원하는 가난하고 나약한 하찮은 사내였다. 아니, 사내라는 말도 그에겐 도무지 어울리지 않았다. 그는 남자의 탈을 쓴 섬세하고 귀여운 소녀에 가까웠다.

그는 창백하고 지쳐 보였다. 하지만 밉게 보이지는 않았다. 나는 그를 몇 차례 본 적이 있는데, 볼수록 그를 좋아하게 되었고, 그가 불쌍하고 측은했으며, 그에게 호감을 갖게 되었다. 그와 두어 차례 이야기도 나누었다. 그는 기어들어가는 목소리로 말했다. 제대로 내는 목소리가 아니었고, 듣기 좋은 목소리는 더더욱 아니었다. 나는 주눅이 들고 소심한 존재들, 그것이 어린아이든 어른이든, 불쌍한 여인이든, 개나 병든 새끼고양이 같은 동물이든 간에 그들을 언제나 좋아했다. 일찍부터 나는 그런 존재들과 아주 깊이 스스럼없이 멋진 유대감을 느껴왔다. 그 사내의 목소리와 코와 걸음걸이는 서로 엇비슷했다. 그는 늘 기다란 검은색 저고리를 입고 있었는데, 옷매무새가 얌전하고 단정하고 깔끔했고, 옷차림에서도 황송해하는 마음과 투철한 봉사정신이 느껴졌다. 그는 마치 그 기다란 검은색 저고리를 입은 채 세상에 태어난 듯 옷이 아주 잘 어울렸다. 그는 오로지 세상 앞에서 황송해하는 것 말고는 달리 더 높은 목표를 추구하지 않겠다는 자세였다! 그의 소심하고 섬세하고 얌전하고 겁먹은 걸음걸이는 마치 감히 버젓이 세상에 나와서 돌아다니는 죄를 용서해달라고 애원하듯 더듬거렸다. 그는 혹시라도 다른 사람을 자극하고 모욕을 줄까봐 늘 겁냈다. 나는 그의 어린 시절에 관해서는 아무것도 알지 못한다. 그가 아직 살아 있는지도 알지 못한다. 어쩌면 죽었을 것이다. 착하고 불쌍한 사람이여, 그대가 가장 아름답고 빛나는 천국에 있기를! 눈부신 날개옷을 입은 천사들이 그대를 지켜주기를! 달콤하기 그지없는 사랑과 위로의 음악이 그대 주위에 울려 퍼지고, 천국에서 축복 받기를! 가난하고 약한 자들은 복되다고 하지 않는가. 하늘나라가 그들의 것일지니! 그는 그 누구도 아프게 한 적이 없고, 누구도 건드린 적이 없으며, 누구에게도 고통을 준 적이 없다. 어떻게 그가 그럴 수 있었겠는가. 누군가를 아프게 하려면 그 불쌍한 사내보다 더 힘이 세야 한다. 그는 조용한 인고의 삶에서 딱 한 번 반항하고 대든 적이 있긴 하다.

한번은 말도 안 되게 부당한 일을 당하자 그는 엄격하고 거들먹거리는 지배인 앞에 가서 자기를 해고해달라고 요구했고, 그의 요구는 즉시 받아들여졌다. 지배인이 말했다.

"어라, 그렇게 나오시겠다? 당신이 감히 그럴 줄은 미처 몰랐는데. 그 말이 뭘 뜻하는지 알기나 해요? 분명히 말하겠는데, 정 그렇게 나오신다면 거두절미하고 짐을 싸서 나가시오. 우리는 반항적인 직원은 필요 없어. 잘 가시오!"

그래서 그 불쌍한 친구는 길거리에 나앉게 되었다. 그는 무자비하게 해고당했다는 걸 깨달았다. 충직한 마음과 정의감에서 그는 그래도 지배인이 계속 일을 맡아달라고 자기를 설득하려고 애쓸 거라 믿었건만.

이 불쌍하고 착한 사내의 일생에서 그것은 충격적인 체험이었다. 얼마 후 그는 자비와 용서를 베풀어달라고 애걸했다. 지배인께서 지난 일은 용서하시고, 다시 일할 수 있게 해달라고. 회사에서는 그를 관대히 봐주었다. 그는 충직하고 부지런하고 정확한 일꾼이었기 때문이다. 그리하여 그는 다시 복직

되었고, 이 일로 기뻐했다.

권력자인 지배인이 말했다. "에이, 반항하면 안돼요, 제기랄." 소심한 사내는 머리를 긁적이며 겸손하게 시선을 바닥으로 떨군 채 미소를 지었다.

아, 착하고 상냥하고 인내심 많은 사람이여, 다정하고 착한 그대는 결코 잘못한 일이 없으니, 하느님이 그대를 지켜주시길! 아멘!

첨언:

그 가난한 사내는 자기가 가진 것을 언제나 아주 조심스레 다루었다. 그의 장화는 언제나 눈부시게 깨끗했다. 그는 한 번도 빚을 진 적이 없었다. 그의 거처 역시 그의 겸손함과 검소함에 부합했다. 아이가 몇이었는지, 아이가 있기나 했는지는 모르겠다. 만약 아내가 있었다면 분명히 아내를 사랑하고 존중했을 것이다. 만약 총각으로 살았다면 분명히 그의 처신이 원망을 들을 빌미를 제공한 적은 없을 것이다. 불평을 들을 일도 없었을 것이다. 식당에서 여종업원이 그를 완전히 무시하지는 않고 다소라도 다정하게 대해주었다면 그는 기뻐했을 것이다. 그는 정치 문제에는 늘 유연한 태도를 취했다. 그것은 자명하게 이해된다. 그는 혁명가가 아니었으니까. 그는 세금을 어김없이 제때에 납부했다.

3. 뫼리

언젠가 한 남자가 살았는데, 그의 이름은 뫼리였다. 그는 독특한 사람이었다. 옷은 아주 반듯하게 입고 다녔다. 물론 모자가 다소 낡고 구겨지긴 했다. 하지만 뫼리의 두드러진 특징은 그가 아주 진지하다는 거였다. 그의 표정은 너무나 진지했다. 그는 마치 눈앞에 죽음을 목격한 사람처럼 엄숙한 시선을 보냈다. 사람들과 인생을 이렇게 진지한 표정으로 대하는 사람들은 호감을 주지 못한다. 뫼리는 중세 시대의 기사 같기도 했고, 산적 같기도 했다. 그는 사색에 몰입하는 모습을 보였는데, 그런 사람은 남들이 피하게 마련이다. 마치 범죄자를 피하듯이 외면하는 것이다. 가장 생각이 많은 사람은 십자가에 매달려 고통스러운 죽음을 당하지 않았던가. 뫼리는 마음씨가 착했고, 착하고 아주 얌전한 사람이었지만 단지 너무 진지하다는 게 문제였다. 사람들은 그가 마치 나쁜 짓이라도 저지를 사람인 양 그를 보면 겁을 냈다. 하지만 뫼리는 나쁜 사람은 아니었고, 다만 너무 진지했을 뿐이다. 뫼리는 웃을 줄도 몰랐고, 재미와 유쾌함도 몰랐다. 농담도 할 줄 몰랐다. 재미와 농담과 유쾌함을 모르는 사람, 인생을 진지하게만 사는 사람은 그런 이유만으로도 다소 수상쩍어 보인다. 뫼리는 모든 사람을 너무 불안하게, 너무 진지하게, 너무나 의문의 눈초리로 바라본다. 그러면 섬뜩하고 불쾌한 사람으로 취급된다. 사람들은 유쾌하게 살고 싶은 것이다. 이토록 진지하게 눈을 부릅뜨다니! 아이고, 오싹해라! 누구나 뫼리를 회피한다. 그가 가는 곳에는 아무도 가려고 하지 않았다. 그가 나타나면 쥐죽은 듯 조용해졌다. 사람들은 그와 마주치면 마치 산송장 대하듯 이상하게 까닭 없이 겁을 냈다.

한번은 뫼리가 엠마 아가씨를 찾아가서 자기를 사랑하는지 물었다. 엠마 아가씨는 사랑스럽고 예뻤지만, 뫼리한테는 그런 모습을 보여주지 않았다. 그녀가 그에게 말했다. "너를 보면 불안해. 너는 너무 진지하거든. 너는 웃을 줄도 모르고, 다른 사람들처럼 행동하지 않아. 나는 너를 사랑하지 않아. 나를 귀찮게 하지 말고 제발 사라지면 좋겠어." 그러자 뫼리는 이루 말할 수 없는 슬픔으로 가슴이 미어졌다. 어디로 가야 할지 갈피를 잡을 수 없었다. 죽고만 싶었다. 그는 고개를 푹 떨궜다. 사는 게 지겨워, 뫼리? 아직은 아니야. 하지만 금방 그렇게 되겠지. 뫼리는 생계를 해결하고자 어느 가게 주인을 찾아가서 작은 일자리라도 있는지 물어보았다. 뫼리는 진지한 눈빛으로 주인을 쳐다보았고, 주인 역시 그랬다. 이윽고 주인이 그에게 말했다. "당신은 마음에 들지 않으니 일자리를 줄 수 없어요. 미안하지만 어쩔 수 없네요. 나가주세요." 그래서 뫼리는 나왔고, 막막한 가슴이 전보다 더 답답했고, 억장이 무너지는 심정이었다. 지쳐서 녹초가 된 뫼리는 숙박을 위해 여관에 들어가려고 했다. 그는 혼자 중얼거렸다. "잠을 푹 자면 내일 아침에는 마음도 가벼워지고 다시 용기가 생길 거야." 여관 주인은 이 진지하고 특이한 사내를 보자마자 곤란하다고 손사래를 치면서 말했다. "집 안으로 들어오지 마. 원래 있던 곳으로 돌아가라고. 보아하니 부랑자 같은데, 자네하고는 상종하고 싶지 않아." 그래서 뫼리는 나와야만 했다.

사정이 이러하니 뫼리는 세상에서 가장 불행하고 불쌍한 신세였다. 사랑도 신뢰도 얻지 못했고, 호구지책도 일자리도 없었고, 숙박도 먹고 마실 것도 없었고, 편히 쉴 잠자리도 없었다. 그는 호수 쪽으로 갔다. 한밤중이었고, 근처에는 인기척이 없었다. 뫼리가 물가로 가자 그를 측은히 여기는 착한 물이 속삭였다. "불쌍한 친구야, 이리 와. 나와 함께 있으면 편안할 거야. 아주 포근한 잠자리에서 잘 수 있어. 나는 포근하고 부드러우니까 내 품에 안기면 편히 쉴 수 있어. 나는 너를 좋아해, 뫼리. 나는 친절하니까 나한테 오는 사람은 근심 걱정을 할 필요가 없어. 어서 와, 오라니까!" 그러자 뫼리는 물이 좋다고 생각했고, 물속으로 걸어갔다.

4. 노동자들

때는 따뜻한 이른 봄날이었다. 날씨는 화창했다. 풀밭에는 노란색 파란색 꽃망울이 터지기 시작했다. 햇살이 화사하게 비쳤고, 달콤하게 파란 하늘은 푸른 옷을 입은 매력적인 공주님 같았다. 기분 좋게 상쾌한 바람이 젊은 기운에 들뜬 대지를 스치고 지나갔다. 세상은 다시 태어난 것 같았고, 만물이 새롭게 피어난 것 같았으며, 세상의 무한한 자유와 대지의 무한한 행복이 열리는 것 같았다. 누구나 사랑과 동경과 자유를 당연한 것으로 여겼고, 누구나 정직함과 아름다움과 진솔함이 넘쳤다. 어두운 밤과 고된 일은 영원히 사라진 것처럼 보였다. 온 사방에서 사랑스럽고 달콤한 봄기운과 매력적인 예감과 가슴 뿌듯한 의욕이 집들과 들판 위로 넘쳐났고, 집들과 들판에는 이루 형언할 수 없는 행복의 신성하고 그윽한 기운이 감돌았다. 이 신성한 날, 기적의 날에는 아무도 일을 하지 않았고, 아무도 연장을 들지 않았으며, 아무도 일하러 가지 않았다. "이제 일을 내려놓아라!"라고 외치는 소리가 밝고 광활한 세상에 널리 울려 퍼졌다. 한순간 세상은 쥐죽은 듯 조용했고, 일요일 아침 분위기가 났다. 곱게 차려입은 소녀들이 일요일의 희열에 가슴이 부풀어서 우아하게 산책을 했다. 너무나 아름답고 은은한 교회음악, 사랑의 음악이자 자유의 음악, 우애와 연대의 음악이 황홀한 희열의 절정을 향해 파도처럼 솟구쳤다가 다시 가라앉았으며, 그렇게 아름답고 힘차게 물결치며 만인의 마음을 끝없이 사로잡았다. 온 세상이 사랑과 자비와 달콤한 인내로 넘쳐나서 그 어떤 이질감이나 불친절도 깨끗이 사라졌고, 자유로운 하늘 아래서 잘 모르는 사람끼리도 서로 목을 부둥켜안고 이 엄청난 축복에 기쁨의 눈물을 흘렸다.

오해와 몰이해를 떨치고 다시 태어난 즐거운 세상에는 그토록 매혹적인 신세계의 생각이 널리 울려 퍼지고 흘러 넘쳤기에 사랑에 취하고 희열에 벅찬 수많은 선량한 사람들이 작은 강의 외진 기슭에서 넋을 잃고 조용히 땅바닥에 앉거나 선 채로 감격에 복받친 눈물을 흘렸다. 수많은 사람들이 희열에 들떠서 환호하고 울먹였으며, 행복에 겨워 두 손을 맞잡고 비벼댔다. 모든 사람의 입에서 경이로운 기도가 흘러나왔고, 아무도, 그 누구도 일하지 않았다. 그런 분위기에서는 그 누구도 더는 일을 할 수 없을 것 같았고, 더 이상 일하지 않는 모든 사람들은 서로를 이해했다. 냉정한 차별의 장벽도 사라졌고, 몰이해도 사라졌으며, 서로 소원해지거나 이질감을 느끼는 일도 없어졌다. 모두가 서로 친밀해지고 진솔해졌으며, 그 어떤 문제에도 해답이 나왔고, 그 어떤 수수께끼도 해결되었으며, 일체의 고통이 사라졌다. 그리고 아무도 일하지 않았다. 모든 지역에서 노동자들이 몰려나왔는데, 마치 부모님의 손을 잡고 집을 나와서 친절한 이웃을 방문하러 가는 어린아이들처럼 순진하고 상냥하고 선량했다! 그 어떤 노동자도 일하지 않았다. 늘 고되게 일하고 하루의 일과를 채우는 수백만의 노동자들 가운데 그 누구도 이 근사한 날에는 일하지 않았다. 하늘에 계신 전능하신 주님, 제가 지금 꿈을 꾸고 있다는 걸 알겠나이다. 그토록 근사한 날은 한낱 꿈일 뿐입니다. 그래도 모든 사람이 행복하길 바랍니다. 불행한 사람이 없기를 바랍니다. 세상이 자유롭기를 바랍니다. 삶이 편안해지길 바랍니다.

(1916년)

이상한 도시

옛날에 어느 도시가 있었다. 그 도시 사람들은 모두 인형이었다. 하지만 그들은 말도 하고 걸어다닐 줄도 알았고, 감정도 있고 살아 움직였으며, 예절이 밝았다. 그들은 단지 '안녕하세요'라거나 '편히 주무세요'라고 건성으로 말만 하지 않고 진심을 담아 인사했다. 이 사람들에겐 진실한 마음이 있었다. 게다가 이들은 완벽한 도시인들이었다. 이들은 말하자면 촌스럽고 거친 것은 달가워하지 않았다. 그들이 입은 복장의 재단이나 그들의 행동거지는 이를 데 없이 세련되었다. 전문 재단사라든가 인간 됨됨이를 알아보는 사람의 눈으로 보아도 최고였다. 이 도시 사람들은 아무도 해어진 헌 옷이나 몸에 헐렁한 옷은 입지 않았다. 이들은 누구나 세련된 취향이 몸에 배었고, 이른바 천민은 존재하지 않았다. 이들 모두는 매너와 교양이 완벽하게 똑같았는데, 그렇다고 서로 닮았다는 뜻은 아니다. 닮았다면 지루할 테니까.

길거리에는 이런 식으로 고상하고 자유롭게 처신하는 아름답고 우아한 사람들만 눈에 띄었다. 이들은 자유를 지극히 세심하게 다루고 관리하고 제어하고 유지할 줄 알았다. 그런 까닭에 공중예절을 어기는 일 따위는 일어나지 않았다. 미풍양속을 해치는 일도 거의 없었다. 특히 여성들은 당당했다. 여성들의 복장은 너무 매혹적이고도 실용적이었고, 너무 아름답고도 유혹적이었으며, 너무 단정하고도 매력적이었다. 워낙 바른 행실이야말로 매력적이다! 저녁때가 되면 젊은 남자들이 그렇게 매력적인 여성들의 꽁무니를 좇아 유유히, 서두르거나 탐내는 내색을 하지 않고 천천히 산책을 했다. 여성들은 일종의 바지를 입고 다녔는데, 대개는 레이스가 달린 흰색 또는 하늘색 바지로 허리 부분이 꽉 조였다. 신발은 색깔이 있는 최고급 가죽 부츠를 신었다. 신발이 발과 다리를 감싸고 있는 모습은 매혹적이었다. 다리가 세련된 고급 소재로 감싸여 있다는 느낌이 다리에서 느껴질 때는, 또한 여성들이 다리에서 느끼는 그런 느낌을 남성들이 느낄 때는 얼마나 매혹적일까! 여성들이 바지를 입는 것은 장점이 있다. 걸음걸이로도 지성미를 드러내고 무언의 언어를 표현할 수 있는 것이다. 하지만 걸음걸이가 치마 속에 감춰지면 덜 주목받고 제대로 평가받지 못한다는 느낌이 들 것이다. 모름지기 무엇보다 느낌이 중요하다. 이 도시인들의 사업은 번창했다. 이들은 활기차고 활동적이고 성실했기 때문이다. 제대로 교육을 받았고 세심한 감각을 익혔으니 당연히 성실했다. 이들은 저마다 경쾌하고 멋진 인생을 누릴 권리를 서로 침해하는 것은 원하지 않았다. 돈은 풍족했다. 모두가 생활에 필요한 것을 위해 최우선으로 신경 썼기 때문에, 모두가 충분한 돈을 벌 수 있도록 서로 도와주었기 때문에 모두가 풍족했다. 일요일도 없었고, 종교도 없었다. 종교의 의례를 제정하려다보면 다툼이 벌어질 수 있기 때문이다. 이들에겐 즐거움을 얻을 수 있는 모든 곳이 곧 예배를 위해 모이는 교회나 다름없었다. 이들에겐 쾌락이 신성하고 심오한 문제였다. 이들이 순수하게 쾌락을 즐긴 것은 물론이다. 모두가 그럴 필요성에 공감했기 때문이다. 시인도 없었다. 이들에겐 시인이 특별한 매력이 없었기 때문이다. 전문 예술가도 전혀 없었다. 온갖 종류의 예술에 필요한 재주가 널리 전파되어 있었기 때문이다. 굳이 예술가가 따로 없어도 예술적 감각에 눈뜨고 재능을 갖춘 사람이 될 수 있다면 좋은 일이다. 이들은 감수성을 소중하게 가꾸고 활용하는 법을 배웠기 때문에 예술적 재능을 갖추게 되었다. 훌륭한 화법을 구사하기 위해 굳이 책을 들춰볼 필요도 없었다. 누구나 섬세한 최신의 감각, 각성되고 예민한 감각을 갖추었기 때문이다. 이들은 발언할 기회가 있으면 근사하게 말했고, 언어를 어떻게 습득했는지 모르면서도 언어를 훌륭하게 구사했다. 남자들은 잘생겼다. 그들의 태도는 그들의 교양과 부합했다. 기쁨을 즐기고 몰입할 수 있는 기회는 많았는데, 그것은 모두 아름다운 여성에 대한 사랑과 관계되는 문제였다. 모두가 꿈꾸는 듯 섬세한 관계를 맺었다. 이들은 모든 문제에 대해 다정다감하게 얘기하고 생각했다. 이들은 사업상의 문제에 관해서도 오늘날보다 더 섬세하게, 더 고상하고 단순하게 의논할 줄 알았다. 이른바 고차원적인 문제라는 것도 없었다. 모든 것을 있는 그대로 받아들이는 이 도시 사람들에겐 그런 문제를 상상만 해도 견딜 수 없었다. 모든 일에 생기가 넘쳤다. 그랬을까? 정말로? 나는 얼마나 멍청한 인간인가! 아니다. 이런 도시, 이런 사람들은 절대로 존재하지 않는다. 그건 현실이 아니다. 사상누각일 뿐이다. 맹랑한 녀석, 썩 물러가렷다!

그래서 그 맹랑한 녀석은 산책을 갔고, 공원 벤치에 앉았다. 정오 무렵이었다. 해가 나무 사이로 비쳤고 길에 그림자를 드리웠다. 산책하는 사람들의 얼굴에도, 여성들의 모자에도, 풀밭에도 그림자가 장난이라도 치듯이 어른거렸다. 참새들이 경쾌하게 폴짝폴짝 뛰어다녔고, 보모들이 유모차를 끌고 다녔다. 꿈결 같았고, 그저 장난 같기도 했고, 한 폭의 그림처럼 보이기도 했다. 녀석은 팔꿈치로 머리를 괴고 그림 속으로 사라졌다. 그는 벌떡 일어나서 그 자리를 떠났다. 그래, 걷는 것이 그의 낙이다. 비가 내렸고, 그림이 비에 씻겨 사라졌다.

(1905년)

240

환상

그곳에서는 사람들이 친절하다. 그곳 사람들은 서로 도와줄 수 있는지 묻는 걸 미풍양속으로 안다. 그들은 다른 사람들을 무심히 지나치지 않고, 그렇다고 서로 성가시게 하지도 않는다. 그들은 사랑이 넘치지만, 그렇다고 호기심을 드러내지도 않는다. 그들은 서로에게 가까이 다가가지만, 그렇다고 괴롭히지는 않는다. 그곳에서는 불행한 사람도 오래도록 불행하지는 않으며, 스스로 유복하다고 느끼는 사람도 으스대지 않는다. 생각이 살아 있는 그곳에 사는 사람들은 절대로 남들이 불쾌한 일을 겪어도 좋아하지 않으며, 남들이 곤경에 처했을 때 볼썽사납게 기뻐하지 않는다. 그곳에서는 남의 불행을 고소해하는 일체의 태도를 부끄러이 여긴다. 그들은 남이 피해 보는 것을 지켜보기보다는 차라리 자기가 피해를 보고 만다. 그들은 더불어 사는 사람들의 피해를 달가워하지 않는 한에는 아름다움에 대한 욕구를 갖고 있다. 그곳에서는 만인이 서로 만사형통하기를 바란다. 그곳에서는 자기만 잘되기를 바라거나 자기 처자식만 좋은 대접을 받기를 바라는 사람은 아무도 없다. 그곳 사람들은 남의 처자식도 행복하기를 바란다. 그곳에서는 누군가 불행한 사람을 보면 자신의 행복도 깨졌다고 생각한다. 이웃사랑이 넘치는 그곳에서는 인류가 한 가족이기 때문이다. 그런즉 그곳에는 모두가 행복하지 않으면 아무도 행복하지 않다. 그곳에서는 질투와 시기심을 모르며, 복수는 불가능한 일이다. 그곳에서는 누구도 다른 사람에게 방해가 되지 않으며, 누구도 다른 사람을 이기지 않는다. 누군가 약점을 노출하더라도 그것을 약삭빠르게 이용하는 사람은 찾아볼 수 없다. 모두가 서로를 아름답게 배려하기 때문이다. 그곳에서는 강하고 힘센 사람도 숭배의 대상이 되지 않는다. 그곳에서는 모두가 비슷한 힘을 갖고 있고 균등한 권력을 행사하기 때문이다. 그곳 사람들은 사리분별을 해치지 않는 우아한 상호관계로 서로 주거니 받거니 한다. 그곳에서는 사랑이 가장 중요한 법칙이다. 그리고 우정이 최우선의 규칙이다. 빈자와 부자가 따로 없다. 건전한 사람들이 사는 그곳에서는 일찍이 왕이나 황제가 존재한 적도 없다. 그곳에서는 여자가 남자를 지배하지도 않고, 남자가 여자를 지배하지도 않는다. 그곳에서는 아무도 지배하지 않으며, 다만 누구나 자기 자신을 다스릴 뿐이다. 그곳에서는 모두가 모두에게 봉사하며, 세상의 의미는 고통을 제거하는 방향으로 나아간다. 아무도 쾌락을 추구하지 않으며, 그 결과 모두가 쾌락을 즐긴다. 모두가 가난하게 살고자 한다. 그러다보니 아무도 가난하지 않다. 그곳은, 그곳은 아름다운 세상이다. 나는 그런 곳에서 살고 싶다. 스스로를 제어하기 때문에 서로 자유롭다고 느끼는 사람들과 더불어 그런 곳에서 살고 싶다. 서로를 존중하는 그런 사람들과 더불어 살고 싶다. 불안을 모르는 그런 사람들과 더불어 살고 싶다. 물론 내가 환상을 꿈꾸고 있다는 건 나도 안다.

(1915년)

재, 바늘, 연필 그리고 성냥개비

언젠가 나는 재에 관한 글을 써서 적지 않은 호응을 얻은 적이 있다. 그 글에서 나는 온갖 진기한 내용을 서술했는데, 특히 재는 이렇다 할 저항력이 없다는 사실을 관찰했다. 실제로 얼핏 보기엔 전혀 흥미를 끌지 않는 이 대상을 좀 더 깊이 파헤쳐보면 제법 흥미로운 점을 여러 가지 발견할 수 있다. 이를테면 재를 입으로 훅 불면 조금도 저항하지 않고 순식간에 사방으로 흩날려간다. 재는 겸손함 자체로, 자신의 중요성과 가치를 내세우지 않는다. 재의 가장 아름다운 미덕은 자신이 아무 짝에도 쓸모없다는 믿음이 투철하다는 것이다. 우리가 재보다 더 의지할 데 없고, 더 나약하고, 더 가련할 수 있을까? 아마 그러긴 쉽지 않을 것이다. 재보다 더 순종적이고 참을성이 많은 사물이 과연 존재할까? 찾아보기 힘들 것이다. 재는 자기 개성을 내세우지 않으며, 재의 소심함은 그 어떤 목재의 오만함과도 거리가 멀다.

재가 있는 곳에는 본래 아무것도 없다. 당신이 재를 발로 밟으면 뭔가를 밟았다는 느낌이 거의 없을 것이다. 그래, 바로 그런 거다. 그러니 우리가 눈을 뜨고 유심히 주위를 살펴보기만 하면 어느 정도 진실하게 주의를 기울여 관찰할 가치가 있는 사물들을 발견할 수 있다고 나는 감히 확신한다. 나는 이런 확신이 그다지 틀렸다고 생각하지 않는다.

이를테면 바늘을 보자. 알다시피 바늘은 뾰족하고 유용하며, 거칠게 다루는 것을 참지 않는다. 바늘은 보잘것없어 보여도 자신의 가치를 자각하고 있기 때문이다. 그런가 하면 작은 연필은 자꾸만 뾰족하게 깎다가 더 이상 뾰족해질 수 없는 상태에 이르기 때문에 주목할 가치가 있다. 그러면 연필은 너무 모질게 사용해서 사용할 수 없는 상태가 되어 구석으로 내팽개쳐진다. 하지만 연필이 그렇게 요긴하게 봉사를 했는데도 아무도 연필의 공로를 인정하고 감사하는 말은 생각조차 못한다. 연필의 형제는 색연필이다. 이미 다른 기회에 얘기한 적이 있지만, 이 가련한 연필 형제는 진실한 형제애로 서로 사랑해서 평생 동안 섬세하고 내밀한 우정을 유지한다. 이만하면 벌써 세 가지 사물을 언급했으니 일반화해서 말하자면, 아주 특이하고 관심을 끄는 대상들을 하나씩 예로 들어 언젠가 적절한 기회에 특별강연을 해볼 수도 있을 것이다.

독자 여러분은 우선 성냥개비에 대해서는 뭐라고 말하겠

는가. 성냥개비는 사랑스럽고 귀여우며, 미천하고도 독특한 존재다. 성냥개비는 성냥갑 속에 다른 수많은 동료들과 함께 참을성 있게 얌전히 누워서 꿈을 꾸거나 잠을 자는 것처럼 보인다. 성냥개비가 성냥갑 속에서 잠자코 쉬는 동안에는 이용되지도 않고 시련을 겪지도 않으니 확실히 특별한 가치가 없다. 말하자면 앞으로 닥쳐올 일을 기다리고 있는 셈이다. 그러다가 어느 날 성냥개비를 꺼내어 성냥갑의 마찰면에 대고 불쌍하고 선량하고 귀여운 작은 머리를 그으면 작은 머리에 불이 붙어 성냥개비가 타들어간다. 이것은 성냥개비의 일생에서 엄청난 사건이다. 성냥개비가 존재의 목적을 실현하고 사랑의 봉사를 수행하여 소신공양의 죽음을 맞는 것이다. 감동적이지 않은가? 성냥개비는 아무런 활동도 하지 않고 쓸모없는 게으른 상태에서 깨어나 사랑스러운 효용을 다하는 순간, 가치가 있다는 것을 입증하는 순간, 열렬히 불타서 봉사하고 의무와 책임을 다하는 순간 비참하게 불타서 애처롭게 파멸하는 것이다. 성냥개비는 자신의 소명을 완수하며 기뻐하는 순간에 이미 죽음을 맞고, 자신의 존재 의의를 실현하는 순간에 이미 죽는다. 그의 삶의 기쁨은 곧 죽음이며, 그의 깨어남은 이미 종말이다. 사랑하고 봉사하는 순간 이미 영혼을 비우고 쓰러지는 것이다.

(1915년)

난로에게 말 걸기

언젠가 나는 난로에게 말을 걸었는데, 기억나는 대로 여기에 그것을 적고자 한다.

어느 날 나는 온갖 상념에 쫓기며 불안하게 방 안을 이리저리 서성이고 있었다. 나는 어지간히 혼란에 빠져서 제정신이 아니었고, 다시 정신을 차리려고 무던히 애썼다. 그러자니 자꾸만 한숨이 나왔고, 짜증이 나는 것을 도무지 감출 수 없게 되었다.

그때 난로가 마치 난로의 철판처럼 요지부동으로 평온하게 짓궂은 미소를 짓고 있는 것이 눈에 들어왔다.

나는 발끈해서 버럭 화를 내며 난로에게 소리쳤다. "너는 끄떡없다 이거지. 너는 절대로 흥분하지도 않아. 불안이 너를 괴롭히지도 않고, 어쩌다 당황하는 일도 없지.

그렇지 않냐, 목석같은 바보 멍청아? 너는 감동할 줄도 모르고, 그래서 감동할 필요도 못 느끼니까, 그래서 너는 터무니없이 자기가 대단한 줄 착각하는 거라고.

너는 감수성도 없는 멍청이라서 자기가 대단한 줄 아는 거야.

얼씨구 대단하구나!

너는 어떤 시련도 모르니까 자기가 사내대장부의 귀감이라고 착각하는 거야.

장하구나, 대장부라니!

너는 아무것도 못 느끼는 것, 으르렁거리는 곰이나 코끼리처럼 으스대는 것이 남자다운 거라고 생각하지.

너는 평생 동안 심오한 생각이라곤 해본 적이 없기 때문에 그래서 온갖 근심걱정과 씨름하는 사람들을 아무 생각 없이 뻔뻔하게 비웃는 거라고.

그래 너 잘났다!

확실히 너 같은 놈은 지금까지 세상에 없었어. 그러니 세상이 너 같은 부류를 정말 신뢰할 만도 하겠지.

너는 버둥거리며 싸울 필요가 없으니까 자기가 완벽하다고 생각하는 거야.

너는 여태 코빼기도 내민 적이 없고, 남이 시험당하는 현장에 나타난 적이 없지. 그래서 자기는 약점이 없다고 생각하는 거고, 그래서 과감히 싸움터에 나서서 약점과 실수를 드러내는 사람들에게 손가락질을 하며 우쭐대는 거야.

감히 감동할 줄도 모르면서 힘자랑하는 겁쟁이야. 자신의
결함이 어디에 있는지 보려고 하지 않는 거야. 아직까지 한
번도 일말의 부끄러움도 느껴보지 못한 걸 부끄럽게 여겨야
지. 그게 네 결함이야. 정직한 일에 헌신할 줄도 모르고, 심장
에 비계 덩어리가 끼고, 정직하고 선한 의지가 질식해서 죽은
거지.

이걸 알아둬. 나는 명망 따위보다는 나의 과제가 중요해.
내가 없어선 안 된다는 알량한 평판보다 더 중요한 과제가
있지.

자리보전이나 하는 자는 아마 좋은 일을 한 적도 없을
거야.

(1915년)

날쌘돌이와 게으름뱅이

지금부터 들려줄 이야기가 다소 우스꽝스럽다고 생각할지 모르겠지만 그래도 솔직히 고백하면 이 이야기를 지어내느라 무척 힘들었다. 이것은 게으른 날쌘돌이와 날쌘 게으름뱅이에 관한 이야기이다. 유념할 것은 날쌘돌이가 아무리 다람쥐처럼 재빨라도 게으름뱅이의 굼뜬 게으름에 뒤처졌고, 그래서 날쌘돌이는 적잖게 의아해했는데, 그건 충분히 이해할 수 있는 일이다. 이 단순하고 허황된 이야기는 다행히 그리 장황하게 길지는 않은데, 여기서 주목할 만한 특기사항은 날쌘돌이가 근본적으로 게으름뱅이요 게으름뱅이가 근본적으로 날쌘돌이라는 사실이다. 어째서 그런가 하면 날쌘돌이가 유감스럽게도 원래 너무 날쌨고, 또한 게으름뱅이가 그의 게으름을 종합해볼 때 다행히도 혹은 불행히도 빛나는 능력을 발휘했기 때문이다. 게으름뱅이는 전혀 날쌔지 않은데도 근본적으로 가장 날쌘 날쌘돌이보다 훨씬 더 날쌨고, 그런가 하면 유감스럽게도 날쌘돌이는 엄청나게 날쌔고 민첩하며 전혀 게으르지 않은데도 불구하고 가장 게으른 게으름뱅이보다 훨씬 더 게을렀기 때문인데, 그건 어쨌거나 무척 안타까운 일이다. 날쌘돌이는 물론 어김없이 날쌔다는 점에서 게으름뱅이를 능가했지만, 그럼에도 실적이 모자랐고 결과적으로 게으름뱅이보다 한참 뒤처졌다. 물론 우리가 서툴게 착각하는 게 아니라면 게으름뱅이는 게으르다는 점에서는 날쌘돌이를 훨씬 앞질렀는데, 그는 게으름의 화신이라 할 정도로 게을렀기 때문이다. 그럼에도 이미 오래전부터 게으름뱅이는 날쌘돌이가 생각하는 것만큼 게으르지는 않았고 오히려 훨씬 날쌔서 날쌘돌이를 멀찌감치 따돌리고 당당하게 승리를 거두었다. 이 비상한 사태로 인해 유감스럽게도 불쌍한 날쌘돌이는 경악해서 거의 죽을 지경이었다. 독자 여러분, 이것이 날쌘돌이와 게으름뱅이 또는 게으름뱅이와 날쌘돌이에 관한 이야기이다. 순서는 독자 여러분이 원하고 내키는 대로 아무래도 좋다. 이 이야기를 너그러이 평가하고 웃어주기 바라며, 이 이야기의 저자한테 너무 심하게 화내지는 말기 바란다. 저자는 이 이야기가 도무지 뇌리에서 떠나지 않아서 이 이야기에서 벗어나고자 어쩔 수 없이 썼으니까.

(1916년)

혈거 인간

　　　　　　　한번은 어떤 모임에 고맙게 초대를
받아서 수천 년 전에 유럽과 여러 지역에 출몰했던 수수께끼
같은 혈거(穴居) 인간에 관한 강연을 들을 기회가 있었다.

　존경하는 청중 여러분, 혈거 인간이 영위했던 삶이 다채로
웠을 리는 없습니다. 그들의 삶은 틀림없이 아주 단조로웠을
것입니다.

　당시 석기시대 또는 철기시대에는 날씨가 음습하고 짙은
안개가 끼고, 분명히 공기가 탁하고 습지대가 많았을 것입니
다. 그 시대에 관한 기록이나 증빙자료, 문서는 거의 전무합
니다. 그렇지만 혈거 인간이 어쩌다 발견한 자연 은신처나 동
굴, 짐작건대 매우 지내기 불편했을 그런 곳에 거주했다는 것
만은 알고 있습니다.

　가스관과 수도관, 다락방, 지하실, 발코니, 하녀 방, 욕실,

중앙난방 등등 부대설비가 딸려 있고 방이 대여섯 개나 되는 그런 주택은 당시에는 존재하지도 않았지요.

아시는 바와 같이 최초의 건축가는 수상가옥을 짓는 사람들이었습니다. 그들은 비록 석조 주택은 아니지만 그래도 제법 반듯한 집을 지었습니다. 그들은 초기에는 교육을 제대로 받지 못해 지식이 일천했지만 그래도 틀림없이 아주 친절하고 영리한 사람들이었을 것입니다.

카를 대제[8] 시대부터 괄목할 만한 문명의 진보가 이루어졌습니다. 무엇보다도 기독교 같은 종교가 있었으니까요. 카를 대제는 머리가 좋은 걸출한 왕으로 의무교육을 도입해서 우리가 생각할 수 있는 여러 가지 훌륭한 성과를 거두었습니다. 오늘날에는 어느 나라에나 국방의 의무가 있는데, 두말할 나위 없이 문명이 이룩한 최고의 업적이지요. 그런데 혈거 인간이 이렇다 할 문명 시설을 갖추고 있었을까요?

감히 제 생각을 말씀드리자면 혈거 인간은 완전히 무(無)에서 출발했습니다.

혈거 인간의 외모와 관련해서는 머리에 모자도 쓰지 않았고 몸에 옷도 걸치지 않았으며 다리와 발에 장화나 신발도 신지 않았을 거라는 가설이 타당해 보입니다. 맵시 있는 우아한 의복은 상상도 할 수 없었죠. 털가죽이 몸을 뒤덮고 있지 않았다면 자연 상태 그대로 맨몸으로 다녔을 테고, 그랬더라면

---

8 Karl der Große(680~741): 프랑크 왕국의 황제.

정말 꼴불견이었을 것입니다. 짐작건대 광대뼈가 튀어나왔고, 눈은 끔찍이 컸고, 믿어지지 않을 정도로 납작코에 입술은 투박했고, 손은 거칠고 몸은 삐쩍 말랐을 것입니다. 숱이 많은 덥수룩한 머리를 덮개처럼 길러서 습기와 추위를 막아주었는데, 그렇지 않으면 비참하게 얼어 죽었을 것입니다.

혈거 인간이 비참한 처지에서, 아주 딱한 상태에서 살았다는 것은 의문의 여지가 없습니다. 그런데도 결핍을 조금도 결핍이라고 힘들어하지 않았습니다. 그러니 분명히 모든 게 결핍 상태였을 것입니다. 그처럼 거친 자연에 내맡겨지고 생활수단도 없어서 어느 모로나 연민을 불러일으키는 인간의 모습을 떠올리면 우리는 충격에 휩싸이게 됩니다.

존경하는 신사숙녀 여러분, 혈거 인간도 할 수만 있

로베르트 발저 『산문집』(1916) 표지
(형 카를 발저가 그려준 표지화)

다면 제발 비누로 씻고 싶었을 것입니다. 하지만 유감스럽게도 그들의 집에는 그런 유익한 물품이 전혀 없었습니다.

시계, 산책 지팡이, 내의, 손수건이나 옷깃 등등 생활용품은 흔적도 찾아볼 수 없었지요. 실, 가위, 바늘, 신발 끈, 단추, 바지 멜빵 같은 물건들이 존재할 수 있다는 건 상상도 못했습니다. 그런 환경이었으니 혈거 인간은 정말 말할 수 없이 침울하고 절망적으로 보였습니다.

혈거 인간이 밤에는 딱딱한 바닥보다는 침대에서 자고 싶지 않았을까 하는 문제는 신경 쓸 여지도 없었겠지요. 영국식 침대나 여타의 침대, 침대 틀, 매트리스, 아마포와 솜이불 따위는 전혀 알지도 못했으니까요.

이른 아침에 정성스레 빗질을 했을까요? 쓸데없는 고민이지요! 헝클어진 머리를 단정하게 빗을 수 있는 빗이라곤 당시에는 없었으니까요. 마찬가지로 양동이, 세숫대야, 수건이나 손수건 따위도 없었지요.

치아를 깨끗이 닦을 줄도 모르는 사람과 누가 선뜻 말을 나누려 할까요? 불쌍한 혈거 인간들은 몸을 정결히 하는 법도 몰랐습니다.

잠자리와 마찬가지로 식사도 거칠고 딱딱했습니다. 과연 불을 피울 줄 알았는지도 의문입니다. 부엌 상태도 엉망이었을 겁니다. 대개는 차가운 날음식으로 식사를 했습니다. 그렇

'마이크로그램' 원고

다고 그런 혈거 인간을 특별히 부러워하지는 않겠지요.

오락거리도 전혀 없었습니다. 여가시간이라는 것은 거의 없었지요. 커피, 맥주, 차, 초콜릿 같은 기호식품도 전혀 몰랐습니다. 카드놀이나 볼링도 몰랐지요. 산책도 필요 없었지요. 극장, 연주회, 미술전시회도 아주 드물었거나 아예 없었습니다. 누구를 방문하는 일도 없었을 것입니다. 신문과 잡지는 전혀 없었습니다. 그러니까 독서는 거의 하지 않았겠지요. 여행이나 뱃놀이 등은 당시에는 너무 성가신 일이었겠지요. 정말 애석한 일입니다. 교양을 쌓는 강연을 들을 기회도 없었지요. 향을 피우고 경건함을 일깨워주는 예배당에 갈 일도 없었습니다. 그런 부류의 안식은 즐길 줄 몰랐지요. 당시에는 가르침이나 교육 또는 그 비슷한 신선한 자극이 될 만한 제도가 없었다고 곰곰이 생각해보면 우리는 슬픔과 측은함이 뒤섞인 전율에 휩싸이게 되고, 우리 자신도 모르게 얼마나 황량하고 슬픈 일인가 하고 외치게 됩니다. 아, 불쌍한 혈거 인간!

혈거 인간은 어떤 언어로 말했을까요? 꿈을 꿨을까요? 아니면 정신이 깨어 있었을까요? 백치 상태였을까요? 아니면 제정신이었을까요? 당시에도 이성이라는 게 도대체 있긴 했을까요? 오히려 모든 것이 뒤죽박죽이 아니었을까요? 어떤 때는 미소를 짓고 어떤 때는 울었을까요? 어떤 식으로든 영혼이 있었을까요? 쾌락과 고통, 질서와 무질서, 축복과 저주를 다소라도 구별할 줄 알았을까요? 선과 악, 정의와 불의, 의무감이나 그 비슷한 감정을 느꼈을까요? 사랑의 감정을 어렴풋이나마 느꼈을까요? 이와 같이 어려운 문제들은 그냥 덮어두기로 하겠습니다. 당분간은 이런 문제에 답하지 않기로 하겠습니다.

혈거 인간은 그 어떤 작업도구도 전혀 없었기 때문에 그 어떤 직업 활동도 하지 않았습니다. 따라서 평일과 일요일도 없었지요. 즐거움과 행복을 안겨주는 수공업도 전혀 몰랐습니다. 머리가 좋지 않은 사람이라도 '저녁에 일을 마치고 피곤한 몸으로 귀가하면'이라는 근사한 말이 혈거 인간에겐 어울리지 않는다는 걸 쉽게 알아차립니다. 혈거 인간은 규칙적인 활동이라는 걸 몰랐으니까요. 혈거 인간이 낮에 주로 하는 일은 어떻게 하면 목숨을 부지할까 걱정하는 것이었습니다. 그 밖에도 생계를 유지하기 위해 사냥을 하는 것이 아주 합당한 일과였을 것입니다. 이루 말할 수 없이 황량한 악조건에서 굶주림, 갈증과 허기, 공포와 탈진을 견디며 불안에 떠는 것이 그들의 비참한 운명이었습니다. 끊임없이 생명의 위협을 받으며 괴기스러운 동물세계에 단절된, 기쁨도 모르고 뜻밖의 경사도 없는 생존을 영위한다는 것은 끔찍하다고 할 수밖에 없습니다. 존경하는 청중 여러분이나 강연자로 나선 저 자신도 그런 혈거 인간과는 아주 먼 친척뻘 되는 삶을 영위하고 있다는 사실에 감사할 것입니다. 그건 분명합니다. 여러분과 저는, 우리는 천만다행으로 거의 문명의 정점에 도달한, 적어도 그렇게 보이는 인간사회의 일원이니까요. 우리는 그처럼 벌거벗은 가련한 삶을 몇 달 몇 년은 고사하고 단 하루도 견디지 못할 것입니다.

혈거 인간이 이루 말할 수 없이 저급한 단계에서 살았다는 확고한 확신이 생기는 것은 당연합니다. 그런데 전혀 남에게 관심을 두지 않고 되는 대로 살지 않고 과거를 돌아보고 조망할 줄 아는 사람, 다시 말해 내면생활을 영위할 능력이 있는 사람, 자기 일에만 신경 쓰지 않고 때로는 남의 삶도 생각할 줄 아는 사람, 기계적이고 판에 박힌 일상에 매몰되지 않고 다소 기이한 사건도 사려 깊게 성찰할 줄 아는 사람, 일상의 피상적인 일에만 몰두하면 비참하다고 느낄 줄 아는 사람, 자신과 더불어 사는 다른 사람도 기억하는 일이 말짱한 정신으로 생각하면 수치가 아니라는 걸 아는 사람, 요컨대 그런 사람이라면 선사시대의 인간을 에워쌌던 역경을 성공적으로 극복하기 위해서는 일반적인 통념을 초월하는 놀라운 용기가 필요했을 거라고 솔직히 고백하지 않을 수 없을 것입니다. 그 엄청난 고난을 묘사하고 그 영웅적인 투쟁을 고찰하려고 하니 너무 창피해서 온갖 수다와 열등감으로 가득 찬 우리의 자부심이 송두리째 무너지고 맙니다.

우리는 노동자요 기독교인입니다! 그런데 혈거 인간은 무엇이었을까요? 혈거 인간의 삶이 어떠했을지는 감히 저도 말할 수 없고 그들 자신도 이해하지 못했을 것입니다. 우리는 어쩌면 이미 오래전부터 온갖 편안함에 감사할 줄 모르게 되었습니다. 문명의 이기와 축복받은 제도가 기계적인 것이 되었기 때문입니다.

우리 모두 좀 더 남에게 도움을 주고 호의를 베풀 수 있지 않을까요?

상상하건대 혈거 인간은 자신의 처지를 개선하고 품위를 찾기 위해 지칠 줄 모르고 온갖 궁리를 했을 것입니다. 그들은 극한의 고난과 수많은 난관에 둘러싸여 오로지 자신의 저항력과 살면서 체득한 불꽃같은 지혜에 의존하여 절멸하지 않고 끈질기게 살아남았습니다. 감정과 생각이 있는 사람이라면 누구나 그런 사실에 놀라움을 금할 수 없을 것입니다. 만약 그들이 주저하고 낙담하고 고난에 찬 인내심을 상실했더라면 과연 어떻게 오늘의 우리가 존재할 수 있겠습니까? 그들이 우리가 상상할 수 있는 최악의 환경을 제대로 극복하지 못했더라면 오늘날 존경하고 사랑하는 동료 시민들이 먹고, 잠자고, 생각하고, 말하고, 산책하고, 일하고, 수다를 떨고, 등산을 하고, 책을 읽고, 더없이 사랑스럽고 소중한 것을 가슴에 품고 하는 일, 요컨대 산다는 것이 과연 가능하겠습니까? 그들이 확고한 의지로 꿋꿋하고 끈질기게 헤쳐가지 않았더라면 과연 우리가 존재할 수나 있을까요? '감사하다'(danken)는 말은 '생각하다'(denken)에서 유래합니다. 따라서 감사할 줄 모른다는 것은 그저 생각이 모자란다는 뜻입니다. 저는 다른 기회에도 이런 말을 한 적이 있습니다. 그래도 개의치 않고 이 말을 반복하는 이유는 이 말이 근본적인 중요성을 갖는 사안, 심지어 나라를 유지하는 일만큼이나 중요한 사안을 짚고 있기 때문입니다. 어떤 현상들은 막중한 중요성을 갖지만 대다수의 사람들은 그걸 거의 의식하지 못합니다. 누구나 이해할 수 있는 문제이기 때문에 그렇습니다.

우리가 직접 겪으면 금세 이해할 수 있는 그런 사안보다 더 아름답고 위대한 것은 없다는 소신을 말씀드리면서 이제 제 말을 마치고 여러분과 작별하고자 합니다.

(1918년)

천사

천사는 사람들이 도와달라고 그에게 알려줄 때까지는 기다리는 것이 좋다. 그것은 천사가 생각하는 것보다 때로는 더 오래 걸린다. 그러니 천사는 자기를 절제해야 한다. 자기가 불가결한 존재라고 내세워서는 안 된다. 나는 내가 천사로 받드는 그런 사람이 되고 싶지는 않다. 내가 천사를 신격화하는 것은 그 어디에서도 천사와 마주치지 않기 위해서다. 천사가 불변의 이미지로 남아서, 필요할 때면 마음대로 바라볼 수 있고, 그 모습에서 용기를 얻고자 함이다. 내가 호기심이 많아서 천사를 졸졸 따라다닌다고, 이를테면 주머니에 넣어 다닌다거나 이마에 머리띠처럼 두르고 다닌다고, 천사가 나를 그런 사람이라 여긴다면 마음이 아프다. 나는 더 이상 천사에게로 가지 않는다. 천사의 가치가 나를 감싸고 있고, 천사의 빛이 나를 사방에서 에워싸고 있으니까. 남에게 베풀 줄 아는 사람은 받을 줄도 아는 법이다. 그 두

로베르트 발저 『희곡집』(1919) 표지

가지는 자꾸 해봐야 체득된다. 천사는 연민으로 가득한 존재이지만, 뭔가를 간청하는 내가 천사와 함께 노는 일이 일어날 수도 있다. 천사는 회의하고, 불안하다. 나는 믿음을 가졌다가 믿음이 사라지기도 하고, 천사는 그걸 감내해야 한다, 사랑의 천사는.

(1924년)

원숭이

원숭이 이야기를 시작하려니 마음이 약해지지만, 그래도 어느 정도는 마음을 단단히 먹어야겠다. 어느 날 원숭이 한 마리가 커피 집에 들어가서 시간을 때워야겠다는 생각이 들었다. 원숭이는 전혀 아둔하지 않은 머리에 빳빳한 모자를 쓰고 있었는데, 아마 챙이 넓은 모자였을지도 모르겠다. 손에는 신사복 가게에 진열된 장갑 중에 가장 우아한 장갑을 끼고 있었다. 정장도 최고급으로 빼입었다. 원숭이는 특이하게 민첩하고 깃털처럼 경쾌하게 폴짝 뛰는 걸음걸이로 찻집에 들어섰는데, 그 걸음걸이 자체는 볼 만했지만 살짝 맨살이 드러났다. 찻집 안에는 나뭇잎이 살랑대는 소리처럼 정취 있는 음악이 흐르고 있었다. 원숭이는 어느 자리에 앉아야 할지, 눈에 띄지 않는 구석자리 아니면 거침없이 한가운데 자리에 앉아야 할지 당황했다. 원숭이는 한가운데 자리에 앉기로 했다. 예의 바르게 처신하는 원숭이라면 눈에 잘 띄는 곳도 괜찮겠다는 생각이 들었기 때문이다. 원숭이는 감상적이면서도 유쾌한 기분으로, 스스럼없으면서도 수줍어하면서 주위를 둘러보았는데, 예쁘장한 아가씨들 얼굴이 더러 눈에 띄었다. 아가씨들의 입술은 앵두처럼 빨갛고 뺨은 생크림처럼 새하얬다. 그들의 아름다운 눈과 듣기 좋은 음악의 멜로디는 서로 시샘이라도 하듯 자웅을 겨루었다. 원숭이는 머리를 긁어도 괜찮은지 종업원 아가씨에게 토착어의 어투로 물었는데, 이 사실을 전달하려니 나는 이야기꾼의 품위 내지 희열에 도취되어 까무러칠 지경이다. 종업원 아가씨는 "편한 대로 하세요"라고 친절하게 대답해주었다. 그러자 우리의 기사는, 이런 호칭이 어울릴지 모르겠지만, 종업원의 허락을 마음껏 활용해서 느긋하게 머리를 긁었기에 홀에 있던 여자 손님들은 더러 폭소를 터트리기도 했고, 더러는 그의 돌출행동을 보지 않으려고 얼굴을 돌리기도 했다. 아주 사랑스러워 보이는 여성이 그의 테이블에 합석하자 그는 아주 재치 있게 대화를 나누었다. 그는 날씨 얘기를 했고, 문학에 관해서도 얘기했다. 그러자 여성은 '비범한 사람이네'라고 속으로 생각했고, 그러는 사이에 그는 장갑을 허공으로 던졌다가 능숙하게 받았다. 그는 담배를 피우면서 감격의 표시로 입을 실룩거렸다. 담배 연기는 진한 얼굴색과 뚜렷이 대조되었다.

이제 프레치오사라는 아가씨가 촌티 나는 아주머니와 함

께 홀에 들어왔는데, 마치 발라드나 로망스의 한 장면을 보는 듯했다. 여태까지 사랑이라는 걸 경험해본 적이 없는 원숭이는 바로 이 순간부터 평정심을 잃었다. 갑자기 그의 머리에서 온갖 어리석은 생각들이 말끔히 사라졌다. 그는 당당한 걸음으로 천생연분의 여성에게 다가가서 청혼을 했다. 만약 청혼을 들어주지 않으면 본때를 보여주겠노라고 으름장을 놓았다. 그러자 아가씨가 말했다. "우리와 함께 집으로 가자꾸나. 너는 신랑감은 아니야. 얌전하게 굴면 매일 꿀밤을 한 대씩 먹일 거야. 얼씨구, 좋아 죽는구나! 그러는 건 허락해주지. 내가 지루하지 않게 신경 써야만 해."

그렇게 말하면서 아가씨는 너무나 품위 있게 일어섰는데, 그 모습에 원숭이는 그만 폭소를 터트렸고, 그러자 아가씨는 따귀를 갈겼다.

집에 도착하자 그 유대인 아가씨는 손짓으로 아주머니를 물러가라고 한 후에 금도금을 입힌 받침대가 달린 값진 소파에 앉더니 우아한 자세로 그녀 앞에 서 있는 원숭이에게 자기소개를 하라고 요구했다. 그러자 원숭이다움의 화신이라 해도 좋을 원숭이가 대답했다.

"저는 한때 취리히의 산속에서 시를 썼는데, 숭배해 마지 않는 아씨께 제가 쓴 시가 인쇄된 원고를 지금 보여드리겠습니다. 아씨의 눈길은 저를 기죽이려 하시지만, 그건 불가능합니다. 아씨를 바라보고 있으면 저는 점점 더 고무되니까요. 저는 예전에는 종종 숲속에서 제 친구나 다름없는 전나무를 찾아가서 나무 꼭대기를 쳐다보곤 했고, 이끼가 낀 풀밭에 드러눕기도 했습니다. 그러다가 너무 신나서 지치기도 하고, 너무 흥겨워서 울적해지기도 했습니다만……."

"이 게으름뱅이야!" 프레치오사가 말을 가로막았다.

원숭이는 이제 이 집안의 친구가 되었노라고 감히 자부하면서 말을 계속했다.

"한번은 치과 진료비를 계산하지 않고 그대로 두었는데, 그래도 사는 데는 지장이 없다고 믿었기 때문이죠. 또한 저한테 여러 모로 호의를 베풀어준 양가집 여성들을 숭배하기도 했습니다. 그리고 또 말씀드리고 싶은 것은 가을이 되면 사과를 땄고, 봄이 되면 꽃을 꺾었으며, 한동안은 켈러[9]라는 시인이 자랐던 고장에서 살았던 적도 있다는 사실입니다. 아씨께서는 그 시인에 관해 잘 모르시겠지만, 그래도 꼭 아셔야 하는데……."

"파렴치하군!" 지체 높은 아가씨가 외쳤다. "당장 해고 통지서를 끊어서 당신이 불행해지는 꼴을 보고 싶지만, 불쌍히 여겨 봐주기로 하겠어요. 하지만 또다시 버릇없이 굴면 바로 내쫓을 거야. 그러면 아무리 나를 그리워해도 소용없지. 계속 말해봐."

9 Gottfried Keller (1819~1890): 스위스의 소설가.

원숭이는 다시 이야기를 계속했다.

"저는 여태까지 여성에게 별로 마음을 주지 않았는데, 그래서 여성들이 저를 존중하죠. 보아하니 아씨께서도 저처럼 아주 단순한 얼간이를 깍듯이 존중하시네요. 저는 어떤 여성한테나 버르장머리 없는 말을 합니다. 그러면 여성들이 저한테 발끈 화를 냈다가도 나중에는 다시 만족하거든요. 저는 콘스탄티노플 공사로 파견된 적이 있는데……."

"사기 치지 마, 허풍선이 씨."

"그리고 어느 날 안할터 기차역[10]에서 궁녀를 보았답니다. 정확히 말하면 제가 본 게 아니고 다른 사람이 봤죠. 저는 칸막이 객실에 앉아 있었는데, 맞은편에 앉은 사람이 궁녀를 봤다고 알려주었어요. 그래서 지금 제가 그 소식을 이렇게 맛보기로 식탁에 올려드리는 겁니다. 물론 '맛보기로 식탁에 올린다'는 말은 비유적인 표현이죠. 여긴 식탁이 없지만 말입니다. 그런데 진수성찬이 차려진 식탁이 그립군요. 제가 이렇게 능숙한 화술을 구사하고 나면 배가 고프거든요."

"식당으로 가서 음식을 준비해. 그 사이에 나는 네가 썼다는 시를 읽을 테니까."

그는 분부대로 식당으로 갔으나 식당을 찾을 수 없었다. 그녀가 시야에서 사라지는데 도대체 어떻게 식당으로 갈 수 있겠는가? 이 대목은 어쩐지 말이 안 되는 것 같다.

---

10 베를린에 있는 기차역.

그는 다시 프레치오사한테 돌아왔다. 그녀는 그의 시를 읽다가 잠이 들었는데, 그녀는 마치 동양의 동화에 나오는 공주님처럼 잠들어 있었다. 그녀는 한쪽 손을 마치 포도송이처럼 늘어뜨리고 있었다. 그는 어떻게 식당을 발견하지도 않고서 식당으로 갔는지, 그가 얼마나 오랫동안 침묵했는지, 그리고 뿌리칠 수 없는 충동에 이끌려 홀로 남겨진 그녀에게 다시 돌아왔는지 그녀에게 보고하려던 참이었다. 그는 선잠이 든 여성 앞에 서 있다가 너무나 신성한 미인 앞에 풀썩 무릎을 꿇었다. 아기 예수 같은 그녀는 너무 아름다워서 감히 만져볼 엄두도 나지 않았기에 그는 그녀의 손을 그저 입김으로 살짝 스쳤을 뿐이다.

　그는 계속 외경심에 사로잡혀 있었는데, 그가 이런 모습을 보여주리라고는 상상도 못했을 것이다. 그러는 사이에 그녀가 눈을 떴다. 그녀는 그에게 많은 것을 묻고 싶었지만, 그저 이렇게 말했을 뿐이다. "너는 전혀 원숭이 같지 않아. 말해봐, 왕이야?"

　"어째서 제가 왕이라는 거죠?"

　"이렇게 인내심이 많고, 궁녀 얘기도 했으니까."

　"그저 얌전히 있고 싶을 뿐인걸요."

　"그래, 너는 얌전해 보여."

　다음 날 그녀는 어떻게 하면 행복할 수 있는지 그에게 물었

Zürich
Grüsli Nr. 6

Liebes Fanny.

Freilich, kannst Du die Rundschau behalten. Dazu bekomst du heute noch etwas dazu, ebenfalls zum behalten. Ich schreibe an Märchen. Denke, ich will ein anderer Andersen abgeben. Die Kinder werden mir einmal dankbar sein. Sonst ist hier wenig los, ausserdem Robert Walser schwach, unglücklich ist, weiber eben ein Kalbsin.

Was machst Du? ruhst du die Köbig aus? ich wünsche dir Glück und Frieden. Wenn ich wieder einmal stellenlos, sein darf, werde ich wieder glücklich und ein Dichter sein. Dann mache ich Märchen und, mit den Märchen ein seltsamschönes Buch. Das Buch komt heraus beim Märchenverlag, weden hienl nichs, ich nichts das fertige Buch, sind, fertig zu geschnitten, leg ich's nebens Bette auf das Nachttischli, da kannst es dann darin lesen.

Herzlichst
dein
Robert

sich diese
Sonne.
aber in einer
Sonne, die
kalt und
unglücklich macht!

다. 그는 너무 놀라운 대답을 들려주었다. 그러자 그녀는 그에게 "이봐, 내가 구술하는 편지를 좀 받아써줘"라고 했다. 그가 편지를 받아쓰는 동안 그녀는 그가 제대로 받아 적고 있는지 어깨너머로 살펴보았다. 놀랍게도 그는 너무 능숙하게 받아 적었는데, 그녀가 불러주는 철자 하나하나를 깍듯이 존중하는 자세로 빠짐없이 받아썼다. 그렇게 그들이 마냥 편지를 주고받도록 내버려두기로 하자.

　새장 안에서는 앵무새가 목소리를 뽐내고 있었다.

　프레치오사는 뭔가를 생각하고 있었다.

(1924년)

단순한 이야기

오로지 자기 방식대로만 사는 단순한 사람이 있었다. 단순하지 않은 사람들은 마치 성채라도 공격하듯이 그에 맞서 싸웠다.

세상에 둘도 없는 이 단순한 사람은 일부 사람들 사이에서는 사랑을 받았지만, 다른 대다수 사람들은 그를 비웃었다. 그런 상황에서 이 소박한 사람은 그저 소박하게 사는 수밖에 없지 않았을까?

그가 반항심 때문에 그랬던 것은 아니다. 그건 절대로 아니었다. 단지 그가 할 수 있는 유일한 일이 단순하게 사는 것이어서 그랬을 뿐이다.

"저는 그저 단순할 뿐인데 괜히 저를 추켜세우지 마세요." 그는 자신의 지지자들에게 그렇게 당부 또는 애원했고, 생각이 다른 대다수 사람들한테는 자제해달라고 요청했다.

그런데 사실을 말하자면 이 단순한 사람은 본래 그렇게 단순하지 않았다. 어떤 사람들은 이따금 그를 가리켜 정체불명의 인물이라고 했다. 그리고 그들은 하지 말아야 할 짓을 저질렀는데, 그를 부랑자라고 단정했던 것이다. 이때 부랑자란 불한당과 비슷한 뜻이다.

이 단순한 사람의 귀에 그런 말이 들어오자 그는 명예로운 별명을 얻은 것에 기뻐하며 짐짓 불한당 티를 내고 거들먹거리며 돌아다녔다.

단순함도 어떤 관점에서 보면 복잡하다. 따라서 복잡함에도 뭔가 단순한 면이 있다고 추론할 수 있다. 내 생각에 이런 현상은 일종의 자연의 유희 같은 것이다. 그러니 단순한 사람도 겉보기처럼 그렇게 단순하지는 않다고 믿어도 좋을 것이다. 이로써 나는 문제의 핵심에 도달했다고 봐도 무방할 것이다.

어떤 악동이 단순한 사람에게 너같이 단순한 녀석과는 상종하지 않겠다고 말했다고 치자. 그러면 이렇게 말하는 나도 악동의 장난에 말려드는 게 아닐까? 악동은 악동이 아닌 사람의 사랑스럽고 소중한 단순함을 비난함으로써 그를 악동의 장난에 끌어들이는 셈이다.

이를테면 교활한 사람이 머리가 모자라는 사람의 소중한 미덕을 다소라도 변호할 정도로 교활하다면 머리가 모자라는 사람은 자기개발의 필요성을 조금도 생각하지 못할 것이다.

이 이야기의 교훈은 남을 꾸짖을 때는 신중히 하라는 것이다. 단순한 사람이 복잡한 생각도 할 줄 알게 되면 단순했던 시절을 그리워할 것이다. 그는 틀림없이 때때로 단순함이라는 놀라운 미덕을 상실한 것을 아쉬워할 것이기 때문이다. 그러니 단순함을 되찾으려면 당연히 오랜 시간이 걸릴 것이다.

단순한 사람들은 어쩌면 단순하지 않은 사람들이 있는 덕분에 산다고 할 수 있다. 그리고 단순한 사람이 단순하지 않게 되는 것은 단순하지 않은 사람들이 단순해지기 때문에 가능하다고 할 수 있다. 이로써 나는 제법 쓸모 있는 얘기를 했다고 자신 있게 말할 수 있겠다.

(1927년)

자유에 대하여

점잔을 빼고, 내숭을 떨고, 예민한 티를 내고, 머뭇거리고, 세련미를 풍기고, 격식을 차리고, 밤에는 곧잘 꿈을 꾸고, 이 모든 것은 자유의 일부다. 내 생각에 자유란 아주 다양하게 파악하고, 느끼고, 생각하고, 존중할 수 있다. 우리는 언제나 자유의 이념을 진심으로 경배해야 한다. 자유에 대한 존중은 항상 외경심을 가지고 준수해야만 한다. 그런데 특이하게도 자유는 자기주장만 하려 들고 여간해서는 남들의 자유는 용인하지 않으려는 성향이 있다. 이 모든 문제는 분명히 더 엄밀하게 말할 수 있겠지만, 나는 일단 말이 나온 김에 바로 다짐해두고 싶은 것이 있다. 즉 나는 언제나 나의 실제 능력보다는 내가 더 약하다고 생각하는 경향이 있는 그런 부류의 사람이라는 것이다.

나는 자유가 나를 지배하고 억압하고 온갖 방식으로 질책하는 것을 선뜻 받아들인다. 예컨대 내가 감히 입에 담기 저어될 정도로 확실히 고매한 어떤 여성이 있다고 치면, 내 마음속에는 줄곧 그 여성에 대한 노골적인 불신이 꿈틀대고, 나는 그런 상태를 즐긴다. 만약 그 여성이 나를 향해 미소를 지으면 나는 나 자신에게 이렇게 말할 수밖에 없다. '조심해. 이 여인의 미소로 인해 내가 너무 지나치게 유혹을 느끼는 것은 아닐까?'

그럼 이제 밤중의 꿈 이야기를 해보자. 내 생각에 꿈은 주로 나를 의기소침하게 하려는 목적을 갖는다. 꿈은 자유로운 사람으로 하여금 자유의 미심쩍음과 한계 또는 유보적 단서 등에 대해 경각심을 일깨우고, 특히 자유가 아주 세심하게 다루어져야 할 아름다운 환상이라는 경각심을 일깨워준다. 환상은 금방 흩어지게 마련이다. 우리는 환상의 본질을 이해하지 못하기 때문에 환상이 우리를 배반하는 일이 벌어진다. 우리는 자유를 이해해야 하지만, 자유는 좀처럼 파악되지 않는 경향이 있다. 우리는 자유를 눈으로 확인하고 싶지만, 자유는 모습을 드러내지 않으려는 속성이 있다. 자유는 현실적이면서도 비현실적인데, 이에 관해서는 온갖 설명을 덧붙일 수 있을 것이다. 어제 밤에는 어떤 사람이 나를 유별나게 환대해주는 꿈을 꿨는데, 그 사람이 그럴 거라고는 추호도 기대한 적이 없다. 이런 식으로 꿈이 잠자는 사람을 가지고 놀 수 있다니 짜릿한 느낌이 든다. 꿈은 깨어 있을 때는 신빙성이 없고 우스꽝스러워 보이는 자유를 마술처럼 펼쳐 보이는 신통력이 있는 것이다.

내가 늘 호감을 갖고 있는 독자 여러분이 양해한다면 자유에는 당혹스러운 것도 있을 수 있다는 흥미로운 가능성에 주목하고자 한다. 나는 진지하게 이런 가능성을 언급하지만, 이런 진지함에는 물론 이 경우에 어울리는 반어적 뉘앙스가 없지 않다. 어느 날 저녁 나는 집으로 가는 중이었는데, 내가 사는 집 앞에 다다르자 내 방에서 어떤 남자와 여자가 창밖을 내다보는 모습이 보였다. 내가 모르는 그 두 사람은 유난히 얼굴이 커 보였고 꼼짝 않고 있었는데, 그런 광경은 자유로운 사람을 순식간에 어떤 측면에서든 자유롭지 못하게 할 법했다. 나는 무심하게 나를 내려다보고 있는 두 사람을 한참 동안 쳐다보았고, 이들의 존재를 도무지 납득할 수 없었다. 나는 내 방으로 올라가서 내 방에 있는 두 사람에게 어째서 여기에 있는지 해명해달라고 최대한 정중하게 요청할 생각이었다. 그런데 내 방에 들어서자 방 안은 아주 조용했고, 사람의 형체는 보이지 않았다. 나는 한동안 나 자신의 존재도 느껴지지 않았고, 나라는 존재가 내가 당연히 바라는 방식으로는 존재하지 않는 그 무엇에 전적으로 종속되어 있다는 느낌이 들었다. 그러자 내가 과연 자유로운가 하는 의문이 들었다.

내가 아는 어떤 아름다운 여성이 있는데, 그녀를 만날 때마다 매번 그녀는 내가 불편한 사람이라는 눈치를 주었다. 그 이유는 한때는 내가 그녀에게 편안한 사람이었지만 그래도 행복하지는 않았기 때문이다. 그 여성은 자유로웠고, 그래서 민감했는데, 섬세하지 못한 것을 아주 민감하게 느꼈다. 다시 말해 그녀는 사람들이 그녀에게 거리낌 없이 대하는 그런 자유를 섬세하지 못한 태도로 간주했다. 그럼으로써 그녀는 자신의 편견 없는 마음, 즉 자유를 어느 정도 잃게 되었다. 내가 강조하고 싶은 것은 그녀의 그런 자유가 좀처럼 이해받지 못하고, 체험으로 공유될 수 없고, 매번 놀랍게 느껴지며, 따뜻하면서도 쌀쌀맞은 면이 있다는 것이다. 그런 자유는 사람들이 그 본성을 제대로 살피지 못하기 때문에 방해를 받게 된다.

나는 자유가 그 자체로 까다로운 것이고 따라서 까다로운 문제를 유발한다고 감히 주장하며, 독자 여러분은 내 말을 믿어주기 바란다. 이로써 나는 자유를 알고 자유의 섬세함을 느낄 줄 아는 사람만이 표현할 수 있는 어떤 통찰을 말한 셈이다. 그런 사람은 자유 안에 부자유가 존재한다는 걸 잘 알고 존중한다.

(1928년)

철가면

       지금은 오후 네시다. 어젯밤에 철가면을 쓴 특이한 사내에 대해 생각했던 단상이 어쩌면 다시 떠오를지도 모르겠다. 알다시피 그 사내는 루이 14세 시대에 살았고, 흔히 사람들은 그가 고통을 겪었다고 쉽게 믿는다.

  고통을 겪었다고?

  나는 이 글이 공원이나 숲의 풍경과 비슷하기를 바라는데, 정말 진지한 사람이라면 이런 포부에 미리 양해를 구해야 할 것이다. 이 글에서 나는 철가면의 사내가 고통을 겪었다는 말이 과연 얼마나 타당한지 따져보려 한다. 그런데 무엇보다 빌헬름 하우프[11]가 쓴 재치 있는 소설 『달밤의 남자』가 있지 않은가? 하우프는 가장 재능 있는 독일 작가 축에 드는데, 나는 그가 남긴 작품들을 읽던 중에 이 소설을 알게 되었다. 하우프는 수단과 방법을 다해 아주 열성적으로 달짝지근한 작풍을 과감히 혁파했는데, 그러면서 어쩌면 원래 그가 퇴치하

---

11 Wilhelm Hauff (1802~1827): 독일 낭만주의 소설가.

기차역에 서 있는 발저

려 했던 눈가림 속임수를 다소 좋아하게 되었다. 내 생각에는 교양인이라면 당연히 하찮게 여기는 음모술수도 어떻든 그 나름의 작품세계를 만들어낸다는 것은 의문의 여지가 없다.

어젯밤에 나는 이상하게도 철가면을 쓴 사내가 비교적 행복했을 거라는 생각에 빠져들었다. 그에게 철가면을 씌운 이유는 아마 그가 영향력 있는 어떤 여성에게 밉게 보였기 때문일 것이다.

최근에 나는 어떤 역사책을 처음부터 끝까지 통독했는데, 그 책에 따르면 기구한 운명으로 나의 관심을 사로잡은 철가면의 사내가 갇혀 있던 감옥은 지내기 편할 정도로 썩 괜찮았다고 한다. 이를테면 이따금 거울을 들여다볼 기회도 주어졌는데, 그는 거울을 볼 때마다 감수성이 섬세한 마음속 깊은 곳에서 제 모습에 흥미를 느꼈을 것이다. 내 생각에는 고독한 사람이 고독감 때문에 웃음을 잃는다고 생각하면 착각하는 것이다. 오히려 고독한 사람이야말로 가장 자연스럽고 아름답게 웃는다고 나는 확신한다. 억지로 웃거나 미소를 지어야 할 까닭이 없기 때문이다. 억지웃음은 다른 사람들과 더불어 사회에서 활동하는 사람들이 수행해야 하는 가혹한 과제다.

철가면의 사내는 그가 상상할 수 있는 가장 신나는 교제를 즐겼으니, 즉 자기 자신과 교제했던 것이다.

당연히 그는 이따금 손님도 맞았을 텐데, 이를테면 아마 당대의 문화인 중 누군가가 찾아와서 열띤 토론을 벌일 기회도 차단되지 않았을 것이다.

어제는 너무 밤늦게 그가 철가면을 쓰게 된 이유를 생각해 보았는데, 다행히 지금 막 떠오르는 생각에는 그가 지체 높은 어떤 여성과 도를 넘는 편지왕래를 했기 때문이 아닐까 싶다. 다시 말해 그가 여성에게 보낸 편지에는 여차하면 세상을 떠들썩하게 하는 스캔들의 빌미가 될 만한 내용이 담겨 있었을 것이다. 편지를 보낸 남자가 지적 수준이 높은 상당한 미남자이고 편지를 받는 여성이 교양이나 성격 등의 측면에서 아주 성숙한 여인은 아니라고 상상해보면 철가면을 씌운 기발한 조치의 이유 중 하나는 어느 정도 밝혀낼 수 있을 것이다. 그런 조치가 절실히 필요했던 것은 이 사건의 본질상 당연히 그래야 했기 때문일 것이다. 남자는 용의주도하게 아주 세련된 문체로 상상을 불허할 정도로 지독하게 방탕한 언사를 늘어놓았고, 짐짓 사회적 책임감을 가장한 목소리와 표정으로 전대미문의 경박한 표현을 썼을 것이다. 그러자 미인이라고 상상할 수밖에 없는 여인의 얼굴에 처음에는 행복에 겨운 욕망의 미소가 번졌지만, 나중에는 그래서 더욱 떨치기 힘든 경악과 더더욱 정직한 혐오감에 사로잡혔을 것이다. 그런 심정에 빠지자 여인은 눈을 부릅뜨고 불같이 화를 낼 수밖에 다른 도리가 없었을 것이다. 여인은 말문이 막혀 숨이 넘어갈 듯 외마디 비명소리를 우레처럼 토해냈고, 그러고서 만반의 후속 조치를 취했을 것이다.

계속 떠오르는 의문이 눈덩이처럼 불어난다. 철가면을 쓴 사내가 잠을 설쳤을까, 아니면 숙면을 취했을까? 길게 잤을까, 짧게 잤을까? 편안히 잤을까, 불안하게 잤을까? 그리고 또 다른 중요한 의문이 떠오른다. 숨을 쉬는 건 어땠을까? 순조롭게 숨을 쉬었을까? 짐작건대 그가 기분전환을 위해 왼쪽이나 오른쪽 귀를 잡아당겼을 개연성도 있다. 머리에 씌운 철가면이 그런 건강관리 수칙을 연습하는 데 방해가 되지 않았다면 말이다.

이 의미심장한 인물이 온종일 무슨 생각을 했을까 하는 문제도 분명히 중요하다. 틀림없이 그는 추억에 의존하는 생활을 했을 테고, 따라서 활발하게 기억을 되살렸을 것이다. 독서를 많이 했을까? 아마 처음에는 그랬을 테지만, 나중에는 분명히 그러지 않았을 것이다. 오락이 가능했을지 생각해보면, 그는 온갖 상상을 떠올리는 능력에 의지하여 오락을 했을 것이다. 이를테면 그는 활발한 두뇌활동으로 미술 전시회나 그림 수집품을 줄곧 떠올리며 매료되었을 거라고 짐작할 수 있다. 다시 말해 그는 현실로부터 벗어났던 것이다.

예컨대 그가 철가면에 익숙해지도록 절호의 기회를 선사해준 여인을 아주 기쁜 마음으로 사랑하는 것을 낙으로 삼았을 거라고 나는 철석같이 믿는다. 우리의 건전한 이성과는 좀 처럼 합치되지 않는 것이 우리를 즐겁게 하는 수도 있다. 내가 이 글에서 입증하고자 했듯이, 우리를 경악하게 하는 모든 것에는 유쾌한 측면이 있다.

때때로 그는 온갖 다양한 종류의 대화를 즐겼을 것이다. 그는 자기가 마음대로 부릴 수 있는 단 한 명의 배우, 즉 그 자기 자신을 여러 명의 인물로 연출하여 연극을 했을 거라고 추측해볼 수 있다. 덧붙여 말하면, 그럴 때면 그는 상상력을 한껏 발휘하여 관객까지도 불러들였을 것이다.

그의 방바닥에는 양탄자가 깔려 있었다.

그는 이따금 어깨를 으쓱했다.

나는 이제 연주회장으로 서둘러 간다.

(1927년)

올가의 이야기

올가가 이야기했다. 나는 소시민 가정에서 태어났다. 그런 이유에서 내가 훗날 일체의 소소한 것에 반감을 느꼈는지도 모르겠다. 우리는 자신의 주변 환경을 다른 어떤 낯선 대상만큼 좋아하지 않는다.

부모님은 나를 사랑하고, 나도 부모님을 사랑한다. 학교에 다닐 때는 튀지 않으려고 애쓰느라 무척 힘들었다. 그래도 선생님들은 나를 잘 대해주셨고, 나는 선생님들에게 애교를 떨었다.

남자 형제 중 한 명은 가게 점원이었다. 나는 어느 서점 주인에게 편지를 썼다. "저는 서점에서 일하고 싶어요. 서점에는 책이 아주 많으니까요. 저를 받아주시겠어요?"

서점 주인이 답장을 보내왔다. "우선 시험 삼아 써줄 테니 나오시기 바랍니다." 그래서 나는 서점 일을 배우게 되었는데, 그저 건성으로 했을 뿐이다. 나는 기분 내키는 대로 온갖 부류의 책을 뒤적였고, 그러다가 점차 문학소녀가 되었다. 게다가 사장은 언제나 나한테 만족했다.

나더러 버릇없다고 하는 사람들이 있었다. 물론 내가 때로는 이성의 법칙보다는 기분에 따라 행동했고, 늘 약간 들떠 있었다. 그런 내 모습이 말괄량이로 보였다면 그들의 판단이 옳다고 할 수 있겠다. 하긴 노동자가 굳이 반듯한 처신에 신경 쓸 필요가 있을까.

이따금 나는 만사에 무관심했다. 하지만 버젓이 살아 있으면서 삶을 소중히 여기지 않는 건 옳지 않다는 것쯤은 나도 안다. 그래서 나는 늘 뭔가를 탐색했다.

한번은 시립극장에서 어느 유명한 여배우가 공연을 했다. 나는 그녀가 나오기를 기다렸다가 그녀에게 장미 한 다발을 선사했다. 그녀는 꽃다발을 받고 나에게 감사했고, 나를 빤히 바라보며 뭔가 물었는데, 갑자기 시간이 없다며 작별 인사를 하고는 사라졌다.

그날 저녁에 나는 행복했고, 거울을 들여다보면서 애인이 생기기를 바랐다.

우리의 생각에는 뭔가 자석처럼 끌어당기는 힘이 있지 않을까? 바로 다음 날 나는 애인이 생겼다. 대체 어떤 남자냐고? 물론 사랑스러운 신사였다. 그가 여자한테 잘해주는 타입이었냐고? 아니, 전혀 아니었다. 그런 사람이 아니어서 나는 기뻤다. 나는 남이 챙겨주는 걸 좋아하지 않고, 오히려 내가 먼저 나서서 챙겨주기를 좋아한다.

그렇게 해서 나는 이제 남자친구가 생겼고, 하늘을 나는 기분이었고, 애인의 모든 것이 아름답고 좋아 보였다.

그는 가난했지만 천재적이었는데, 대학에 다니는 그는 유복한 사람들 집에서 점심이나 저녁 초대를 받곤 했다. 그가 사람들의 초대를 받았던 이유는 명석하고 자기 생각을 기탄없이 털어놓았고 유창한 달변이었기 때문이다.

그는 사교 모임에 곧잘 나갔지만 그래도 고독을 사랑했다. 시를 썼기 때문이다. 그는 자기가 쓴 모든 글을 나더러 읽어보라고 주었는데, 오로지 사랑이 주제였다. 물론 나에게 바치는 사랑이다. 정말 멋지지 않은가? 꽃향기가 그보다 더 달콤할 수 있을까?

우리는 키스를 할 생각은 거의 하지 않았다. 그저 눈길 한번 주고 손 한번 잡아주는 것으로 만족했다. 우리는 서로에게 너무나 호감을 가졌기에 우리가 서로를 얼마나 믿는지 모를 정도였다. 태양은 우리를 위해 빛났고, 달님도 오직 우리를 위해 빛났다.

한번은 그가 강연을 했는데, 박수갈채와 여론의 찬사를 받았다. 나는 그이가 최고라고 생각했고 너무 좋아서 까무러칠 지경이었다.

확실히 그는 선량한 사람이었는데, 나는 그때나 지금이나 그걸 조금도 의심하지 않는다. 그런데 어떤 여자가 바로 내 코앞에서 그를 가로채 갔고, 나는 속수무책으로 그의 뒷모습만 바라볼 뿐이었다. 그녀는 그가 매력적이라 생각했고, 그는 금세 그녀의 남편이 되었다.

어느 날 그 부부가 나를 찾아왔다. 그가 부인한테 내 이야기를 했던 모양이다. 그는 부인이 나와 사귀고 친해지기를 바란다고 했다.

그들이 나를 찾아왔을 때 나는 자제력을 잃고 소리쳤다. "당신들 지금 나를 괴롭히려는 거야?"

그러자 그녀가 부드럽게 대답했다. "이봐요, 그럴 리가요. 당신이 행복해질 수 있도록 뭐든 할게요. 우리가 당신을 찾아온 것은 우리와 함께 살자고 간청하기 위해서랍니다."

"그런 일은 있을 수 없어요." 나는 그렇게 말해놓고는 금방 생각이 달라져서 덧붙였다. "예, 그러죠."

그러자 그녀는 나에게 입을 맞추었고, 나도 그랬다. 나는 차츰 그녀를 좋아하게 되었는데, 내가 그녀보다 우월하다고 느꼈기에 그녀에게 상냥하게 대해줄 수 있었다. 내가 양보한 덕분에 그녀보다 우월한 입장이 된 것이다.

게다가 그녀는 아주 사랑스러워서 나는 굳이 애쓰지 않고도 그녀의 요구에 응할 수 있었다. 우리는 함께 갔고, 가는 도

중에 나는 이 도박에서 어떤 의미에서는 이겼다는 믿음을 갖게 되었다. 그녀는 나에게 말동무가 되어달라고 제안했다. 그러자 나는 그녀의 하녀가 되겠다고 단언했고, 그밖에도 아무 생각 없이 온갖 말을 늘어놓았다.

이제 나는 그들과 함께 살게 되었고, 마치 꿈꾸는 기분이었다. 나는 매사에 꿈꾸듯이 처신했다. 말하자면 무의식중에도 분명한 감정을 느끼고 올바른 이해력을 가진 사람처럼 행동했다. 이 공동생활에서 나는 다른 두 사람보다 더 즐거웠다.

나는 이따금 그를 그저 흘낏 바라보았을 뿐이고, 그의 손을 잡기도 했지만, 그와는 말을 섞지 않았는데, 그녀는 갈수록 심각한 태도를 보였다.

한번은 그녀가 나더러 이제는 제발 떠나주면 좋겠다고 했다. 그녀는 불만을 느꼈고 기쁨을 상실했다. 원래는 내가 그래야 하는데. 이제 분위기가 완전히 바뀌었다.

그래서 나는 그 집에서 나왔고, 다시 사무실에 취직했으며, 사람들과 접촉하고 여자 친구들도 생겼는데, 물론 이들이 모두 가까운 사이는 아니었다.

여자 친구 중 한 명은 소설가였다. 나도 작가가 될 수 없을까 하는 의문이 들었고, 글을 쓰기 시작했지만 금방 포기했다.

나는 종종 인생이 외진 곳에 있는 비좁은 오두막 같다는 생각이 들었다. 인생의 의미를 찾기 힘들었기 때문이다. 그래도 나는 인생을 사랑했고, 누구한테나 따뜻이 대해주었다.

내가 새로 사귄 사람들 중에 진지하고 조용한 성품의 사람이 있었다. 그는 과묵하면서도 다소 쾌활하고 진솔했으며, 아주 영리하면서도 어린아이처럼 기분 내키는 대로 살았다. 그는 어디엔가 아름다운 것이 있지만 그가 보지 못하거나 요령이 없어서 갖지 못한다고 믿는 사람이었다.

그는 독서를 많이 했고, 나에게도 책을 빌려주었다. 나는 어려운 책은 읽지 않았다. 불필요하게 머리를 고생시키고 싶지 않았기 때문이다.

하지만 그는 머리를 많이 썼고, 이따금 힘들어하는 모습을 보였다. 그는 자기가 아는 지식을 쓸데없이 나와 다른 사람들에게 들려주었다. 나는 그가 지식을 더 좋은 일에 활용하지 못하는 것이 안타까웠다.

그는 명성을 노리지 않았고 인간미를 중시했다. 그는 나에게 이야기를 해주다가 내가 뭐라고 토를 달아 중단시키면 나 같은 여성과 교제하는 것을 의아해하는 것 같았다. 그러니까 이번에도 내가 그의 마음에 들었다는 뜻이고, 이번에는 색다른 체험이었다.

내가 보기에 그는 자기 자신과 다른 사람을 어떻게 다루어야 하는지 전혀 몰랐다. 어쩌면 그 자신의 존재가 그를 불안하게 했을 법도 하다. 그는 쉬고 싶다고 여러 번 나한테 털어놓았다. 하지만 내가 보기엔 오히려 기분전환이 필요한 것 같았다. 하긴 기분전환을 피해 도망치는 사람도 있다는 것을 나는 안다. 기분전환을 하면 밤낮으로 고심해서 설계한 노선을 망치고, 반드시 지켜야 할 품위를 손상시킨다고 생각하기 때문이다.

어떤 사람들은 그가 소심하다고 생각했지만, 그는 소심한 게 아니고 단지 지쳤을 뿐이다. 깊이 있는 사람들을 만나지 못했기 때문이다. 그는 평범한 일상적 교제를 꼭두각시놀음이라 여겼다.

그는 선망하던 사람을 찾을 수도 있었을 것이다. 대담하게 손을 뻗쳐 잡기만 하면 그만이었는데. 하지만 그는 이런 결단을 내리기에는 너무 현명했다.

얼마 후에 나는 다시 색다른 사람과 교제하기 시작했고, 그래서 그를 더 이상 만나지 않았다. 나는 이것을 아주 당연히 여겼지만, 그럼에도 내가 이럴 수 있다는 사실에 놀라움을 금할 수 없었다.

어느 지체 높은 신사가 나한테 호감을 보였고, 나는 그의 품위에 어울리게 처신해서 원래 귀한 집안에서 태어난 것처럼 귀부인 노릇을 했다.

나는 말과 자동차도 생겼다. 사교 모임에서는 내가 상석을 차지했다. 그렇지만 기쁨은 느끼지 못했고, 오로지 자존심과 오기만 충족되었다.

나는 모든 것을 망각했다. 나 자신을 알 수 없게 되었는데 무엇인들 망각하지 않겠는가? 겉치레를 중시하는 정도에 비례하여 마음의 평정도 줄어들었다. 하지만 그런 생활도 끝장 났다. 하루아침에 나에겐 아무것도 남지 않게 되었다.

다시 일을 시작하자 기쁨도 다시 찾아왔다. 한 소박한 남자 가 나와 평생의 인연을 맺고 싶어 했다. 그는 정직하고 차분 하게 말했다. 그래서 나는 그를 사랑했지만, 병마가 그를 낚 아채고 말았다.

나는 그의 무덤을 찾아갔다. 태양이 도시의 지붕과 성탑들, 나무의 우듬지를 붉게 물들이고 있었다.

나는 세상을 사랑하지 않을 수 없었고, 저 멀리 내 앞에 놓 인 삶을 즐겁게 바라볼 수밖에 없었다. 이것이 내 인생인데, 달리 어쩌겠는가?

(1921년)

눈길에 산책 중인 발저(요양원 시절)

IV

삶과 노동

세상의 끝

　　　　　　　　　부모형제도 없고 달리 의지할 데도 없고 집도 없는 어떤 아이가 세상의 끝에 다다를 때까지 길을 떠나기로 작심했다. 챙겨갈 것도 별로 없었고 짐을 꾸릴 필요도 없었다. 딱히 가진 게 없었기 때문이다. 그렇게 형편이 되는 대로 아이는 길을 떠났다. 태양이 빛났지만 이 불쌍한 아이는 햇볕에 아랑곳하지 않았다. 아이는 그렇게 계속 가면서 수많은 현상들과 마주쳤지만, 어떤 현상에도 신경 쓰지 않았다. 그렇게 계속 가면서 수많은 사람들과 마주쳤지만, 어떤 사람한테도 신경 쓰지 않았다. 그렇게 계속 가다가 마침내 밤이 되었지만, 밤에도 신경 쓰지 않았다. 낮에도 밤에도 개의치 않았고, 어떤 대상에도 어떤 사람한테도 개의치 않았고, 해와 달과 별에도 개의치 않았다. 그렇게 계속 더 멀리 가면서 불안도 배고픔도 몰랐고, 늘 오직 하나의 생각, 즉 세상의 끝을 찾겠다는 일념, 세상의 끝을 발견할 때까지 계속 가겠다는 생각만 했다. 아이는 결국에는 세상의 끝을 기필코 발견하리라 생각했다. 아이는 생각했다. '세상의 끝은 아득히 저 뒤편에, 맨 뒤에, 마지막에 있을 거야.' 아이의 생각이 과연 옳았을까? 좀 더 지켜보기로 하자. 아이가 제정신이었을까? 에이, 조금만 더 지켜보자니까. 두고 보면 알겠지. 아이는 계속 갔다. 세상의 끝이 처음에는 높은 성벽일 거라는 생각이 들었고, 그런가 하면 어떤 때는 깊은 낭떠러지, 때로는 아름다운 푸른 초원, 때로는 호수, 때로는 반점이 수놓인 수건, 때로는 냄비에 가득 담은 걸쭉한 죽, 때로는 맑은 허공, 때로는 온통 하얗게 펼쳐진 설원, 때로는 출렁이는 바다처럼 마냥 자신을 내맡길 수 있는 황홀경, 때로는 우중충한 잿빛의 길이라는 생각도 들었고, 때로는 아무것도 아닌 것 또는 안타깝게도 하느님도 모르는 그 무엇일 거라는 생각도 들었다.

아이는 그렇게 계속 갔다. 세상의 끝에는 도달할 수 없을 것 같았다. 아이는 산과 들과 바다를 누비며 그렇게 16년 동안이나 정처 없이 헤맸다. 아이는 어느새 키가 크고 힘이 세졌는데, 여전히 세상의 끝에 다다를 때까지 계속 가겠다는 생각에만 매달렸지만, 여전히 세상의 끝은 나오지 않았고, 세상의 끝은 여전히 아득히 멀리 있는 것 같았다. '세상의 끝은 너무 멀어서 보이지 않는 거야!' 아이는 그렇게 생각했다. 그러다가 아이는 길에 서 있는 농부에게 세상의 끝이 어디 있는지 물어보았다. 그런데 근처에 있는 어떤 농가가 '세상의 끝'이라 불리었기에 농부는 "삼십분만 더 가면 있어"라고 대답했다. 아이는 그 대답을 듣고 농부의 친절한 안내에 감사하고는 계속 길을 갔다. 그런데 아이는 30분도 너무 길게 느껴져서 마주 오는 어떤 젊은이한테 세상의 끝까지 가려면 얼마나 더 걸리는지 물어보았다. 그러자 젊은이는 "십분만 더 가면 돼"라고 대답했다. 아이는 젊은이의 친절한 안내에 감사하고는 계속 길을 갔다. 이제 아이는 기력이 거의 다해서 간신히 몸을 움직여 나아갈 수 있었다.

마침내 쾌적하고 비옥한 초원 한가운데 아름답고 커다란 농가 한 채가 서 있는 것이 보였다. 그 집은 정말 화려하고 아늑하고 자연스러운 친근감을 주었고, 너무 당당하면서도 아담하고 위엄이 풍겼다. 집 주위에는 수려한 과일나무들이 둘러서 있었고, 닭들이 집 주위를 뛰어놀았으며, 곡식밭에는 산들바람이 불었고, 정원에는 채소가 가득했으며, 비탈진 곳에 놓여 있는 벌통에서는 꿀 향기가 진하게 풍겨왔고, 소 외양간도 있었고, 과일나무마다 빠짐없이 버찌와 배와 사과가 주렁주렁 달려 있었다. 이 모든 광경이 너무 유복하고 우아하고 자연스러워 보여서 아이는 틀림없이 여기가 세상의 끝일 거라는 생각이 퍼뜩 들었다. 아이는 너무 기뻤다. 집 안에서는 이제 막 식사 준비를 하고 있는 듯했다. 굴뚝 위로 부드러운 연기가 몽글몽글 피어 나와서 마치 장난꾸러기처럼 어디론가 몰래 사라졌다. 아이는 기진맥진해서 맥없이 겁먹은 목소리로 물었다. "여기가 세상의 끝인가요?" 그러자 여주인이 대답했다. "그래, 애야, 바로 여기가 네가 찾던 곳이란다."

"친절한 안내 말씀에 감사드립니다." 아이는 그렇게 말하고는 너무 지쳐서 그만 쓰러지고 말았다. 이런! 주인은 얼른 아이를 일으켜서 따뜻한 손길로 침대에 뉘었다. 아이는 다시 정신을 차리자 자기가 너무 아늑한 침대에 누워 있고 선량한 사람들과 함께 있다는 걸 알게 되어 깜짝 놀랐다. 아이가 물었다. "이 집에 살아도 되나요? 시키는 일을 열심히 할게요." 그러자 식구들이 대답했다. "아무렴, 그렇고말고. 우리는 너를 좋아해. 우리와 함께 살자꾸나. 시키는 일 열심히 하고. 바지런한 하녀 한 명쯤은 쓸 수 있어. 얌전하게 굴면 너를 딸처럼 여길 테니까." 아이는 두말하지 않고 따랐다. 아이는 부지런히 일하고 시키는 일을 씩씩하게 해서 식구들은 금세 아이를 좋아하게 되었다. 아이는 이제 더 이상 길을 떠나지 않았으니, 여기가 집처럼 편안했던 것이다.

(1917년)

302

나는 가진 게 아무것도 없어

어느 날 어릿광대 같은 인상을 풍기는 선량한 젊은이가 진짜 알거지답게 태평하고 유쾌하게 신록이 아름다운 시골길을 정처 없이 걸어가고 있었다. 그는 덤불과 나무, 집과 농장을 지나고 숲과 들판을 가로질러 즐겁고 경쾌하게, 흥겹고 기분 좋게 계속 걸어갔다. 그의 표정은 너무나 쾌활해서 모든 사람들이 아주 다정하게 그에게 인사를 건넸고, 그래서 젊은이는 당연히 기분이 좋을 수밖에 없었다. 그는 사람이든 짐승이든 가릴 것 없이 모든 피조물을 진심으로 좋게 대해주었고 온 세상에 호감을 가졌는데, 사람들은 멀리서도 그의 그런 모습을 금세 알아보았다. 그는 누구를 만나든 진심으로 조용히 저녁인사를 건넸다. 어느새 저녁때가 되어서 집들과 나무들 사이로 아름다운 황금빛 저녁노을이 비쳐들었고, 가까이 혹은 멀리서 교회 종이 울렸던 것이다. 젊은이가 풀밭을 지나가고 있는데 어린 송아지 한 마리가 그의 앞에 머리를 내밀고는 먹을 것을 좀 달라는 시늉을 했다. 혹은 어쩌면 송아지는 젊은이와 친구가 되어서 뭔가를, 이를테면 송아지의 삶에 대해 뭔가를 얘기하고 싶었는지도 모른다. "착한 송아지야, 나는 가진 게 아무것도 없어. 내가 가진 게 있다면 기꺼이 너한테 줄 텐데." 그렇게 말하고서 젊은이는 계속 길을 갔다. 하지만 계속 가면서도 그에게 뭔가를 원했던 송아지가 자꾸만 생각났다. 얼마 후에 그는 숲의 언저리에 자리 잡은 커다란 농가를 지나가게 되었다. 그때 커다란 개 한 마리가 큰 소리로 짖으며 그를 향해 달려와서 그는 잔뜩 겁이 났다. 하지만 겁낼 필요가 없었다. 개는 그의 앞에서 팔짝팔짝 뛰었는데, 성나서가 아니라 반가워서 그랬고, 멍멍 짖는 소리도 분명히 기쁨의 표시였다. 농가의 선량한 안주인이 멀리서부터 개를 부르면서 사람들한테 그렇게 버릇없이 덤비면 안 된다고 굳이 주의를 줄 필요도 없었다. "착한 강아지야, 나한테 뭘 원하니? 보아하니 나한테 뭘 달라고 하는데, 유감스럽게도 나는 가진 게 아무것도 없단다. 내가 가진 게 있다면 기꺼이 너한테 줄 텐데." 젊은이는 그렇게 말했고, 커다란 개는 너도밤나무 숲까지 그를 따라오면서 그와 우정을 맺고 그에게 개의 일생에 대해 온갖 이야기를 들려주고 싶어 하는 듯했다. 하지만 친구가 계속 길을 가야 한다는 걸 알아차리자 개는 따라가기를 단념하고 다시 농가로 돌아갔고, 젊은이는 계속 정처 없이 길을 갔다. 하지만 계속 가면서도 젊은이는 그토록 자기를 믿고 가까이 따르며 분명히 뭔가를 원했던 개가 자꾸만 생각났다. 한참 후에 젊은이는 아래쪽 계곡으로 내려가서 아름답고 널찍한 시골길에서 염소 한 마리를 만났는데, 염소는 그를 보자 금방 가까이 다가와서 다정하게 어울렸다. 염소는 마치 우정을 그리워하는 사람인 양 그에게 불쌍한 염소 생활에 대해 온갖 이야기를 들려주려는 것 같았다. "아마 나한테 뭔가를 원하는 모양인데, 나는 가진 게 아무것도 없단다. 착한 염소야, 내가 가진 게 있다면 기꺼이 너한테 줄 텐데." 젊은이는 측은한 심정으로 그렇게 말하고는 계속 걸어갔다. 하지만 계속 가면서도 그는 그에게 뭔가를 원했던 동물들이, 염소와 개와 송아지가 자꾸만 생각났다. 그들은 우정을 맺고 싶어 했고, 묵묵히 인내하는 먹먹한 자기네 삶에 대해 이야기를 들려주려 했건만. 언어도 모르고 말할 줄도 모르고, 사람들이 이용하고자 사로잡아서 세상에서 노예 신세가 되어버린 그들. 그는 그들에게 호감이 갔고, 그들 역시 그에게 호감을 보였다. 그는 진심으로 그들을 데려가고 싶었고, 그들 역시 어쩌면 기꺼이 그를 따라왔을 것이다. 그는 할 수만 있다면 기꺼이 그들을 갑갑하고 불쌍한 동물 나라에서 구해내어 자유롭고 더 나은 삶을 영위할 수 있도록 도와주고 싶었다. "하지만 나는 아무것도 아니고, 아무것도 할 수 없고, 정말 가진 게 아무것도 없어. 이 넓은 세상에서 나는 가난하고 나약하고 힘없는 인간일 뿐이야." 그는 그렇게 말했다. 세상이 너무 아름답다고 생각했고, 너무 안타깝게 동물들이 생각났고, 그 자신과 모든 친구들, 인간들과 동물들이 그토록 속수무책이라는 생각이 들자 그는 더 이상 길을 갈 수 없었다. 그는 길에서 멀지 않은 풀밭에 벌렁 드러누워 펑펑 울었다. 이런 멍청한 녀석!

(1917년)

노동자

그는 나름대로 섬세하고 고결한 사람이었다. 그는 교양이 있었다. 어떤 사람들은 아주 특별한 경로를 통해 독특한 교양을 쌓는다.

그는 신분이 낮아서 소박한 옷차림을 하고 다녔다. 아무도 그에게 주의를 기울이지 않았고, 아무도 그를 알아주지 않았다. 그래서 그는 좋았고 기뻤다.

그는 말하자면 어두컴컴한 길을 따라 즐겁게 사색에 잠겨 우아한 인생을 차분하게 조용히 살았다. 그는 자신의 변변치 못한 처지를 예찬했다.

그는 책을 읽을 때면 몇 주일 몇 달 내내 자연스러운 행복을 맛보았다. 그럴 때면 온갖 상상과 상념들이 마치 다정한 여인들처럼 친근하게 다가왔다. 그는 바깥세상보다는 정신의 영역에서 살았다. 말하자면 그는 이중생활을 했다.

그에게 자연은 환한 대낮과 어두운 밤이 교차하는 다채로운 모습으로 조용한 즐거움을 풍성하게 선사해주었다.

이 젊은 노동자는 늘 감사하는 마음으로 살았고, 밤이 되면 감사하는 마음으로 즐겁게 잠자리에 들었다. 아침 일찍 잠자리에서 일어나 나날의 노동을 하러 갈 때도 똑같이 고마움을 느꼈다.

그런데 어째서 우리는 그를 '노동자'라고 하는가? 우리가 변덕을 부리고 기이한 생각을 하고 생각이 삐딱해서일까? 노동자가 그를 제대로 나타내는 말이라고 생각해도 좋을까? 그러면 안 되는 이유라도 있을까?

그는 서민적인 식당에서 40라펜짜리 점심을 먹었다. 우리가 제대로 알고 있다면 식사는 인색할 정도로 양이 적었다.

그는 마치 병사처럼 조용히 살았다. 자기 자신보다는 다른 무엇을 위해 살았는데, 딱히 무엇을 위한 것인지는 그도 잘 몰랐다. 하지만 그런 삶이 자신을 한껏 고양시킨다는 느낌에 만족했다.

그는 저녁이 되면 늘 몽상에 잠겼다. 경이로운 어둠이 찾아오는 밤이 더없이 아름답게 느껴졌다.

아무도 그에게 그런 느낌을 말해주지 않았다. 아무도 그에게 어떤 생각을 속삭이지 않았다. 매력적이고 훌륭한 생각들은 모두 허공에서 떨어졌고, 아주 가까이서 혹은 멀리서 그에게 다가와 그 내용을 전해주었다.

그의 외관은 그의 섬세한 내면적 욕구를 털끝만큼도 대변하지 못했다. 그의 행동거지에서는 그의 고결한 인간성을 알아낼 도리가 없었다.

시간이 지날수록 그의 지식은 점점 더 섬세해졌다. 하지만 이따금 아주 기회가 좋을 때만 그는 자기 생각을 기탄없이 말했고, 자기가 누구이고 어떤 사람인지에 관해서는 거의 드러내지 않았다.

그는 자신의 비밀을 언제나 즐거움으로 간직했다. 그의 느낌은 특이하게 신비로운 인생의 행복이 조용히 샘솟는 원천이었다.

그의 사회정치적 식견에 관해 말하자면 그런 식견을 갖기에는 너무 고독했다. 사실 그는 그런 식견을 필요로 하지도 않았다. 그는 정치를 생각하기보다는 아버지와 어머니, 자연, 생기발랄한 사랑스러운 것들을 생각했다. 그런 점에서 그는 낭만적이었다 할 수 있다.

가난한 노동자인 그는 이를테면 궁성이나 대로, 부자들의 당당하고 화려한 행차를 사랑했다. 그는 모든 아름다운 것을 사랑했다. 여성들, 아이들, 노인과 젊은이들, 길, 집들을 사랑했다.

그는 아마도 정직함과 선량함 말고 악덕도 사랑했을지 모른다. 아름다운 것 말고도 아름답지 않은 것도. 그가 보기엔 선과 악, 미와 추는 불가분의 관계로 얽혀 있었다.

그는 그렇게 살았고, 그렇게 사랑했다. 그의 마음속에는 고결함이 깃들어 있었다. 그는 기회가 닿아서 다음 두 개의 산문을 썼다.

1.

그곳에서는 사람들이 친절하다. 그들은 갸륵한 마음으로 서로 도와줄 수 있는지 물어본다. 그들은 서로 무심히 지나치지 않는다. 또한 서로 성가시게 굴지도 않는다. 그들은 사랑이 넘치고 호기심은 없이 서로에게 접근하고, 서로 괴롭히지 않는다. 그곳에서는 불행한 사람의 불행도 오래 가지 않는다. 유복하다고 해서 우쭐대지도 않는다.

사려 깊은 사람들이 사는 그곳에서는 다른 사람의 불쾌함을 즐기는 일 따위는 일어나지 않으며, 다른 사람의 당혹감을 불미스럽게 즐기는 일도 일어나지 않는다. 그들은 남의 불행을 고소해하는 것을 부끄럽게 여긴다. 다른 사람이 손해 보는 꼴을 지켜보느니 차라리 자신이 손해를 본다. 그곳에서는 사람들이 남의 손해를 좋아하지 않으며, 그런 한에는 아름다움을 추구한다. 그곳에서는 만인이 만인의 행복을 원한다. 거기서는 자기만 잘살겠다는 사람은 없으며, 자기 처자식만 좋은 대접을 받기를 바라는 사람도 없다. 그곳에서는 남의 처자식도 행복하기를 바란다.

그곳에서는 누군가 불행한 사람을 보면 자신의 행복도 파괴된 거라고 느낀다. 이웃사랑이 넘치는 그곳에서는 인류가 한 가족이다. 그곳에서는 모두가 행복하지 않으면 아무도 행복하지 않다. 그곳에서는 질투와 시기를 모르며, 복수는 있을 수 없다. 그곳에서는 그 누구도 다른 사람에게 방해가 되지 않는다. 그 누구도 다른 사람을 누르고 승자가 되지 않는다.

그곳에서는 누군가 약점을 드러내더라도 잽싸게 약점을 이용하려 들지 않는다. 모두가 서로를 배려한다. 그곳에서는 모두가 비슷한 힘을 가졌고, 균등한 권력을 행사한다. 따라서 힘센 권력자가 부러움의 대상이 되는 일은 없다.

그곳에서 사람들은 이성적 판단을 해치지 않고 서로 우아하게 번갈아 주거니 받거니 한다. 그곳에서는 사랑이 가장 중요한 법칙이고, 우정이 최우선의 규칙이다.

가난한 사람도 부자도 없다. 건강한 사람들이 사는 그곳에서는 왕이나 황제는 존재한 적이 없다. 그곳에서는 여성이 남성을 지배하지 않으며, 남성이 여성을 지배하지도 않는다. 자기 자신을 다스리는 것 말고는 그 누구도 지배하지 않는다.

그곳에서는 모두가 모두에게 봉사하고, 사람들은 고통이 제거되기를 공통으로 소망한다. 아무도 즐거움을 추구하지 않기 때문에 모두가 즐거움을 누린다. 모두가 가난하길 원하기 때문에 아무도 가난하지 않다.

그곳은 멋지다. 나는 그곳에서 살고 싶다! 자제하기 때문에 자유를 느끼는 사람들과 더불어, 서로 존중하는 사람들과 더불어, 불안을 모르는 사람들과 더불어 살고 싶다! 하지만 내가 환상에 빠져 있다는 걸 깨달아야겠다.

2.

옛날옛적에 만사가 아주 느리게 돌아가는 세상이 있었다. 편안하고 건강한 게으름이 사람들의 생활을 지배했다. 사람들은 어지간히 한가로이 지냈다. 그들은 신중히 생각하고 더디게 행동했다. 그들은 비인간적으로 많이 일하지 않았으며, 건강을 해칠 정도로 혹사할 의욕도 의무도 느끼지 못했다. 이 사람들 사이에는 서두름이나 불안이나 과도한 신속함 따위는 없었다. 아무도 특별히 힘들게 일하지 않았고, 따라서 인생이 즐거웠다.

고되게 일해야 하거나 과도하게 활동하는 사람은 기쁨을 망치고 불만스러운 표정을 지었으며, 그런 사람이 생각하는 모든 것은 즐겁지 않고 슬펐다.

게으름은 모든 악덕의 시작이라고 진부한 옛 격언은 말

한다.

하지만 지금 우리가 언급하는 사람들은 다소 주제넘은 이 격언의 의미를 도무지 이해하지 못한다. 오히려 그들은 이 격언을 논박하고, 이 격언이 전혀 무의미하다는 것을 밝혀낸다.

그들은 무구함과 신뢰가 가득한 지상에서 편안히 지내면서 꿈결처럼 아름다운 평온 속에서 삶을 조용히 즐겼다. 그리고 악덕은 생각조차 할 수 없을 정도로 이들과는 무관했다. 이들은 오락을 즐길 마음도 없었기에 선량한 사람들로 살았다. 그들은 적게 먹고 마셨다. 포식 욕구를 전혀 느끼지 못했기 때문이다.

그들은 우리가 이해하는 지루함을 전혀 몰랐다. 그들은 무엇이든 이성적으로 생각했기에 진지하면서도 유쾌하게 살았다. 이들에겐 평일도 일요일도 없었다. 매일매일이 똑같았기 때문이다. 인생은 잔잔한 강물처럼 흘러갔고, 그 누구도 자극과 고양이 아쉽다고 하소연할 생각조차 하지 않았다.

이 사람들은 아주 단순하고도 행복한 삶을 살았다. 그들의 삶은 달콤하고 부드럽고 화사했다. 그들은 명예욕과 야심과 허영심이라는 끔찍한 3대 질환은 멀리해서 안전했고, 몰인정도 멀리했으며, 흑사병처럼 인간의 삶을 말살하는 그 어떤 전염병도 멀리했다.

그들은 마치 꽃이 피고 지는 것처럼 살았다. 불안과 흥분을

마흔 살 무렵의 발저

야기하는 계획을 짜는 데는 머리를 쓰지 않았고, 따라서 엄청
난 고통 따위는 전혀 발붙일 수 없었다.

그들은 죽음을 담담히 받아들였다. 죽은 자들 때문에 그리 슬퍼하지도 않았다. 모두가 서로를 사랑했기에 어떤 개인이 지나치게 사랑받지도 않았고, 따라서 작별할 때의 고통 또한 그리 심하지 않았다.

거친 사랑은 거친 증오를 유발하고, 거친 쾌락은 격한 슬픔을 초래한다. 이성의 왕국에서는 모든 것이 적절히 제어되고, 모두가 부드럽고 인내하고 사려 깊다.

전쟁이 터졌다. 모두가 병역 소집 장소로 달려가서 무기를 들었다. 우리의 노동자 역시 길게 생각하지 않고 달려갔다. 조국에 봉사해야 하는 판국에 굳이 길게 생각할 필요가 있겠는가? 조국을 위한 봉사가 모든 생각을 흩날려버렸다.

그는 바로 병력 대오에 합류했고, 워낙 체질이 강인했기 때문에 동료 병사들과 함께 먼지가 풀풀 날리는 길을 따라 적진을 향해 행군하는 것이 너무나 근사하게 느껴졌다. 그는 군가를 부르면서 계속 나아갔고, 이내 전투가 벌어졌으며, 모르긴 해도 아마 그 노동자는 조국을 위해 전사한 병사들 중 한 명이었을 것이다.

(1915년)

건물 왼쪽 하단이 '실업자를 위한 필경사 사무실' (취리히). 발저는 생계에 쪼들릴 때면 여러 달 동안 여기서 대량 우편물을 '산더미처럼' 쌓아놓고 겉봉에 주소를 쓰는 필경사 일을 했다.

일자리를 구합니다

존경하는 사장님께!

저는 가난한 청년으로 아직 일자리가 없는 수습 점원인데, 이름은 벤첼이라고 하며, 적당한 일자리를 찾고 있습니다. 이렇게 외람되게 편지를 드리는 것은 귀하의 쾌적하고 밝고 분위기 좋은 사무실에 혹시라도 그런 자리가 있을지 정중히 예를 갖추어 여쭙고자 해서입니다. 귀하의 훌륭한 회사는 규모가 크고 오랜 역사와 부강함을 자랑하는 것으로 알고 있으며, 그래서 귀하의 회사에 작고 아담한 자리 하나쯤은 비어 있을 거라고 감히 제 나름으로 즐거운 상상을 해봅니다. 제가 포근한 은신처 삼아 살짝 들어갈 수 있는 그런 자리 말입니다. 분명히 말씀드리지만 저는 사람들 눈에 잘 띄지 않는 소박한 구석자리를 지키기에 아주 적합한 사람입니다. 저는 워낙 천성이 섬세하고, 조용하고 얌전하고 몽상적인 아이 같은 사람이니까요. 그런 아이는 많은 것을 바라지 않는다고 여겨주시고, 정말 아주 보잘것없는 일거리라도 얻을 수 있도록 허락해주신다면 그것만으로 저는 행복합니다. 저는 그 정도 자리만 있어도 나름대로 유익한 일을 한다고 만족할 것입니다. 그늘진 구석에 있는 작고 아담한 일자리는 제가 일찍부터 자나 깨나 꿈꾸어온 멋진 소망입니다. 제가 사장님께 품고 있는 근사한 상상에 기대어 외람되게도 저의 오랜 숙원이 황홀하고도 생생한 현실로 이루어지길 바라 마지않습니다. 그렇게만 되면 사장님은 제가 누구보다 부지런하고 충직한 하인이며, 양심을 걸고 사소한 의무도 빈틈없이 정확히 수행하는 사람이라는 걸 알게 되실 겁니다. 저는 방대하고 어려운 과제는 해결할 능력이 없고, 제 머리로는 막중한 의무는 감당하기 힘듭니다. 저는 그다지 영리하지 못한데, 그보다 중요한 사실은 힘들게 머리를 쓰는 일은 달가워하지 않는다는 것입니다. 저는 사상가보다는 몽상가에 가깝고, 힘이 없는 무능력자이며, 명석하기보다는 아둔한 편입니다. 귀하의 회사는 분명히 다양한 부서가 있을 테니 제 짐작에는 크고 작은 직책도 수없이 많을 테고, 꿈꾸듯이 수행할 수 있는 일거리도 있을 줄 압니다. 솔직히 말씀드리면 저는 중국인 같은 사람입니다. 다시 말해 사소하고 보잘것없는 모든 일에서 뿌듯한 만족감을 얻고, 일체의 거창하고 막중한 과업에는 질겁하는 그런 사람입니다. 제가 바라는 것은 그저 제 삶에 만족하고, 그래서 축복받은 아름다운 인생을 위해 날마다 하느님께 감사드릴 수 있다면 그만입니다. 출세하고 싶은 욕심은 티끌만큼도 없습니다. 그런 욕심은 저에게 아프리카의 사막보다 더 낯선 것입니다. 그럼 이제 제가 어떤 사람인지 아시리라 믿습니다. 보시다시피 저는 필체가 유려합니다. 그런즉 제가 머리가 아주 나쁘다고 여기시진 않을 줄 압니다. 저는 생각도 명료합니다. 그렇지만 너무 많은 것을 파악하려고 하지는 않습니다. 그런 것은 딱 질색입니다. 저는 정직하지만, 우리가 사는 세상에서 정직함이 별로 대접받지 못한다는 것도 잘 알고 있습니다. 존경하옵는 사장님, 그럼 저는 이제 귀하의 답변을 고대하면서 이만 물러나고자 합니다.

벤첼 드림

(1914년)

사무원

일종의 화보

> 달빛이 우리를 향해 실내로 비쳐들고
> 우리를 측은한 사무원으로 바라본다.

사무원은 우리 생활에서 아주 친숙한 존재지만 아직까지 제대로 글로 다루어진 적이 없다. 적어도 내가 알기로는 그렇다. 사무원은 작가님들의 글쓰기 소재가 되기에는 어쩌면 너무 일상적이고 너무 순진하며, 그다지 창백하거나 타락하지도 않았고, 도무지 흥미를 끌지 못한다. 그저 필기구와 계산기를 손에 들고 있는 소심한 청년일 뿐이다. 그런데 나는 사무원이 딱 마음에 든다. 사무원의 작지만 신선하고 거의 탐사되지 않은 세계를 들여다보고, 그 세계에서 부드러운 햇살이 그림자처럼 은밀하게 살짝 비쳐드는 구석을 발견하는 것이 나에겐 즐거웠다. 이 멋진 소풍을 하는 동안 확실히 나는 건성으로 눈길을 주어서 여행을 할 때면 으레 그렇듯이 수많은 정감어린 장소들을 그냥 지나치고 말았다. 하지만 나는 수많은 볼거리 중에서 몇 가지는 글로 기록해두었는데, 그 알량한 기록을 읽는 것으로는 흡족하지 않겠지만 그래도 신선한 느낌을 줄 것이며 읽기에 피곤하지는 않을 것이다. 독자 여러분, 내가 여러분 앞에 나서서 이야기하는 것을 용서하시라. 하지만 앞에 나서서 이야기하는 것이 곧 즐거운 글쓰기의 습속이 아니던가. 그럴진대 굳이 예외적인 방식을 취할 필요가 있겠는가? 그럼 독자 여러분의 양해를 구하며, 다시 보기로 하자.

카니발

　　　　　　사무원은 18세에서 24세 사이의 사람이다. 더 나이 먹은 사무원도 있지만 여기서는 고려하지 않기로 하겠다. 사무원은 복장이나 생활방식이 단정하다. 단정하지 않은 사무원은 고려하지 않기로 하겠다. 하긴 단정하지 않은 부류의 사무원은 거의 사라지고 없다. 모범적인 사무원은 대개 익살을 떨지 않는다. 익살을 떠는 사무원은 어중간한 부류이다. 사무원은 일탈행위를 극도로 자제한다. 사무원은 대개 다혈질 기질과는 무관하며, 반대로 근면하고 절도 있고 적응감각이 있다. 사무원은 그밖에도 수많은 소중한 자질을 갖추고 있지만, 나처럼 겸손한 사람은 그 자질들을 일일이 열거할 엄두를 내지 않는다. 사무원은 아주 진실하고 다정다감한 사람이다. 언젠가 화재가 발생했을 때 구조대의 일원으로 탁월한 역할을 해낸 사무원을 나는 알고 있다. 사무원은 즉석에서 인명 구조자로 나설 수 있으니 소설 주인공으로도 손색이 없다. 그런데 노벨레에서 사무원이 주인공으로 등장하는 경우가 어째서 그렇게 희귀할까? 그건 분명히 실수다. 언젠가는 우리 조국의 문학에 대해 이 문제를 진지하게 따져 봐야 할 것이다. 사무원은 정치나 모든 공적인 문제에서 누구도 흉내 내지 못할 막강한 테너의 목소리를 낸다. 아무렴, 누구도 흉내 내지 못한다! 특별히 강조해야 할 사항이 있는데, 사무원은 천성이 풍요롭고 훌륭하고 근원적이고 당당하다는 것이다! 모든 관계에서 풍요롭고, 많은 측면에서 훌륭하고, 모든 면에서 근원적이고, 어쨌거나 당당하다. 사무원은 글쓰기 재능 덕분에 쉽게 작가가 될 수도 있다. 나는 작가가 되려는 꿈을 이미 이루었거나 장차 이루게 될 사무원을 두세 명 알고 있다. 사무원은 열심히 맥주를 마시기보다는 애인 역할에 충실한 사람이다. 내 말이 틀리다면 나를 돌로 쳐도 좋다. 사무원은 사랑에 각별한 애정을 기울이며, 어느 면에서든 신사답게 여성을 예우하는 일에는 달인이다. 언젠가 어떤 처녀가 사무원과 결혼하느니 차라리 어중이떠중이와 결혼하겠노라고 말하는 것을 들은 적이 있다. 사무원과 결혼하면 비참한 생활을 감수해야 한다는 거였다. 하지만 단언하건대 그 아가씨는 취향이 저속하고 심보가 고약한 게 틀림없다. 사무원

은 어느 모로 보든 신랑감으로 추천할 만하다. 태양 아래 그
토록 마음이 순수한 사람은 찾아보기 어렵다. 이를테면 사무
원이 선동 집회에 곧잘 참가하던가? 예술가처럼 칠칠맞고 건
방지던가? 농부처럼 인색하던가? 지배인처럼 거들먹거리던
가? 지배인과 사무원은 전혀 딴 사람이고, 지구와 태양처럼
멀리 동떨어진 세계에 속해 있다. 그렇다, 회사 사무원의 마
음은 그가 착용한 빳빳한 옷깃처럼 순백으로 순수하다. 과연
누가 흠잡을 데 없는 옷깃을 착용한 사무원을 다르게 보았던
가? 과연 누가? 그것이 알고 싶다.

언제나 변장하고

시인은 소심하기 십상이다. 세상에
서 멸시당하고 외로운 다락방에 틀어박혀 지내다 보니 사회
에서 통용되는 예의범절에는 적응하지 못하기 때문이다. 그
런데 사무원은 시인보다 훨씬 더 소심하다. 사무원이 부서장
앞에 나서서 떨리는 입술에 게거품을 물고 화를 내며 항의하
는 모습을 보면 부드러운 심성의 화신처럼 보이지 않는가?
비둘기도 이보다 더 온화하고 부드럽게 자기 권리를 주장하
지는 못할 것이다. 사무원은 자기가 하려는 일을 수백 번, 수
천 번 숙고한다. 그리고 어떤 결단에 직면했을 때만 행동의

충동에 전율한다. 그런 상황에 이르면 그의 적은 누구라도 끝장이다. 설령 부서장이라 해도! 하지만 그런 경우가 아니면 사무원은 결코 자기 운명에 불만을 품지 않는다. 그는 느긋하게 조용히 펜대를 굴리고, 세상이 어떻게 돌아가든 내버려두며, 싸움이 벌어져도 상관하지 않고, 영리하고 지혜롭게 처신한다. 그러니 자신의 운명에 순응하는 것처럼 보인다. 단조롭고 무미건조한 일에 매달리다 보니 과연 철학자로 산다는 게 어떤 것인지 느껴볼 기회도 드물지 않다. 사무원은 차분한 성품 덕분에 생각에 생각이 꼬리를 물고, 착상에 착상이 꼬리를 물고, 번득하는 아이디어를 줄줄이 떠올리는 재주를 지녔다. 그는 엄청난 분량의 생각들을 마치 끝없이 연결된 화물 기차처럼 놀랍도록 능숙하게 연결시킬 줄 안다. 앞에도, 뒤에도 증기기관차가 연결되어 있으니 당연히 앞으로 나아가지 않겠는가? 예술, 문학, 연극을 비롯하여 자기 전문분야가 아닌 다른 사안들에 대해서도 사무원은 올바른 판단력과 세심한 배려와 말짱한 정신으로 몇 시간씩이고 이야기할 줄 안다. 그러니까 사무실에서 그가 보편적인 문제에 다소 관심을 기울여야 한다고 생각하면 그렇게 한다는 것이다. 그러면 부서장이 득달같이 달려와서 벼락처럼 고함을 내지른다. 제기랄, 뭘 그렇게 열심히 토론할 게 있냐고, 집어치우라고. 그러면 족히 몇 페이지 분량의 지적인 대화가 중단되고, 사무원은 다시 본래의 모습으로 돌아간다. 확실히 사무원은 변장술에 아주 능하다. 그는 반항할 수도 순종할 수도 있고, 저주도 기도도 할 줄 알고, 살살 빠져나가거나 뻗댈 줄도 알며, 거짓말을 하거나 진실을 말할 줄도 알고, 아부할 줄도 알고 격분할 줄도 안다. 여느 사람들의 마음과 마찬가지로 그의 마음속에도 온갖 다양한 감정들이 도사리고 있다. 그는 기꺼이 남의 말에 귀를 기울이고, 곧잘 반항하기도 한다. 하지만 그는 매번 반항을 위해 할 수 있는 게 아무것도 없다. 나는 같은 말을 되풀이하는 걸 좋아하지 않지만, 그래도 다시 말하자면 세상에서 사무원보다 더 부드럽고 공정하고 정의로운 사람이 누가 있단 말인가? 사무원은 교양을 쌓는 일에 무척 신경을 쓴다. 수많은 시간이 소요되는 여러 학문 분야에 인생의 상당 부분을 할애한다. 그러니 그가 자기 전문 분야뿐 아니라 여러 학문 분야에서도 빛나는 존재라는 걸 부인하려 들면 그는 모욕감을 느낄 것이다. 그는 비록 자기 분야에서 달인이지만, 그걸 드러내는 것은 부끄러워한다. 이 아름다운 습속이 때로는 너무 지나쳐서 사무원은 뛰어난 사람으로 비치기보다는 바보처럼 보이길 원한다. 그러다 보니 종종 터무니없이 경솔하게 험담을 듣기도 한다. 하지만 영혼이 당당한 사람에게 그런들 무슨 대수란 말인가!

향연

        사무원의 세계와 활동공간은 비좁고 갑갑하고 옹색하고 무미건조한 사무실이다. 사무원이 조각을 하듯이 수작업을 하는 도구는 펜, 연필, 파란 색연필, 빨간 색연필, 직선 자, 그리고 온갖 종류의 이자계산표 등인데, 이자계산표는 뭐라고 더 상세히 묘사하기 어렵다. 유능한 사무원의 펜은 대개 아주 뾰족하고 날카롭고 무자비하다. 사무원이 쓰는 글씨는 깔끔하고, 활 모양의 곡선으로 서체의 멋을 내기도 하는데, 때로는 지나치게 멋을 부리기도 한다. 성실한 사무원은 펜을 사용하기 전에 잠시 머뭇거리는데, 제대로 정신을 집중하기 위해서, 또는 영리한 사냥꾼처럼 표적을 조준하기 위해서 그렇게 한다. 그러고서 글씨를 쓰기 시작하는데, 그러면 글자와 말과 문장들이 낙원 같은 들판을 날듯이 누비며, 모든 문장은 아주 많은 내용을 우아하게 표현하는 성향이 있다. 편지를 주고받을 때면 사무원은 진짜 개구쟁이가 된다. 그는 거침없이 일필휘지로 문장을 만들어내며, 그의 문장은 학식 높은 수많은 교수님들의 경탄을 불러일으킬 만하다. 그런데 이처럼 진짜 민중적 언어를 구사하는 주옥같은 재능은 어디로 사라졌을까? 그냥 소멸해버렸다! 겸손할 줄 모르는 시인과 학자들은 사무원을 살짝 본보기로 삼아도 좋을 것이다. 누더기가 된 언어를 구사하여 유명해지고 보상받고 싶어

하는 사람들은 다름 아닌 시인들이다. 하지만 사무원의 행동 방식과 처신은 얼마나 더 고결하고 풍요로운가. 사무원은 겉으로는 아무리 초라해 보여도 마음만은 울창한 숲에 견줄 만큼 풍요롭지 않은가. 자고로 풍요로움이란 피상적인 세상의 눈으로 풍요롭게 보이는 것을 뜻하지 않는다. 옹색하고 사악한 마음의 빈곤을 나타내는 온갖 자질을 갖고 있으면서도 겉으로는 풍요롭게 보이려는 것이 곧 진짜 가난함이다. 이렇게 말하면 우리가 총애하는 회사 사무원을 두둔하는 게 분명하다. 그런데 사무원이 과연 이런 말을 들을 자격이 있냐고? 의문의 여지없이 사무원은 계산을 잘하고 훌륭한 살림꾼이다. 여성들이여, 어째서 제때에 이런 남자들에게 관심을 기울이지 않는가? 계산을 잘하는 사람은 대개 좋은 사람이다. 사무원은 하루에도 열 번씩 그 점을 입증한다. 건달이나 부랑자들은 평생 덧셈도 제대로 할 줄 모른다. 정확히 계산하는 일은 칠칠맞은 인간에겐 도무지 불가능하다. 대체로 예술가들을 보면 알 수 있다. 나는 예술가들은 거의 모두 칠칠맞다고 생각한다. 하지만 사무원을 떠올려보면, 과연 누가 사무원을 당해낼 수 있겠는가? 사무원은 대개 일고여덟 개의 언어를 완벽하게 구사한다. 그는 스페인 사람처럼 스페인어를 말하고, 독일인이면 당연히 독일어를 할 줄 안다. 그런데 감히 비아냥대는 반론을 제기할 수 있겠는가? 수입과 지출을 기록하고,

자신의 느낌과 관찰, 자신의 생각과 착상을 기록하는 일이라면 사무원이 단연 독보적이다. 사무원에게 이런 일은 식은 죽먹기다. 그런데 사무원에게 호의를 가진 사람은 누구나 사무원의 미덕과 장점만 보게 마련이다. 사무원이 일하는 세계는 협소하고, 그의 작업도구는 하찮고, 그의 활동은 다른 분야의 활동에 비하면 워낙 덧없이 사라진다. 그러니 가혹한 운명이 아닌가?

새로운 동반자

존경하는 독자에게 나의 상업 전시장에서 하나의 견본을 소개하기로 하겠다. 그는 스무 살 가량의 사무원으로, 가장 기대되는 유망주의 한 사람이다. 그의 열성과 근면은 이 시대의 술책에 타격을 받지 않았다. 모든 유익한 일에서 그가 기울인 노력은 장미처럼 피어났고, 상업 정신에 투철한 그의 사고방식이 꽃피우는 색깔은 튤립의 진홍빛에 조금도 뒤지지 않는다. 나는 매일 아침, 점심, 저녁마다 그가 식사하는 모습을 바라보는데, 그의 식탁 매너를 보면 여러 가지를 알 수 있다. 그는 너무 나무랄 데 없이 처신한다. 이따금 은은한 햇살처럼 장난기를 내비칠 법도 하지만, 그럴 생각은 하지 않는다. 의도적으로 그러는 것일까? 내가 그의

카를 발저 〈사무실에서〉(같은 제목의 발저 시에 그려준 삽화)

신상에 관해 편안하게 묘사하는 것을 어렵게 하기 위해? 이 녀석은 내가 자기를 어떻게 다룰지 눈치 챈 걸까? 아, 사무원들은 교활하다! 내가 그에게 트집을 잡는 것보다는 흠결 없는 모습으로 묘사하는 것이 훨씬 더 어렵다는 것은 누구나 인정할 것이다. 어떤 사람의 결함과 단점은 글쓰기를 좋아하는 작가에게 금세 위트를 구사할 수 있는 절호의 기회를 제공한다. 그러면 금방 유명해지고 금방 한 밑천 잡을 수 있는데 말이다. 내가 여기 등장시킨 조연 배우는 나의 경력관리에 도움이 되지 않을 것 같다. 하지만 어디 두고 보자 이 녀석아, 금방 너를 손아귀에 넣을 테니까. 그렇다고 추호라도 진실을 왜곡해선 안 될 것이다. 지금도 앞으로도 확고한 진실을 기준으로 삼아야 한다. 우리의 친구는 아주 적게 먹는 소식가다. 영리한 사람들은 다 그렇다. 그는 대화에 끼어들 때는 아주 조심하는데, 이것 또한 그의 장점인 영리함의 징표다. 그는 말을 또박또박 하지 않고, 말이 입에서 슬며시 새어나온다. 그런 걸 어쩌겠는가? 어쩌면 입술 구조에 이상이 있는지도 모르겠다. 그는 미식가이고, 스푼과 나이프와 포크를 멋지게 사용할 줄 안다. 그는 음담패설이 나오면 얼굴을 붉힌다. 얼마나 세련된 습관인가! 그는 결코 식사자리에서 먼저 일어나는 법이 없고, 연장자가 먼저 일어나도록 요령껏 배려한다. 그는 식사 중에 줄곧 주위를 살피는데, 자기가 먼저 나서서 누군가에게 필요한 음식을 건네주려는 친절한 배려이다. 그와 같은 지위에 있는 사람 중에 과연 누가 그런 친절을 베풀겠는가? 세상 경험이 풍부한 사람이 식탁에서 어설픈 위트를 늘어놓으면 우리 사무원은 정중하게 웃는다. 반면에 신출내기가 완벽한 위트를 쏟아내면 사무원은 잠자코 입을 다문다. 사무원은 분명히 이렇게 생각할 것이다. 어설픈 위트가 삐져나와도 봉사정신을 발휘해서 웃어주어야 어색한 분위기를 일소하는 데 도움이 되지 않을까? 반면에 완벽한 위트는 굳이 웃어주지 않아도 통하는 법이다. 게다가 나이 지긋한 사람이 한 말이 아무런 공감도 얻지 못해서 얼굴을 붉히는 걸 지켜보면 끔찍하지 않을까? 독자여, 이 불쌍하고 고독한 사무원이 아주 고결하게 생각한다는 걸 인정하지 않을 수 없을 것이다. 그렇다. 나는 사람들이 식사를 할 때 곧잘 유심히 관찰한다. 한 마디 덧붙이자면, 우리 친구의 외모는 그의 행동과 일치한다. 그러니 그의 행동이 품위를 잃지 않았다면 그의 외모 또한 아름답지 않을 수 없다.

무언의 순간들

　　　　　　사무원이 일자리를 잃는 경우도 종종 발생한다. 직장에서 쫓겨나기도 하고, 자발적으로 직장을

떠나기도 하는데, 후자가 훨씬 더 자주 일어난다. 사무원 집
단 중에 성격이 불안정한 사람들이 자발적으로 일을 그만두
며, 그들은 대개 불행한 사람들이다. 실직한 노동자보다는 일
자리를 잃은 사무원이 이미 오래전부터 더 경멸의 대상이 되
었는데, 거기엔 그럴만한 이유가 있다. 사무원은 일자리가 있
는 동안에는 절반쯤은 신사로 대접받지만, 일자리를 잃으면
아예 성가신 불평분자로 깡그리 무시당하기 때문이다. 일자
리를 잃은 사무원은 세상에서 아무 짝에도 쓸모없는 영락한
인간으로 간주된다. 그건 매우 슬프고도 부당한 일이다. 물
론 그에게도 칠칠맞은 구석이 있고, 그의 성격에도 사악함과
결함이 있다는 것은 부인할 수 없다. 하지만 그렇다고 사람
을 싸잡아서 아무 짝에도 쓸모없다고 비난할 수 있을까? 다
행히도 상업에 정통한 이들 사무원 가운데 타락한 자들은 아
주 드물다. 그렇지 않으면 공공의 질서와 안정은 엉망이 될
것이다. 굶주리는 사무원은 가장 끔찍한 부류로 간주된다. 그
렇지만 예로부터 굶주린 노동자를 그렇게 끔찍하다고 여기
진 않는다. 노동자는 직장을 잃더라도 다시 다른 일거리를 찾
을 수 있지만, 사무원은 절대로 불가능하다. 적어도 우리나라
에서는 그렇다. 사랑하는 독자여, 천대받는 가난한 실직자에
관해 다루는 이 대목에서 나는 앞의 글들에서 구사한 농담조
를 받아들일 수 없다. 그러면 너무 잔인할 테니까. 실직 사무

원들은 대개 뭘 할까? 그저 기다리는 거다! 새로운 취업 기회를 기다리고, 그렇게 기다리는 동안 차디찬 어조로 자신을 비난하는 회한의 감정이 그들을 괴롭힌다. 대개는 아무도 그들을 두둔해주지 않는다. 행여 누가 너저분한 건달과 상종하려 하겠는가? 나는 여섯 달째 일자리를 잃은 어떤 사무원을 아는데, 슬픈 일이다. 그는 열병에 걸린 듯 불안에 떨며 기다리고 있다. 우편배달부는 그에게 천사이자 악마이다. 우편배달부의 발걸음이 그의 집 대문에 가까워질 때까지는 천사이고, 별 볼일 없이 그냥 지나칠 때는 악마인 거다. 이 사무원은 권태에 시달리다가 시를 쓰기 시작했는데, 그중 몇 편은 근사하다. 그의 영혼은 섬세하고 예민하다. 그가 지금쯤은 일자리를 구했을까? 아니다. 그는 새로 구한 직장도 그만두었으니까. 그는 그 정도로 어리석고 멍청하다. 어떤 직장에서도 버티지 못하니 일종의 병을 앓고 있는 게 틀림없다. 이런 문제에 일가견이 있는 어떤 이들은 그의 불행한 결말을 예견한다. 분명히 그는 파멸하고 말 것이다. 그의 경우에서 보듯이 숱하게 비웃음을 사는 변변치 않은 사무원들 중에도 아주 비극적인 인물이 있다. 자연은 얼마나 경이로운가! 자연이 그 목적을 이루는 방식은 오묘해서 일개 사무원도 결코 하찮은 존재만은 아닌 것이다. 독자여, 마음씨 고운 여성 독자여, 그대가 눈물을 역겨워하지 않는다면, 어떤 근심걱정으로 눈물 흘릴 때가 있다면, 부디 잊지 말고 이 사무원을 위해서도 그대의 아름다운 눈으로 눈물 한 방울 떨궈주기 바란다. 그는 지금까지 내가 이야기한 대로 구제불능의 병을 앓고 있으니까.

재미 삼아 쓴 편지

사랑하는 어머니!

제 직장이 편안하냐고 물으셨지요? 지금까지는 아주 좋습니다. 일은 쉽고, 사람들은 정중하고, 지배인은 엄하지만 부당하진 않아요. 더 이상 뭘 바라겠어요! 저는 아주 신속하게 제 업무에 적응했답니다. 회계 담당자는 최근에 저에게 이젠 웃어도 좋다고 했어요. 쓰라리고 힘든 시간도 있지만, 너무 무겁게 받아들일 필요는 없지요. 건망증도 약이 되지요! 저는 행복하고 아름다웠던 시간들, 사랑스럽고 호의적인 지인들의 모습을 즐겨 회상하곤 해요. 그러면 기쁨이 곱절로, 열배로 배가되지요. 기쁨이 무엇보다 중요하고 소중한 것이고, 가장 기억에 담아둘 가치가 있는 것이지요. 슬픈 일은 가능하면 빨리 잊어야 하는데, 제가 그러지 못할 까닭이 있나요? 저는 할 일이 많아야 좋아요. 게을러지면 우울하고 슬퍼요. 그러면 생각에 잠기고, 아무런 의미도 목적도 없이 생각에 빠져들면 기분이 슬프지요. 할 일이 없어지면 난감해요. 가능하면 일에 전념하고 싶어요. 늘 뭔가에 전념해야지요. 그렇지 않으면 나 자신에 대한 혐오감이 치밀어요. 무슨 말인지 이해하시죠? 어제는 검은색 새 옷을 처음 입었답니다. 아주 잘 어울린다고 모두들 그래요. 그래서 저는 우쭐했고, 거의 사무원답지 않게 행동했지요. 하지만 그래도 결과는 똑같아요. 저는 지금 사무원이고, 앞으로도 오래도록 사무원 생활을 하겠지요. 제가 지금 무슨 소리를 지껄이는 거죠! 제가 다른 직업을 갖고 싶은 걸까요? 저는 출세를 바라지는 않아요. 저는 출세할 관상이 아니죠. 어머니, 저는 너무 소심하고 쉽게 낙담하니 오로지 일을 해야 모든 걸 잊을 수 있어요. 이따금 그리움을 느끼는데, 딱히 뭐라 꼬집어 말할 수는 없어요. 그럴 때면 만사가 귀찮아지고, 일이 손에 잡히지 않아요. 하지만 어머니, 한가할 때만 그래요. 저한테는 제대로 일감을 주지 않거든요. 아, 게으름이 죄악의 온상이라는 걸 똑똑히 느껴요. 어머니, 건강하시죠? 그래요, 내내 건강하셔야 해요. 제가 얼마나 큰 기쁨을 안겨드리는지 보셔야죠. 내내 어머니를 기쁘게 해드리고 싶어요! 하느님이 세상을 얼마나 아름답게 만들었는지요. 두고 보세요, 금방 어머니를 기쁘게 해드릴 테니까요. 오로지 일만이 저의 유일한 기쁨이랍니다. 일을 하면 씩씩하게 앞으로 나아갈 수 있고, 제가 앞으로 나아가면 어머니도 기뻐하시겠지요. 안녕히 계세요. 뭔가 더 근사한 말로 저의 성실한 노력을 보여드리고 싶었는데, 더 근사한 표현을 알았다면 반드시 썼을 것입니다. 어머니도 제가 잘되기를 바라시잖아요. 어진 어머니, 안녕히 계세요!

당신의 순종하는 아들 올림

활인화(活人畵)[12]

무대다! 썰렁하고 끔찍하게 깨끗한 사무실이다. 서서 작업하는 높은 탁자, 책상, 의자, 안락의자가 놓여 있다. 무대 배경에는 커다란 창문이 있고, 창문을 통해 한 폭의 풍경이 실내를 들여다보고 있다. 아니, 풍경이 실내로 쏟아질 것만 같다. 무대 배경 오른쪽에 출입문이 있다. 좌우로 장식이 없는 벽이 있고, 서서 작업하는 탁자들이 벽에 바짝 붙여 세워져 있다. 사무원 여럿이 일하고 있다. 실제 현실에서 일하는 모습과 똑같다. 책을 폈다가 덮었다가 하고, 펜을 만지작거리고, 기침을 하고, 속닥거리고, 미소를 짓고, 낮은 소리로 욕을 하고, 분을 삼키고 한다. 무대 전면에는 눈에 띄게 아름답고 얼굴이 창백한 젊은 사무원이 눈에 띄게 우아하고 조용한 동작으로 말없이 일하고 있다. 그는 날씬하고, 검은 곱슬머리가 그의 이마 주위로 하늘거리고, 손은 섬

---

12 Lebendes Bild, Tableau vivant: 그림 속의 인물을 무대에서 재현하는 동작 또는 연기.

세하고 갸름하다. 소설에나 나올 법한 사무원이다. 하지만 정작 그 스스로는 자신의 아름다움을 자각하지 못하는 것 같다. 그의 동작은 겸손하고 소심하며, 그의 시선은 겁먹은 듯 조용하다. 그의 눈은 짙은 검은색이다. 이따금 그의 부드러운 입술에 다정하고도 고통스러운 미소가 번진다. 그런 순간에는 그가 매혹적으로 아름답다. 관객들도 그것을 생생하게 느낀다. 저런 미남 청년 예술가가 사무실에서 뭘 하려는 걸까, 하는 의문이 든다. 이상하게도 그가 분명히 예술가로 보인다. 혹은 가난한 귀족 청년으로 보이기도 한다. 그 둘은 거의 같은 거다. 이제 어깨가 떡 벌어지고 살집이 좋은 지배인이 갑자기 들이닥치고, 그 순간 사무원들은 무엇에 홀린 듯 우스꽝스러운 자세를 취하는데, 그런 자세는 거의 당혹스러워 보일 정도다. 상관의 등장은 이들에게 그 정도로 막강한 영향력을 행사한다. 오직 미남 청년만이 평소와 같은 태도를 취한다. 신경도 쓰지 않고, 아무 걱정 없이 순진한 모습이다! 그런데 지배인은 곧장 그 청년에게 다가간다. 분명히 알 수 있듯이 지배인의 태도는 아주 퉁명스럽다. 미남 청년은 이 거칠고 우악스런 인간 앞에서 얼굴을 붉힌다. 지배인은 다시 휙 나가버리고, 그러자 사무원들은 안도의 한숨을 쉬지만, 미남 청년은 거의 울상이 된다. 그는 질책을 견디지 못한다. 그 정도로 그의 영혼은 섬세하다. 미남 청년이여, 울지 마. 관객들은 마음이 짠해진다. 울지 마, 미남 청년. 특히 여성 관객들이 마음이 짠하다. 하지만 그의 아름다운 눈에서 굵은 눈물이 쏟아져 섬세한 뺨을 타고 흘러내린다. 그는 머리를 괴고 깊은 생각에 잠긴다. 그러는 사이에 근무시간이 끝났다. 창문으로 내다보이는 풍경이 점점 어두워진다. 풍경이 근무시간 종료를 암시하는 것이다. 사무원들은 즐거운 소란을 피우며 자리에서 일어나 작업도구들을 챙겨놓고 사무실을 떠난다. 이것은 현실에서 벌어지는 것과 똑같이 신속하게 이루어진다. 오직 미남 청년만이 깊은 생각에 잠긴 채 그대로 앉아 있다. 불쌍하고 고독한 미남자여! 어째서 그대는 사무원이 되었는가? 넓은 세상에 이 비좁고 답답한 사무실 말고 더 좋은 자리가 없단 말인가? 아, 이제 그대는 하염없이 생각에 잠겨 있구나. 그러는 사이에 생명이 없고 무자비하고 모든 것을 죽이는 무대막이 내린다.

꿈

어느 사무원이 언젠가 나에게 다음과 같은 꿈을 얘기해주었다.

나는 어떤 방 안에 있었다. 갑자기 방의 벽들이 무너져 내렸다. 나는 몸이 굳었다. 떡갈나무 숲이 방 안으로 날아왔고,

숲속은 음침한 암흑이었다. 그러고는 마치 커다란 2절판 종이가 둥글게 말리듯이 숲이 둥글게 솟았고, 나는 산 위에 서 있었다. 나는 역시 사무원인 동료와 함께 산을 뛰어 내려갔다. 우리는 안개 낀 검은 호수에 다다랐고, 갈대 사이로 더럽고 차가운 물속에 몸을 던졌다. 그때 저 높은 곳에서 어떤 여성이 낭랑한 목소리로 우리더러 위로 올라오라고 부르는 소리가 들려왔다. 그 목소리가 얼마나 신기하게 들렸던가! 나는 물에서 나와 작은 나무 그루터기들을 딛고 가파른 암벽을 타고 산 위로 내달렸다. 아래로는 아찔한 낭떠러지가 점점 더 깊어지는 게 느껴졌다. 마침내 마지막 암벽을 오를 찰나에 나는 그만 추락하고 말았다. 암벽이 마치 한 폭의 천처럼 힘없이 스르르 무너져 내렸고, 나도 그 천에 매달려 함께 아득한 심연을 향해 떨어졌다. 나는 계속 떨어지다가 마침내 원래 있던 방으로 돌아왔다. 밖에는 비가 내리고 있었다. 방문이 열리고 어떤 여성이 들어왔는데, 예전부터 잘 아는 여성이었다. 우리는 사이가 틀어져서 헤어졌다. 내가 그녀를 모욕했거나, 그녀가 나를 모욕했기 때문이다. 어느 쪽이든 무슨 상관인가? 그런데 지금은 그녀가 너무나 사랑스럽고 다정하다. 그녀는 곧장 나를 향해 걸어와서 내 곁에 앉더니 나를 끌어안으며 세상 모든 사람 중에 오로지 나만을 사랑한다고 말한다. 나는 얼핏 내 동료가 생각난다. 하지만 나는 너무 행복해서 동료를 오래 기억에 담아두지 못한다. 나는 그 여성의 아름답고 날씬한 몸을 잡고 옷의 촉감을 느끼면서 그녀의 눈을 들여다본다. 그녀의 눈은 크고 너무 아름답다. 내가 일찍이 이 비슷한 행복을 느껴본 적이 있던가? 비가 내리지만 우리는 산책을 나간다. 나는 내 몸을 그녀의 몸에 꼭 누르고, 그녀는 나를 더 가까이 끌어당기는 것 같다. 얼마나 부드럽고 음악처럼 울리는 몸인가! 그녀의 입술에 번지는 미소는 얼마나 아름다운가! 몸, 동작, 언어와 미소가 얼마나 우아하게 어우러지는가! 우리는 거의 말을 하지 않는다. 이상하게도 우리는 키스를 할 생각이 전혀 들지 않는다. 어쩌면 예기치 않은 사랑의 놀라움이 너무 격렬하기 때문일까. 도대체 내가 아는 게 뭔가! 영원히 적대관계가 되었다고 믿었던 그녀가 이제 내 품에 안겨 있고 사랑스러운 그녀의 손에서 묻어나오는 향기가 내 것이라니 불가사의하고 이 느낌을 뭐라 형용할 수 없다. 우리는 다시 방으로 들어간다. 방에는 내 동료가 앉아 있고, 우리를 보고는 놀라서 방을 나간다. 우리가 그의 마음을 아프게 했을까? 나는 스스로 자문해본다. 하지만 그녀는 마치 꺾인 꽃처럼 내 발치에 쓰러지고, 내 손에 키스를 하고, 세상의 모든 사람 중에 오로지 나만을 사랑한다고 한다……. 나는 어느 사무원한테 이 꿈 이야기를 들었다.

해명

        지금까지 이야기한 것은 양심적인 서술이라기보다는 기분 내키는 대로 장난스러운 느낌을 서술한 것이다. 하지만 아무리 진지한 사람도 이 이야기에서 어느 정도 진지함을 느낄 수 있을 것이다. 이제 마지막으로 내가 별 생각 없이 뛰어든 세상이 어떻게 보이는지 건조하게 이야기하겠다. 사무원은 일반적으로 소박하면서도 야무진 사람들이다. 이들에게 악덕은 아주 드물다. 이들은 다소 장난기가 있다. 그렇지 않다면 이들을 익히 잘 아는 내가 이 글의 서두에서 이들을 놀려먹을 까닭이 없을 것이다. 혹시라도 나의 이런 우스운 장난에 악의가 있다고 생각한다면 그건 오판이다. 사무원은 아주 존중받을 만한 사람들인데, 그럼에도 여론에서 대학생이나 예술가만큼 주목을 받지 못하는 것은 존중심과는 전혀 또는 거의 무관하다. 사무원들은 조용히 뒷전에서 겸손하게 일하는데, 이것은 특히 그들 자신과 다른 사람들에게도 썩 좋은 일이다. 사무원들은 우정과 가족과 조국을 존중한다. 그들은 자연을 사랑한다. 그들에게 자연은 일터의 협소함과 폐쇄성에 대비되는 편안하고 쾌적한 공간이다. 그들은 예술을 감상할 때 자연스럽고 소박한 심미안을 기르고자 노력한다. 그들은 이 나라의 시인과 조형 예술가들에게 관심을 기울인다. 자신의 실제 모습보다 더 높이 존중받고 여론의

'마이크로그램' 원고

Robert Walser Bern Elfenauweg 41/I

우대를 누리는 집단이 있는데, 그런 집단은 덜 주목받는 사람들에 비해 자연스러운 심미안이 훨씬 뒤처져 있다. 사무원들은 대개 이 나라의 양가집 출신이다. 그들은 정치적인 문제에 관해서도 함께 이야기할 줄 아는데, 그럴 때면 진심을 토로하고 이성적으로 생각한다. 그들은 나라의 법을 공부하는 것도 필수적인 의무로 여기며, 우대받는 계층의 구성원들보다 더 열심히 기억력과 사고력을 발휘하여 그런 것을 학습한다. 그들은 호의적이고 정중하며 자유롭게 생각한다. 그들은 하층민들에게 친절하며, 상류계층에 맞서서 자신들의 가치와 입장을 옹호한다. 그들에게는 일종의 허영심도 있는데, 그건 쉽게 알아볼 수 있다. 그런데 나는 그들의 이런 면모를 존중한다. 어느 정도 지성이 있는 사람이라면 누구나 허영심이 있게 마련이다. 그리고 허영심이 없다고 자처하는 사람들이야말로 가장 허영심이 강하다. 그들은 까다로울 정도로 정확하고 깨끗하고 양심적인 사람들이기에 악덕에 대해서는 대개 냉정하게 거부하는 태도를 취한다. 그들도 실수를 한다는 것을 그들자신도 부인하지 않는다. 실수를 하지 않는 사람이 누가 있을까! 하지만 나의 관심사는 가능하면 사무원들의 장점을 드러내는 것이다. 사람들은 대개 호의적인 말보다는 악의적인 말을 훨씬 많이 한다. 그런데 나는 어째서 그러는지 이해하지 못하겠다. 적어도 나는 세상과 사람들을 무시하고 조롱하는 것보다는 소중히 여기고 존중하는 것이 훨씬 더 즐겁다. 이런 말로 나는 앞에서 사무원들을 다소 불손하게 언급한 것을 만회하고자 한다. 나는 진심으로 그러길 바란다.

(1902년)

오전 근무

제화공의 작업장에도 오전 시간이 있고, 길거리에도 오전 시간이 있고, 산에도 오전 시간이 있다. 산중의 오전이 분명히 세상에서 가장 멋진 오전이겠지만, 은행의 오전 시간은 확실히 더 많은 생각거리를 제공한다. 일단 월요일 오전이라고 가정해보자. 그러니까 한 주일의 오전 시간 중에도 가장 오전다운 오전이다. 큰 은행기관의 회계부서에서는 월요일 오전의 분위기가 물씬 풍긴다.

회계부서가 있는 사무실에는 10개에서 15개 정도의 작업 책상이 줄지어 있고, 업무 시찰을 위한 통로가 있는데, 두 개씩 붙여놓은 책상마다 두 명이 짝이 되어 일한다. 흔히 신발을 짝이라고 하는데, 때로는 사람을 가리켜 짝이라 한들 그리 이상할 게 있겠는가? 사무실의 맨 위쪽에는 감독관의 책상이 있다. 회계부장인 감독관은 곡식 자루 같은 뚱보로, 몸통 위에 얹혀 있는 얼굴이 무지막지하게 생겼다. 그의 얼굴은 몸통과 분간되지 않는 목덜미와 하나로 연결되어 있고, 안색이 불콰하고 늘 비지땀을 흘렸다. 여덟시 십분이다. 하슬러 부장은 두어 군데 표적을 조준하여 사무실을 휙 둘러보았는데, 전원이 출근했는지 살펴보기 위해서였다. 두 자리가 비어 있었다. 오늘도 어김없이 헬블링과 젠이 아직 출근하지 않았다.

이 긴박한 순간에 수수깡처럼 삐쩍 마른 경리 젠이 헛기침을 하며 헐레벌떡 쏜살같이 들어온다. 하슬러는 그의 헛기침이 무엇을 뜻하는지 안다. 아주 간단히 양해를 구하는 거다. 자존심이 강하고 고집 센 사람들은 예의상 양해를 구하고자 입을 여는 대신 헛기침을 하는 것이다. 젠은 잽싸게 코를 장부에 처박고는 벌써 몇 시간째 작업에 열중하는 척한다. 다시 10분이 지났다. 여덟시 이십분이다. 하슬러는 생각한다. 이제 곧 기막힌 일이 벌어지겠군. 바로 그때 헬블링이 나타났다.

헬블링은 완전히 월요일 아침 티를 내면서 창백하고 혼란스런 표정으로 쏜살같이 자기 자리에 앉는다. 정말이지 변명이라도 해야 하는 것 아닌가. 하슬러의 뇌리에 이런 생각이 스친다. 저 녀석은 정말 염치도 없어. 하슬러는 조용히 헬블링에게 다가가 그의 뒤에 떡 버티고 서서 어째서 다른 사람들처럼 제시간에 출근할 수 없는지 묻는다. 그런데 헬블링의 태도가 가관이다. 한마디도 대꾸를 않는 것이다. 그는 꽤 오래 전부터 상사의 질문에 아예 대답도 하지 않는 버릇이 몸에 배었다. 하슬러는 다시 그가 전망대라고 부르는 제자리로 돌아간다. 그는 거기서 회계 업무를 지휘한다.

여덟시 반이다. 헬블링은 회중시계를 꺼내어 회중시계의 시계판을 커다란 벽시계의 시계판과 비교해본다. 그는 한숨을 내쉰다. 이제 겨우 모래알처럼 찔끔찔끔 10분이 지났고, 앞으로 남은 시간은 산더미처럼 무지막지하다. 그는 이제 일을 하겠다고 마음먹는 것이 과연 가능할지 시도해보려고 애쓴다. 그의 시도는 실패한다. 하지만 그렇게 시도하느라 시간이 조금 흘렀다. 고맙게도 5분이 더 지났다. 헬블링은 그렇게 지나간 몇 분을 좋아한다. 반면에 앞으로 다가올 몇 분, 순조롭게 앞으로 나아갈 기미가 보이지 않는 몇 분은 증오한다. 그는 그렇게 게으른 몇 분을 매번 때려주고 싶다. 그는 머릿속으로 시계의 분침을 죽도록 두들겨 팬다. 하지만 감히 분침을 바로 보지는 못한다. 분침을 보면 기절할까봐 두려운 것이다.

은행의 오전은, 책상들 사이의 세계는 그렇게 흘러간다. 밖에는 햇살이 비치고 있다. 이제 젠이 창가로 간다. 그의 말마따나 이제 그는 충분히 일했다. 그는 거칠게 반항이라도 하듯 양쪽 창문 날개를 활짝 열어젖히고 통풍을 한다. 하슬러가 젠을 향해 아직 창문을 열어둘 날씨는 아니라고 한마디 한다. 그러자 젠은 몸을 돌려 부장에게 뭐라고 대꾸를 하는데, 마치

취리히 주립은행 경리과 사무실. 발저는 여기서 1904년 1월부터 1905년 4월까지
경리사원으로 일했다.

수십 년 근무한 직원이나 관리라도 되듯 당당한 어투다. 하지
만 하슬러는 그런 어투가 너무 지나치다고 생각하고 '이런 어
투'를 사절한다. 이로써 설전은 중단되고, 다시 창문이 조용
히 반쯤 닫히고, 젠은 혼잣말로 뭐라고 투덜대고, 이제 잠시
평화가 찾아온다.

아홉시 오분 전이다. 헬블링에겐 시간이 끔찍하게 더디게
간다. 그는 지금이 어째서 아홉시가 아닌지 자문해본다. 아
홉시면 그나마 한 시간은 때운 셈이고, 그러고도 앞으로 남
은 시간이 창창한데 말이다. 그는 아홉시까지 남은 5분을 야
금야금 갉아먹고, 그렇게 5분이 더디게 지나갔다. 드디어 아

홉시 종이 울린다. 헬블링은 시계종이 울릴 때마다 한숨을 내쉰다. 회중시계를 꺼내 보는데, 회중시계도 똑같이 아홉시다. 이렇게 이중으로 확인을 하니 슬퍼진다. '워낙 시계를 이렇게 자주 보면 안 되는데. 그러면 건강에 해로울 수도 있으니까.' 그렇게 생각하면서 그는 콧수염을 만지작거린다. 그의 그런 모습을 동료들 가운데 한 명이 알아챈다. 시골 출신인 마이어가 도회지 출신인 마이어 쪽으로 몸을 돌리고 나직이 말한다. "헬블링 저 친구가 또 시간을 죽이고 있는데, 저러고도 창피하지도 않나." 이렇게 속삭이는 소리에 오른쪽 구석에 있는 직원이 헬블링이 콧수염을 만지작거리는 쪽으로 고개를 돌린다. 이런 움직임이 하슬러에게 포착되었고, 금방 동향을 파악한 하슬러는 조용히 헬블링에게 다가가서 분위기 전환을 위해 다시 그의 뒤에 버티고 선다.

"헬블링, 지금 뭘 하는 거요?"

이 발칙한 인간이 이번에도 아무런 대구를 하지 않는다. "내가 당신한테 묻고 있는데, 그래도 사람이라면 뭐라고 대답은 해야지요. 지금 뭐 하자는 겁니까. 우선 당신은 30분 지각을 했고(헬블링은 속으로 '그렇지 않아요'라고 하고는 계속 '20분밖에 늦지 않았어요'라고 말하려 한다), 그러고는 아직도 일을 할지 말지 생각만 하고 있고, 게다가 반항까지 하려 들잖아요. 이런 식으로 계속 갈 순 없어요. 일을 얼마나 했는지 보여주시오."

하슬러는 헬블링이 지금까지 초반에 한 일을 눈보다는 턱으로 훑어본다. 세 번째 숫자까지 계산을 했고, 이제 네 번째 숫자를 계산하려는 참이다. 겨우 이게 전부요? 헬블링은 성실하게 일하려 했는데, 펜이 나빠서 일을 진척시키기 힘들다고 했다. 그러니 우선 펜을 장만하는 것이 급선무라는 것이다. 게으른 변명이군. 하슬러는 다시 그의 요새로 돌아간다. 제자리로 돌아가자 하슬러는 책상 서랍에서 사과를 하나 꺼내 들고 오전 새참을 먹는다. 헬블링은 그 틈을 이용하여 잽싸게 사무실 밖으로 '퇴장'한다. 시골 출신 마이어가 동료들에게 헬블링의 '퇴장' 소식을 알려준다.

헬블링은 정확히 계산해보니 꼬박 13분 동안 '장외'에 머물렀다. 그 사이에 헬블링보다 나이가 많거나 적은 열 명의 동료들이 차례로 퇴장자의 책상에 다가와서 세 개의 숫자를 계산한 업무실적을 들여다보았다. 잠시 후 회계부서의 모든 동료들은 헬블링이 한 시간 동안 겨우 세 개의 숫자를 계산했다는 걸 알게 되었다. 시골 출신 마이어가 이 책상 저 책상 돌아다니면서 이 일을 모두에게 알렸던 것이다. 누군가가 '장외'로 나가서 헬블링이 무얼 하고 있는지 살펴보았고, 얼마 후에 헬블링이 다시 들어왔다.

그사이에 아홉시 반이 되었다. 밖에서 울리는 낭랑하고 아름다운 여성의 목소리가 사무실 안에까지 들려왔는데, 가수가 연습을 하고 있는 듯했다. 가까운 곳에서, 정거장 방향으로 두 번째 집에서 부르는 노랫소리가 맞을 것이다. 사무실의 몇몇 직원들이 펜대를 내려놓고 느긋하게 노래를 즐긴다. 헬블링도 어김없이 음악 애호가임을 보여준다. 게다가 이제 그는 여러 차례 하품까지 한다. 잠시 후에는 손바닥으로 뺨을 톡톡 치면서 시간을 때운다. 그런 동작이 꼬박 5분 동안 계속된다. "이제는 뺨을 톡톡 치고 있네." 시골 출신 마이어가 도회지 출신 마이어에게 귓속말로 소곤거린다. "밖에 노랫소리가 근사하네." 작업하는 직원들 중 한 명인 글라우저가 말한다. 여성의 노랫소리에 사무실이 다소 소란스러워진다. 통신부서의 책임자인 슈타이너 역시 노랫소리에 귀를 기울인다. 이 정도면 분위기가 심상치 않다. 하슬러의 아랫입술에는 사과즙이 노란 왁스를 칠한 것처럼 번들거리고, 하슬러는 빨간색 점무늬가 있는 손수건으로 사과즙을 닦아낸다. 키가 작은 글라우저는 생각한다. '밖에서 아름다운 노랫소리가 들려와! 밖에는 탁 트인 공기와 자연이 있지!' 그는 문학적 소양이 있는 사람이다. 헬블링은 글라우저가 있는 쪽으로 다가간다. 잠시 산책을 하면서 시간을 죽이기로 작정한 것이다. 글라우저역시 약간은 수다 떨기를 좋아한다. 하긴 그는 하슬러의 마음에 들려고 부단히 애쓰는 노력가이긴 하다. 글라우저는 눈짓으로 헬블링을 제자리로 돌려보낸다. 하지만 그러는 사이에 다시 12분이 죽었다. 노랫소리도 죽었다.

사무실에 있는 이 모든 사람들은 아래쪽 길거리에서 무슨 일이 벌어지고 있는지 모른다. 근처에 있는 호수의 물결은 어떻게 살랑일까? 하늘은 어떤 모습일까? 다소 반항기질이 있는 젠, 머리가 더부룩하고 **빼빼** 마른 혁명가 타입의 그 친구만이 잠시나마 창밖으로 머리를 내밀고 신선한 공기를 쐰다. 그러면 대장실에서 목소리를 길게 뽑아 날카롭게 야단치는 소리가 들려온다. "거기 뭐 하는 거요!" 하슬러는 못마땅해서 고개를 설레설레 젓고, 그러면 젠은 다시 하슬러에게 한방 먹일 요량으로 괜히 부기 장부를 지우개로 지우기 시작한다. 하슬러가 죽도록 싫어하는 짓이다.

드디어 열시다! 이제 오전의 절반이 지났군. 헬블링은 엄청나게 몰려오는 애수를 억누르는 심정으로 그렇게 생각한다. 이제 정말 고함이라도 지르고 싶다. 다시 잠깐 '퇴장'을 하면 어떨까? 하지만 쉽게 감행하지 못한다. 그 대신 그는 이제 바닥 쪽으로 몸을 숙인다. 뭔가 떨어뜨린 시늉을 하는 것인데, 물론 말도 안 되는 수작이다. 그는 한껏 몸을 숙인 자세로 4분 동안 꼼짝하지 않는다. 이 정도 시간이면 신발 끈을 매거나 연필을 줍는 데 충분하다는 식이다. 끔찍한 기분이다. 열두시가 되었다고 상상하기 시작한다. 열두시 종이 울리는 순간, 마치 흙일 하는 사람이 삽을 내던지듯 펜을 내던지고 달려가는 거다. 얼마나 신나는가. 헬블링이 그렇게 몽상에 잠겨 있는 동안 하슬러가 분위기 전환을 위해 다시 그에게 몰래 다가와 관찰한다.

"지금 뭘 하는 거요?"

"지금 '외국인' 거래내역을 취합하는 중입니다."

"내가 보기엔 '외국인' 거래내역을 취합하는 게 아니고 아예 금방이라도 외국에 나갈 태세군요. 지금 바로 일하지 않으면 다른 수단을 강구하겠어요. 부끄러운 줄 알고 정신 차리세요. 아무리 경고해도 말을 듣지 않으면 지점장님과 담판을 해야겠으니 조심하세요. 명심하라고요."

하슬러는 하마처럼 뒤뚱거리며 다시 제자리로 돌아갔다. 사무실 전체에 유쾌하게 들뜬 분위기가 감돌았다. 헬블링과 하슬러의 갈등은 늘 새롭게 바람직한 분위기 전환을 유발한다. 헬블링은 시골 출신 마이어에게 다가가서 숫자 계산을 좀 도와달라고 부탁한다. 숫자 계산을 마치자 역시 반이 되었다 (아, 세상의 맥박이 터져버릴 것만 같다!). 아래쪽 길거리에서 장엄한 취주악대가 지나가는 소리가 들리고, 모든 직원들이 창가로 달려간다. 전직 연방 의원의 유해를 공동묘지로 운구하는 장례행렬이다. 어떤 일이 벌어져도 무덤덤한 통신부서 책임자조차도 자리를 박차고 와서 바깥을 내다본다. 이 소동 덕분에 15분을 때웠다. 이제 열한시 15분 전이다. 헬블링은 거의

'스위스 운송보험회사' 회계장부(1896년 12월 31일 결산회계 중 일부).
이 무렵 발저가 이 회사 경리 보조원으로 근무했음.

미칠 지경이 되어 줄곧 이마를 책상 모서리에 툭툭 쳤고, 코에 잉크 얼룩을 묻혔다. 그러면 잉크 자국을 지우며 시간을 때울 수 있는 것이다. 코를 문지르는 데 10분이 소요되어 이제 열한시까지는 얼씨구 4분밖에 남지 않았다. 4분 정도쯤이야 그저 1분씩 차례로 보내면 그만이다. 열한시가 되자 헬블링은 다시 '퇴장'한다. 저 게으름뱅이가 또 퇴장하네. 사무실의 가운데 쪽에서 그렇게 말하는 소리가 들려온다. 열한시 십오분, 열한시 이십분, 열한시 삼십분이 되었다.

키가 작은 글라우저는 젠에게 이제 열한시 삼십분인데, 보아하니 헬블링은 아직까지 손끝 하나 까딱하지 않았다고 말한다. 시골 출신 마이어는 하슬러에게 가서 오늘은 30분 일찍 나가야겠다고 보고한다. 부득이하게 가야 할 데가 있다는 거였다. 헬블링은 몸을 돌려 두 사람의 대화를 엿듣는다. 그는 시골 출신 마이어가 미치도록 부럽다. 길거리 쪽에서 급히 달려가는 마차의 바퀴 소리가 들려오고, 사무실 맞은편 건물에서 열린 창문 사이로 양탄자를 솔질하는 하인의 모습이 보인다. 헬블링은 이제 맞은편 집을 바라보며 족히 15분 동안을 보낸다. 생각해보니 이제 일을 시작하기에는 너무 늦은 감이 있다. 젠은 사무실에서 나갈 채비를 하고 있다. 헬블링이 보아하니 젠은 잽싸게 달아날 채비를 마쳤다. 열두시 이분 전이 되자 저마다 모자를 쓰고 상의를 갈아입는다. 헬블링은 벌써 길거리로 나갔다. 하슬러가 벌써 5분 전에 먼저 나갔다. 이렇게 오전 시간을 견뎌냈다.

(1907년)

뷔블리

그는 은행 직원이고 체격이 왜소한 청년이다. 동료들은 그를 '조이뷔블리'[13] 라 부르는데, 그는 그런 별명을 겉으로는 무심코 흘려듣는다. 그의 모습은 어쩐지 초라한 인상을 주는데, 온전한 사람 모습이라기보다는 어쩐지 허수아비 같은 느낌을 주고, 사람인 것은 맞지만 전혀 이목을 끄는 구석이라곤 없다. 그는 다소 촌스럽게 처신하고, 실제로 시골 출신이다. 그의 아버지는 그가 태어난 동네에서 우편배달을 한다. 그러므로 그는 좋든 싫든 우편배달과 관련된 어떤 분위기를 풍겨야 맞을 텐데, 약간은 그런 티가 나지만 너무 모호하게 드러난다. 마치 삼류소설 등장인물들의 표정이 모호하고, 입술보다는 귓불로 미소를 짓는 약삭빠른 인간들의 미소가 모호하듯이 말이다. 어떻든 이 보잘것없는 친구의 이름은 프리츠 글라우저이다. 그는 펜싱 교습을 받고 있다. 동료들은 이 '허접데기' 녀석이 그런 것까지 배우냐고 할

---

13 Säubübli: '도야지'라는 뜻.

것이다. 어떻든 덕분에 그는 자세가 아주 반듯하고, 그의 자세는 몸이 반듯한 자세를 유지하도록 부단히 가르친다. 체격이 작지만 자세가 반듯한 글라우저의 몸은 불만스러운 정신적 자세의 명령에 공손히 따른다. 그의 자세를 보면 뭔가 느낌이 오고, 그의 체격을 보면 슬며시 웃음이 나오며, 동료들은 늘 글라우저한테 뭔가 트집을 잡으려고 한다.

예를 들면 동료들은 그가 출세주의자라고 한다. 물론 다소 맞는 말이긴 하다. 하지만 그의 출세지향은 세련되고 의식적인 것이어서 '펜싱 교습'과 통하는 면이 있다. 그는 부서장들과 상급자들에게 환심을 사려고 노력한다. 그건 나쁜 생각이 아니다. 하지만 '반란을 일으키는 가신'으로 통하는 동료 젠이 보기엔 천박한 짓이다. 하슬러 부장은 신트림 냄새를 풍기며 거칠게 숨을 쉬는데, 하슬러가 예고 없이 등 뒤에 나타나면 글라우저는 하슬러의 그런 숨결을 기꺼이 참고 견디며, 심지어 애정을 갖고 견딘다. 그럴 때면 글라우저는 속으로 이렇게 생각한다. '이렇게 숨을 쉰다고 싫은 내색을 하면 예의가 아니지. 물론 향기가 더 좋긴 하지만. 그래도 부장님들이 이렇게 숨을 쉬면 묵묵히 받아들여야지.'

글라우저는 영리하고, 인품이 있고, 허튼 짓은 하지 않는다. 그는 동료 헬블링을 경멸하지만, 신중해서 내색은 하지 않는다. 또 다른 동료 타너는 싹싹하지만 원칙이 없는 녀석이라고 생각한다. 헬블링은 도무지 일을 하지 않고, 타녀는 일을 통해 추구하는 목표가 없다. 하지만 글라우저는 자기 개인의 발전을 위해 일하고, 원대한 목표를 달성하려는 포부가 있으며, 정신적인 발전을 꾀한다.

글라우저는 저축도 한다. 그는 삼사십 라펜짜리 점심을 먹는데, 그런 가격이면 그의 계획에 들어맞기 때문에 매우 만족한다. 담배를 피우고는 싶지만 감히 엄두를 내지 못하며, 그 대신 장갑을 끼고, 은제 대강이 장식이 달린 번듯한 산책용 지팡이를 들고 다닌다. 이 지팡이는 그에겐 호사품이지만, 딱 하나뿐인 호사품이고, 게다가 출세를 하려는 사람이라면 절대로 자기 자신을 과소평가하지 않는다는 걸 보여주어야 한다.

글라우저는 종종 생각한다. '나는 시골 출신이야. 형편이 그렇다 보니 의지가 확고한 사람은 뭔가를 해낼 수 있다는 걸 도회지 녀석들한테 보여줄 필요가 있어.' 그는 도서관을 애용하고, 교양을 쌓기를 간절히 원하며, 도시가 제공하는 장점들을 이용할 줄 안다. 그는 이렇게 혼잣말을 한다. '도회지 사람들은 알다가도 모르겠어! 이들은 시골경치에 열광하지. 그러면서 도서관은 거들떠보지도 않아. 좋아, 그렇다면 그들이 이룬 업적을 촌놈들이 접수하는 거야.'

글라우저는 보아하니 '황소 식당'의 여종업원과 모종의 관계를 맺고 있다. 그는 그곳에서 저녁을 먹곤 하는데, 복지회관 식당보다는 다소 비싼 편이다. 그는 '황소 식당'에서 양배추 절임을 곁들인 간 요리 1인분에 맥주를 마신다. 그럴 만한 이유가 있다. 종업원 아가씨와 만나는 데 따로 돈이 들지 않는 것이다. 그녀가 그를 사랑하니까. '조이뷔블리'도 어디에선가는 인기가 있고 총애를 받는다. 그러면 기분이 좋아지고, 고무되고, 자신의 장점을 부단히 자각하게 된다. 그러니 다른 사람들이 뭐라고 떠들건 신경 쓸 것 없다.

그의 봉급은 변변치 않다. 하지만 글라우저는 더 높은 보수는 아예 꿈도 꾸지 않겠다고 단단히 마음먹고 있다. 그런 허황된 생각은 심신을 지치게 하고, 옳지도 않다. 그날그날 해야 할 일에 소홀해지기 때문이다. 의무와 책임이 무엇인지 아는 사람이라면 그럴 수는 없다. '그건 헬블링스러운 짓이야.' 그렇게 생각하면서 글라우저는 이렇게 자제심을 발휘할 수 있다는 것이 뿌듯하고 기쁘다. 그는 이따금 일부러 실수를 해서 주의를 받는다. 가장 말석에 뒤처져 있는 동료가 '이 약삭빠른 출세주의자 녀석!'이라고 질투하지 않도록 외교적 술수를 쓰는 것이다. 누구나 약간은 대중의 인기를 얻고 싶겠지만, 미래의 통치자한테는 대중의 인기가 가장 절실하다.

월급날이 되면 대부분의 직원들은 어린애처럼 기뻐한다. 쩔렁거리는 금화 소리는 자연의 품에 안기는 아름다운 순간들, 즐길 거리들, 억눌렸던 인간적 욕구들을 일깨워준다. 그 것은 사람들의 마음과 상상력에도 호소한다. 하지만 글라우 저는 그렇지 않다. 그는 상냥하게 미소 지으며 평소처럼 월급을 내주는 경리 여직원을 쌀쌀맞게 대하며, 귀여운 여직원이 그에게 용무를 보는 동안 마치 '이 멍청한 아가씨야! 신속히 처리해!'라고 호령하는 듯한 태도를 취한다. 월급에 기뻐하는 것은 그에게 어울리지 않으니, 그의 욕구는 더 심오하고 각성된 성질의 것이기 때문이다.

그러면서도 글라우저는 일요일에 함께 여흥을 즐기는 모임에는 참석한다. 정치적 고려 때문이다. 품위 유지 때문이기도 하다. 고독하게 혼자 처박혀 있고 싶지는 않은 것이다. 그런 모임에는 참석하는 것이 온당하고, 충분히 그럴 만한 이유가 있다. 그가 춤을 추는 동작은 단조롭지만, 어떻든 몸을 흔들 줄은 안다. 춤은 술에 비해 멋진 정신적 영역에 속한다. 그러니 결코 춤을 마다할 이유가 없다. 게다가 글라우저는 이런 문제에는 초연하다. 그런 점에서도 도락에 탐닉하는 불쌍한 헬블링에 비해 우월감을 느낀다. 그 녀석은 이런 일에 정신이 팔린다.

글라우저는 니체를 읽는다. 니체를 읽긴 하지만, 이따금 이 작가에게 매료될 뿐이지 완전히 압도당하지는 않으며, 모범으로 따르지도 않는다. 글라우저는 자기만의 고유한 생각을 갖고 있기 때문에 여간해서는 그 누구도 쉽사리 그에게 감동을 주지 못한다. 하지만 나폴레옹의 이야기는 마음에 들어서 그를 모범으로 삼는다. 그밖에도 주로 영어 문법을 공부하는 데 여가시간을 바친다. 그는 상인협회의 회원인데, 그냥 느슨한 회원일 뿐이고 협회의 관심사에는 별로 관심이 없다. 그는 스무 살에서 반년을 더 살았다.

글라우저는 건강을 생각해서 날마다 사무실이 쉬는 정오 무렵에 호수 쪽으로 산책을 나가서 아름다운 선창가의 벤치에 자리를 잡는다. 그늘은 햇살만큼이나 좋다. 하지만 털끝만큼이라도 더 좋다는 뜻은 아니다. 바람도 편안하다. 하지만 '시인 지망생' 타너가 느끼듯 바람이 달콤할 정도는 아니다. 자연은 유용하고 좋은 것이지 매료의 대상은 아니다. 그는 벤치에 앉아서 책을 읽는다. 자연이 주위를 에워싸고 있다. 하지만 자연은 주위의 경관일 뿐이며, 주된 관심사는 책이다. 자연은 저절로 따뜻한 친밀감을 준다. 자연은 일종의 전령이며, 묵묵히 선의를 베푸는 간호사 같다. 사람들은 그 장점을 활용한다. 그럴 만한 가치가 있기 때문이다.

우리의 주인공은 한 걸음씩 착실하게 그가 할 수 있는 만큼 앞으로 나아간다. 그는 언제나 맡은 일을 성실히 수행한다. 절대로 지각은 하지 않는다. 그의 복장은 그가 처리하는 일처럼 깔끔하다. 그의 거동은 그의 계획에 부합한다. 다시 말해 겸손하다. 원대한 계획을 추구하기 때문에 그래야만 한다. 그는 일을 하는 동안에는 없는 사람 같고, 세상에 존재하지 않는 듯 일에만 열중한다. 그는 의무를 이행할 때는 사람들 눈에 띄지 않는 곳에서 산다. '내가 하는 일은 너무 정신적 깊이가 없어.' 그는 그렇게 생각하지만, 이런 생각을 하는 데 만족할 뿐이고 이를 빌미로 극적인 반전을 꾀하지는 않는다. 그는 천천히 일한다. 숫자 하나, 글자 하나 놓치지 않고 반듯하고 차분하게 일한다. 재능을 요구하는 일이 아니기 때문에 열정적으로 덤비지 않는 것이 상책이다. 이런 일을 하다니 쓴웃음이 나온다. '약삭빠른' 글라우저는 영악하게 만족한 표정을 짓고, 바로 그 점이 다른 동료들의 눈에 거슬린다. '저런 표정 뒤에는 무슨 꿍꿍이속이 있다니까!'라고 생각하는 것이다.

속내를 드러내지 않는 글라우저는 생각한다. '언젠가는 내가 너희들을 거느리는 부서장이 될 거다. 그러면 녀석들이 놀라 자빠지겠지.' 그는 이미 오래전부터 부서를 옮기지 않으려고 남몰래 노력해왔다. 자력으로 서서히 점점 더 나은 직책으로 승진할 생각이었다. 물론 승진하려면 여러 해가 걸릴 거라는 건 안다. 그렇다고 주눅이 들지는 않는다. 오히려 반대로, 끈질기게 버틸 수 있는 기회가 얼마든지 생길 거라고 직감하기에 간특한 만족감을 느낀다. 그는 그러기 위해 필요한 덕목을 갖추었다고 자신하면서, 어금니를 꾹 다물고 남몰래 회심의 미소를 삼킨다. 그는 건널목의 통행차단용 횡목처럼 인내심이 강하다. 매일같이 천성적으로 참을성이 없는 인간의 본보기를 보고 있지 않은가. 시계나 만지작거리는 헬블링 말이다. 이 녀석에 대해 글라우저는 '오래 버티지 못할 거야'라고 생각한다.

타너도 오래 버티지 못할 것이다. 오로지 일 자체를 위해 일하니까. 그게 아무런 목적도 추구하지 않는 예술가의 본성이지! 조용히 관찰하는 뷔블리는 자기 일에 확신을 갖고 있다. 얼마 후면 두 녀석은 '퇴출'이다. 헬블링은 쫓겨나는 거고, 타너는 자발적으로 나갈 거다. 한 녀석은 아무런 이유 없이 떠나고, 한 녀석은 수모와 조롱을 당하면서 쫓겨나는 거다. 하지만 글라우저는 치밀하게 계획한 직업상의 진로를 차근차근 계속 밟아갈 것이다.

그는 일을 잘 견뎌낸다. 뿐만 아니라 사무실 시스템의 작동원리는 그 자신의 영혼이 움직이는 이치와 같다. 그러니 비방할 필요가 없다! 그는 워낙 자신의 영혼을 잘 다스린다. 아하, 이 일은 이렇게 돌아가는구나, 하고 깨우치면 즉시 그의 마음도 비슷하게 돌아간다. 그의 에너지는 불편함이 발생하는 걸 허용하지 않는다. 그런 영혼은 나약하다. 나약해서 뭐에 쓰냐고? 짓누르기 좋으니까! 글라우저의 원칙에 따르면 영혼은 짓뭉개기 위해 있는 거다.

아, 그는 출세하겠지만, 오랜 세월이 걸릴 것이다. 그렇게 한 평생이 지나가면 그는 성공했다는 걸 확인하게 될 것이다. 설령 성공하지 못했다 해도 삶은 풍성할 것이다. 뭔가를 원하는 삶이었으니까!

(1908년)

게르머

생계가 걸려 있는 일자리는 그렇게 녹록하지 않다. 아무렴, 절대로 간단하지 않다. 세상에서 한 자리를 차지하고 있으면 온갖 자잘한 호사와 편의와 안락이 줄줄이 따를 수 있다는 것쯤은 누구나 쉽게 인정할 것이다. 예를 들면 문학 독서서클의 회원이라는 매력적이고도 한가한 자리도 그렇다. 생계수단이 있는 사람은 저녁에 기분 좋게 독한 맥주를 즐길 수 있다. 규칙적인 수입이 있는 사람은 저녁에 연주회장이나 극장에 갈 수 있다. 후한 월급을 받는 사람은 활기차고 당당하게 가장무도회에 참가할 수도 있다. 하지만 생계가 달린 일자리는 흔히 달갑지 않은 문제를 야기하기도 하는데, 특히 몸과 마음의 건강을 갉아먹기 십상이다. 인간의 신경체계를 떠올리면 쉽게 이해할 수 있는 일이다.

게르머는 까다로운 어음 담당 부서에서 다년간 일해왔는데, 동료 직원들의 숨소리도 듣기 싫고 그들의 건장한 체격도 견디기 힘들다. 건강하고 건장한 사람은 곧잘 위트 있게 말하게 마련인데, 이를테면 시골 출신 마이어와 도회지 출신 마이어가 그렇다. 두 사람은 일급의 익살꾼이다. 그런데 게르머는 참을성이 없다. 참을성이 없는 사람은 유쾌한 재담을 늘어놓는 사람을 싫어한다. 게다가 어음 부서에서 다년간 일하다 보니 게르머는 마음이 병들었다. 그는 여전히 자기 의무를 다하긴 하지만, 그러자면 마지막 남은 정신력까지도 줄곧 쥐어짜내야 한다. 아무렴, 세상에서 자기 자리를 지키려면 그런 거다.

까다롭기로 이름난 은행업무 중에도 거의 매일 오후 한시 반 무렵이면 공짜로 촌극을 관람한다. 여기에는 당연히 은행 직원과 계산기 담당자만 입장이 허용되는데, 이들은 매너가 썩 좋은 관객들이다. 한 사람도 빠짐없이 온다. 젠, 글라우저, 타너, 헬블링, 쉬르흐, 시골 출신 마이어와 도회지 출신 마이어, 빈츠와 분덜리 등이다. 모두들 담뱃대를 입에 물고 아무렇게나 좌석이나 입석으로 자리를 잡는다. 미묘한 분위기가 감돌고, 청중들은 저마다 진지한 관심이나 개인적 의도가 있고, 특수한 이해관계나 보편타당한 문제를 생각하며, 바깥에는 햇살이 비친다. "게르머 씨!"라고 누군가가 말한다. 그는 천천히 게르머 쪽으로 다가가서 그의 옆에 바짝 붙어 선다. 그러면 게르머는 못생긴 펑퍼짐한 손을 내저으며 "날 귀찮게

하지 마세요! 꺼지라고!"라고 말한다. 그러면 모두가 박장대
소하느라 난리법석이다. 분위기 좋은 오후 휴식시간이 그렇
게 흘러간다.

건강하고 혈색이 좋고 건장한 사람은 장난을 치고 누군가
를 웃기거나 괴롭혀야 직성이 풀리는 법이다. 그런 면에서는
귀여운 아이들이 으뜸가는 본보기를 보여준다. 아이들이 그
런 모습을 보이면 얼마나 깜찍한가! 아이들 웃음소리는 얼마
나 신성한가! 성스러운 웃음이다! 올림포스의 신들도 따지고
보면 은행직원들처럼 고용된 존재들이다. 아마 신들도 때로
는 무척이나 지루할 테고, 그래서 그들도 공짜로 구경하는 촌
극과 소동을 얼씨구나 즐기면서 감사하는 마음으로 폭소를
터트릴 것이다. 인간들이 찬미하는 신들의 거처도 분명히 우
리의 은행 사무실처럼 일종의 업무공간일 것이다. 신들과 여
신들 또한 비좁게 늘어선 탁자 앞에 앉아서 필기를 하고 계산
을 하고 통신을 할 것이며, 바로 우리가 여기서 끔찍하게 생
생히 목격하고 있듯이 신들도 무미건조한 생계형 일자리에
노예처럼 얽매여 있을 것이다.

지상에서 벌어지는 모든 일에는 두 가지 사적인 측면, 즉
그늘지고 우울한 측면과 유쾌하고 밝은 측면이 있게 마련이
다. 하루하루 힘들게 벌어서 겨우 한 달 생계를 꾸리는 사람
은 시간이 갈수록 계약에 매여서 규칙적인 기계가 되어야 한

다는 의무감을 느낄 것이다. 진지하게 따져보면 바로 이것이 시종일관 완수해야 할 과업이다. 그런데 게르머는 부실한 기계여서 감정을 제어하지 못하고 광분하고, 으르렁대고, 휘파람을 불어대고, 혼자 열외로 놀고, 분을 못 삭여서 이빨을 갈고, 당당하게 손짓을 하고 팔을 휘젓고, 세상의 축소판인 무대 위의 제왕처럼 거들먹거리고 다닌다. 요컨대 그는 아프다. 사실 생계형 일자리에 딱 어울리는 질병도 있다. 하지만 게르머의 질병은 활력을 요구하는 그의 직책과는 불구대천의 원수지간으로 보인다. 그게 가당한 일일까? 어떤 직책을 차지하고 있는 사람이라면 당연히 그 직책에 합당하지 않은 것은 일체 배척해야 한다. 그런데 게르머는 손사래를 치며 자기 직책을 배척한다. 그건 불가능하기 때문에 어리석은 짓이다. 그 누구도 자신의 생계수단을 배척할 수는 없다. 그런데 게르머는 늘 "꺼져! 나를 귀찮게 하지 마!"라고 말한다. 아무렴, 고장난 기계니까 그런 거다.

게르머의 동료 중 한 명은 그래도 그에게 동료애를 느낀다고들 한다. 동료애라는 원칙은 워낙 뿌리가 깊어서 거스르기 어렵다. 지금까지도 그랬고 앞으로도 분명히 그럴 것이다. 굶주리는 방랑자는 주위의 눈치를 살필 필요가 없다. 그래봤자 굶기는 마찬가지다. 하지만 게르머는 날마다 먹고 마시고, 잠잘 집도 있고, 산책도 하고 담배도 피울 수 있다. 마치 하늘에서 떨어진 것 같은 이 모든 거저먹기 호사는 세상을 주무르는 동료들 덕분에 생긴 것이다. 그런데 그가 이 점을 무시해도 되는 걸까? 과연 그가 경리사원 빈츠 씨에게 날름 혀를 내밀고 놀려먹어도 되는 걸까? 통신부서 직원들에게 '원숭이들!'이라고 조롱해도 되는 걸까? 단연코 그건 아니다. 그럼에도 게르머는 그런 짓을 한다. 엄밀히 말하면 그가 아니라 그의 질병이 이런 죄를 범하는 것이다. 그러니까 그의 질병은 끈끈한 동료애의 적이다. 시골 출신의 마이어는 시골생활이 얼마나 근사한지 잘 알고, 그래서 게르머가 시골생활에나 어울리는 사람이라는 생각을 이미 여러 차례 표명한 바 있다. 동료 헬블링은 재미 삼아서 이 생각을 다시 온 사무실 동료들에게 퍼뜨리고 다녔다. "게르머 녀석을 시골로 보내면 좋겠는데." 늘 사무실 동정을 살피는 하슬러 부장은 이맛살을 찌푸리며 이런 유언비어가 모든 직원들에게 유포되는 것을 재빨리 차단한다. "당신 일이나 제대로 하라고, 헬블링."

그렇지만 시골 생각은 도무지 근절될 기미가 보이지 않는다. 신망 있는 경리사원 빈츠가 시골 생각을 더 발전시킨다. "그 친구가 시골에서 살면 끝내주게 좋을 텐데. 시골 공기를 마시다보면 건강도 완전히 회복될 테고. 그 친구는 여기 있으면 하루하루 더 멍청해져. 도대체 이런 인간을 지켜봐야 한다는 것 자체가 치욕이야. 속이 메스꺼울 지경이야. 시골에 가면 햇볕도 쬐고 가벼운 일거리도 생길 텐데. 오후 내내 나무 아래 풀밭에 드러누워서 '꺼져!'라고 할 수도 있을 테고. 모기와 파리도 분명히 그 친구를 싫어하지 않을 거야. 겸손해지는 법도 금방 배울 테고. 그리고 헬블링 녀석도 조만간 따끔한 맛을 보여줘야 해. 내가 부서장이라면 어떻게든 사무실 분위기를 깔끔하게 정리할 텐데 말이야." 내가 부서장이라면! 빈츠 씨는 유난히 전체 부서의 장이 되고 싶어 한다. 그의 예민한 후각으로 판단하건대 경리부서는 기강이 해이하고 염치도 없다. 그는 날마다 두툼한 2절판 서류에 팔꿈치를 괴고 인정사정 봐주지 않는 개혁을 꿈꾸면서 자기가 개혁의 엄격한 집행자가 되길 꿈꾼다. 아무렴, 부하직원이란 그런 거다.

게르머가 정신이 혼미해진 원인에 관해서는 좋은 뜻으로 갖가지 추측 내지 억측이 나돌았다. 그의 업무가 문제였다. 그의 업무는 지나치게 심신을 소모시킨다. 게르머는 일찌감치 지금의 업무에서 벗어났어야 했다. 그런 업무에 매달리다 보면 누구라도 똑같이 미칠 것이다. 그런가 하면 뤼에크가 잘못한 탓이라고 수군거리는 소리도 들렸다. 부서장 바로 밑에 있는 과장 뤼에크 씨 말이다. 그가 냉혹한 속셈으로 게르머를 광기로 몰아갔다는 것이다. 그러니 다름 아닌 뤼에크에게 책임이 있다는 거였다. 그는 상상을 불허하는 전횡을 부린다고 들 했다. 이 악귀 같은 인간과 함께 일하는 건 고문이라고 했다. 첫째는 빌어먹을 어음 업무 때문이고, 둘째는 악마의 화신 뤼에크 때문이라는 거였다. 게르머가 불쌍하다고들 했다. 어째서 그 애꿎은 친구가 녹초가 되도록 당하고만 있었을까? 어떻든 그를 지금의 업무에서 면해주어야 한다는 거였다. 헬블링은 앞장서서 온 사무실을 돌아다니며 게르머의 업무가 얼마나 고통스러운지 묘사하느라 분주하다. 헬블링은 일부러 사태를 가장 나쁘게 묘사하면서 근무시간을 때우는 수단을 택해서 아예 작업도면을 그린다. 이렇게 작업도면을 그리느라 다시 한 번 시간을 죽인다. 하지만 늘 그렇듯이 예술에 적대적인 하슬러 부장은 벽에 걸어놓은 작업도면을 찢어버린다.

"게르머 씨, 더 정확하게 계산해야지요." 어음부서의 과장 뤼에크가 채근한다. 그는 나이가 지긋하고, 조용하고, 안경을 끼고, 깡마르고, 단조롭고, 머리가 세고, 수염을 기르고, 얼굴이 창백하고, 목소리가 애절하고도 폐부를 찌르며, 부하직원한테 상사 티를 내는 사람이다. 게르머가 대꾸한다. "뤼에크 씨, 나를 좀 가만히 내버려두세요. 알았어? 꺼져!" 이건 도저히 부하직원이 할 소리가 아니다. 매일 밥벌이를 해야 하는 사람이 할 소리는 더더욱 아니다. 직책에서 쫓겨날까봐 노심초사하는 사람이 할 소리도 더더욱 아니다. 하지만 자기도 모르게 그런 말이 불쑥 튀어나오는데 어쩌겠는가? 아, 뤼에크는 게르머를 얼마나 미워하는가. 더 고약한 것은 게르머도 뤼에크를 미워하고, 가장 고약한 것은 두 사람이 서로를 죽도록 미워한다는 사실이다. 그런데도 함께 일해야 한다. 마치 달그락거리는 기계의 유연한 부품들처럼 서로 긴밀하게 맞물려서 함께 돌아가야 한다. 한쪽의 협조적인 활동이 없으면 다른 한쪽의 활동도 망가진다. 한 사람이 실수를 하면 그로 인해 세 사람이 고생한다. 그런데 게르머는 늘 실수를 한다. 하지만 그는 뤼에크가 악의적으로 자기를 괴롭히기 때문에 일을 그르친다고 철석같이 믿는다. 반면에 뤼에크는 섬세하고 취향이 고상한 사람인지라 '촌극'에는 절대로 가담하지 않고, 게르머를 아주 멀쩡한 사람으로 취급하는데, 바로 그 점이 아픈 사람을 자극해서 '꺼져!'라고 내지르는 것이다. 지렛대 A가 지렛대 B에게 과연 이런 말을 할까? 아무렴, 부품이란 그런 거다.

지렛대 A와 B는 다년간 함께 작업바퀴를 힘들게 돌려왔다. 한쪽은 '제대로 해야지요!'라고 하고, 다른 한쪽은 '제발 꺼지라고요!'라고 하면서. 몰래 속으로 화를 삼키면서. 뤼에크는 언제나 안경을 위로 올리고서 게르머를 곁눈질로 쳐다보곤 했다. 어쩌면 이 시선이 게르머의 속을 뒤집어놓았는지도 모른다. 하지만 어떤 사람의 영혼이 무엇 때문에 병들었는지 감히 누가 말할 수 있겠는가. 이 문제에 대한 시의적절한 대답은 학문에 종사하는 분들에게 맡기기로 하자. 그분들은 이 문제에 답할 특권을 갖고 있으니까. 사무실에서 모두들 열심히 분주하게 일하느라 정적이 감돌 때면 갑자기 누군가 휘파람을 불어댄다. 누구일까? 게르머다. 그러면 그 친구도 갑자기 호탕하게 웃음을 터트릴 수 있다. 그리고 그는 늘 엄청나게 크고 펑퍼짐한 손으로 무엇을 쫓아내기라도 하듯이 허공을 휘젓는다. 불쌍한 게르머.

아무렴, 인생은 고단하다. 헬블링은 그런 내용을 읊은 노래를 부를 줄 안다. 단조로운 노래가 가장 감동적이라고 하지 않는가. 게르머는 결혼한 몸이고, 부인과 두 아이가 있는데, 이제 막 초등학교에 다니기 시작하는 딸들이다. 6주 또는 8주에 한 차례씩 게르머의 부인은 은행 지점장을 찾아와서 이 높으신 어른께 울면서 애원한다. 남편이 꼭 필요한 일만 하게 해달라고, 제발 남편을 건드리지 말고 가만히 혼자 있게 해달라고. 그리하여 게르머를 골려주는 특별공연을 중단하라고 직원들에게 훈시가 내렸다. '시골로 데려가면 좋을 텐데.' 시골 출신인 마이어는 그렇게 생각한다.

(1910년)

헬블링의 이야기

　　　　　　　　내 이름은 헬블링이고, 이제부터
나 자신에 대해 이야기를 하겠다. 내가 아니면 다른 어느 누
구도 내 이야기를 대신 써주지는 않을 테니까. 인류가 세련된
문화에 도달한 오늘날에는 나 같은 사람이 눌러앉아서 자신
의 이야기를 쓴다고 해서 전혀 이상할 것이 없다. 이 이야기
는 짧다. 나는 아직 젊기 때문이다. 또한 이 이야기는 끝까지
써내려갈 수 없다. 예상하건대 나는 아직 앞으로 살 날이 창
창하기 때문이다. 나의 두드러진 특징은 너무 지나치다 싶을
정도로 극히 평범한 사람이라는 것이다. 나는 수많은 사람들
중 하나인데, 바로 그 점이 나는 아주 신기하다. 나는 수많은
사람들의 집단이 신기하다고 여기며, 언제나 '그 모든 사람들
이 대체 무얼 하며 살지?'라며 의아해한다. 나는 이 다수 대중
속에서 확실히 자취를 감춘다. 한낮에 열두시 시계종이 울리
고 내가 일하는 은행에서 나와 집으로 달려갈 때면 다른 사람

카를 발저 〈로베르트 발저 초상〉(1911년)

들도 모두 함께 달려가고, 서로 앞질러 가려 하고, 다른 사람
보다 보폭을 더 크게 하며, 그러면서도 '모두가 어차피 집으
로 가잖아'라고 생각한다. 실제로 이들은 모두 집으로 간다.
이들 중에는 자기 집도 못 찾아갈 정도로 걸출하게 눈에 띄는
비범한 사람은 없기 때문이다. 나는 체격이 중간 정도고, 그
래서 눈에 띄게 작지도 않고 중뿔나게 크지도 않은 것이 때로
는 기쁘다. 그런 식으로 나는 유식하게 말하면 중용의 도를
안다. 나는 점심을 먹을 때마다 늘 생각한다. 본래는 어딘가
다른 데서, 좀 더 유쾌하게, 더 세련되게 식사를 할 수도 있을
텐데. 그리고 과연 그런 곳이 어디일까, 더 활기찬 대화를 나
누고 더 고급스러운 식사를 할 수 있는 곳이 과연 어디일까
곰곰이 생각해본다. 나한테 어울릴 만한 곳을 찾을 때까지 내
가 아는 모든 도시 구역과 모든 식당들을 차례로 떠올려본다.
일반적으로 나는 내 인격을 무척 존중하고, 워낙 오로지 나만
생각하고, 생각할 수 있는 한 가장 잘 지낼 수 있는 방안을 늘
궁리한다. 나는 양가집 출신으로, 아버지는 이 지방에서 명망
있는 상인이다. 그래서 나는 나한테 가까이 접근하려는, 하지
만 단호히 물리쳐야 할 자들에게서 온갖 흠결을 손쉽게 들춰
낸다. 이를테면 모두가 너무 세련되지 못하다. 나는 내가 소
중하고 예민하고 부서지기 쉬운 존재여서 세심한 보살핌을
받아야 한다고 느낀다. 반면에 다른 사람들은 나만큼 소중하

지 않고 세련된 감각도 없다고 여긴다. 어떻게 그럴 수 있단 말인가! 마치 인생을 감당하려면 일단 거칠게 생겨먹고 봐야 한다는 식이다. 어쨌거나 내가 두각을 나타내는 걸 가로막는 장애요인이 있긴 하다. 예를 들어 내가 어떤 임무를 수행하려고 하면 언제나 우선 30분은 골똘히 생각해야 한다. 때로는 꼬박 한 시간이 걸릴 때도 있다. 나는 신중히 숙고하면서 혼자 이런 상상을 해본다. "일에 착수해야 할까, 아니면 착수할지 말지 좀 더 고민해야 할까!" 그러는 사이에 벌써 일부 동료들은 내가 게으른 인간이라는 걸 알아차렸다는 느낌이 온다. 하지만 나는 그저 너무 예민한 사람일 뿐이다. 아, 그런 식으로 잘못된 평가를 받는 것이다. 나는 내가 맡은 일에 언제나 질겁한다. 이를테면 나는 펑퍼짐한 손으로 작업대 덮개를 여기저기 만지작거리다가 마침내 비웃음거리가 되고 만다는 걸 알게 된다. 또는 손으로 뺨을 쓰다듬거나 아래턱을 잡아보기도 하고, 눈을 비비거나 코를 문지르거나 이마로 흘러내린 머리를 빗어 넘기거나 한다. 내 앞에 작업대 위에 펼쳐져 있는 서류 뭉치가 아니라 바로 그런 동작들이 내가 맡은 일이라도 되는 듯이. 아무래도 직업을 잘못 택한 것 같다. 하지만 어떤 직업을 택하더라도 마찬가지일 거라고, 똑같이 해서 일을 그르칠 거라고 굳게 믿는다. 나는 게으름뱅이로 찍혀서 거의 존중받지 못한다. 사람들은 나를 가리켜 몽상가, 몽유병자라고 한다. 아, 사람들은 터무니없이 딱지를 붙이는 데는 이골이 났다. 물론 내가 일을 별로 반기지 않는다는 것은 사실이다. 나는 일이 내 정신을 자극하지 못한다고 늘 상상하기 때문이다. 이것은 더 따져봐야 할 문제다. 나는 내 정신이 온전한지 잘 모르겠는데, 사실 그렇다고 믿기 어렵다. 머리를 써야 하고 날카로운 사고력이 필요한 일을 맡을 때마다 매번 나는 바보인 체한다는 걸 이미 종종 확신했기 때문이다. 그런 경험은 실제로 나를 어리둥절하게 만든다. 그럴 때마다 나는 내가 오직 상상을 할 때만 영리해지고 반면에 정말 영리하다는 걸 증명해야 할 때는 영리함을 상실하는 그런 기이한 사람들 축에 드는 것인지 숙고하게 된다. 나는 지적이고 멋지고 기발한 생각이 수없이 떠오르지만, 정작 그런 생각을 실제로 적용하려고 하면 생각이 먹혀들지 않고 사라져버려서 마치 학습 지진아처럼 뻘쭘해진다. 내가 내 일을 좋아하지 않는 이유는 한편으로 내 일이 정신활동과는 너무 무관하기 때문이고, 다른 한편으로 내 일이 다소라도 정신활동을 요구하면 금방 내 머리로는 감당이 안 되기 때문이다. 나는 생각을 하지 말아야 할 때는 늘 생각하고, 생각해야 할 일을 맡으면 생각을 하지 못한다. 이런 두 가지 이유로 나는 늘 열두시 몇 분 전에 사무실을 떠나고, 늘 다른 사람들보다 몇 분 늦게 사무실에 도착하는데, 그래서 나는 평판이 꽤 나쁜 편이다. 하지만 그들이 나에 대해 뭐라고 지껄이든 간에 나는 개의치 않으며, 추호도 상관하지 않는다. 예컨대 그들이 나를 얼간이로 간주한다는 걸 익히 알지만, 그들이 그렇게 간주할 권리가 있다면야 나로서는 막을 도리가 없다고 느끼는 것이다. 나는 실제로 다소 얼간이처럼 보이는데, 내 얼굴이나 거동, 걸음걸이, 말투와 생김새 자체가 그렇다. 한 가지 예를 들자면 내 눈은 다소 멍한 표정을 띠기 때문에 사람들이 곧잘 착각해서 내 머리를 과소평가하기 십상이라는 것은 의문의 여지가 없다. 나라는 존재는 유치한 데가 많고, 게다가 허영심도 이만저만이 아니다. 내 목소리는 특이해서 내가 말하는 동안에도 정작 당사자인 나 자신이 말하고 있다는 걸 깜빡할 정도다. 나는 잠을 설치고 아직 말짱하게 깨어나지 못한 사람의 인상을 풍기는데, 나 자신도 알고 있다는 건 이미 언급한 바다. 나는 항상 머리를 아주 단정하게 빗는데, 그렇게 하면 어쩌면 내가 주는 구제불능의 멍청한 인상이 더 증폭될지도 모르겠다. 그러면 나는 작업대 앞에 서서 삼십분 동안이나 사무실이나 창문 쪽을 멀뚱하게 바라보곤 한다. 나는 글씨를 써야 할 펜을 그냥 손에 들고 있기만 한다. 그리고 일어나서 제자리걸음을 한다. 제대로 운동할 여건이 안 되기 때문이다. 그러면서 나는 동료들을 살펴보는데, 나를 곁눈질로 힐끔힐끔 쳐다보는 그들의 눈에 내가 한심하고 양심도 없는 게으름뱅이로 보인다는 게 도무지

'마이크로그램' 원고

이해되지 않는다. 누군가 나를 바라보면 미소를 짓고 아무런 생각 없이 몽상에 잠긴다. 제발 내가 꿈꿀 수만 있다면! 하지만 꿈꾼다는 게 어떤 것인지 떠오르지 않는다. 티끌만큼도! 돈만 충분히 있다면야 더 이상 일 따위는 하지 않겠다고 혼자 생각해본다. 생각이 고갈되었는데도 이런 생각을 할 수 있다니 어린아이처럼 신난다. 내가 받는 월급은 내 생각에는 너무 적은데, 나의 업무실적으로는 절대로 많이 벌 수 없다는 걸 스스로 시인할 생각은 전혀 하지 않는다. 그렇지만 내가 거의 아무런 실적도 내지 못한다는 건 안다. 이상하게도 나는 전혀 염치를 모른다. 누군가가, 이를테면 상급자가 나한테 질책하면 나는 극도로 화가 난다. 질책을 당하면 내가 마음의 상처를 입으니까. 그건 참지 못한다. 비록 내가 욕먹어도 싸다는 건 시인하지만 말이다. 내 생각에 내가 상급자의 질책에 저항하는 까닭은 상급자와의 대화를 좀 더 길게, 대략 30분 정도 끌어보기 위해서다. 그러면 정말 30분 정도를 때울 수 있고, 그러는 동안에는 적어도 지루하지는 않은 것이다. 동료들이 내가 지루해한다고 생각하는 건 물론 옳다. 나는 겁나게 지루해하니까. 눈곱만큼도 자극이 없다니! 나는 지루한데 그 지루함을 과연 어떻게 멈추게 하는가를 곰곰이 생각해보는 것, 바로 그것이 나의 본업이다. 나는 그것도 완수하지 못해서 나에 대해 이렇게 생각한다. "정말이지 나는 아무것도 완수하지 못하는구나!" 나는 종종 전혀 뜻하지 않게 하품을 하는 수가 있다. 높은 천장을 향해 입을 딱 벌리고, 그러고서 손을 가져가서 열린 입을 슬며시 막는다. 그런 다음 손가락 끝으로 콧수염을 만지작거리면서 다른 손의 한 손가락 안쪽 면으로 작업대 판을 톡톡 두드리면 딱 제격이다. 완전히 꿈꾸는 자세가 나오는 것이다. 때로는 이 모든 것이 불가사의한 꿈처럼 느껴지기도 한다. 그러면 내가 측은히 여겨져 울고 싶다. 하지만 그처럼 꿈결 같은 기분이 가시고 나면 나는 바닥에 큰 대자로 몸을 날리고 싶고, 폭 고꾸라져서 작업대 모서리에 부딪쳐 호되게 아파보고 싶어진다. 고통을 통해 시간을 때우는 즐거움을 느낄 수 있게 말이다. 내 영혼이 내 처지로 인해 고통을 전혀 겪지 않는다고 할 수는 없다. 왜냐하면 때때로 귀를 쫑긋 세우고 잘 들어보면 나를 꾸짖는 목소리가 나직이 들려오기 때문이다. 그것은 아직 살아 계신 어머니의 목소리 비슷한데, 어머니보다 훨씬 엄격한 원칙을 고수하신 아버지와 달리 어머니는 언제나 내가 옳다고 여기셨다. 하지만 어머니의 목소리로 들려오는 꾸짖음을 존중하기에는 내 영혼이 너무 미욱하고 하찮게 느껴진다. 나는 그런 목소리의 어조를 대수롭지 않게 여긴다. 생각해보면 그저 지루하기 때문에 영혼의 중얼거림에 귀를 기울이게 되는 것이다. 사무실에 서 있으면 나의 팔다리는 서서히 나무토막으로 변하는데, 나는 정말 나무토막이 되길 바란다. 그러면 불을 붙여서 태워버릴 수라도 있으니까. 작업대와 인간은 시간이 지나면 하나가 되는 것이다. 시간은 언제나 나에게 생각할 거리를 제공한다. 시간은 빨리 지나가지만, 아무리 빨리 가다가도 갑자기 휘기도 하고 툭 끊어지기도 하는 것 같다. 그럴 때면 시간이 완전히 사라진 것처럼 느껴진다. 때로는 한 무리의 새떼가 날아오르듯 시간이 환호하는 소리가 들려온다. 숲속에 있을 때도 그렇다. 거기서는 언제나 시간이 환호하는 소리가 들려오고, 그러면 정말 마음이 편안해진다. 그럴 때면 아무런 생각도 하지 않아도 되니까. 하지만 대개는 딴판이어서 죽은 듯이 고요하다! 우리가 느끼지도 못하는 것이 인간의 삶이라 할 수 있을까! 앞을 향해, 종말을 향해 몰아치는데도! 지금 이 순간까지 내 인생은 이렇다 할 내용이 없었던 것 같고, 앞으로도 내내 별 내용이 없을 거라는 확신은 뭔가 무한한 것을 느끼게 해준다. 무한한 것은 불가피한 최소한의 일만 하고 잠이나 자라고 명령하는 그 무엇이다. 그래서 내가 이러고 있지 않은가. 예민한 후각으로 근무태만을 탐지하려는 지배인의 기척이 등 뒤에서 느껴질 때면 나는 그저 열심히 일하는 체할 뿐이다. 지배인은 나의 근무태만을 현장에서 적발하기 위해 살금살금 다가오곤 한다. 하지만 그가 내뿜는 숨소리 때문에 탄로가 난다. 호인인 그는 언제나 나에게 다소 기분전환을 할 기회를 제공해주고, 그래서 나는 그를 썩 기분 좋게 견딘다. 그런데 도대체 어떤 연유로 나는 내 의무와 근무규정을 전혀 존중하지 않는 것일까? 나는 왜소하고, 창백하고, 소심하고, 나약하고, 세련되고, 예민하고, 생존에는 무능하고 감수성이 넘치는 풋내기로, 만약 불운이 닥치기라도 하면 인생의 가혹한 시련을 견뎌낼 수 없을 것이다. 그러니 계속 이런 식으로 나가다 내 일자리에서 해고당할 거라고 생각하면 두려움에 빠질 수도 있지 않을까? 어찌 생각하면 두렵지 않고, 또 달리 생각하면 두렵다. 다소 두렵기도 하고, 그다지 두렵지 않기도 하다. 어쩌면 두려움을 느끼기엔 머리가 모자라는 것인지도 모른다. 사실 주위 사람들에게 보란 듯이 내 스스로 만족감을 얻기 위해 뻗대는 유치한 저항도 머리가 나쁘다는 징표가 아닐까 하는 생각이 들 지경이다. 하지만 아무리 그래도 그런 처신이 내 성격에 딱 어울린다. 나는 늘 성격상 조금이라도 비범하게 처신해야 직성이 풀리기 때문이다. 설령 그러다 손해를 보는 한이 있더라도. 그래서 예를 들면 나는, 이건 물론 허용되지 않는 일이긴 하지만, 소소한 책들을 사무실에 갖고 와서 버젓이 펴놓고 읽는데, 정작 독서에는 흥미를 느끼지 못한다. 하지만 이런 행동은 남들보다 뛰어나고 싶은 교양 있는 사람의 세련된 저항으로 보이는 것이다. 그러니까 나는 늘 뛰어나고 싶고, 그런 점에서는 사냥개처럼 열성적이라고 훈장이라도 받을 만하다. 가령 내가 지금 책을 읽고 있다고 치면 어떤 동료가 다가와서 어쩌면 이 상황에 딱 들어맞게 "헬블링, 어떤 책을 읽고 있나요?"라고 물을 것이다. 그러면 나는 화가 나는데, 성가시게 질문하는 사람을 쫓아내려면 화내는 모습을 보여주는 것이 상책이기 때문이다. 나는 책을 읽을 때면 아주 잘난 체하는데, 그러면서 사방에서 나를 지켜보는 자들을 빙 둘러본다. 그들은 내가 얼마나 현명하게 지성과 재치를 함양하고 있는지 지켜보는 것이다. 그러면 나는 보란 듯이 천천히 책을 한 페이지씩 넘기면서도 정작 더 이상 읽지는 않는다. 독서삼매경에 빠져 있는 태도를 취한 것만으로 만족하면 그만인 것이다. 나는 그런 사람이다. 남을 속이는 재주가 있고, 효과를 계산할 줄 안다. 나는 허영심이 있는데, 하지만 내 허영심은 묘하게 정당한 만족감을 준다. 내가 입은 옷은 투박해보이지만, 옷을 바꿔 입는 데는 열성적이다. 내가 옷이 여러 벌 있고 또 옷 색깔을 고르는 안목이 제법 있다는 걸 동료들에게 보여주는 데서 만족감을 얻기 때문이다. 나는 초록색 옷을 즐겨 입는데, 숲을 상기시켜주기 때문이다. 바람이 많이 부는 날에는 노란색 옷을 입는데, 노란색이 바람과 춤에 어울리기 때문이다. 내 생각이 틀릴 수도 있겠지만, 나는 전혀 틀릴 거라고 의심하지 않는다. 나는 흔히 날짜를 잘못 알아서 훈계를 듣는 경우가 허다했기 때문이다. 결국 스스로 멍청이라고 생각하는 사람이 곧 멍청이인 것이다. 하지만 얼간이든 존경받는 사람이든 무슨 상관이란 말인가. 멍청한 사람이든 존경받는 사람이든 비를 맞기는 마찬가지다. 더구나 햇볕도 똑같이 쬐니까! 나는 낮 열두시 종이 울려 햇볕을 쬐면서 집으로 갈 수 있으면 그걸로 행복하다. 그리고 비가 내리면 널찍한 우산을 펴서 내가 아끼는 모자가 젖지 않으면 그걸로 행복하다. 나는 모자를 아주 소중히 다루는데, 나에게 익숙한 부드러운 손길로 모자를 잡을 수만 있으면 나는 언제까지고 너무 행복한 사람이다. 휴일이 되어 모자를 조심스레 머리에 쓸 기회가 오면 나는 특별한 기쁨을 느낀다. 나는 언제나 모자를 잡는 것으로 매일매일 하루의 일과를 즐겁게 마무리한다. 내 삶의 핵심은 사실 순전히 사소한 것들이다. 나는 그런 사소한 것들을 늘 다시 반복하고, 아무리 그렇게 반복해도 나에겐 너무 신기하게 느껴진다. 인류와 관계되는 거대한 이상들에 열광하는 것은 한 번도 내게 어울린다고 생각해본 적이 없다. 나는 근본적으로 무엇에 열광하기보다는 오히려 비판적인 태도를 취하는 성품이고, 그런 성품을 나의 자랑거리로 삼는다. 어떤 이상주의적 인간이 머리를 길게 기르고, 맨발에 슬리퍼를 신고, 허리에 가공하지 않은 모피를 두르고, 머리에 꽃을 꽂은 모습으로 다닌다고 치자. 나는 그런 사람과 마주치면 경멸감을 느낀다. 나는 그런 경우에는 당황해서 미소를 짓는다. 기분 같아서는 큰소리로 비웃어주고 싶지만 그럴 수 없다. 나처럼 매끈하게 머리를 빗은 사람의 고상한 취향을 몰라보는 인간들 사이에서 살아간다는 것은 본래 웃기기보다는 짜증나는 일이기 때문이다. 나는 곧잘 화를 낸다. 그래서 늘 기회만 생기면 화를 내곤 한다. 나는 종종 악의적인 말도 하는데, 하지만 분명히 나의 악의를 남한테 쏟아낼 필요는 없다. 다른 사람의 조롱거리가 되어 시달리는 게 어떤 것인지 나도 익히 알고 있으니까. 하지만 내가 조롱거리가 되는 이유가 있다. 그러니까 나는 제대로 관찰하지 않고, 가르침을 받아들이지 않으며, 내가 일찍이 학교에서 퇴학당했던 당시와 똑같이 처신하기 때문이다. 나는 여러 모로 풋내기 학생 티가 몸에 배어 있고, 아마 평생토록 줄곧 그런 티를 낼 것이다. 자기개선의 능력이 눈곱만큼도 없고 다른 사람의 행동을 거울삼아 자기 수양을 할 재능이 전혀 없는 그런 사람이 있다고들 한다. 정말 나는 결코 자기 수양을 하지 않는다. 교육열에 편승하는 것은 나의 품위에 어긋난다고 생각하기 때문이다. 게다가 나는 제법 맵시 있게 지팡이를 손에 들 줄도 알고, 셔츠의 옷깃에 넥타이를 맬 줄도 알고, 숟가락을 오른손으로 잡을 줄도 안다. 그리고 어제 저녁 초대가 어땠냐고 질문을 받으면 "감사합니다! 정말 근사한 저녁이었어요!"라고 답할 줄도 안다. 그 정도 교육은 받았다. 그런데 교육이 무슨 대수라고 나

390

를 대단한 사람으로 키워주겠는가? 가슴에 손을 얹고 내 생각을 솔직히 말하면, 나를 교육시키려 든다면 그건 완전히 번지수를 잘못 찾은 것이다. 나는 돈과 안락한 품위를 추구하고, 그것이 나의 교육열이니까! 그래도 나는 흙일 하는 사람보다는 훨씬 고상하다고 자부한다. 비록 그가 마음만 먹으면 왼손 집게손가락만 까딱하고 신호를 하면 흙구덩이 속으로 나를 처박을 수도 있겠지만 말이다. 나는 그런 더러운 흙구덩이에 묻히고 싶지는 않다. 가난하고 소박한 옷을 입은 사람들의 힘과 아름다움은 나한테 좋은 인상을 주지 않는다. 나는 그런 사람을 볼 때 세상에서 죽도록 일만 하고 가는 멍청이에 비하면 우리처럼 우월한 위치에 있는 사람이 얼마나 잘 사는지 늘 생각하게 되고, 가슴에 추호도 연민을 느끼지 못한다. 그런데 내 가슴이 어디에 있더라? 나는 가슴이 있다는 걸 잊어버렸다. 그건 분명히 슬픈 일이지만, 어떤 경우에 슬픔을 느끼는 것이 과연 온당할까? 돈을 분실했다고 신고해야 할 때, 또는 새로 산 모자가 맞지 않을 때, 또는 증권 시세가 갑자기 하락할 때, 그럴 때만 슬픔을 느끼는 법이다. 아니, 그럴 때도 과연 슬픔이 존재하기나 하는 것인지 따져봐야 한다. 사실 꼼꼼히 살펴보면 슬픔은 존재하지 않고 그저 살짝 유감스러울 뿐이며, 그런 감정은 바람처럼 금방 지나가게 마련이다. 내 생각을 어떻게 표현해야 할지 잘 모르겠지만, 어쨌거나 어떤 감정도 못 느낀다는 것, 느낌이란 걸 도무지 알 수 없다는 것은 너무나 기묘하다. 누구나 자기 신상에 관계되는 감정을 느끼긴 하지만, 근본적으로 따지면 그런 개인적 감정은 배척해야 마땅하다. 사회 전체에 위배되는 불손한 감정이니까. 하지만 개개인이 느끼는 감정은? 물론 이따금 그런 의문을 따져보고 싶기도 하고, 남을 도와주는 선량한 사람이 되고 싶은 선망이 은근히 느껴지기도 하지만. 그런데 언제 그런 마음이 생기는 걸까? 이를테면 아침 일곱시, 아니면 또 언제쯤일까? 금요일만 되면, 그리고 이어지는 토요일 내내 나는 일요일에 어떤 일을 할 수 있을지 곰곰이 생각하게 된다. 늘 일요일에는 뭔가를 해야 하니까. 나는 혼자 나들이하는 경우는 드물다. 대개는 그때그때 연줄이 닿는 대로 젊은이들 모임에 합류한다. 그건 간단히 성사된다. 그저 함께 가기만 하면 된다. 물론 일행은 내가 지루한 동행이라는 걸 금방 알게 되지만. 예를 들어 나는 증기선을 타고 호수를 가로질러 가거나, 걸어서 숲길을 가거나, 기차를 타고 다소 먼 아름다운 지역으로 가기도 한다. 종종 젊은 아가씨와 동행하여 춤을 추러 갈 때도 있는데, 그럴 때면 아가씨들이 나를 그런 대로 무난히 대해준다는 걸 알게 되었다. 나는 얼굴이 희고, 손이 예쁘고, 우아하게 펄럭이는 연미복을 입고, 장갑도 끼고, 손에 반지도 끼고, 은박 장식이 있는 지팡이를 들고, 말끔하게 닦은 신발을 신고,

그렇게 세련된 나들이 차림을 하고 나선다. 내 목소리는 특이하고, 입가에는 살짝 짜증나는 표정을 짓는데, 그건 나도 뭐라 형언하기 어렵지만 그래도 젊은 아가씨들에게 호감을 주는 듯했다. 내가 말할 때는 비중 있는 사람이 말하는 듯한 울림이 느껴진다. 그렇게 무게를 잡으면 기분이 좋다는 것은두말할 나위 없다. 춤에 관해 말하자면 나는 이제 막 춤을 배우는 사람처럼 춤춘다. 경쾌하고 우아하게 어김없이 정확하게추지만, 너무 빨리, 너무 싱겁게 춘다. 내 춤은 정확하고 도약도 잘하지만, 품격이 없다. 내가 어떻게 품격을 갖출 수 있겠는가! 하지만 열정적으로 춘다. 춤을 출 때면 내가 헬블링이라는 걸 잊어버릴 정도다. 춤출 때면 나는 행복하게 두둥실떠다니는 느낌에 폭 빠지기 때문이다. 그럴 때면 사무실의 온갖 번잡한 일 따위는 내 얼굴에서 흔적도 없이 사라진다. 상기된 얼굴들, 아가씨들의 옷에서 풍기는 향기와 광채가 나를에워싸고, 아가씨들의 눈길이 나를 바라본다. 하늘을 나는 기분이다. 이보다 더한 행복을 상상할 수 있을까? 드디어 나도해냈다. 일주일에 한번은 행복을 즐길 수 있는 것이다. 내가늘 동행하는 아가씨들 중 한 명이 나의 약혼녀이다. 하지만그녀는 나를 구박하는데, 다른 사람들이 나를 대하는 것보다더 심하게 구박한다. 보아하니 나한테만 마음을 주는 것도 아니고, 나를 좋아한다고 보기도 어렵다. 그러면 나는? 나는 그녀를 좋아하는 걸까? 이미 솔직히 털어놓았듯이 나는 실수를 많이 했지만, 이 대목에서는 나의 모든 잘못과 약점이 용서받을 수 있다고 생각한다. 나는 그녀를 사랑하니까. 감히 그녀를 사랑할 수 있다는 것, 그리고 그녀로 인해 종종 기가 죽는 것까지도 나의 행복이다. 여름철에는 그녀가 나에게 장갑을 맡기고 내가 그녀의 분홍색 비단 우산을 들어준다. 겨울철에는 발이 푹 빠지는 눈길에서 나는 그녀의 뒤를 터벅터벅 따라가면서 그녀의 스케이트를 들어준다. 나는 사랑이 무엇인지 이해하지 못하지만 느낌으로 안다. 좋고 나쁘고 하는 시비는 사랑 앞에서는 아무런 의미가 없다. 사랑은 사랑 말고는 그밖에 아무것도 모르니까. 이 느낌을 뭐라고 말해야 할까. 평소에는 늘 나 자신이 너무 하찮고 공허해 보이지만, 그럼에도 모든 것을 잃지는 않았다. 나는 진실한 사랑을 할 수 있으니까. 신의를 저버릴 기회도 얼마든지 있었지만 말이다. 나는 푸른 하늘 아래 햇살을 받으며 호수에서 그녀와 함께 나룻배를 타고 간다. 나는 노를 저으며 그녀가 지루해하는 것 같아도 그녀에게 마냥 미소를 짓는다. 나도 워낙 지루한 인간이 아니던가. 그녀의 어머니는 작고 초라한 술집을 운영하는데, 주로 노동자들이 출입하는 그 술집은 평판이 별로 안 좋다. 일요일이면 나는 그 집에 마냥 죽치고 앉아서 말없이 그녀를 바라본다. 이따금 그녀는 자기 얼굴을 내 얼굴 가까이 숙여서 자기 입에 키스를 하게 해준다. 그녀의 얼굴은 너무 달콤하다. 그녀의 뺨에는 오래된 흉터가 하나 있는데, 그래서 입이 살짝 찌푸려 보이지만 그런 모습조차 달콤하다. 그녀의 눈은 아주 작은데, 그녀는 마치 "자기한테 더 보여줄 게 있어!"라고 말하듯 깜찍하게 눈을 깜빡인다. 그녀는 종종 낡고 딱딱한 의자에 마주 앉아서 약혼을 해서 너무 좋다고 내 귀에 대고 속삭인다. 내가 그녀에게 말을 하는 경우는 드물다. 부적절한 말을 할까봐 겁이 나서 차라리 침묵하는 것이다. 그래도 뭔가 말해주고 싶은 마음은 굴뚝같다. 한번은 그녀가 향수 냄새가 나는 조그만 귀를 내 입술에 갖다 댄 적이 있다. 그냥 속삭이면 되는데, 그렇게 할 말이 없어? 나는 무슨 말을 해야 할지 모르겠다고 떨리는 목소리로 말했고, 그러자 그녀는 내 따귀를 치고는 큰 소리로 웃었는데, 하지만 다정한 웃음이 아니라 냉소였다. 그녀는 어머니나 여동생과 사이가 좋지 않아서 나는 여동생을 다정하게 대해준다. 그녀의 어머니는 술을 많이 마셔서 코가 빨갛고, 체구가 작지만 활기가 넘치는 여자로, 남자 손님들 테이블에 곧잘 앉는다. 그런데 내 약혼녀도 남자들 테이블에 앉는다. 그녀는 언젠가 나한테 "나는 처녀를 잃은 몸이야"라고 나직이 말한 적이 있는데, 말투가 너무 스스럼없어서 나는 감히 뭐라고 토를 달 엄두가 나지 않았다. 내가 그녀에게 무슨 말을 어떻게 할 수 있었겠는가. 나는 다른 아가씨들한테는 제법 당당하게 나가고 말재간도 부렸지만, 그녀와 함께 있을 때면 말없이 앉아서 그녀를 바라보고, 그녀의 일거수일투족을 낱낱이 주시한다. 나는 매번 술집 문을 닫을 때까지, 때로는 더 오래도록, 그녀가 나를 집으로 보낼 때까지 죽치고 앉아 있다. 딸이 없을 때는 어머니가 내 테이블에 앉아서 내가 보는 앞에서 딸을 헐뜯으려 한다. 그러면 나는 손사래를 치며 사절하고 그저 미소로 응답할 뿐이다. 어머니는 딸을 미워하고, 서로 미워하는 것이 분명하다. 각자의 의도를 실현하는 데 서로 방해가 되기 때문이다. 두 여자는 한 남자를 차지하고 싶어 하고, 상대방에게 그 남자를 넘겨주고 싶지 않은 것이다. 저녁에 내가 소파에 앉아 있으면 이 술집에 출입하는 모든 사람들이 내가 약혼남이라는 걸 알아보고서 누구나 나한테 호의적인 말을 건네려 하는데, 그들이 뭐라고 하든 나는 개의치 않는다. 아직 초등학교에 다니는 어린 여동생은 내 옆자리에 앉아서 책을 읽거나, 공책에 커다랗고 길쭉하게 글씨를 써서 매번 나한테 내밀고는 글씨를 읽어달라고 한다. 평소에는 어린아이를 유심히 지켜본 적이 없다. 그런데 이제는 한참 자라는 어린아이는 모두 얼마나 흥미로운 존재인가를 단번에 깨닫는다. 여기에는 이 아이의 언니에 대한 사랑이 한몫을 했다. 사람은 정직한 사랑을 통해 더 나아지고, 각성하게 되는 것이다. 겨울에 그녀는 나한테 이렇게 말한다. "봄이 오면 함께 공원길에서 산책을 하면 근사할 거야." 그런데 봄이 되자 그녀는 "당신과 함께 있으면 지루해"라고 말한다. 그녀는 큰 도시에서 결혼식을 올리고 싶어 한다. 뭔가 인생 경험을 더 하고 싶은 것이다. 극장과 가장무도회, 멋진 의상, 포도주, 웃음이 가득한 대화, 유쾌하고 흥분한 사람들. 그녀는 이런 것을 좋아하고 선망한다. 나도 워낙 그런 것을 선망하긴 하지만, 그 모든 것을 어떻게 감당할 수 있을지 모르겠다. 나는 그녀에게 "다가오는 겨울이면 어쩌면 내가 직장을 잃을지도 몰라!"라고 했다. 그러자 그녀는 눈을 크게 뜨고 나를 바라보더니 "어째서?"라고 물었다. 내가 그녀에게 대체 어떻게 대답해야 할까? 그녀에게 나의 성격 전모를 단숨에 다 털어놓을 수는 없는 노릇이다. 그러면 나를 경멸할 것이다. 지금까지 그녀는 늘 내가 어지간히 성실한 남자고, 물론 다소 우스꽝스럽고 지루한 남자이긴 해도 이 세상에서 버젓한 직장이 있는 남자로 알고 있다. 그런데 내가 "당신은 착각하고 있는데, 내 직장은 아주 불안정해"라고 말하면 그녀는 더 이상 나와 교제하기를 바랄 까닭이 없다. 나에게 걸었던 모든 희망이 물거품이 되었다는 걸 깨달을 테니까. 나는 그냥 넘어가기로 한다. 흔히 말하듯 불편한 진실은 그냥 덮어두는 거다. 그런 면에서 나는 달인이다. 만약 내가 댄스 교사나 식당 주인이나 연출가가 되었더라면, 또는 그밖에 사람들의 여흥과 관계되는 다른 어떤 직업을 택했더라면 나는 성공했을 것이다. 왜냐하면 나는 춤이나 추고 빈둥거리며 여기저기 돌아다니길 좋아하는 사람, 경쾌하고 유쾌하고 목소리를 낮추는 사람, 늘 나를 낮추면서 섬세하게 느끼는 사람이기 때문이다. 내가 식당 주인, 춤꾼, 무대연출가 또는 재단사 같은 직업을 가졌더라면 성공했을 것이다. 남에게 듣기 좋은 말을 해줄 기회가 생기면 나는 행복하다. 그러면 깊은 통찰력이 생기지 않는가? 나는 관례상 굳이 그럴 필요가 없는 경우에도 몸을 깊이 숙여 인사를 한다. 아첨꾼이나 멍청이만 그런 인사를 하는 것은 아니다. 나는 이런 태도가 너무 좋을 뿐이다. 나는 사내대장부가 하는 진지한 일을 감당할 정신머리도 없고, 귀와 눈과 감각도 없다. 그런 일은 세상에서 나와는 가장 거리가 먼 것이다. 나도 이익을 남기고 싶긴 하다. 그렇지만 그저 눈 한번 깜박이고, 기껏해야 게으르게 손 한번 펴는 정도 이상의 수고는 하고 싶지 않다. 대개는 남자가 일을 싫어하면 어쩐지 자연스럽지 않지만, 나한테는 그게 내 옷처럼 잘 어울린다. 비록 옷이 나한테 기막히게 잘 맞아도 슬픈 차림새로 보이고, 옷의 재단이 형편없어도 말이다. '나한테 어울려'라고 하지 못할 이유가 어디 있단 말인가? 눈이 달린 사람이라면 나한테 구김살 없이 어울린다는 걸 알아보는데. 일은 질색이야! 하지만 그 문제는 더 이상 말하지 않겠다. 그밖에도 내가 일하러 가기 싫어하는 것은 기후, 즉 호반의 습한 공기 탓이라고 늘 생각해왔다. 이걸 깨닫고서 이제 나는 남쪽 지방이나 산악 지대에서 일자리를 찾으려고 한다. 호텔을 관리하거나 공장을 운영하거나 작은 은행의 출납창구를 관리할 수도 있을 것이다. 볕이 잘 들고 탁 트인 경치만 받쳐주면 지금까지 내 안에서 잠자고 있던 재능을 개발할 수 있을 것이다. 남유럽 산 과일 중개업도 나쁘지 않겠다. 어쨌거나 나는 외적 환경의 변화가 엄청난 정신적 이득을 가져온다고 늘 주장하는 사람이다. 기후조건이 바뀌면 식탁에 오르는 음식도 달라지게 마련인데, 어쩌면 바로 이런 변화가 나한테 부족한 것이다. 나는 본래 아픈 사람일까? 나한테는 부족한 게 너무 많아서 사실 모든 것이 결여되어 있는 셈이다. 내가 불행한 사람일까? 내가 비범한 소양을 타고났을까? 이런 식으로 줄곧 이런 의문을 곱씹는 것도 일종의 병일까? 어쨌거나 이것이 아주 정상적인 모습은 아니다. 오늘 나는 10분 늦게 은행에 출근했다. 나는 다른 사람들처럼 정시에 출근하는 것은 도무지 할 수 없다. 나는 원래 세상에서 혼자 살아야 하나보다. 나 헬블링 말고는 다른 어떤 생명체도 없는 곳에서. 태양도 없고 문화도 없는 곳에서 나는 높은 바위 위에 벌거벗고 있고, 폭풍우도 없고 당연히 파도도 없고, 물도 바람도 없고, 길거리도 은행도 돈도 없고, 시간도 호흡도 멈춘 곳에서. 그러면 나는 어쨌거나 더 이상 불안하지 않을 것이다. 불안도 없고 의문도 없고, 더 이상 지각하는 일도 없을 것이다. 침대에 누워 있는 거라고 상상해볼 수도 있을 것이다. 영원히 침대에 누워 있는 거라고. 어쩌면 그게 가장 멋질 것이다!

(1913년)

귀부인

        그 귀부인은 미의 화신은 전혀 아니었지만 어딘가 감동적인 매력이 있었고, 나름의 방식으로 권력을 행사했으며, 예닐곱 명의 숭배자들을 거느린 것을 자랑했다. 숭배자들은 그녀를 위해서라면 무엇이든 행하고 감당할 각오가 되어 있는 것처럼 보였다.

    귀부인이 궁지에 몰린 시늉을 하자 일곱 명의 추종자들은 울컥 측은한 생각이 들어서 도움이 필요한 여인에게 도움을 주고 불행한 여인을 행복하게 해줘야겠다는 생각만 했다. 이들이 줄곧 품어온 생각은 한 번도 미소를 지은 적이 없는 이 여인에게 봉사하고 주의를 기울여서 미소를 짓도록 해야겠다는 것이었다.

    그런데 귀부인은 연인이나 기사를 자처하는 숭배자들이 귀찮아졌다. 그녀는 이토록 차고 넘치는 사랑을 어떻게 처리해야 할지 골똘히 궁리했다. 어느 날 그녀는 첫 번째 숭배자

로베르트 발저 『산책』(1917) 표지

에게 말했다. "드넓은 바다에서 넘실대는 파도 중에 가장 아름다운 파도를 퍼다 줘. 그 물에 발을 씻고 싶어!" 그러자 숭배자는 귀부인이 원하는 것을 구하기 위해 바로 길을 떠났다.

　귀부인은 두 번째 숭배자에게 말했다. "세상에서 가장 큰 전나무를 캐다 줘. 산에 있는 전나무를 내 정원에서 키우고 싶어!" 그러자 숭배자는 귀부인이 탐내는 전나무를 찾으러 바로 탐색에 나섰다.

귀부인은 세 번째 숭배자에게는 전혀 불가능한 것을 요구했다. 그러자 숭배자는 한순간도 머뭇거리지 않고 그가 보기에도 불가능해 보이는 일을 수행하기 위해 달려갔다. 숭배자가 하명받은 일은 귀부인 소유의 땅덩어리 전체를 그녀의 집 앞으로 옮겨오는 것이었다. 사랑에 빠지면 어떤 일도 마다하지 않는 법이다. 그렇지만 몇 마일 넓이의 땅을 짊어지고 끌고 오는 일은 결코 쉽지 않았다. 그가 땅을 동여매고 등에 짊어지면 바로 땅이 미끄러져 내렸고, 아무리 안간힘을 써도 소용이 없었다.

귀부인은 네 번째 숭배자에게 명하기를 가장 찬란하게 빛나는 것을 마술로 보여달라고 했다. 그러면서 더 자세한 말은 하지 않았다. 숭배자는 묘책이 떠오르지 않았다. 광채를 발하는 것은 여러 가지가 있기 때문이다. 그래서 숭배자는 잠자코 서서 머리가 빠개지도록 계속 궁리했지만 아무 소용이 없었다.

다른 숭배자들도 상상을 불허하는 어려운 과제를 떠맡아서 바로 작업에 착수했고, 제발 과업을 완수할 수 있기를 바랐다.

일곱 명의 숭배자들은 광활한 세상으로 나가서 기어오르고, 돌아다니고, 짐을 옮기고, 뛰어 오르고, 헤엄치고, 달리고, 몰아대고 하면서 분주히 움직였다. 그러다가 이리저리 헤매고, 불길을 통과하고, 악천후와 싸우고, 물살에 휩쓸리고, 맨몸으로 장벽에 부딪히고, 교회 탑처럼 높은 장애물과 싸우고, 굴속을 기어다니고, 허기와 갈증에 시달리고, 헐떡거리고, 신음하고, 찢기고 뜯기고 하면서 험난한 여정을 통과하여 서둘러 앞으로 뒤로 달려갔고, 땅속으로 내려가기도 하고, 아찔한 허공으로 날아오르기도 했는데, 허공에서 날벌레처럼 이리저리 날아다니다가 지쳐서 땅바닥에 죽은 듯이 널브러져서 웃다가 울다가 했고, 너무 고통스러워 몸부림쳤지만, 그래도 지칠 줄 모르고 과업에 헌신했으며, 언제나 다시 즐거운 마음으로 의무에 착수했다.

그러는 사이에 귀부인은 홀로 지내고 있었다. 그녀를 좋아하고 그녀를 위해 뜨거운 정열을 불살랐던 숭배자들은 다시는 돌아올 기미를 보이지 않았다. 물론 그녀는 종종 그 영웅들이 생각났다. 하지만 그들 중에 과연 누가 그녀 곁에 있었던가? 그래도 그녀는 기분이 좋았다. 그녀는 성미가 괴팍했다. 앞에서 이런 말을 하지 않았으니 지금이라도 말해야겠다. 그녀의 이름은 '영문도 모르는 백설 공주'였다. 이 이름이 마음에 들지 않는 사람은 잊어버려도 무방하다.

(1919년)

주인과 피고용인

　　　　　　　　　나는 고용주와 피고용인 문제에 관해서는 말을 아끼고 싶다. 이 문제는 우리 시대의 상황을 깊이 각인하고 있다. 이 시대에는 피고용인이라는 존재를 둘러싸고 공론이 들끓는 것처럼 보이지만, 정작 그들 자신은 때때로 이 특별한 상황에 주의를 기울이지 않는다. 우리는 이따금 뻔히 눈을 뜬 채 백일몽에 빠지고, 보면서도 보지 못하고, 느끼면서도 아무런 느낌이 없고, 귀를 열고도 듣지 못하고, 걸어가면서도 흔히 제자리 걸음을 하고 있지는 않은가? 차분히 진지하게 숙고해야 할 문제들이 얼마나 산적해 있는가!

　진정한 고용주들이여, 나에게 달려오시라! 여러분의 진짜 모습이 어떠한지 보고 싶다! 내 생각에 고용주란 보기 드문 귀한 존재이다. 그런데 내가 보기에 고용주는 이따금 자신이 주인이라는 걸 잊고 싶은 기이한 욕구에 빠진다. 피고용인들은 특이하게도 자신이 주인이라고 즐겨 상상하는 반면에 이따금 고용주들은 피고용인들의 낙천적인 무분별함을 부러워하는 눈길로 얕잡아보는데, 그건 쉽게 납득할 수 있는 일이다. 왜냐하면 고용주들은 줄곧 자신들이 옳다고 생각하는 고독한 사람들이기 때문이다. 그래서 그들은 부당한 대우를 받는 사람들의 심정이 어떤지 알고 싶어 하지만 결코 알 수 없다. 주인은 원하는 것을 마음대로 할 수 있다. 반면에 피고용인들은 그럴 수 없고, 그래서 박탈당한 처분권을 부단히 선망한다. 상황이 이렇다 보니 주인은 흔히 명령에 신물이 나서 명령을 내리기보다는 차라리 시중들고 복종하고 싶어 한다. 명령만 내리면서 무미건조하게 인생을 허비하고 있다고 생각하는 것이다.

내 생각에 어떤 주인은 '때로는 내가 야단을 맞으면 얼마나 좋을까'라고 생각하기 십상이다. 하지만 피고용인들은 주인들이 결코 실현할 수 없는 그런 소망은 질색이다. 오로지 부유함만이 주인의 삶을 결정하는 것은 아니다. 마찬가지로 피고용인이라고 해서 무조건 불쌍한 가난뱅이로만 살라는 법은 없다. 주인이 주인 자격을 얻는 것은 그에 대한 기대에 부응하기 때문이며, 피고용인이 피고용인 자격을 얻는 것은 자신의 입으로 필요한 것을 말하기 때문이다. 피고용인은 기다린다. 주인은 기다리라고 명령한다. 그런데 때로는 기다리는 편이 기다리라고 명령하는 것만큼이나 편안하고, 오히려 더 편안할 때도 있다. 기다리라고 명령하려면 힘이 들기 때문이다. 기다리는 사람은 결코 책임질 필요가 없는 호사를 누릴 수 있다. 그는 기다리는 동안 부인과 자식들, 연인 등을 생각할 수 있다. 물론 기다리라고 명령하는 사람도 그럴 수는 있다. 그런 생각들이 즐겁다면 말이다. 그런데 기다리는 사람의 속을 알 수 없는 무표정한 모습이 도무지 주인의 뇌리에서 떠나지 않으니 얼마나 짜증이 나겠는가.

주인은 이렇게 생각한다. '이 녀석이 내 밑에서 일하는 주제에 지금쯤 아주 태평하게 혼자 싱글벙글하고 있겠지.' 이런 생각이 들면 주인은 울화통이 터져서 어쩔 줄 모르고 까무러칠 지경이 된다. 그런 식으로 까닭 없이 화를 내야 하는 것이 곧 주인 신분이기에 감내해야 하는 고약한 팔자다. 주인 노릇을 하려면 여러모로 초인 같은 존재가 되어야 하지만, 그럼에도 그 역시 더불어 사는 한 사람의 인간일 뿐이다. 주인은 자신의 처지에 경악해서 분통을 터트린다. '제기랄, 이 녀석이 이번에도 끈질기게 기다리네. 이 녀석은 인내심으로 나를 지독하게 괴롭히는군.' 그러고서 주인은 초인종을 누른다. 다시 말해 초인종을 두들겨서 화풀이를 하지만, 그래봤자 아무 소용이 없다는 걸 바로 깨닫는다. 그는 방에 들어와서 분부를 받들 준비가 되어 있는 부하직원에게 보란 듯이 호되게 면박을 주는데, 주인이 화를 누그러뜨리길 기다리고 있는 양순한 직원을 호랑이처럼 잡아먹을 기세다. 하지만 주인은 신경을 긁는 애꿎은 직원한테 무자비하게 덤비지는 않고, 업무상 대충 훑어본 서류를 불쌍한 죄인 취급하듯 마구 내던진다. 직원은 주인의 속내를 알 길이 없지만, 주인은 자기도 감정을 느낄 수 있다는 사실에 자존심이 상하고, 자기도 때로는 불행할 수 있다는 사실에 모욕감이 치밀고, 이렇게 속을 뒤집어놓는 인간이 자기를 관찰하고 있다는 사실에 속이 뒤집어질 지경이다. 자기는 정말 이런 사람이 아니고, 이러고 싶지 않고, 이럴 수는 없는데 말이다.

주인이 말한다. "좀 도와주게나. 이런저런 일을 즉시 처리하면 좋겠어." 이런 어투로 글을 쓰는 사람은 대개 이루 말할 수 없이 유머가 넘친다. 하지만 과연 어떤 계기로 이런 글을 써야 하는지 곰곰이 생각해보면 심기가 아주 불편할 수도 있다.

복종하는 것과 명령하는 것은 서로 뒤섞일 수도 있고, 주인과 직원 모두 기품 있는 태도를 견지할 수 있다. 나는 직원의 입장에서 이 글을 썼지만, 이 글의 취지를 헤아릴 줄 아는 사람이라면 주인 될 자격이 있다고 생각한다. 나는 그런 사람이 내가 말하려는 취지를 존중할 수 있는 가능성을 탐색하는 데서 만족을 얻기를 바란다.

여기서 내가 다루는 주제는 어쩌면 너무 민감해진 삶의 문제와 직결되어 있어서 다소 마음에 와 닿을 것이다. 어떤 연유로 이 문제가 민감해졌을까? 지금의 상황이 바뀔 수 있을까, 아니면 현상유지가 계속될까? 어째서 내가 이런 질문을 던지는 것일까? 어째서 이렇게 많은 의문들이 나도 모르게 꼬리에 꼬리를 무는 것일까? 내가 굳이 이런 질문을 던지지 않고도 살아갈 수 있다는 것은 나도 안다. 나는 오래도록 이런 문제로 고민하지 않고 살아왔고, 모르쇠를 해왔다. 나는 이런 의문을 품지 않고도 진솔하게 살아왔다. 그런데 지금은 이런 의문이 의무감처럼 몰려온다. 많은 사람들이 그러하듯 나도 민감해졌다. 이 시대는 마치 곤경에 처해 도움을 간청하는 여인처럼 민감하다. 이런 의문들은 민감할 수도 있고 민감하지 않을 수도 있지만, 어떻든 우리가 고민해주기를 간청하고 있다. 민감한 문제도 자꾸 다루다 보면 무감각해진다. 어쩌면 의무감에 매이지 않고 이런 문제를 고민하는 사람이 가장 민감한 사람일 것이다. 이를테면 의무감은 나를 무감각하게 만들기 때문이다. 그러니 이 점을 이해하지 못하고서 도움을 간청하는 사람들에게 오히려 도움을 요청받은 사람들이 애원해야 할 판이다. 이 모든 의문들이 주인인 것처럼 생각되고, 이 문제로 고민하는 사람들은 그 주인에게 고용된 직원들처럼 생각된다. 이 의문들은 때로는 사려 깊게, 때로는 아무 생각 없이 우리를 지켜보고 있다. 그리고 이 문제들과 씨름하는 사람들은 쉽게 대답하는 사람들을 둔감하다고 여길 그런 의문들을 증폭시키느라 애쓰고 있다. 이 문제와 맞닥뜨리면서 균형감각을 잃지 않는 사람이야말로 이 문제를 민감하게 고민하는 사람일 것이다. 이 문제가 해결되었다고 생각하는 순간, 문제를 놓치게 된다. 어째서 많은 사람들은 이 문제가 워낙 그렇다는 것을 인정하지 않을까?

(1928년)

계급투쟁과 봄날의 꿈

우리는 두 권의 책을 분실했다. 그중 한 권은 계급투쟁이다. 계급투쟁은 내 아내의 애독서였다. 그런데 이제는 그 책을 되찾을 가망이 없어 보인다. 그 책이 어떻게 감쪽같이 사라졌는지 수수께끼다. 우리 모두가 사회주의의 새로운 국면으로 접어들었다고 믿고 싶은 어떤 필연성이 불가항력으로 밀려온다. 계급투쟁은 정말 그 의의와 정당성을 상실했을까? 기존의 대립이 어떤 식으로든 해소된 것일까? 나는 이 엄청나게 방대한 문제는 비켜가기로 하겠다. 이 문제에 답하는 일은 전문가에게 맡겨두자. 그렇지만 내가 적어도 봄날의 꿈은 소중하게 간직하고 있어서 기쁘다. 계급투쟁의 상실은 유감스러운 일이다. 아내는 여전히 이 예기치 않은 상실에 몹시 슬퍼하고 있다. 계급투쟁이 아내한테는 봄날의 꿈이었을까? 그럴지도 모르겠다. 하지만 계급투쟁이 다시 돌아오기는 어려울 것 같으니, 아내도 다른 방향으로 애정을 쏟는 수밖에 다른 도리가 없을 것이다. 아내의 지성은 믿을 만하니까 방향 전환에 성공할 것이다. 공인된 질적 수준을 갖춘 책들이 수없이 많지 않은가. 언젠가는 아내도 줄곧 애지중지해온 계급투쟁과는 다른 책에 열중할 수 있기를 바란다. 그런데 나 자신은 계급투쟁을 그다지 중시하지 않았다. 이렇게 고백하면 나라는 사람이 사회의 진보에는 관심이 부족하다고 조명받을 수도 있을 것이다. 그런데 조명효과는 흔히 착시를 유발한다. 그리고 지금 내 경우에도 그런 착시효과가 생긴다. 아내가 번잡한 일상에 파묻혀 계급투쟁을 상실한 반면에 나는 여전히 봄날의 꿈을 품고 있다. 내가 꾸는 봄날의 꿈은 소설이고, 나의 소설에는 수많은 투쟁이 등장한다. 연중 어느 계절에나 그러하듯 인류는 봄날에도 투쟁을 해왔다. 내생각에 계급들은 이미 서로 상당히 근접해왔다. 이러한 가능성은 오래도록 품어온 사회적 여망을 내포하고 있지 않을까? 사회주의자는 투쟁보다는 오히려 상호소통을 추구하고 있다. 그렇다면 계급투쟁은 단지 계급들 사이의 친화를 도모하기 위한 방편일 따름일까. 하지만 아내는 분명히 계속 투쟁정신을 견지할 것이고, 나는 아내의 그런 정신을 칭송한다. 그런 정신은 나에게 도움이 되기 때문이다. 사실 아내들은 대개 자기 자신보다는 남편을 위해 투쟁한다. 그 덕분에 남편은 봄날의 꿈을 가꾸는 일에 차분히 정진할 수 있는 것이다. 봄날의 꿈은 처음부터 끝까지 긴장이 넘친다. 나는 아내가 이따금 나에 맞서 투쟁할 이유가 있다는 걸 의심하지 않는다. 이런 관계 덕분에 나는 활기를 북돋울 계기를 찾느라 고민하지 않아도 된다. 남자들은 곧잘 이리저리 배회한다. 이를테면 나는 봄날의 꿈속을 배회한다. 계급투쟁과 봄날의 꿈, 이 둘의 속성이 비슷해지면 극도의 부조화가 초래되지 않을까? 그런 우려가 기우라는 걸 운명의 조화(造化)가 가르쳐준다. 운명은 불가사의한 것이기에 나는 운명에 공감한다. 그런데 계급투쟁이 증발하고 있다는 우려마저 증발하고 있다. 그러나 계급투쟁은 엄연히 존재한다. 나는 그것을 안다. 계급투쟁의 존재는 우리를 건강하게 하므로 계급투쟁은 조금도 스스로를 부정할 필요가 없다.

이렇게 아내는 애독서를 되찾았다!

물론 아내는 아직은 그런 줄도 모르고 있다!

또는 이렇게 말할 수도 있을 것이다. 아내는 자기 자신과, 나와 유희하고 있다고. 그리고 나 역시 나 자신과, 아내와 유희하고 있다고. 우리 모두는 너무나 정당한 존재 이유가 있는 근심걱정을 가지고 유희를 하고 있으니, 우리 모두는 그저 유희하는 존재들이다. 도덕에 초연한 이런 생각에도 나름의 도덕이 있지 않을까? 나의 꿈은 투쟁이고, 아내의 투쟁은 꿈이 아닐까?

(1926년)

눈길에 산책 중인 발저(요양원 시절)

V

문학예술론

브렌타노 (1)

친애하는 독자 여러분, 내가 입을 열어 이야기를 시작하는 지금은 화사하고 따뜻하고 향기가 넘치는 여름날 저녁이라고 생각하시기 바란다. 스무 살 가량으로 보이는 미남 청년이 속력이 빠른 작은 나룻배를 타고서 졸졸 흘러내리는 이자르 강[14]을 따라 내려가고 있었다. 그가 브렌타노다. 그는 어떻게 해서 나룻배를 타고 강을 따라 가게 되었는지 정작 그 자신도 몰랐다. 그가 저 멀리 강의 상류에서 묶여 있던 나룻배를 끌어냈고, 배의 주인으로 짐작되는 농부가 그의 등 뒤로 성난 고함을 질러댔으며, 그리하여 결국 이런 상황까지 오게 되었다는 것이 어렴풋이 그의 기억에 가물거렸다. 이제 그는 이 유명한 대도시의 근교에서 흔히 말하듯 자연에 의해 형성되었다는 작은 만(灣)에 나룻배를 정박했다. 그는 배에서 내렸는데, 힘들게 노를 저어 배를 조종해서 오느라 다소 피곤해 보였다. 이미 말한 대로 배에서 내린 그

브렌타노(Clemens Brentano, 1778~1842): 독일 낭만주의 작가.
14 뮌헨을 끼고 흐르는 강.

는 나룻배를 내팽개쳤다. 가장 먼저 보는 사람이 배를 가지든 말든 그가 상관할 바 아니었다. 이 유명한 낭만주의 시인을 좀 더 가까이서 관찰해보기로 하자. 그는 그의 시대에 유행하는 옷차림을 하고 있었다. 노란색 신발에 흰색 바지, 파란색 조끼, 감청색 상의, 밝은 색 넥타이, 그리고 밀짚모자 둘레에는 목동들처럼 형형색색의 띠를 두르고 있었다. 그의 얼굴은 매우 지적인 인상을 주었는데, 안색이 다소 창백했다. 아니, 솔직히 말하면 안색이 아주 창백했다. 맵시 있게 가늘게 기른 검은 콧수염이 갸름한 입술에 잘 어울렸고, 눈매가 형형한 커다란 검은 눈 위로 검은색 눈썹이 아치형 곡선을 그리고 있었다. 언제나 성실한 모든 독자들에게 강조하건대, 브렌타노는 아주 특별한 미남자이다. 실제로 그가 우리에게 온전히 얼굴을 드러내면 우리는 그의 얼굴에서 빛나는 부드러운 아름다움에 깜짝 놀랄 것이다. 이런 경우에 '빛나는'이라는 표현은 내가 고를 수 있는 최악의 표현일 뿐이지만, 이왕 그렇게 말했으니 그냥 넘어가기로 하자. 아, 그의 손을 깜빡 잊을 뻔했다. 이 글을 읽는 독자도 누구나 어느 정도 상상력은 있을 테니 굳이 나의 상상력으로 그의 섬세한 손을 장황하게 묘사하지는 않겠다. 정말 그의 손은 아름답고 섬세하다. 그의 발은 아주 세련된 노란색 신발 속에 감춰져 있고, 손은 이미 묘사했다. 이제 우리의 주인공이 출발할 채비를 차렸으니, 우리는 돛을 펴서 강물 따라 배를 타고 가듯이 편안한 마음으로 이야기를 계속할 수 있을 것이다.

그런데 재능 있는 작가, 심지어 가장 재능 있는 작가조차도 종종 실수를 하는 걸 보면 놀랍다. 독자 여러분이 눈치챘는지 모르겠지만, 기타 연주가이기도 한 브렌타노의 손에 기타를 쥐여주었어야 하는데, 그만 깜빡 잊었다. 멋진 신발, 바지, 나룻배, 배타기 등을 묘사하는 데 시간을 허비하느라 이 이야기의 분위기에 가장 잘 어울리는 필수항목, 즉 음악 반주를 깜빡 잊고 말았다. 이런, 내가 이야기를 더 끌고 갈 용기를 상실했다고 하는 사람도 있는 모양인데, 우리의 주인공이 완벽하게 채비를 갖추었으니 나는 한껏 대범하게 이야기를 계속할 것이다. 브렌타노는 배에서 내렸고, 자리를 잡았다. 점잖은 청중들이라면 모두 그의 옆에 함께 앉기를 권한다. 이야기의 배경은 편안히 몸을 뻗고 쉴 수 있는 아주 멋지고 포근한 잔디밭이고, 음악이 울린다. 브렌타노는 섬세하고도 힘차게 기타를 연주하고, 기타 반주에 맞추어 노래까지 부른다. 우리 모두 이구동성으로 고백하건대 이보다 더 아름답고 감동적인 음악은 일찍이 들어본 적이 없다. 그는 시와 음악을 자유자재로 구사하니, 그의 입에서 시와 음악이 함께 울려 나오면 금상첨화다. 이제 그는 노래를 마쳤다. 그는 몸을 일으키고, 깊은 생각에 잠긴 듯 손으로 이마를 짚은 채 걸어가는데, 생각

카를 발저 〈시인〉

을 떨쳐버리려는 것처럼 보이기도 한다. 그는 그렇게 천천히 꿈꾸듯이 강을 따라 가다가 근처에 있는 어느 별장에 이르러 다시 걸음을 멈춘다. 하지만 금방 다시 걸음을 옮길 것이다. 오래 걷지도 않고 오래 멈춰 있지도 않는 것이 그의 습관이기 때문이다. 내가 알기로는 시인들은 모두 이런 습관이 있다. 그는 다시 걸음을 옮긴다. 배후에서 그를 조종하는 우리가 그 러길 원하기 때문이다. 이윽고 그는 어느 커다란 정원 울타 리 담장 앞에 이르러 열려 있는 대문 앞에 걸음을 멈춘다. 우 리가 그러길 바라고, 그의 운명도 그렇게 정해져 있다. 이곳 은 바로 앞에서 말한 별장을 에워싸고 있는 공원의 울타리 담 장이다. 브렌타노가 노래를 부르자, 늙고 초췌한 하인이 거드 름을 피우며 시인의 노래를 가로막는다. 집 안에 창가에 앉아 서 부드러운 밤공기를 쐬고 있던 여인이 가인의 노랫소리를 들었다. 그 여인이 늙고 초라하지만 금붙이 장식을 한 하인을 가인에게 보냈던 것이다. 브렌타노는 전혀 주저하거나 놀라 는 기색도 없이 여인의 초대에 응한다. 하인이 여주인에게 모 셔오라는 초대의 뜻을 전달했던 것이다. 여주인은 노래하는 가인을 만나보고 싶어 했다. 다행히 여기서 이야기는 한 단락 이 마무리된다.

　여인과 브렌타노는 서로 자기소개를 하고 환담을 나누기 시작했다. 여인은 그가 누구며, 이름이 어떻게 되고, 어디서왔고 어디로 갈 것인지, 직업이 무엇인지 등을 물었고, 그는 스스럼없이 싹싹하게 원하는 대답을 해주었다. 그는 여인이 아름답고 마음에 들었지만, 행여 마음속으로라도 나이를 헤아려보는 무례한 짓은 하지 않았다. 그는 재담에 능해서 여인은 그가 어느 모로나 친밀감을 주는 고상한 사람이라고 느꼈다. 그는 우아한 노래 소품들을 수없이 외고 있었고, 그다지 뜸들이지 않고 노래를 불러주었다. 그는 자기 흥에 취해 노래를 불렀지만, 그래도 마주 앉아 있는 아름다운 여인의 소망에 응답한다는 느낌도 없지 않았다. 여인이 그에게 조그마한 하얀 손을 내밀며 말했다. "브렌타노 씨, 당신이 정말 좋아요. 얼마 동안 제 집에 머물러 주시겠어요?" 그는 그러겠다고 했지만, 정작 어째서 그랬는지는 자신도 몰랐다. 그는 이런 요청에 익숙했고, 자기가 인기가 있다는 걸 즐겼다. 그는 평소에 늘 골똘한 생각에 잠겨 있었지만, 이런 요청을 받으면 긴장이 풀렸다. 그는 마음씨 좋은 여주인의 손을 자기 입술에 갖다 댔다. 여인은 일어서서 우리가 아는 그 하인에게 손님이 묵을 방을 치워두라고 분부를 내렸다. 여인이 방을 나가자 마법사 브렌타노는 슬며시 미소를 지었고, 여인이 다시 들어오자 얼른 미소를 거두었다. 그는 아름답고 교양 있는 여성의 면전에서 여성이 청하지도 않은 미소를 지을 사람이 아니다. 여인은 그에게 감사의 눈길을 보내는데, 정작 왜 감사해야 하는지는 자신도 모르고 그저 다정하게 미소를 짓는다. 그러자 브렌타노 역시 미소를 짓고, 우아한 매너를 누구보다 중시하는 우리도 함께 미소를 짓는다.

그는 밤에는 잠을 푹 잤다. 다음 날 아침 그는 옷을 반쯤 걸친 채 열려 있는 창가에 아직도 꿈을 꾸듯 한참 동안 기대어 있었다. 그는 도시의 지붕 위로, 나무와 탑 위로 아득히 먼 곳까지 펼쳐진 전망에 매료되어 무념무상에 잠겼다. 늘 생각하는 것을 업으로 삼는 사람들은 흔히 자기가 무슨 생각을 하고 있는지 모르기 일쑤다. 대작가 브렌타노 역시 그렇다. 그런 다음 그는 세수를 하고 나서 여주인이 기거하는 아래층으로 내려가서 아침 인사를 하고 안부를 물을 참이었다. 그녀는 다소 나풀거리는 하얀 옷을 입고 널찍한 층계에 서 있었고, 두 사람은 한참 동안 서로의 눈을 응시했다. 그녀는 그에게 매력적인 입을 내밀었고, 그는 조심스레 입을 맞추었다. 그러자 그녀는 울음을 터뜨렸고, 눈시울을 붉히며 그에게 잘 잤느냐고 물었으며, 그는 아주 잘 잤다고 대답했다. 그녀는 어린아이처럼 스스럼없이 천진하게 기뻐했고, 두 사람은 아침식사를 했다. 식사를 마치자 브렌타노는 기타를 잡고 두 사람의 가슴 조이는 기쁨을 달콤하고도 품위 있게 표현하는 선율을 연주했다. 그러고서 그는 그녀에게 자신의 여행과 방랑에 대해 많은 이야기를 들려주었고, 그녀는 너무 몰입해서 귀를 기울이느라 정작 이야기의 내용은 거의 들리지 않을 지경이었다. 귀로 듣는 것에 만족하지 못하고 가슴으로 들으려고 할 때는 그럴 수도 있는 법이다. 그녀는 한숨을 내쉬었고, 머리를 손으로 괸 채 골똘한 생각에 잠겨 침착하고 부드러운 태도로 마주 앉아 있는 그를 오래도록 바라보았다. 그러고서 그녀는 팔과 손을 그의 열정적인 키스에 내맡겼다. 두 사람은 첫날밤을 보낸 다음 날 아침시간을 이렇게 보냈다.

두 사람은 잘생긴 커다란 개를 데리고 공원과 강변을 산책했다. 졸졸 흘러내리는 이자르 강의 물소리가 끝없이 이어지는 이들의 수다에 장단을 맞추었다. 두 사람은 앞다투어 이야기를 했는데, 물론 다툰 것은 아니다. 아름답고 선량한 여인은 이 시인을 어느새 '자기'라고 불렀다. 그녀가 보기에 시인은 정상적인 궤도에서 벗어난 것 같았다. 그녀는 그가 지나치게 방황하고 절도를 모른다고 꼬집었다. 그렇게 사는 게 과연 온당하고 현명하냐고 타박했다. 그는 이런 질책을 들으면 기꺼이 입을 다문다. 다만 그는 이렇게 사는 것 말고 달리 어떻게 살아야 할지 모르겠다고 했다. 그녀는 그의 말에 대꾸하지 않고 그저 슬픈 표정으로 고개를 떨궜다. 그는 조리 있게 얘기할 줄 모른다. 그는 대화를 나누다가 마치 밤중에 폭죽 터지듯이 난데없이 변덕을 부리곤 했다. 그녀는 이 점을 알아차리고 그를 자제시키려고 애썼다. 두 사람은 행복했다. 하지만 어떻게 이런 행복이 가능한지 피차 묻지 않았다. 억지로 애쓰지 않아도 행복하다는 걸 느끼면 그만이었다. 저녁이 되자 두 사람의 대화는 아침나절보다는 생기가 떨어졌다. 하루 종일 너무 많이 떠들었기 때문이 아니고, 워낙 저녁이 되면 만사가 피곤해지는 좋은 습관 때문이었다. 두 사람은 피로감을 정겹게 받아들였고, 저녁이 되자 애정을 다 바쳐 키스를 했다. 그러면 입맞춤이 곧 무언의 대화가 되었다. 두 사람은 과연 서로를 온전히 이해하고 있는지는 몰랐지만, 그렇다고 슬픈 느낌이 들지는 않았다. 오히려 어떤 문제에 관해서는 굳이 말할 필요가 없다는 것이 기뻤다. 이들은 굳이 행복을 지키고자 애쓰지도 않았다. 행여 그런 걱정이 생기면 마음이 편치 않을 터였다. 행복을 지키고자 애쓴다면 그건 이미 행복이 한물갔다는 징표라는 걸 피차 속으로 직감하고 있었기 때문이다. 그녀는 특히 시인의 용모가 마음에 들었고, 그 역시 그녀의 용모가 마음에 들었다. 그는 그녀에게 이 모든 것이 예감과 꿈처럼 경이롭다고 했다. 그녀 역시 비슷한 느낌이 들지만 굳이 말할 필요는 없다고 했다. 그녀는 그의 시를 외워서 낭송하고 노래했고, 그는 그녀가 너무 쉽게 자기 시를 습득하는 데 놀랐다. 그녀가 낭송하고 노래하면 그는 감동했고, 다른 모든 것은 무심히 잊었다. 그녀도 이것을 느꼈고, 자신이 그의 마음을 사로잡고 있다는 황홀감을 그도 느낀다는 게 사뭇 짜릿했다. 그는 그녀를 사랑하기에 그녀의 노예가 되고 싶지 않았고, 그녀는 그를 더욱 내밀히 사랑하고자 그의 노예가 되고 싶어 했다. 그녀는 자기가 그보다 우위에 있다고 느꼈고, 그것이 그녀를 슬프게 했다. 그는 그녀보다 우위에 서기를 거부했다. 하지만 이들은 아무런 방해를 받지 않고 행복하다는 것이 기뻤다. 잠자리에 들기 전에 그가 기타를 연주하고, 그녀는 기타 반주에 맞추어 노래를 부른다. 두 사람은 피곤해서 잠자리에 든다. 이들은 정숙하고 정돈된 환경에서 사는 것이 가장 좋다고 말한다. 이들은 행여 아주 사소한 방종에도 빠지길 원하지 않는다. 방종에 빠져서 자신들의 삶이 모험적이고 매력적이라는 걸 확인해서 뭘 하겠는가. 이들이 원하는 것은 결코 그런 모험이 아니다. 이들은 그토록 현재의 아름다움과 행복감에 충만해 있다.

다시 아침이 되었다. 브렌타노는 다시 옷을 반쯤 걸친 채 열려 있는 창가에 기대어 서서 지붕과 나무들 너머로 아득히 먼 곳을 바라본다. 그는 떠나고 싶다. 여기서 아름다운 여인과 함께 지내는 생활이 너무 안락하게 느껴진다. 그는 서둘러 옷을 입고, 기타를 집어 들고 마치 살아 있는 존재에게 말을 걸듯 기타에게 뭐라고 중얼거린다. 그러고는 기타를 다리 사이에 끼우고 다리를 바짝 조여서 창밖으로 몸을 날린다. 의심할 나위 없이 마술을 부리는 기타는 주인을 태우고 공중으로 날아올라 높은 나무들 위를 지나서 시내로 데려간다. 여기서 우리는 브렌타노가 마술사임을 알 수 있다.

그는 시내로 와서 길거리를 배회하면서 예술가들이 익히 아는 자세로 지친 손에 담배를 들고 카페에 앉아 있는 모습을 바라본다. 소름이 돋는다. 그는 저렇게 멋을 부리며 무위도락을 즐기는 꼬락서니를 무엇보다 혐오한다. 그는 걷느라 지칠 때까지 거리를 돌아다닌다. 그는 도발적인 추파를 던지는 여성들의 시선을 알아보지 못한다. 그는 마치 잠결에 꿈을 꾸는 것 같다. 지금까지 느껴보지 못한 어떤 갈망이 그에게 떠나라고 명령한다. 아주 멀리, 세상 밖으로, 모든 가능성이 닫히고 열리는 창문 밖으로 떠나라고 재촉한다. 그는 큰 소리로 혼잣말을 중얼거린다. 기타가 저절로 소리를 내기 시작한다. 행인들은 이 홀쭉한 기이한 사내를 유심히 바라본다. 죽을 것만 같은 불안감이 엄습한다. 그는 머리가 없어지길, 특히 가슴이 없어지길 바란다. 그가 느끼는 모든 감정은 견디기 힘든 불필요한 짐이다. 그는 아스팔트 바닥에 널브러져 펑펑 울고 싶다. 너무 오래도록 울음을 잊고 지냈다. 그는 다른 일체의 감정을 증오한다. 그가 반겨야 할 유일한 감정인 슬픔이 그에겐 결여되어 있다. 이윽고 그는 다시 기타를 타고 저녁 무렵에 별장으로 돌아온다.

아름다운 여인은 그의 변화를 눈치채지만 아무 말도 하지 않는다. 그 정도로 그녀는 그에게 매혹적인 정감을 품고 있다. 하지만 브렌타노는 그 매혹을 더 이상 느끼지 못한다. 그는 지루하고, 뭔가를 죽도록 갈망한다. 그런데 도대체 무엇을 갈망하는지 알기나 하면 좋으련만, 하고 그는 생각한다. 여인은 그의 사랑이 끝났다는 걸 느낀다. 여인은 아무 말도 하지 않고, 슬프고도 감사하는 눈길로 그를 바라보며, 그와 눈이 마주치지 않을 때면 몰래 눈물을 흘린다. 그는 그녀에게 더 이상 아무런 느낌도 없다. 그가 노래를 불러도 단지 자신의 고통스럽고 알 수 없는 갈망을 마비시키고자 달래는 것일 뿐이다. 그녀는 날이 갈수록 고개를 더 깊숙이 떨구고, 하루가 다르게 자신의 몸가짐에 무심해진다. 그녀는 죽고 싶다. 그는 다시 소생하길 원한다. 그는 그녀에게 더 이상 여기에 머물 수 없노라고 말한다. 그녀는 그의 말에 수긍하면서도 고개를 설레설레 젓고, 몸을 떨며 조용히 물러선다. 그는 작별할 채비를 차리고, 기타를 등에 메고, 처음 이곳에 나타날 때와 똑같은 차림새를 하고 있다. 그녀는 그에게 두 손을 내밀고 눈물을 흘린다. 그는 그녀를 위로해주기엔 너무 지쳤다. 그는 공원을 가로질러 총총히 사라진다.

이상이 시인 브렌타노에 관한 이야기, 로망스, 발라드, 희극이다. 독자 여러분은 이 이야기가 지어낸 거라 생각되면 더 고심하지 말고 그저 지어낸 이야기려니 하고 받아들이기 바란다. 과연 누가 한 시인에 관해 단 하나의 진실한 이야기를 쓰고 싶을 것이며, 감히 누가 브렌타노 같은 시인에게 이게 진짜 이야기라고 올가미를 씌울 수 있겠는가? 이를테면 나도 시인이니, 먼 훗날 나를 떠나보내는 추모사가 거짓투성이이길 바란다. 그저 정감어린 거짓말이면 그만이다.

(1902년)

브렌타노⑵

그는 더 이상 미래의 전망을 볼 수 없었고, 지나온 일을 이해하려고 아무리 애써도 납득이 되지 않았다. 자신의 삶을 정당화하려는 시도는 물거품이 되었고, 쾌감도 점점 사라지는 것 같았다. 예전에는 은밀한 기쁨을 선사했던 여행과 산책도 이상하게 싫어졌다. 발걸음을 옮기는 것도 겁이 났고, 체류지를 옮기려고 하면 괴물을 마주한 듯 소름이 끼쳤다. 그는 완전히 고향을 상실한 것도 아니고, 그렇다고 이 세상 어딘가를 진실로 자연스럽게 편안한 거처로 삼지도 못했다. 차라리 떠돌이 오르간 연주자나 거지 또는 장애인이라도 되어서 사람들의 동정과 적선을 구걸할 핑계라도 만들고 싶었다. 하지만 죽고 싶은 마음이 더 간절했다. 그는 죽지 않아도 죽은 거나 마찬가지였고, 거지처럼 가난하지는 않았지만 영락없이 거지였고, 그럼에도 구걸은 하지 않았다. 그래도 아직까지는 우아하게 처신했고, 아직은 지루하게 돌아가는 기계처럼 사람들에게 인사도 했고 잡담도 했지만, 자신의 그런 모습이 끔찍하고 경악스러웠다. 그의 삶은 너무 고통스러웠고, 그의 영혼은 온통 거짓으로 가득 찼으며, 한심한 육신은 죽은 거나 다름없었고, 세상은 너무 낯설었으며, 그를 에워싸고 있는 사람들의 움직임과 사물과 사건들은 공허하기 짝이 없었다. 그는 끝없는 낭떠러지로 뛰어내리고 싶었고, 유리로 된 산을 기어오르고 싶었으며, 형틀에 묶여서 고문을 당하고 싶었고, 제발 이단자로 찍혀서 화형이라도 당하고 싶었다. 자연은 그림 전시장 같았는데, 그는 눈을 감은 채 전시장을 돌아다녔지만 눈을 뜨고 싶은 생각은 들지 않았다. 이미 오래전에 속속들이 관찰했던 그림이 전부였기 때문이다. 사람들을 보노라면 몸속의 볼썽사나운 내장까지 다 들여다보이는 것만 같았고, 사람들이 무슨 생각을 하고 뭘 아는지 들리는 것만 같았다. 사람들이 잘못을 저지르고 바보짓을 하는 것이 훤히 다 보이는 것만 같았고, 사람들이 얼마나 믿지 못할 존재이고 어리석고 비겁하고 신의가 없는지 속속들이 느껴지는 것 같았다. 그리고 결국 그 자신이 세상에서 가장 믿지 못할 인간이고, 가장 음탕하고 가장 신의 없는 인간인 것 같았다. 그는 큰 소리로 도와달라고 외치고 싶었고, 무릎을 꿇고 펑펑 울고 싶었으며, 며칠이고 몇 주 동안이고 내내 흐느끼고 싶었다. 하지만 그럴 수 없었다. 그는 마음이 공허하고 얼음장처럼 냉혹했으며, 그의 마음을 가득 채운 냉혹함에 소름이 끼쳤다. 한때 그가 느꼈던 부드러운 감정과 매혹적인 감정은 어디로 사라졌을까. 한때 그를 행복하게 해준 사랑, 그의 마음을 뜨겁게 달구었던 자애, 그가 믿었던 바다처럼 무한한 신뢰감, 그에게 황홀한 기쁨을 베풀어준 하느님, 그를 포옹해주었던 삶, 그가 누비고 다녔던 숲들, 그의 눈을 시원하게 해주었던 신록, 그에게 몰아의 황홀경을 선사해주었던 하늘. 그 모든 것은 어디로 사라졌을까? 그는 알 수 없었다. 과연 무엇을 해야 하고, 장차 자신의 운명이 어떻게 결판날지 알 수 없듯이. 아, 그의 인격은 망가졌다. 아직은 말짱한 그의 존재에서 인격을 떼어내고 싶었다. 자기 자신의 절반을 죽여서라도 다른 절반이 파멸하지 않게 하고 싶었다. 인간이 완전히 파멸하지 않도록, 그의 마음속에서 하느님이 완전히 사라지지 않도록 하고 싶었다. 아직은 모든 것이 아름다운 동시에 끔찍했으며, 모든 것이 사랑스럽고 좋아 보이면서도 동시에 너무나 지리멸렬했고, 모든 것이 암흑에 파묻혀 황량했으며, 바로 그 자신이 황량한 사막이었다. 종종 어떤 목소리를 들으면 죽어 거듭나서 한때 열정적이고 다정다감했던 확고함을, 활기차고 풍요롭고 따뜻했던 강인함을 되찾을 수 있을 것 같았다. 지금은 얼음산 꼭대기에 꽂혀 있는 느낌이었다. 너무나 끔찍했다…….

그는 걸음을 옮길 때면 열사병 환자나 주정뱅이처럼 비틀
거렸고, 집들이 무너져서 그를 덮칠 것 같은 느낌이 들었다.
아무리 잘 가꾼 정원도 서글프고 무질서해 보였고, 자부심
도 명예도 즐거움도 믿지 않았으며, 참된 고통도 참된 기쁨
도 더 이상 믿지 않았다. 이전의 확고하고 풍성한 세상은 종
이로 만든 집처럼 느껴졌고, 입김을 불거나 발을 한걸음 들여
놓거나 가볍게 손을 대거나 움직이기만 해도 와르르 무너져
서 종잇장으로 쌓일 것 같았다. 얼마나 멍청하고 얼마나 끔찍
한가…….

그는 사람들이 모이는 곳으로 갈 엄두가 나지 않았다. 정신
적 충격이 두려웠기 때문이다. 그러니 그의 상태가 얼마나 나
쁘고 절망적인지 알아차릴 수 있었다. 친구들을 만나서 이야
기를 한다는 생각만 해도 너무 끔찍하게 괴로웠다. 클라이스
트[15]는 가까이 다가갈 수 없는 친구였다. 비참한 상태에서도
당당했으니 그는 행복한 사람이었다. 그에게선 한마디 말도
들을 수 없었다. 그는 두더지 같았고, 산 채로 매장된 것 같았
다. 다른 친구들은 너무 소름끼치고 역겨울 정도로 자신감이
넘쳤다. 그러면 여성들은 어땠을까? 브렌타노는 미소를 지었
다. 어린아이의 미소와 악마의 미소가 뒤섞인 웃음이었다. 그
는 거부감과 두려움의 표시로 손사래를 쳤다. 그리고 또 수많
은 추억들이 그를 죽도록 괴롭혔다. 음악의 선율이 가득했던

---

15 Heinrich von Kleist(1777~1811): 독일 소설가, 극작가. 바로 다음에 나오는 「툰의
클라이스트」 참조.

저녁들, 푸른 하늘 아래 이슬이 영롱했던 아침들, 후덥지근하면서도 기막히게 황홀했던 오후 시간들, 그가 가장 좋아했던 겨울, 그리고 가을……. 제발 생각도 하고 싶지 않다. 모든 것은 낙엽처럼 흩어지는 것이다. 그 무엇도 온전히 간직하지 못했고, 한 푼의 가치도 없고, 아무것도 남아 있지 않다.

명석하고 반듯하게 사고하는 양가집 출신의 한 처녀가 어느 날 그에게 다음과 같이 말했다. "브렌타노, 말해보세요. 당신 자신이 두렵지 않으세요? 고결한 가치도 추구하지 않고 아무런 실속도 없이 그렇게 인생을 허비할 건가요? 주위 사람들이 사랑하고 존중하고 경탄하고 싶은 사람이 어쩌다가 이 지경으로 기피의 대상이 되었지요? 너무 풍부하고 아름다운 감성의 소유자가 이토록 감정이 메마를 수 있나요? 정말 언제까지고 넋을 놓고 그렇게 기분풀이나 하고 기력을 탕진할 건가요? 당신 스스로를 단단히 다잡으세요. 저를 사랑한다고 하셨죠? 그리고 제가 있어서 행복하고, 진실하고 정직한 사람이 된다고 하셨죠? 하지만 브렌타노, 저는 당신의 말에 소름이 끼치고 믿음이 가지 않아요. 당신은 비정한 사람이죠. 당신은 사랑스럽지만, 그래도 비정한 사람이죠. 당신은 스스로를 혐오해요. 당신이 그런다는 거 알아요. 스스로를 혐오한다는 걸 안다고요. 그렇지 않고서야 당신한테 이렇게 따뜻한 말을 하지 않았겠지요. 제발 저를 떠나주세요."

그는 떠나갔다가 다시 돌아왔고, 그녀에게 자신의 감정을 토로했으며, 그녀 곁에 있으면 속에서 경이로운 느낌이 솟구쳤다. 그는 그녀에게 줄곧 고독과 사랑에 대해 얘기했지만, 그녀는 완강하게 마음을 닫았다. 그녀는 그의 친구일 뿐이지 부인이 되고 싶은 생각은 추호도 없다고 단언했으며, 행여 결혼은 꿈도 꾸지 말라고 간청했다. 그는 절망하지만, 그녀는 그 절망의 깊이와 진정성을 믿지 않는다. 어느 날 저녁 세련되고 명망 있는 사람들이 많이 모인 자리에서 그녀는 그에게 그의 아름다운 시 몇 편을 낭송해달라고 부탁했고, 그는 시를 낭송해서 커다란 박수갈채를 받았다. 그가 시를 낭송할 때의 듣기 좋은 목소리와 넘치는 생기에 모두가 감동했다.

한두 해가 더 흘러갔다. 그는 더 이상 살고 싶지 않았고, 그래서 성가신 목숨을 스스로 끊기로 했으며, 그가 아는 깊은 동굴이 있는 곳으로 찾아갔다. 동굴 아래로 내려가려니 당연히 겁이 나서 흠칫 물러섰지만, 다시 정신을 차리고 생각하니 더 이상 바랄 게 아무것도 없고, 가진 게 아무것도 없고, 아무것도 갖고 싶지 않아서 기분이 짜릿했다. 그는 어두컴컴한 커다란 문을 통과하여 한 계단씩 아래로 점점 깊이 내려갔다. 그렇게 몇 걸음을 내려가자 벌써 하루 종일 걸어온 느낌이 들었고, 마침내 맨 아래까지 내려가서 으슥한 곳에 있는 조용하고 서늘한 지하 납골당에 다다랐다. 등불이 타오르고 있었고,

브렌타노는 납골당 문에 노크를 했다. 불안을 견디고 버티면서 까마득히 오랜 시간을 기다리자 들어오라고 무시무시한 명령이 떨어졌다. 어린 시절이 생각날 정도로 겁을 먹고 안으로 들어가자 가면으로 얼굴을 가린 사내가 무뚝뚝하게 자기를 따라오라고 했다. "너는 가톨릭교회를 섬기는 종자가 될 거지? 여기서는 그렇게 해야 해." 음침한 느낌을 주는 사내가 그렇게 말했다. 그때 이후로 사람들은 브렌타노에 관해서는 아무것도 알지 못한다.

(1910년)

툰의 클라이스트

클라이스트는 툰[16]의 근교를 끼고 흘러가는 아레 강의 어느 섬에 있는 별장을 하숙집으로 구했다. 어언 백여 년이 지난 오늘날에는 자세히 알 수 없지만, 짐작건대 그는 십여 미터 길이의 작은 다리를 건너가서 어느 집의 초인종 줄을 당겼을 것이다. 그러자 누군가 그 집의 층계를 타박타박 내려와서 손님을 맞았을 것이다. "방을 빌릴 수 있을까요?" 금방 흥정이 이루어져서 클라이스트는 이제 놀랍게 저렴한 가격으로 방이 세 개 딸린 집에 편안히 유숙하게 되었다. 베른 출신의 매력적인 하녀가 살림을 맡아주기로 했다. 아름다운 시, 어린아이, 과감한 행동[17]. 클라이스트는 그 세 가지를 떠올려본다. 그런데 그는 다소 마음이 아픈 상태다. '내가 아프든 말든 알게 뭐람. 뭐가 문제야? 여긴 이렇게 아름다운데.'

그는 물론 작품을 쓴다. 이따금 마차를 타고 베른으로 가서

클라이스트(Heinrich von Kleist, 1777~1811): 독일의 극작가, 소설가. 클라이스트는 1801년 4월부터 약 6개월 동안 툰에 체류했다. 클라이스트는 34세에 자살했다.
16 스위스의 베른 주에 있는 도시로 산악지대가 시작되는 관문이다.
17 '과감한 행동'은 자살충동을 암시함.

툰에서 클라이스트가 거주했던 하숙집

아는 문인들을 만나고, 그가 쓴 작품을 낭송한다. 사람들은
물론 그를 대단히 칭송하지만, 그가 어쩐지 정신이 온전치 않
다는 인상을 받는다. 여기서 클라이스트는 희곡 『깨어진 항
아리』를 썼다. 하지만 작품이 다 무슨 소용이란 말인가? 바
야흐로 봄이 왔다. 툰 주변의 초원에는 꽃이 만발했다. 향기
가 진동하고, 벌이 붕붕 날아다니고, 사람들이 일하고, 음악
이 울리고, 또 누군가는 빈둥거리며 시간을 보낸다. 햇살이
미치도록 따사롭다. 클라이스트는 책상에 앉아 글을 쓰려고
하면 머릿속에 이글거리는 불기운이 솟구쳐 까무러칠 것 같
다. 그는 글쓰기의 업보를 저주한다. 스위스로 올 때는 원래

농사꾼이 되고 싶었다. 근사한 생각이었다. 포츠담에 있을 때는 그런 생각이 곧잘 떠올랐다. 워낙 시인들은 무슨 생각이든 쉽게 떠올린다. 그는 종종 창가에 앉아 있곤 한다.

아마 오전 열시 무렵이었을 것이다. 그는 여전히 그렇게 홀로 있다. 누군가의 목소리를 듣고 싶은데, 누구의 목소리일까? 누군가의 손을 잡고 싶은데, 누구의 손일까? 누군가의 몸을 어루만지고 싶은데, 그래서 어쩌자는 건가? 호수는 초자연의 마법 같은 산악에 둘러싸여 하얀 안개의 향연(香煙)에 잠겨 있다. 눈부신 경관에 마음이 싱숭생숭하다. 호수로 이어지는 땅 전체가 하나의 거대한 정원이다. 푸르른 대기 속에서 꽃이 만발한 다리에도 향기가 진동하는 테라스에도 봄기운이 가득하다. 눈부신 태양과 햇살 아래 새들의 노랫소리가 아련히 잦아든다. 새들은 행복하게 졸고 있다. 클라이스트는 팔꿈치로 머리를 괸 채 하염없이 자연을 바라보며 자신을 잊고 싶다. 저 멀리 북쪽에 있는 고향의 정경이 떠오른다. 어머니의 얼굴을 또렷이 볼 수 있고, 오랜 지인들의 목소리가 들려온다. 젠장! 그는 벌떡 일어나서 별장의 정원으로 내려간다. 거기서 그는 나룻배를 타고 탁 트인 아침 호수로 노를 저어 간다. 오직 태양만이 반갑게 맞아주고, 호수에는 내내 아무도 없다. 숨소리 하나 들리지 않는다. 움직이는 기척도 거의 없다. 산들은 능숙한 무대 화가가 그려놓은 그림 같다. 아니, 경관 전체가 한 폭의 화첩처럼 펼쳐져 있고, 산들은 감각이 섬세한 아마추어 화가가 화첩의 여주인을 위해 빈 종이에 그려 넣은 것 같다. 추억을 기리는 시 한 편도 곁들여 있다. 화첩은 연두색 표지로 장정되어 있다. 딱 어울린다. 호숫가에 닿아 있는 앞쪽 산들은 저렇게 옅은 초록색이고, 저만큼 높고, 빛깔이 흐릿하고 향기를 품고 있다. 랄랄라! 그는 옷을 벗고 물에 뛰어든다. 물놀이를 얼마나 좋아하는지. 그는 수영을 하면서 물가에 있는 여성들의 웃음소리를 듣는다. 배는 초록색과 푸른색이 어우러진 물속에서 느릿하게 움직인다. 대자연이 온몸으로 황홀하게 애무해준다. 너무나 기쁘고도 고통스럽다.

때로는, 특히 아름다운 저녁 무렵이면, 여기가 세상의 끝인가 싶다. 알프스는 아득히 높은 곳에 있는 낙원으로 통하는 오를 수 없는 입구처럼 보인다. 클라이스트는 그가 거주하는 작은 섬에서 이리저리 거닌다. 하녀가 울타리 위에 빨래를 널고 있다. 음악의 선율 같고 아리도록 아름다운 노란 햇살이 울타리 사이로 비쳐든다. 눈 덮인 산들의 얼굴은 너무나 창백하고, 범접할 수 없는 궁극의 아름다움이 천지간에 충만해 있다. 갈대 사이로 이리저리 헤엄쳐 다니는 백조들은 아름다운 저녁노을의 마법에 홀린 듯하다. 그의 숨결에서 병 기운이 느껴진다. 클라이스트는 잔혹한 전쟁에 출정해서 전투에 참여

하고 싶다. 자신이 비참한 잉여인간이라 느껴진다.

클라이스트는 산책을 한다. 혼자 미소를 지으며 중얼거린다. 어째서 하필 나만 할 일이 없고 신나는 일이 없단 말인가? 그는 기력이 조금씩 쇠잔해지는 걸 느낀다. 그의 영혼은 고된 신체적 활동을 간절히 원한다. 그는 오래된 성의 높은 성벽 사이 길을 따라 언덕 위의 성채로 올라간다. 성벽을 쌓아올린 회색 돌덩이 위로 짙푸른 담쟁이덩굴이 치렁치렁 얽혀 있다. 성채의 높은 창들에 저녁노을이 비친다. 위쪽 암벽 가장자리에는 우아한 정자가 있는데, 그는 정자에 앉아서 찬란하고 신성하고 고요한 전망에 자신의 영혼을 내맡긴다. 그러자 놀랍게도 편안한 느낌이 든다. 신문을 읽을까? 그럼 어떨까? 명망 있고 어리숙한 관리라도 만나서 정치나 공익 문제를 놓고 멍청한 대화나 나누어볼까? 그럴까? 그는 불행하지 않다. 그는 절망할 수 있는 사람이야말로 복되다고 속으로 생각한다. 자연스럽고 힘차게 절망할 수 있다면 말이다. 그런데 그의 상태는 그런 경우보다 더 나쁘다. 그는 절망하기에는 너무 섬세하고, 감수성이 너무 예민해서 주저하고 조심하고 자신감이 없다. 제발 마구 울부짖고 싶다. 하느님, 저는 어떻게 되는 겁니까. 그는 어둠이 깔리는 언덕길을 득달같이 내려간다. 밤에는 마음이 편해진다. 방에 들어가자 책상에 앉아 미친 듯이 작업하기로 결심한다. 등불을 밝히자 낮에 보았던 풍경이 사라지고, 그는 정신이 맑아져서 글을 쓰기 시작한다.

　비가 오는 날이면 지독하게 춥고 적막하다. 사방에서 오싹 한기가 느껴진다. 푸른 관목들이 비바람에 우는 시늉을 하고, 햇살을 그리워하듯 빗방울을 떨군다. 사나운 먹구름이 우악스럽게 생긴 커다란 손으로 산봉우리를 휘감아 지나간다. 대지는 험악한 날씨에 주눅이 들어 움츠러든다. 호수는 납덩이처럼 굳어서 침울하고 성난 파도가 일렁인다. 질풍이 섬뜩한 경고처럼 몰려와서 빠져나갈 곳을 찾지 못하고 이 산 저 산의 벽면에 자꾸만 부딪친다. 날이 저물었고, 마음이 자꾸만 움츠러든다. 만사가 신경에 거슬린다. 나무 막대기라도 집어 들고 주위를 후려치고 싶다. 휘이, 물러가라.

　다시 해가 나왔고, 일요일이 되었다. 예배당 종소리가 울린다. 높은 지대에 있는 교회에서 사람들이 나온다. 소녀들과 부인네들은 가슴에 꽉 조이고 은실로 수놓은 검은색 코르셋을 입었고, 남자들은 소박한 정장 차림이다. 이들은 성경을 손에 들고 있고, 모든 걱정을 씻어낸 듯, 근심과 다툼으로 인한 주름살을 활짝 펴고 모든 노고를 잊은 듯 평온하고 아름다운 표정들이다. 종소리는 또 얼마나 아름다운가. 출렁이는 음파를 타고 은은하게 울려 퍼지는 종소리는 얼마나 황홀한가. 일요일의 화사한 햇살이 비치는 소도시 전체가 반짝이고, 빛나고, 푸르고, 울린다. 사람들이 뿔뿔이 흩어진다. 클라이스트는 묘한 감흥에 젖어 교회로 올라가는 계단에 서서 계단을 내려가는 사람들의 움직임을 유심히 살펴본다. 어떤 소녀들은 농사꾼의 딸인데도 마치 고결한 기품과 자유로운 기상이 몸에 밴 공주님처럼 사뿐히 계단을 내려간다. 또한 기운이 팔팔하고 잘생긴 토박이 청년들도 보인다. 어느 고장 토박이일까. 평지는 아니다. 평지 출신은 아니고, 절묘하게 산속으로 움푹 들어간 깊은 골짜기에서 불쑥불쑥 자란 청년들이다. 그 골짜기들은 흔히 마치 몸이 성치 않은 성인의 팔처럼 가늘다. 이 청년들이야말로 산의 자식들이다. 골짜기에는 가파르게 패인 비탈을 따라 밭과 목초지가 펼쳐져 있고, 따스한 햇살을 머금은 향기로운 풀들이 깎아지른 낭떠러지 언저리 자투리땅에서 자라고, 집들은 비탈진 풀밭에서 풀을 뜯는 양들처럼 점점이 박혀 있다. 저 아래 넓은 국도에서 이 높은 곳을 쳐다보는 사람이 있다면 설마 저 높은 곳에도 사람 사는 집이 있을까 싶은 생각이 들 것이다.

클라이스트는 일요일을 좋아했고, 장날도 좋아했다. 장날이 되면 파란 작업복을 입은 남정네들과 농사꾼 옷차림의 여자들이 길거리와 중심가에 모여들어 북적댄다. 저쪽 중심가에 아치형 석조 지붕이 이어져 있는 보도 아래쪽에 가벼운 진열대 위에 상품이 쌓여 있다. 소매상들이 농사꾼 티가 나는 구성진 목소리로 저렴한 식재료들을 사라고 외쳐댄다. 그런

장날이면 대개는 해가 눈부시게 청명하고 따사롭게 비친다. 클라이스트는 형형색색의 옷차림에 정취가 넘치는 인파에 떠밀려 이리저리 발걸음을 옮긴다. 사방에 고소한 치즈 냄새가 풍긴다. 더러 예쁘장한 시골 아낙네들이 진지한 표정으로 조심스레 살피면서 좋은 상품을 진열한 판매대를 찾아와 물건을 산다. 남자들은 상당수가 담배 파이프를 입에 물고 있다. 돼지와 송아지, 소가 끌려간다. 가축 주인이 멈춰 서서 너털웃음을 터뜨리더니 연분홍색 새끼돼지를 막대기로 쳐서 걸음을 재촉한다. 그래도 말을 듣지 않자 주인은 돼지를 끌어안고 간다. 사람들 옷에서는 향수 냄새가 풍기고, 식당에서는 술을 마시고 춤을 추고 음식을 먹는 사람들이 소동을 피우는 소리가 왁자지껄하다. 얼마나 흥겹고 거침없는 소리들인가! 때로는 마차가 통과하지 못한다. 말들은 물건을 파는 상인들과 떠들어대는 사람들에 완전히 에워싸여 있다. 물건들과 사람들 얼굴, 옷감, 바구니, 상품에 햇살이 눈부시게 정면으로 비친다. 모든 것이 생기가 넘치고, 눈부신 햇살도 너무 아름답고 자연스럽게 줄곧 함께 움직인다. 클라이스트는 기도라도 드리고 싶은 심정이다. 그 어떤 장엄한 음악도 이보다 더 아름답지 않고, 그 어떤 영혼도 이렇게 북적대는 인파의 음악과 영혼보다 더 섬세하지는 않을 것이다. 그는 아래쪽 작은 골목으로 이어지는 계단에 앉고 싶다. 하지만 그는 계속 걸어간다. 둥그렇게 부풀린 치마를 입은 여자들, 차분하고 고상하게 머리에 광주리를 이고 가는 소녀들 곁을 스쳐 간다. 이탈리아 여인들도 저렇게 항아리를 머리에 이고 가는 것을 그림에서 본 적이 있다. 고래고래 소리를 지르는 남자들, 취한 사람들, 경찰들, 어린 학생답게 개구쟁이 티를 내는 소년들 곁을 지나 간다. 그리고 공기가 서늘한 그늘진 곳, 노끈, 지팡이, 식료품, 모조 장신구, 주둥이, 코, 모자, 말, 면사포, 침구류, 털양말, 소시지, 동그란 버터, 넓적한 치즈 등을 스쳐 지나 인파가 북적 대는 곳을 빠져나와 마침내 아래 강의 다리가 있는 곳까지 다 다른다. 클라이스트는 다리 난간에 기대어 서서 수려하게 흘러가는 짙푸른 물살을 바라본다. 저 위쪽에는 성탑이 불에 달궈진 듯 반짝반짝 빛나고 있다. 마치 이탈리아에 온 것 같다.

이따금 평일에는 이 소도시 전체가 햇살과 정적으로 마술에 홀린 느낌이 든다. 그는 하얗게 빛나는 담장 안쪽에 있는 오래된 시청 건물 앞에 가만히 서 있는데, 기묘한 느낌을 주는 시청 건물에는 건축 연도를 돋을새김해놓았다. 이제는 잊혀진 민요의 가사에 나오듯 모든 것이 돌이킬 수 없는 과거로 흘러갔다. 살아 움직이는 기적이 거의, 아니 전혀 느껴지지 않는다. 그는 나무 계단을 따라 옛 백작의 성으로 올라간다. 나무 계단에서 오랜 연조와 옛 사람들의 운명이 느껴진다. 성에 오르자 그는 널찍한 초록색 둥근 벤치에 앉아서 경관을 조망하려다 말고 눈을 감는다. 저 모든 것이 얼마나 맥 빠지고 먼지에 뒤덮이고 생기가 없어 보이는지 끔찍하다. 바로 가까이 있는 것도 멀리 희미하게 보이고, 베일에 싸인 듯, 꿈결에 잠겨 있는 듯하다. 모든 것이 흰 구름에 감싸여 있다. 여름철이다. 그런데 무슨 여름이 이렇단 말인가? 나는 살아 있는 게 아니야. 그는 그렇게 외치고, 눈과 손과 다리와 숨결을 어디로 향해야 할지 도무지 알 수 없다. 이건 꿈이야. 아무것도 없어. 나는 꿈 따위는 필요 없어. 그리고 나는 너무 외롭게 살고 있다고 혼자 중얼거린다. 주위세계와는 담을 쌓고 지내고 있다는 느낌이 들자 소름이 끼친다.

이제 여름날 저녁이 되었다. 클라이스트는 교회 마당의 높다란 벽에 앉아 있다. 습도가 높고 후텁지근하다. 그는 상의의 단추를 풀어헤쳐 가슴에 바람이 통하게 한다. 마치 막강한 신의 손으로 깊이 파놓은 듯 저 아래 호수에서 저녁놀이 반짝거린다. 호수에 비친 노을빛은 깊은 물속에서 솟아오른 것 같다. 호수가 불타는 것 같다. 알프스가 살아나서 호수에 이마를 담그고 신기하게 움직인다. 그가 사는 조용한 섬 아래쪽에 백조들이 노닐고, 나무 우듬지들이 수면에 어른거리는 그림자를 드리우며 마냥 행복하게 노래하고 향기를 발한다. 수면에 뭐가 있다고? 아무것도, 아무것도 없다. 클라이스트는 그 모든 광경을 지워버린다. 어둡게 반짝이는 호수 전체가 길쭉

한 장신구 같다. 잠자는 미지의 여인의 거대한 몸뚱이를 장식하는 장신구. 보리수와 전나무 그리고 꽃들에서 향기가 난다. 거의 들릴락 말락 은은한 종소리가 울리고, 그는 종소리를 듣고, 보기도 한다. 이것은 새로운 체험이다. 그는 포착할 수 없는 어떤 것, 파악할 수 없는 어떤 것을 원한다. 저 아래 호수에서 보트 한 척이 출렁이며 가고 있다. 클라이스트에게 배는 보이지 않지만 배를 인도하는 등불이 이리저리 흔들리는 것이 보인다. 그는 고개를 숙인 채 앉아 있다. 아득히 저 아래 그림처럼 아름다운 풍경 속으로 뛰어내려 죽고만 싶다. 저 그림 속으로 들어가 죽고 싶다. 두 눈만 남으면 좋겠다. 오로지 눈만 살아 있으면 좋겠다. 아니, 그건 아니고, 완전히 달라야 한다. 대기는 다리가 되어야 하고, 이 모든 풍경이 흔들의자가 되어 편안히 기대고 싶다. 기대는 느낌이 오고, 행복하고, 피곤하다. 밤이 오고 있지만 그는 내려가고 싶지 않다. 그는 관목들 아래 가려진 어느 무덤가에 풀썩 드러눕고, 박쥐가 그의 주위로 푸드득 날아다니고, 뾰족하게 솟은 나무들이 조용히 불어오는 바람결에 속삭인다. 땅속에 묻힌 자들의 유골을 덮고 있는 풀밭에서 그윽한 향기가 피어오른다. 그는 고통스러울 정도로 행복하다. 너무 행복해서 숨이 막히고, 목이 타고, 너무 고통스럽다. 완전히 혼자다. 어째서 망자들은 무덤에서 일어나 단 30분만이라도 이 고독한 남자와 대화를 나누지 않을까? 여름밤에는 그래도 애인이 있어야 하지 않을까. 우윳빛 가슴과 입술을 생각하며 클라이스트는 황급히 산을 내려와 물가로 가서 물에 뛰어든다. 옷을 입은 채. 그는 웃다가 울다가 한다.

여러 주가 지났다. 클라이스트는 작품을 쓰는 중이다. 쓴 원고를 두 번, 세 번 없애버렸다. 최고의 걸작을 원하니까 없애도 좋다. 그런데 이게 뭐람. 자신이 없나? 휴지통에 버리자. 새로운 것, 더 거친 것, 더 멋진 것을 써야 한다. 그는 '젬파흐의 전투'[18] 장면을 쓰기 시작한다. 오스트리아의 레오폴드 황제가 주인공이다. 황제의 기구한 운명이 그의 마음을 사로잡는다. 그 사이에 짬짬이 로베르 기스카르[19]를 떠올린다. 그를 멋진 인물로 묘사하고 싶다. 그는 이성적으로 숙고하면서도 감정이 단순한 행운아다. 하지만 그의 행운은 산산조각이 나고, 쿵쾅거리며 굴러떨어지는 바윗덩이처럼 그의 인생은 급전직하로 추락한다. 아직은 이 글의 작가가 그를 도와주지만, 이제 그의 운명은 결판났다. 클라이스트는 저주받은 시인의 운명에 온전히 자신을 내맡기고 싶다. 그것이 최선이다. 가능하면 빨리 파멸하고 싶다!

그는 자신이 쓴 작품에 이맛살을 찌푸린다. 실패작이다. 가을 무렵이면 병이 도질 것이다. 지금은 기분이 가뿐해서 의아하다. 누나가 그를 집으로 데려가려고 툰으로 왔다. 그의 뺨은 움푹 들어갔다. 그의 얼굴은 완전히 영혼이 고갈된 사람의 안색이다. 눈은 눈썹보다 더 생기가 없다. 두툼하게 덩어리진 머리다발의 뾰족한 끄트머리가 이마로 늘어져 있다. 온갖 골똘한 생각 때문에 이마는 일그러져 있다. 그는 그런 생각들 때문에 더러운 구덩이와 동굴 속에 빠졌노라고 상상한다. 머릿속에 맴도는 시구들이 까마귀 울음소리처럼 들린다. 기억을 도려내고 싶다. 그는 목숨을 털어버리고 싶지만, 생명의 잔은 그 전에 깨져서 산산조각이 난다. 그의 분노는 그의 고통을 닮았고, 그의 조소는 그의 비탄을 닮았다. 대체 어디가 아픈 거야, 하인리히. 누나가 그를 어루만져준다. 아무것도,

18 1386년 합스부르크 왕조와 스위스 연합군이 루체른 주의 젬파흐에서 격돌한 전투.
19 Robert Guiscard(1015~1085): 노르만 지방의 제후.

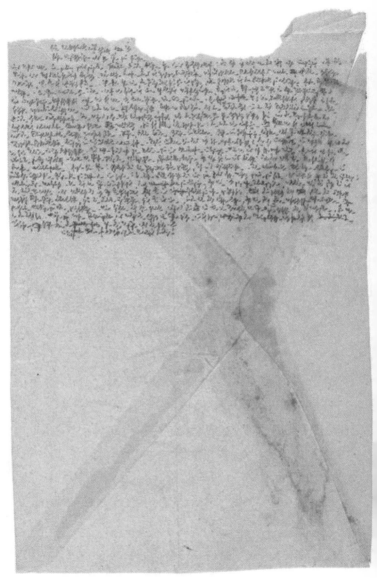

'마이크로그램' 원고

452

아무것도 아니야. 아프다고 말해야 하는데, 말하지 못하니까 아픈 것이다. 방바닥에는 마치 부모한테 야멸차게 버림받은 아이들처럼 원고가 버려져 있다. 그는 누나의 손을 잡고 오래도록 말없이 누나를 바라보며 만족한 표정을 짓는다. 이미 산송장처럼 멍한 시선이다. 누나는 소름이 끼친다.

그러고서 남매는 집으로 떠난다. 클라이스트의 살림을 챙겨주던 하녀가 작별 인사를 한다. 청명한 가을날 아침이다. 마차가 다리를 지나서 거친 포석이 깔린 골목길을 따라 사람들 곁을 지나가고, 사람들이 창문 밖으로 내다본다. 위로는 하늘이 보이고, 나무들 아래에는 노랗게 물든 낙엽이 굴러다닌다. 모든 것이 깨끗한 가을날이다. 뭘 더 바라겠는가? 마부는 입에 호각을 물고 있다. 모든 것이 예전과 다름없다. 클라이스트는 마차 구석에 쪼그리고 앉아 있다. 툰 성의 성탑들이 언덕 뒤편으로 사라진다. 한참 후에 누나는 아득히 멀어진 아름다운 호수를 다시 한 번 바라본다. 벌써 날이 제법 선선하다. 별장들이 나타난다. 어라, 이런 산간에 저렇게 근사한 별장들이 있다니? 마차는 계속 달린다. 옆눈으로 보니 모든 것이 휙휙 뒤로 사라진다. 모든 것이 춤추고, 원을 그리며 사라진다. 수많은 나무들이 어느새 가을 단풍에 물들었고, 모든 사물이 구름 사이로 내비치는 적은 햇살에 살짝 황금빛을 띠고 있다. 은은하게 빛나는 황금빛이다. 저런 황금빛은 똥에서

나 발견할 수 있다. 언덕, 암벽, 골짜기, 교회, 마을, 구경꾼, 아이들, 나무들, 바람, 구름, 그밖에 온갖 것들이 지나갔다. 특별한 것이라도 있나? 신물 나게 보아온 친숙한 것들이 아닌가? 클라이스트는 아무것도 보지 않는다. 그는 구름과 그림 같은 풍경들을 꿈꾸고, 다정하게 보살펴주고 어루만져주는 사람의 손길을 꿈꾼다. 상태가 좀 어때? 누나가 묻는다. 클라이스트는 입을 실룩거리며 애써 누나에게 미소를 지어 보이려 한다. 괜찮아, 좀 피곤해. 그는 미소를 지으려면 입안에 있는 돌덩어리를 제거해야만 할 것 같다.

누나는 남동생이 조만간 글쓰기 말고 다른 활동을 할 수 있을 거라고 아주 조심스레 말을 꺼낸다. 그는 고개를 끄덕인다. 그 자신도 그렇게 확신한다. 그의 정신에 서광이 비친다. 솔직히 고백하면 지금 그는 아주 편안하다. 아프지만, 동시에 편안하다. 조금 고통스럽긴 하다. 사실은 아주 고통스럽다. 하지만 아픈 곳은 가슴도 아니고, 폐도 아니고, 머리도 아니다. 그럼 어디일까? 정말 아픈 걸까? 아픈 데가 전혀 없는 걸까? 그렇긴 하지만, 약간, 어딘가 아프다. 아프긴 한데, 어디라고 꼬집어 말할 수 없다. 각설하고, 이 문제는 더 말할 가치가 없다. 그는 뭐라고 말을 한다. 그러면 정말 어린아이처럼 행복한 순간이 온다. 그러면 물론 누나는 곧바로 다소 엄하게 나무라는 표정을 짓는다. 그가 얼마나 이상하게 인생을 허비하고 있는지 조금이라도 보여주기 위해서다. 누나도 어김없이 클라이스트 집안의 딸로서 제대로 교육을 받았다. 남동생은 그런 교육을 팽개치고 싶어 했다. 누나는 그래도 성품이 싹싹해서 그는 기분이 좋아진다. 계속 가자. 헤이, 지금 마차 여행을 하는 거야. 하지만 결국에는 마차에서 내리고 마차를 떠나보내야 할 것이다. 이것은 우편마차다. 그리고 마지막에 가서는 감히 이렇게 덧붙여도 무방할 것이다. 클라이스트가 살았던 별장의 현관에 대리석 현판이 걸려 있고, 거기에는 이 집에서 누가 살았고 창작을 했는지 알려주는 글귀가 적혀 있다고. 알프스 여행을 하고자 찾아오는 여행객들은 그 글귀를 읽을 수 있다. 툰에서 온 아이들은 그 문구를 읽고 또박또박 받아 적는데, 그러고서 뭔가 묻는 표정으로 서로를 바라본다. 유대인도 그것을 읽을 수 있고, 기독교인도 읽을 수 있다. 시간 여유가 있고 열차가 바로 떠나지 않는다면 말이다. 터키인도 읽을 수 있고, 관심이 있다면 제비도 읽을 수 있다. 나도 읽을 수 있다. 기회가 닿으면 다시 한 번 더 읽을 것이다. 툰은 고지대에 위치한 베른으로 통하는 관문으로, 매년 수많은 외지인들이 찾아온다. 내가 이 고장을 좀 아는 것은 거기서 맥주 양조장 직원으로 일한 적이 있기 때문이다. 이 고장은 내가 이 글에서 묘사한 것보다 훨씬 더 아름다운데, 호수는 내가 묘사한 것보다 두 배 더 아름답고, 하늘은 세 배 더 아름답다. 언젠가 툰에서 산업박람회가 열린 적이 있는데, 정확히는 모르겠지만 아마 4년 전으로 기억된다.

(1907년)

횔덜린

　　　　　횔덜린은 시를 쓰기 시작했다. 하
지만 가난에 시달렸기에 마인 강변의 프랑크푸르트로 가서
가정교사를 하며 생계를 해결해야 했다. 위대하고 아름다운
영혼이 수공업 기술자와 같은 처지가 된 것이다. 자유를 향한
열정을 생계와 맞바꾸어야 했고, 제왕처럼 당당한 자부심을
억눌러야만 했다. 그렇게 어쩔 수 없이 감당해야 하는 일에
짓눌려서 그는 발작을 일으켰고, 그의 내면은 위태로운 충격
을 받았다.

　그는 예쁘장하고 우아한 감옥에 갇히는 신세가 되었다.

　그는 타고난 천성대로 꿈과 상상의 세계를 마음껏 누비고,
자연의 품에 안겨 밤낮을 가리지 않고 잎이 무성한 정겨운 나
무 아래서 시를 쓰는 축복의 시간을 보내고, 초원에 핀 꽃들
과 대화를 나누고, 하늘을 우러러 신들처럼 장려하게 지나가
는 구름을 바라보아야만 한다. 그것이 그의 천성이다. 그런데

횔덜린(Friedrich Hölderlin, 1770~1843): 독일 시인. 횔덜린은 재정적 압박 때문에 여
러 차례 가정교사 생활을 했는데, 1796년 프랑크푸르트의 부유한 은행가 집안에 가정
교사로 있으면서 그 집 부인을 사랑했다. 1807년 정신착란 진단을 받고 그때부터 죽을
때까지 36년 동안 요양시설에 갇혀서 지냈다.

이제 유복한 가정집에 들어와 깔끔하고 진부한 갑갑한 환경을 감내해야 했고, 그의 활달한 기상을 위협하는 끔찍한 의무를, 얌전하고 현명하고 예의 바르게 처신해야 한다는 의무를 짊어졌다.

그는 두려움을 느꼈다. 그는 자신을 잃었고 삶을 허비했다고 생각했다. 실제로 그랬다. 그는 자신을 잃었다. 이제는 자신의 당당한 열정과 기백을 부인하고 숨겨야 하는데, 열정과 기백을 치욕스럽게 부인할 알량한 기력마저 남아 있지 않았다.

그는 그렇게 부서지고 찢겨졌으며, 그때부터 가련하고 애처로운 환자가 되었다.

오직 자유롭게만 살 수 있었던 휠덜린은 자유를 잃었으므로 자신의 행복이 파괴되었다는 걸 알았다. 자신을 칭칭 감은 사슬을 잡아당겨 찢으려 해도 소용이 없었다. 그러면 그 자신이 찢어질 뿐이었고, 사슬은 요지부동이었다.

영웅이 사슬에 묶여 있었고, 사자가 얌전하고 온순하게 지내야 했으며, 제왕 같은 그리스인이 시민 가정의 방에서 움직여야 했고, 예쁘게 도배한 방의 비좁고 옹색한 벽에 부딪쳐 그의 경이로운 지성은 으스러졌다.

이때부터 애석하게도 이미 그의 정신착란이 시작되었다. 일체의 맑은 정신이 서서히 조금씩 끔찍하게 부서져 내렸다.

횔덜린

슬픈 상념들이 절망에서 헤어나지 못한 채 영혼을 도려내는 불안과 두려움에 빠져 갈피를 잡지 못하고 허우적거렸다. 천상의 밝은 세계들이 소리 없이 조용히 서서히 부서져 산산조각이 났다.

그가 마주하는 세계는 침울하고 먹먹하고 캄캄했다. 그는 정 안 되면 유희와 현혹에라도 도취해서 자유의 상실로 인한 끝없는 슬픔을 잊고 싶었고, 노예처럼 사슬에 묶인 채 철창 안을 이리저리 어슬렁거리는 사자의 분노를 이겨내고 싶었다. 그런 생각 끝에 그는 가정교사 집의 여주인을 사랑하게 되었다. 그러자 그는 맺힌 마음이 풀려서 그럭저럭 견딜 만하게 되었고, 절망으로 숨이 막혔던 답답한 가슴이 진정되었다. 하지만 그것도 잠깐이었다.

그는 오로지 추락한 자유의 꿈을 사랑했을 뿐이다. 그러면서도 그는 여주인을 사랑한다고 상상했다. 그의 의식은 온통 사막처럼 황량했다.

그는 미소를 지을 때면 미소가 입술에 닿도록 하기 위해 깊은 바위굴 속에 갇혀 있는 웃음을 간신히 끌어내야 할 판이었다.

그는 유년 시절을 몹시 그리워했다. 세상에 다시 태어나 다시 소년이 되고자 그는 차라리 죽기를 바랐다. 그는 시를 썼다. "내가 소년이었을 때……" 우리는 이 아름다운 노래를 안다.

그가 인간적으로 절망에 빠지고 비참한 상처투성이의 존재로 피 흘리는 동안 그의 예술정신은 수려한 의상을 걸친 무용수처럼 높이 솟구쳤다. 자신이 파멸하고 있다고 느끼는 동안에도 횔덜린은 황홀한 절창의 시를 썼다. 그는 자신의 삶이 파괴되고 산산이 부서지는 것을 자신이 말하는 언어의 악기로, 경이롭게 황홀한 어조로 노래했다. 그는 상실한 권리를, 파괴된 행복을 애도했다. 감히 제왕들이나 노래할 수 있는 그 애도의 노래는 문학사에서 유례가 없는 당당한 기상과 고결함을 보여준다.

그는 이 세상에서 너무 갑갑한 환경에 갇혀 있었지만, 가혹한 운명이 그를 세상 밖으로 낚아챘다. 그는 우리가 이해할 수 있는 테두리를 넘어 광기에 빠져들었다. 그는 빛이 넘쳐흐르고 도깨비불이 난무하는 광기의 아늑한 심연 속으로 거인의 무게로 가라앉았고, 마침내 달콤한 혼미 상태에서 영원히 잠들었다.

가정교사 집의 여주인이 그에게 말했다. "이런 사랑은 불가능해, 횔덜린. 당신이 원하는 것은 생각할 수도 없는 일이야. 당신이 생각하는 모든 것은 언제나 일체의 가능한 한도를 넘어서고, 당신이 말하는 모든 것은 인간이 도달할 수 있는 한계를 무너뜨려. 당신은 편히 살기를 원하지 않고 그럴 수도 없어. 편히 산다는 건 당신에겐 너무 하찮은 일이고, 정해진 한도 안에서 평온을 누리는 것은 당신에겐 너무 저속해. 당신에겐 모든 것이 바닥 없는 심연이고 한도가 없어. 당신은 내내 그럴 거야. 세상과 당신은 망망대해야.

당신을 편안히 달래려면 당신한테 무슨 말을 해야 할까? 당신은 일체의 편안함을 경멸의 대상으로 내치잖아? 일체의 협소하고 갑갑한 것은 당신을 혼란스럽게 하고 아프게 하지. 하지만 한없이 광활한 모든 것은 당신을 고양시키고 또 추락시키지. 어디에도 머물지 못하고, 그 무엇도 즐기지 못하지. 인내는 당신의 품위에 어긋나고. 그런데 조바심은 당신을 갈가리 찢어놓아. 사람들은 당신을 존경하고 사랑하고 안타까워해. 그렇게 해서는 당신 곁에서 마음 편할 수가 없어.

당신한테 아무런 기쁨도 못 주는데, 내가 어떻게 해야

할까?

당신은 나를 사랑해?

나는 그렇게 믿지 않아. 내 스스로 그런 믿음을 단념할 수밖에 없어. 당신도 나를 사랑한다고 나더러 믿으라고 하는 건 단념하길 바랄 수밖에. 나를 사랑한다는 건 당신의 본심이 아니야. 진심으로 나를 사랑한다면 당신도 평온하고 다정하고 행복하게 지낼 수 있을 테고, 당신 자신과 나한테 참고 견딜 수 있을 테지. 내가 당신한테 소중한 사람이라고 믿을 수 있는 자신감이 나에겐 없어.

제발 나한테 상냥하게, 좋게, 현명하게 대해봐. 당신을 마주하면 덜컥 겁이 나. 이런 감정은 슬퍼. 제발 열정을 내려놓고 당신 자신을 극복해봐. 당신이 단호히 스스로를 극복하는 모습을 보여주면 얼마나 아름답고 따뜻하고 위대하겠어. 당신의 대담한 상상력이 당신을 죽이고, 당신이 인생에 대해 품는 꿈이 당신의 생명을 빼앗고 있어. 위대함을 단념하는 것도 위대함이 아닐까?

정말 모든 것이 너무 고통스러워."

여주인은 그에게 그렇게 말했다. 그러자 횔덜린은 그 집에서 나갔고, 그러고도 한동안 세상을 방황하다가 결국 치유될 수 없는 정신적 암흑 상태에 빠지고 말았다.

(1915년)

파가니니

연주회장은 사람들로 빼곡히 찼고, 그때 파가니니가 손에 바이올린을 들고 등장해서 조금도 머뭇거리거나 인사치레 따위는 하지 않고 바로 연주를 시작했다. 그는 오로지 영혼에서 우러나오는 대로 환상의 세계에 몰입했다. 파가니니는 언제나 무엇을 어떻게 연주해야 할지 미리 알지 못했다. 그는 존경받는 청중을 위해 음악을 연주한다는 자세로 연주한 적이 없다. 오히려 그는 자기 자신을 위해 연주했다. 아니, 그의 연주는 그 누구를 위한 것도 아니었다. 그는 음악이 시키는 대로 연주했고, 일단 연주를 시작하면 자신이 연주하고 있다는 사실조차 잊었다.

이번에도, 오늘도 그랬다. 오늘은 제후들이 부인을 대동하고 홀에 앉아서 그의 음악에 귀를 기울이고 있지만 그는 자기가 어디에 있는지도 몰랐고, 그 누구를 위한 연주도 아니라는 듯이 연주했다.

니콜로 파가니니(Niccolo Paganini, 1782~1840): 이탈리아의 바이올린 연주자. 흔히 19세기 최고의 바이올리니스트로 꼽힌다.

하지만 바로 그런 까닭에 그는 그토록 아름답게 연주했다. 그는 마법의 연주에 홀린 노예라도 된 듯이, 연주가 연주자를 홀리는 마법사인 듯이 연주했다. 그 자신이 마법사가 아니라 오히려 오직 연주 자체가 마법사였고, 꼼짝없이 마법에 걸린 연주자는 한밤중 깊고 어두운 물에 홀연히 떠 있는 창백한 은빛 달처럼 연주했다. 그는 어둡고 고요한 밤하늘에 빛나는 별이 되었다. 사랑하는 남자가 사랑하는 여인에게 들려주는 말이 되었고, 지칠 줄 모르고 하소연과 달콤한 탄식을 즐기는 앵무새가 되었다. 그러다가 또 싸움터로 돌진하는 당당하고 기운찬 말이 되었고, 전투에서 치명적인 상처를 입은 전사가 되었다. 그런가 하면 열여섯 살 소녀처럼 사랑을 꿈꾸었고, 뜨거운 사랑에 전율하는 한 쌍의 연인이 주고받는 키스가 되었으며, 그렇게 오래오래 키스를 하다가 죽도록 사랑하는 두 연인은 마침내 영원히 이별해야 하는 참혹한 순간을 맞아 마지막으로 오래도록 숨 가쁘게 뜨거운 키스를 나눈다.

그는 그렇게 연주했고, 청중들은 눈물을 흘렸다. 아무리 사악하고 거친 사람도 이 섬세한 연주에 매료되어 그 막강한 감동에 저항할 수 없었다. 남자들은 자기들이 남자라는 사실도 잊은 채 귀 기울여 듣고 느끼는 즐거움에 폭 빠져들었다. 여성들은 상상의 애인이 관능적이면서도 지상을 초월한 듯 자신을 덮쳐 키스해주고 포옹해주는 느낌에 잠겼다. 너무나 황

파가니니

홀한 애무였다.

　그는 그렇게 연주했다. 그는 천사처럼 연주했고, 수많은 청
중들은 눈을 감고서 영혼의 왕국을, 사랑과 빛나는 아름다움
의 왕국을 내면의 눈으로 가만히 바라보았다. 하지만 곧잘 그
는 사나운 폭풍우가 몰아치는 악천후처럼 광폭해졌다. 그러
면 천둥이 우르릉 쿵쾅 울리고, 노여움과 암흑으로 뒤덮인 검
은 하늘이 연주회장으로 무너져 내렸고, 번개가 소름 끼치도
록 아름답고 진노와 우아함으로 빛나는 창살을 예고 없이 휘
둘렀다. 그런 직후에 그는 다시 달콤하고 화사한 황금빛 화음
의 황홀경에 잠겼고, 그러면 청중들은 천상에 오른 듯 온 사

산책 중인 발저(요양원 시절)

방에 기쁨과 자애와 사랑의 푸른빛이 가득 넘쳤다. 그것은 천지간 만물을 감싸안는 사랑, 복된 행복에 잠긴 황홀경이었다. 파가니니의 음악은 흔히 감동적으로 아름다운 설교와 같았고, 아주 엄격한 신앙을 지키는 사람들도 신앙의 불길을 간직한 그의 연주를 즐겨 찾았다. 오늘도 그는 하느님의 말씀을 전하는 성직자처럼 연주했다. 다만 그가 표현한 것은 말이 아니라 소리였고, 바이올린이 그의 입이었다. 그는 바이올린으로 그의 음악세계를 풀어냈다. 그는 때로는 비통해했고 때로는 환호했다. 때로는 불길처럼 활활 타올랐고, 때로는 햇살을 받아 부드럽고 촉촉한 눈처럼 사르르 녹아내렸다. 갑자기 거친 바다가 되었다가 다시 수줍어하는 꽃이 되었다. 그는 언제나 진실하고 위대했으며, 그 무엇에도 아랑곳하지 않고 연주했다. 음악은 그에게 파도처럼 일렁이는 삶 자체였다. 그런데 어떻게 허영에 들뜰 수 있겠는가? 그는 물론 예술로 인해 고통스러웠다. 예술은 그가 섬기는 달콤하면서도 가차 없는 여신이었고, 그가 기어올라야 하는 암벽이었으며, 그가 극복해야 할 장애물이었고, 그가 언제나 다시 돌진해서 정복해야 할 하늘이었다.

오늘 저녁에도 그랬다. 그는 연주를 함으로써 살아 있음을 확인했고, 그는 연주를 할 때만 온전한 인간이었다. 그의 연주를 듣는 모든 사람들은 그걸 느꼈다. 증오와 불만을 품었던 사람도 그의 경이로운 연주를 듣는 순간부터 사랑하고 기도하기 시작했다. 그의 연주는 사람들의 영혼에 햇살처럼 환하게 빛났다. 반감은 애정으로 바뀌었고, 짜증은 용기로, 불쾌함은 쾌감으로, 불행은 축복으로 바뀌었다. 그는 자신이 마법에 홀림으로써 그렇게 청중의 마음을 마법으로 사로잡았다. 그는 추억들을 되살아나게 했고, 이미 오래전에 죽어 파묻힌 것도 소생시켰다. 그의 음악에 귀를 기울이는 사람이라면 아주 주의 깊게 귀를 모아 듣기만 하면 그런 경험을 하게 된다.

마치 아름다운 꿈에서 깨어나듯 갑자기 그는 연주를 마쳤다. 사람들은 그가 연주하는 동안 내내 하늘이 탁 트여 있다가 이제 다시 시야에서 사라지는 느낌이 든다. 사람들은 조용히 자리에서 일어나 집으로 갔다.

(1912년)

반 고흐의 '아를의 여인'에 대하여

　　　　　　　　이 그림을 보고 있노라면 온갖 상
념이 떠오르고, 이 그림에 침잠해서 찬찬히 살펴보면 갖가지
의문이 몰려온다. 그 의문은 아주 단순하면서도 기이하고 낯
설어서 어떤 해답도 찾을 수 없을 것 같다. 많은 의문들은 오
히려 답이 없기 때문에 가장 아름다운 의미를 지니며, 바로
그것이 가장 섬세하고 우아한 답이다. 예를 들면 어떤 남자가
애인에게 "당신에게 기대해도 될까요?"라고 물을 때 여인이
아무 대답도 하지 않는다면, 그 묵묵부답이 상황 여하에 따라
서는 가장 바라 마지않는 긍정의 응답일 수 있는 것이다. 모
든 불가사의, 모든 위대함을 대면할 때 우리는 그런 경험을
한다. 여기에 불가사의함과 위대함이 넘치고, 심오하고 아름
다운 의문으로 충만하고, 또한 심오하고 품격 있고 아름다운
대답으로 충만한 그림 한 점이 있다. 이 그림은 경이롭다. 19
세기 사람이 이런 그림을 그릴 수 있다니 경탄하지 않을 수

고흐 〈아를의 여인〉

없다. 이 그림은 초기 기독교 시대의 인간, 그 시대의 거장이 그렸을 법한 느낌을 주기 때문이다. 필치가 너무 대범하고도 소박하다. 가슴 뭉클하면서도 차분하다. 아를의 여인을 그린 이 그림은 얼마나 소박하고도 매력적인가! 우리는 거두절미하고 이 그림 속 여인에게 다가가 묻고 싶어진다. "말해줘요, 많은 고생을 겪었나요?" 이 그림은 그저 한 여인의 초상인 듯도 하고, 다시 보면 화가에게 그림의 모델이자 삶의 본보기가 되었던 한 여인의 모습을 빌려 인생의 섬뜩한 불가사의를 표현한 그림으로 보이기도 한다.

이 그림 속의 모든 것은 가톨릭 신앙의 장엄함과 결연한 독실함이 담긴 진지하고 엄정한 사랑으로 그려졌다. 옷소매와 두건, 의자와 붉은 연지 화장을 한 두 눈, 손과 얼굴이 다 그렇다. 신비롭고 힘찬 붓놀림은 사자처럼 당당한 느낌을 주어서 거인의 필치 같은 인상을 떨칠 수 없다. 그렇지만 아무리 다시 보아도 일상을 살아가는 한 여인의 모습이 완연하다. 바로 이 신비로운 분위기가 곧 이 그림의 위대함이자 전율을 불러일으키는 매력이다. 그림의 배경은 도저히 빠져나갈 수 없는 가혹한 운명 자체다. 이 그림에는 온몸으로 살아가는 인간의 모습이 그려져 있다. 그림 속의 여인은 살아오면서 느꼈던 모든 것을 묵묵히 받아들이고 삶에 순응한다. 어쩌면 자신이 감내하고 물리치고 극복해야 했던 모든 것을 반쯤은 잊어버렸을지도 모른다. 그렇게 인고의 삶을 살아온 여인의 수척한 뺨을 어루만져주고 싶어진다. 감히 모자를 쓴 채 이 그림 앞에 서면 안 되고, 마치 신성한 예배당에 들어설 때처럼 모자를 벗어야만 할 것 같다. 그런데 인고의 삶을 살아온 화가가 (화가 자신도 그런 사람이었으니!) 어쩌다가 이 인고의 여인을 그릴 생각을 하게 되었는지 이상하지 않은가? 아니, 다시 생각하면 전혀 이상하지 않다. 화가는 틀림없이 그림 속의 여인이 한순간 이루 말할 수 없이 마음에 쏙 들어서 이 여인을 그렸을 것이다. 가혹한 운명에 시달린 여인, 그러느라 어쩌면 그녀 자신도 가혹해졌을지 모를 이 여인이 화가에겐 격렬하고 위대한 체험, 영혼의 모험으로 다가왔을 것이다. 내가 듣기로 고흐는 이 여인을 여러 번 거듭해서 그렸다고 하지 않는가.

(1912년)

형이 그린 그림 두 점

'창가의 여인'

어째서 이 여인은 창가에 서 있을까? 그저 바깥 풍경을 내다보기 위해서일까? 아니면 어떤 감정에 이끌려 자기도 모르게 창가로 와서 먼 곳까지 상상의 나래를 펴고 싶어서일까? 여인은 어떤 생각을 하고 있을까? 잃어버린 그 무엇을, 되찾을 수 없이 잃어버린 그 무엇을 생각하고 있을까? 이 섬세한 그림을 주의 깊게 관찰해보면 그런 느낌이 들기도 한다. 여인은 울고 있을까? 또는 거의 울음을 터트리기 직전일까? 창가로 다가오기 직전에 이미 울었던 것일까? 아니면 다시 창가를 떠나면 복받치는 울음을 터트리게 될까? 이 그림을 관찰하는 사람은 그럴 수도 있겠다는 생각이 든다. 이토록 외롭게 창가에 서 있는 여인에게 애인이 있었는데, 사랑하는 남자친구가 이젠 영영 떠나버린 것일까? 정말 그런 것 같다. 그렇다면 애인이 있었던가? 그런데 지금

화가 카를 발저(로베르트 발저의 형)

은 사랑하는 애인이 떠나고 없는 걸까? 너무 사랑했던 사람
이 그녀 곁을 떠나간 듯이 저 불쌍하고 사랑스러운 여인이 저
렇게 서 있지 않을까? 이젠 잃어버린 사람을 생각하는 것 말
고는 아무것도 남아 있지 않다는 듯이. 그녀의 태도는 이렇게
말하는 것 같다. "그가 나를 사랑한다고 고백하자마자, 내가
그의 목을 껴안고 내 가슴으로 꼭 안아주자마자 이미 나는 그
이를 잃어버렸어. 그건 너무 잔인해." 그는 대체 무슨 생각으

로 그녀를 떠나간 걸까? 그는 이 여인을 사랑했고, 자기가 사랑받고 있다는 걸 확인했는데도? 사랑도 애틋한 마음도 돌보지 않는 가혹한 운명이, 인생의 격랑이 서로 사랑하는 이들을 갈라놓은 걸까? 그럴 수도 있겠다. 온갖 아름다운 것을 쉽게 상상할 수 있듯이, 아름답지 못한 모든 것도 쉽게 상상할 수 있는 것이다. 어쩌면 이 여인은 아직은 달콤한 재회의 희망을 포기하지 않았을 수도 있지 않을까? 아니다. 그녀에겐 몇 시간이고 마냥 울 수 있다는 희망, 그녀의 영혼을 뒤흔들어놓은 고통 속에 마냥 잠길 수 있다는 희망 말고는 어떤 희망도 없다. 애인을 상실한 이 여인에겐 고통이 은밀한 벗이다. 그런 고통은 한 인간이 기댈 수 있는 마지막 친구 같은 것이다. 끔찍한 친구여, 얼굴은 창백하고 입술에는 영원히 꺼지지 않을 비애의 무서운 미소를 띠고 있구나. 이 여인에게 뭐라 말 좀 해주고, 어루만져주게나. 그런데 정말 이 친구는 그렇게 한다. 사랑하는 남자와 이별한 고통이 이젠 그녀의 애인이 되어 그녀를 어루만져주어야 하는 것이다. 아마도 지금은 상실의 슬픔이 1년 후나 2년 후처럼 그렇게 크지는 않을 것이다. 슬픔은 조용히 자라날 수 있으니까. 슬픔은 처음에는 조용히 탄식하며 울리는 작은 종소리처럼 은은하다. 하지만 그 종소리가 나중에는 이성을 마비시키는 광란의 굉음으로 커져서 마음을 짓이기고 가슴을 찢을 수도 있다. 단순한 멜로디가 모여서 쿵쾅쿵쾅 울리는 콘서트가 될 수도 있지 않은가? 워낙 사람의 마음이 그러하니, 저기 창가에 서 있는 여인은 힘든 싸움을 치러야 하리라.

'꿈'

나는 체구가 아주 작고 천진난만한 어린 꼬마가 된 듯한 꿈을 꾸었다. 아직 그 누구도 경험해보지 못한, 오직 아득히 깊고 아름다운 꿈속에서나 경험할 수 있는 아주 여리고 어린 느낌이었다. 나는 아버지도 어머니도 없었고, 부모님 집도 조국도, 어떤 권리나 행복도 희망도 없었고, 희망이 어떤 것인지 희미한 생각조차 나지 않았다. 나는 꿈속의 꿈 같았고, 다른 생각에 감싸인 어떤 생각 같았다. 나는 여인을 그리워한 적이 있는 남자도 아니었고, 자기가 다른 인간들과 더불어 존재한다고 느끼는 그런 인간도 아니었다. 나는 모종의 향기, 모종의 감정 같았다. 나는 나를 생각하는 여인의 가슴에 피어나는 감정 같았다. 친구도 없었고 친구를 원하지도 않았으며, 존중받지도 않았고 존중받기를 바라지도 않았으며, 아무것도 갖지 않았고 아무것도 갖고 싶지 않았다. 우리가 뭔가를 갖고 있으면 가진 게 아니며, 뭔가를 소유하고 있으면 이미 잃어버린 것이다. 우리가 그리워하는 것

카를 발저 〈꿈〉

만을 소유하고 가질 수 있다. 우리가 한 번도 되어본 적이 없
는 어떤 존재, 그것이 우리 자신이다. 나는 이런저런 생김새
보다는 그리움에 가깝고, 나는 그리움 속에서만 존재하며, 오
로지 그리움 자체였다. 나는 아무것도 요구하지 않았기에 마
냥 즐길 수 있었다. 나는 아주 작아서 누군가의 가슴속에 근
사한 보금자리를 만들었다. 나를 사랑하는 영혼 속에 편히 쉬
니 황홀했다. 그러고서 나는 걸어갔다. 걸어갔다고? 아니, 나
는 걸어가지 않았다. 나는 텅 빈 대기 속에서 산책했으니까,
굳이 땅바닥을 딛고 걸어갈 필요가 없었다. 기껏해야 발가락
끝으로 땅바닥을 살짝 스쳤을 뿐이다. 신들이 선사해준 온갖
무용 재능을 타고나서 재주가 출중한 무용수처럼. 내 옷은 눈
처럼 희었고, 소맷자락과 바지가 바닥에 끌렸다. 옷이 너무
길었던 것이다. 나는 머리에는 바보처럼 작고 우아한 모자를
쓰고 있었다. 입술은 장미처럼 붉었고, 머리는 은은한 금발이
었고, 관자놀이 주위로 곱슬머리가 보기 좋게 휘감겼다. 나는
몸이 아예 없거나 거의 느껴지지 않는다. 나의 파란 눈에서는
천진무구함이 빛났다. 나는 아름답게 미소 짓고 싶었다. 하지
만 내 미소는 너무나 섬세했다. 너무 섬세해서 미소를 짓지는
못하고 단지 미소 지으려는 생각과 느낌만 있을 뿐이다. 어
떤 키 큰 여인이 내 손을 잡고 간다. 여성은 누구나 다정할 때
면 위대하고, 사랑을 받는 남자는 언제나 작은 존재다. 사랑

은 나를 위대하게 만든다. 누군가 나를 사랑하고 원하면 나는 작아진다. 자애로운 독자여, 나는 이토록 섬세하고 작은 존재이니 이 고결하고 사랑스럽고 달콤한 여인의 부드러운 옷자락 안으로 살짝 숨을 수도 있다. 나는 여인의 손을 잡고 춤추듯 둥둥 떠가는데, 여인이 손에 낀 검은 장갑은 팔꿈치 위에까지 닿는다. 우리는 우아한 아치형 다리 위를 걸어가고 있었고, 마음씨 고운 내 주인의 시적이고 환상적인 연분홍 옷자락이 다리 전체를 길게 휘감고 있었으며, 다리 아래로는 따뜻하고 향이 피어나는 검은 물결이 황금빛 낙엽을 띄우며 유유히 흘러가고 있었다. 그때가 가을이었던가? 아니면 아직 황금빛 낙엽이 뒹굴고 파란 잎새가 돋지 않은 봄날이었던가? 나도 더 이상 뭐라 말할 수 없다. 여인은 이루 말할 수 없이 다정하게 나를 바라보고 있었다. 나는 때로는 그녀의 아이, 그녀의 아기가 되었고, 때로는 그녀의 남편이 되었다. 하지만 그러는 내내 나는 그녀의 모든 것이었다. 그녀는 월등히 막강하고 위대한 존재였고, 나는 작은 존재였다. 앙상한 나뭇가지가 저 높이 허공을 찌르고 있었다. 그렇게 나는 줄곧, 점점 더 멀리, 이끌려갔다. 마치 주인이 느긋하게 갖고 가는 보잘것없는 소지품처럼. 나는 아무 생각도 하지 않았고, 감히 생각이라는 걸 바랄 수도 없었고 생각이 허용되지도 않았다. 모든 것이 부드러웠고, 까무룩 사라진 것 같았다. 여인의 힘이 나를 꼬

맹이로 만들었을까? 여인의 힘, 그것은 어디서, 언제, 어떻게 우리를 다스릴까? 남자들의 눈 속에서? 우리가 꿈꿀 때? 생각으로?

(1913년)

앙커의 화첩

나는 어느 가정의 탁자에서 앙커[20]의 화첩을 뒤적이고 있었다. 그때가 하루 중 언제쯤이었는지는 전혀 중요하지 않다. 그 집안의 어머니 되는 사람은 결혼한 네 딸에게 나를 소개하면서 딸들이 속깨나 썩였노라고 덧붙였다. 따님들은 생각이 다르지 않을까요? 나는 최대한 가벼운 어조로 살짝 물었다. 아버지가 없는 집에서 가장 노릇을 하는 부인은 내 질문이 예민한 문제를 건드려서 편안한 분위기를 유도하기엔 적절치 않다고 느꼈는지 화제를 다른 데로 돌렸다.

"제가 이 그림들을 좀 살펴봐도 되겠습니까?"

이렇게 아주 느긋하게 말하면서 나는 방금 안면을 튼 사람들이 모인 자리에서 미술 감상에 몰입했다. 딸들 중 한 명이 다소 거만한 표정을 지으면서, 다시 말해 나의 태도에 동의하기 어렵다는 기색을 보란 듯 드러내면서 테이블 맞은편에 앉

20 Albert Anker (1831~1910): 스위스 베른 태생의 화가.

은 나를 향해 이렇게 말하는 소리가 들려왔다. "저분의 독특한 취향을 존중하기로 해요."

"지금 제가 보고 있는 화가는 위대한 화가 축에는 들지 않죠." 나는 편안하게 혼잣말처럼 중얼거렸다.

내가 당돌하게 혼잣말을 하자 당연히 좌중의 이목을 끌었다. 식구들 중 한 명이 테이블에 내놓은 차가 이번에도 진하지 않다고 투덜댔다.

그러자 어머니가 말했다. "차가 맛이 없으면 네가 직접 끓이지 그러냐."

앙커 화첩에서 첫 번째 그림은 농가를 배경으로 할아버지가 아이들에게 이야기를 들려주는 그림이었다. 귀여운 조무래기들이 얼마나 얌전하게 구는지! 아이들은 할아버지의 이야기에 매료된 모습이다. 지금 집 안에서는 아마 요리를 하고 있겠지.

앙커는 한 평생 내내 극도로 신중하게 그림을 그렸다. 그는 지나칠 정도로 조심스러운 창작태도를 고수했다.

하지만 그가 그린 그림에는 믿을 만한 근거가 있다. 그의 예술은 그가 태어난 고향 베른 호반의 시골풍경에 닻을 내리고 있다. 이 글을 쓰고 있는 나도 종종 그 호반을 누비며 산책을 했고, 그 고장은 수평으로 펼쳐진 섬세한 경관과 수려한 경치가 볼 만하다.

나는 이 고장 출신의 어떤 여성을 아는데, 지적인 그 여성과 함께 가볍게 산책을 하던 중에 나는 "저는 농사꾼의 기운을 타고났지요"라고 뽐낸 적이 있다. 그러자 그 여성은 이렇게 대꾸했다. "당신이 콧수염은 기르지 않고 뺨과 턱에는 수염이 무성하도록 내버려둔 걸로 봐서는 지금 뜬금없이 주장하시는 그런 분이 맞는 것 같네요."

그 무렵 어느 재능 있는 젊은 사진사가 내 사진을 찍어준 적이 있는데, 그는 불행히도 일찍 세상을 뜨고 말았다.

화첩의 둘째 장에는 이른 아침 방에서 예레미아스 고트헬프[21]를 읽고 있는 여성의 그림이 있다. 그녀는 방금 잠자리에서 일어났다. 옷을 반쯤 걸친 채, 하지만 매무새를 흐트리지 않고 앉은 자세로 독서에 열중하고 있다.

앙커가 나에게 호감을 주는 것은 분위기를 그리지 않고 대상에 몰입해서 사물을 있는 그대로 그리기 때문이지. 그렇게 혼잣말을 하면서 나는 '기차가 온다!'라는 제목의 그림을 바라본다. 시골 소년 소녀들이 들판에 앉아서 장차 개통될 획기적인 철도 가설을 위해 꼼꼼히 측량을 하고 있는 사내들을 유심히 지켜보고 있다. 과일나무에 반쯤 가려진 농장이 보인다.

앙커는 무엇보다 향촌 화가이다. 그 못지않게 역사 인물과 여왕들도 즐겨 그리는데, 이를테면 베르타 폰 부르군트 여왕의 그림이 있다. 초기 기독교 시대에 이 호수나라의 통치자였

---

21 Jeremias Gotthelf (1797~1854): 스위스의 소설가이자 목사.

던 부르군트 여왕은 백성들에게 실 잣는 기술을 전수해주었는데, 기술을 가르쳐주는 모든 이들에게 너무나 부지런히 솔선수범을 보여주었다. 여왕은 늠름하게 말을 탄 채 실패를 다루는 일도 마다하지 않았던 것이다.

중세 초기에서 다시 근세로 돌아오면 그림 한 장이 나를 관청 사무실로 인도하여 지대(地代) 납부일의 중요성을 일깨워준다. 나들이 차림의 시골 사내가 지대를 계산대 위에 놓고 있다. 세무 관리는 관료 티가 물씬 풍기는 자세로 조끼 윗주머니에 엄지손가락을 찔러 넣은 채 공인 세무 관리 특유의 무뚝뚝한 표정으로 사내를 지긋이 바라보고 있다. 세금을 내는 농부의 뒤쪽에는 그의 아내가 서 있다.

또 다른 그림은 파산 기일에 몰린 사람이 어떤 심정인지를 생생히 보여주고 있다. 이 그림에서는 다음과 같이 저당물 매각 절차가 진행된다. 지불 능력이 없는 가족의 재산을 경매에 붙인다. 가정주부가 손으로 얼굴을 가린 채 울고 있다. 그녀는 수치심에 절망하고 있다. 그러는 사이에 그녀의 재산, 즉 서랍장, 침대, 식탁, 천 보따리 등이 분주하게 헐값에 팔려나가고 있다. 인생이 그런 걸 어쩌나. 우리네 인생이 언제나 화사하고 즐거울 수만은 없고, 우리가 인생의 의미를 오판해서 고난을 치르는 것이다.

계속 화첩을 넘기자 공증인을 그린 그림이 나온다. 그는 파

앙커 〈회복 중인 여성〉

이프 담배를 피우며 서류를 검사하고 있다. 앙커의 시대만 해도 글을 쓰는 데 거위 깃털을 사용했다. 당시에는 아직 영국제 철필이 발명되지 않았거나 아니면 매우 희귀했던 것 같다.

그 다음은 병에서 회복 중인 여성 환자가 등받이 의자에 기대 앉아 있는 그림이다. 그녀의 얼굴에서 병고를 견뎌낸 인내심이 느껴진다. 그녀의 모습은 운명에 순응하느라 떨고 있고, 마치 조용히 새싹이 움트듯 의욕상실에서 차츰 벗어나느라 다시 떨고 있다. 안색이 창백하다. 창문 쪽으로 햇살이 희미하게 비쳐든다. 병상에서 회복 중인 여인이 아주 미량의 햇살만 쬘 수 있다는 것을 배려라도 하듯이, 편안하게 기운을 돋우며. 바깥에는 나무 향기가 나고 사람 목소리가 울린다. 바깥에선 건강한 이들이 일에 매달리고 있지만, 여기 실내에선 이제 가까스로 뭔가를 바랄까 말까 하다. 기력이 있어야 소망도 생기는 법이다.

가장 아름다운 그림은 임종 장면을 보여주면서 임종을 함께 체험하게 해주는 그림이다.

숨을 거둔 어린 소녀가 침대에 누워 있다. 솔직히 고백하면 이보다 더 마음을 사로잡는 그림은 본 적이 없다. 죽은 소녀의 학교 친구로 보이는 서너 명의 여학생이 이 신비의 사건을 지켜보고 있다. 이 신비는 그 숭고한 위대함으로 갓 피어나는 어린 영혼들을 사로잡아 차가운 입김을 불어넣는다. 아이들

앙커 〈소녀의 임종〉

은 두렵다. 수업을 받거나 천진하게 놀았던 경험으로는 도무지 이해되지 않는다. 하지만 부모님, 거실, 들판, 교회, 이 모든 것을 다음 날이면, 아니 바로 다음 시간이면 다시 친숙하게 알아보고, 다시 친숙한 세계로 돌아갈 것이다. 하지만 친구의 주검 앞에서 작별하며 서 있는 지금은 친숙했던 모든 것이 미지의 것이고, 미지의 것이 친숙하다. 죽는다는 것은 이렇게 위대하고, 그럼에도 또한 이루 형언할 수 없이 초라하다. 죽는다는 것은 수확 철에 버찌를 따는 일, 겨울에 썰매를 타는 일, 또는 커피를 마시는 일처럼 다른 어떤 것이다. 손수건으로 얼굴을 가리고 있지만, 자연스러운 고통에서 복받치는 아름답고 부드러운 울음을 터트리는 아이는 아무도 없다. 아이들을 압도하는 엄청난 놀라움, 이해할 수 없는 것을 이해하려는 안간힘에 지친 놀라움이 울음을 가로막는다. 아, 이 소녀들의 놀라움은 굽이치는 능선처럼, 솟구친 산맥처럼 드높고 위대하다. 아이들이 입고 있는 예쁜 옷의 빛깔은 아득히 먼 곳으로 사라지는 것 같다. 하지만 아이들은 다시 느낄 것이다. 옷의 중요성을, 사랑스러운 촉감을 피부로 느끼면서. 그러나 지금은 피부가 없는 느낌이다. 평소에는 친숙하고 생기발랄한 목소리로 가득한 방이건만 지금은 아무 소리도 들리지 않고 친숙하지 않다. 이 방도 죽어 있다. 벽에 걸린 시계도, 가구들도. 하지만 사물들은 다시 무의미에서 깨어나 의미를 되찾을 것이다. 그리고 얼음장처럼 차가운 정적의 시간을 얌전하게 견뎌내는 아이들에게 마음의 저울은 다시금 다정하게 그림처럼 나타날 것이다. 꺾였던 희망은 매번 다시 장밋빛 모습으로 되살아난다.

그러고도 나는 테이블 가에 앉아서 혼잣말을 더 중얼거렸다. 그러고서 몽상에 잠긴 어조로 좌중에게 이렇게 말했던 것 같다. "제 모습이 아주 차분해 보이지요. 여러분들도 그러길 바랍니다." 나는 만족스러웠고, 다른 이들이 나에게 불만을 가질 거라는 생각은 전혀 들지 않았다.

(1926년)

세잔 생각

세잔의 그림에서 굳이 흠을 잡자면 육체성이 부족하다고 지적할 수도 있을 것이다. 하지만 중요한 것은 대상에 대한 포괄적 파악이다. 아마도 여러 해 동안 대상을 관찰하면서 파악했다는 사실이 중요할 것이다. 내가 지금 말하려는 화가는 이를테면 일상적이면서도 신기한 이 과일들을 오랫동안 면밀히 관찰했다. 그는 과일이 눈에 포착된 모습, 과일을 팽팽하게 감싸고 있는 껍질, 특이하게 평온한 존재감, 웃는 듯 뽐내는 듯 정감 어린 외관에 침잠했다. 그는 아마 자신에게 이렇게 말했을 것이다. "이 과일들이 자신의 먹음직스러움과 아름다움을 자각하지 못한다는 사실은 거의 비극적인 느낌을 주지 않는가?" 그는 과일들에게 사고력을 전달하고 불어넣고 심어주고자 했을 것이다. 과일들이 스스로에 대해 생각을 떠올릴 수 없다는 사실을 안타까워했기 때문이다. 확신하건대 그는 과일들의 무능력을 한탄했고, 또한 자기 자신에 대한 연민을 느꼈는데, 도대체 어째서 그랬는지 오래도록 몰랐다고 한다.

그는 이 식탁보에도 고유한 영혼이 있다고 상상했고, 그러길 바라는 그의 소망은 한순간에 실현되었다. 식탁보는 창백하게, 하얀색으로, 수수께끼처럼 정갈하게 놓여 있었다. 그는 식탁보에게 다가가서 주름을 잡아주었다. 식탁보는 마치 만져주는 사람의 마음에 화답하는 듯한 촉감이었다! 그는 "살아나라!" 하고 말을 걸었을 법하다. 이 모든 사실 말고도 잊지 말아야 할 것은 이런 특이한 실험과 연습, 유희적 시도와 탐구를 위해 꼭 필요한 시간을 확보할 수 있었다는 사실이다. 그는 운이 좋아서 일상의 근심걱정과 살림 등을 아주 편안히 내맡길 수 있는 여인이 곁에 있었다. 그는 아마도 자기 부인을 불평으로 입술과 목젖을 뺑긋도 하지 않는 크고 아름다운 꽃처럼 대했을 것이다. 아, 이 꽃은 남편의 성가신 모든 것을 온전히 자신이 감당했던 것이다. 상상하건대 그녀는 정녕 놀라운 평온함의 화신이었다. 남편의 기벽(奇癖)과 골똘한 사색을 묵묵히 감내했으니 천사가 따로 없었다. 남편의 사색은 그녀에게 마법의 궁전이었으니, 그녀는 그 궁전을 있는 그대로 용인했고, 행여 넘볼 엄두도 내지 않았으며, 대수롭지 않게 여기면서도 존중했다. 이와 관련하여 그녀는 아마 이렇게 혼잣말을 했을 것이다. "그건 나하고는 아무 상관도 없는 문제

세잔 〈사과와 병이 있는 정물〉

야." 자기 인생의 동반자가 거의 '학생'처럼 애쓰는 것에도 개의치 않았으니 그녀에게는 확실히 인간미가 있었다. 말하자면 예술적 취향을 이해했던 것이다. 그는 몇 시간씩, 며칠씩 자명한 것이 어째서 불가사의하고, 쉽게 이해할 수 있는 것이 어째서 설명할 수 없는 현상의 토대인가를 탐구하는 데 몰입했다. 시간이 지남에 따라 그는 사물의 윤곽이 뭔가 신비로운 세계로 통하는 경계가 될 때까지 그 윤곽의 주위를 수없이 면밀하게 관찰하는 혜안을 얻었다. 그는 평생토록 거의 정물화처럼 칩거한 은둔생활 내내 거의 숭고할 정도로 묵묵히 고투를 벌인 끝에 마침내 그림의 테두리를 – 에둘러 표현하자면 – 산악처럼 그릴 수 있게 되었다.

그렇게 해서 얻은 효과로 그림에서 묘사한 어떤 지역이 산들을 통해 더욱 위대해지고 풍성해졌다.

그런데 부인은 종종 남편이 매일같이 똑같은 작업에만 몰입하지 말고 거의 우스운 느낌마저 자아내는 이러한 고된 투쟁에서 벗어나 어디론가 여행이라도 떠나라고 종용했던 것 같다.

그가 대답했다. "기꺼이 가지! 필요한 물품을 바로 좀 챙겨주겠어?"

부인은 여행용품을 챙겨주었지만, 그는 여행을 가지 않고 그대로 머물렀다. 다시 말해 그가 그림으로 재현한 물체들의 주위를 뱅뱅 도는 것으로 여행을 대신했다. 그러면 부인은 아주 정성스럽게 쌌던 짐을 다시 조심스레 가방이나 광주리에서 꺼내면서 다소 걱정스러워했고, 모든 것이 예전으로 돌아갔다. 이 몽상가는 늘 예전 그대로를 고수했다.

그는 특이하게도 자기 부인을 마치 식탁보 위에 놓인 과일처럼 바라보았다는 사실을 눈여겨보기 바란다. 그에게는 부인의 몸매, 몸의 윤곽 역시 지극히 단순하면서도 복잡해 보였다. 마치 꽃, 유리잔, 접시, 칼, 수저, 식탁보, 과일, 커피 잔과 주전자의 윤곽이 그렇듯이. 그에게는 버터 조각이 부인의 옷에서 느껴지는 살짝 튀는 색조만큼이나 의미심장했다. 이런 표현 방식이 불완전하다는 건 나도 알지만, 그래도 빛의 효과가 돋보이는 여백미를 살리려면 이런 불완전한 표현이 오히려 내 말뜻을 더 잘 깊이 있게 이해하는 방편이라고 주장하고 싶다. 물론 나는 성급한 속단에는 원칙적으로 반대하지만 말이다. 그는 이런 식으로 줄곧 화실에서 작업하는 체질이었고, 그런 스타일은 가족이나 조국애의 관점에서 보면 확실히 비난받을 만도 했다. 그는 '동양적'이라는 느낌마저 들 정도다. 그런데 워낙 동양이야말로 예술의 고향이 아닌가? 동양의 정신적 아름다움이야말로 예술에서 생각할 수 있는 최고의 호사가 아니던가? 그가 식욕이 없는 사람이라고 생각한다면 아마 오판일 것이다. 그는 과일을 열심히 탐구한 만큼이나 과일

을 즐겨 먹었다. 그는 소시지를 그 형태나 색깔이 '경이롭다'
고 했던 만큼이나 맛있어 했고, 또 소시지의 출현이 '역사적
사건'이라고 했던 만큼이나 맛있어 했다. 그는 포도주를 마실
때면 입에서 느껴지는 향취 자체에 경탄했는데, 그런 태도는
전혀 과장 없이 그의 개성을 여실히 보여주는 것이었다. 그는
포도주도 그림의 소재로 끌어들였던 것이다. 그의 그림에서
는 꽃들이 마법처럼 살아나서 식물의 온갖 조화를 부리며 전
율하고 환호하고 미소 지었다. 그는 꽃의 육신을 파악하고자
했고, 그 독특한 생명체의 미지의 세계에 깃든 비밀의 정수를
파악하고자 했다.

그가 파악한 모든 것은 아름다운 조화를 이루었다. 그의 그
림에서 음악성을 말할 수 있다면 그 음악성은 관찰의 풍성함
에서 얻어진 것이며, 그가 모든 대상의 동의를 구하고자 애써
서 대상의 본질이 그에게 모습을 드러내도록 함으로써 얻어
진 것이고, 특히 무엇보다 위대한 것과 사소한 것을 동일한
'신전'에 모심으로써 얻어진 것이다.

그가 관찰한 대상은 끝없이 말을 걸어왔고, 그가 형상화한
대상은 행복에 겨운 표정으로 그를 마주 보았으며, 오늘날까
지도 이렇게 우리를 마주 보고 있다.

그는 유연하고 말 잘 듣는 손을 최대한 폭넓게, 지칠 줄 모
르고 사용했다고 단언해도 좋을 것이다.

(1929년)

| 로베르트 발저 연보 |

1878	4월 15일 스위스 베른 주의 빌에서 아버지 아돌프 발저와 어머니 엘리자 발저의 8남매 자녀 중 일곱째로 태어남. 아버지는 도서 제본 겸 문구류 공방을 운영했음.
1884~1892	고향 빌에서 초등학교와 김나지움 예비학교를 다님. 아버지의 사업이 기울어서 김나지움 학업을 포기함.
1892~1895	베른 주립은행 지점에서 수습사원으로 근무. 연극에 열정을 쏟아 극단에서 활동하면서 장차 연극배우를 꿈꾸다.
1894	심한 우울증에 시달리던 어머니 사망.
1895	4월부터 8월까지 바젤에서 친척 집에 체류. 은행에 취직. 9월부터 슈투트가르트에 체류하면서 형 카를 발저와 함께 기숙사에서 지냄. 출판사에 취직. 연극배우의 꿈 좌절.
1896	10월초 도보여행으로 스위스로 돌아옴. 취리히에서 보험회사 경리사원으로 취직.
1897	취리히에서 여러 차례 거처를 옮김. 사회주의에 심취함. 이 무렵 쓴 시가 남아 있음. 11월에 보험회사에서 해고됨. 베를린으로 짧게 여행함. 겨울부터 많은 시를 쓰기 시작함.
1898	익명으로 시를 발표.
1899	1~8월 툰에서 직장생활. 5~6월 뮌헨 여행. 10월부터 솔로투른에서 신용금고에 취직. 단편 희곡 4편 집필. 첫 산문 「그라이펜 호수」 발표. 여러 편의 시 발표.
1900	솔로투른, 빌, 취리히로 옮겨 다님. 11월말부터 뮌헨에 체류. 시와 단편 희곡 발표.
1901	취리히에 체류하면서 베를린과 뮌헨으로 여행. 단편 희곡 「백설 공주」 발표.
1902	2~4월 빌 근교에 있는 누나 리자의 집에 체류. 산문 발표.
1903	3~7월 빈터투어에 있는 공장에 사무직원으로 취직. 베른에서 신병 교육을 받음.
1904	취리히 체류. 주립은행에 취직. 산문집 『프리츠 코허의 작문』 출간.

1905	3월에 베를린으로 가서 화가인 형 카를 발저의 집에 유숙. 가을 부터 베를린에서 종업원 교습소에 다님. 10~12월 오버슐레지 엔에 있는 담브라우 성에서 종업원으로 일함.
1906	장편소설 『타너 가의 남매들』 탈고.
1907	여름부터 독립된 방을 얻음. 베를린의 미술상 파울 카시러의 비서로 일하면서 베를린의 문인·예술가들과 교류. 『타너 가의 남매들』 출간. 다수의 산문 발표.
1908	장편소설 『조수』 출간.
1909	장편소설 『야콥 폰 군텐』 출간. 형 카를 발저의 동판화가 삽화로 실린 첫 시집 발간.
1910~1911	바깥출입이 줄어듦. 세든 집의 숙식비 해결을 위해 집주인의 비서로 일함.
1912	산문집 『이야기들』, 『에세이 모음집』 출간.
1913	스위스로 돌아옴. 처음에는 누나 리자의 집에 머물다가 빌의 호텔 다락방에서 향후 7년간 유숙.
1914	아버지 사망. 헤르만 헤세의 추천으로 『소품집』이 라인 지방 여성문학애호가협회가 수여하는 상을 수상함. 1차대전 발발로 몇 주 동안 군복무.
1915	취리히의 호팅엔 독서클럽 주관으로 발저 형제 문학미술제 개최.
1916	정신질환을 앓던 넷째 형 에른스트 발저 사망.
1917	산문집 『산문집』, 『시인의 삶』, 『산책』 발간.
1918	4주간 군복무.
1919	베른대학교 지리인류학 교수였던 둘째 형 헤르만 발저 자살. 『희곡집』 출간.
1920	산문집 『호수 나라』 출간.
1921	베른으로 이주. 베른 주립문서보관소에서 4주간 보조사서로 근무.

1922	나중에 발저 후원자가 되는 카를 젤리히(Carl Seelig, 1894~1962)와 처음으로 편지를 주고받음.
1924	연필로 깨알처럼 작은 글씨로 글을 쓰기 시작함. 이른바 '마이크로그램'이라 불리는 이 집필 작업은 1933년까지 지속되어 모두 526편을 남겼으며, 그중 일부는 발저가 기고를 위해 다시 보통 서체로 정서하였음.
1925	발저 생시에 나온 마지막 산문집 『장미』 출간. 미완성 장편소설 『도둑』 집필.
1929	정신분열증 진단을 받고 베른의 발다우 요양병원에 입원(1월). 6월부터 집필 활동 재개.
1933	본인의 의사에 반하여 헤리자우 요양병원에 강제 입원됨(6월 19일). 집필 활동 중단.
1934	법원에서 후견보호 판정이 내려짐. 형 야콥 발저가 후견보호자가 됨.
1935	젤리히와 서신 접촉.
1936	젤리히가 발저 찾아옴. 이때부터 함께 산책하고 대화를 나누기 시작함.
1943	형 카를 발저 사망.
1944	누나 리자 발저 사망.
1947	오토 치니커(Otto Zinniker)가 쓴 최초의 발저 전기 출간.
1956	12월 25일 산책 도중에 눈길에서 사망.
1957	첫 영역본 선집 출간.
1959	형 오스카 발저 사망.
1962	젤리히 사망.
1966	카를 젤리히 재단 설립.
1966~1975	발저 전집 13권 출간.

1972	여동생 파니 발저 사망.
1973	카를 젤리히 재단에서 취리히에 발저 문서보관소 설립.
1985~2000	'마이크로그램' 텍스트를 해독하여 6권으로 출간.
2004	카를 젤리히 재단을 로베르트 발저 재단으로 개명함.
2008~현재	로베르트 발저 비평본 전집 간행 중.

미지의 '나'를 찾아가는
고독한 산책

임홍배 (문학평론가·서울대 독문과 교수)

삶의 단면들

스위스의 작가 로베르트 발저(Robert Walser, 1878~1956)는 평생 고독 속에 칩거했다. 현존 작가 마르틴 발저(M. Walser)의 표현을 빌리면 '모든 시인들 중에 가장 깊이 은둔했던 시인'이다. 로베르트 발저에게 운명적 친화성을 느꼈던 소설가 제발트(Sebald)는 발저의 인생행로에 남은 흔적이 '바람이 불면 날아갈 듯 가볍다'고도 했다. 문학사에 자신의 이름이 남기를 바라는 작가는 흔히 작품 외에도 자신의 행적에 관해 소상한 기록을 남긴다. 단적인 예로 괴테의 경우 방대한 일기와 편지 등을 남겨서 거의 평생에 걸쳐 하루하루의 행적까지도 추적이 가능하다. 반면에 발저에겐 극소수의 가까운 지인과 주고받은 편지 외에는 그런 기록이 거의 전무하다. 「발저가 발저에 관해」(1925)라는 산문에서 발저는 '나는

15세 무렵의 발저

스무 살 무렵

40대

주목받고 싶지 않다'라고 말한다. 이처럼 발저는 결벽증에 가까울 정도로 자기노출을 꺼렸지만, 그의 작품에는 그의 인생경험이 다양한 방식으로 굴절되어 나타난다. 여기서는 우선 발저의 작품세계를 이해하는 데 직간접으로 참고가 될 만한 전기적 사실을 간략히 살펴보기로 하겠다.

발저는 몰락한 중산층 집안에서 8남매 중 일곱째로 태어났다. 아버지는 파리에서 인쇄기술을 배워 와서 고향 도시 빌에서 소규모 제본소 겸 문구류 가게를 운영했다. 하지만 아버지의 사업이 기울고 가정형편이 어려워지자 발저는 김나지움 예비과정(우리 식의 중학교)에 다니던 14세에 학업을 포기해야 했다. 그때부터 20대 초반까지 발저는 은행의 사무보조원, 보험회사 경리사원 등으로 일했는데, 한 곳에 오래 눌러 있지 못하고 자주 직장을 옮겼다. 이러한 직장생활의 경험은 이 책의 4부에 수록된 「사무원」, 「오전 근무」, 「뷔블리」, 「게르머」, 「헬블링의 이야기」 등에서 밀도 있게 다루어진다.

발저의 성장기에서 특기할 사실은 어머니의 보살핌을 받지 못했다는 것이다. 어머니는 심한 우울증을 앓아서 집안의 근심거리였고, 발저보다 네 살 위의 누나 리자(1874~1944)가 어머니를 간호하면서 일찍부터 주부 역할을 대신했다. 자전적 요소가 짙은 장편소설 『타너 가의 남매들』(1906)에서 화자 '나'는 어머니와 누나의 관계를 이렇게 묘사하고 있다.

내 기억 속에 어머니와 누나는 서로 내밀하게 결합된 하나의 모습으로 엮여 있다. 누나는 어머니가 아프자 어머니를 마치 어린아이를 보살피듯 돌보고 간호했다. 생각해 보라. 아이는 어머니가 다시 아이가 되는 것을 지켜보면

리자(30세 무렵)

메르메 부인

서 어머니의 엄마가 되는 것이다. 이 얼마나 기묘한 감정
의 전이인가.[1]

발저의 작품에 어머니가 거의 등장하지 않는 것은 아마 어머니
의 사랑을 받지 못하고 자랐기 때문일 것이다. 발저에겐 누나 리
자가 어머니 역할을 대신했던 것으로 보인다. 리자는 커서 정신
병원 직원 자녀들을 위한 부설학교 교사가 되었는데, 발저는 일정
한 거처가 없을 때는 수시로 리자의 집에 몇 달씩 머물곤 했다. 어
떤 전기 작가는 평생 독신으로 살았던 리자가 발저에게 근친애의
대상이었다고 주장하는데, 정말 그랬는지 확인할 길은 없지만 어
떻든 발저가 그 어떤 여인보다 누나에게 평생 의지했던 것은 분명
하다.

발저는 평생 독신으로 살았을 뿐 아니라 아마 한 번도 진지

1 Robert Walser, Geschwister Tanner, Frankfurt a. M. 1986, 324면.

한 사랑의 모험을 경험하지 못했던 것으로 보인다. 발저가 20 대 중반부터 평생 가까운 '지인'으로 교제했던 프리다 메르메 (1877~1969) 부인과의 관계를 보면 그가 세상을 꺼렸던 만큼이나 여성도 거의 결벽증으로 대했던 것으로 짐작된다. 메르메 부인은 원래 프랑스인과 결혼했다가 일찍 이혼하고 홀로 어린 아들을 키우고 있었는데, 누나 리자가 교사로 재직하던 정신병원의 세탁소에서 일했다. 메르메와 절친한 친구였던 리자는 발저와 메르메가 결혼하기를 바랐다고 한다. 발저 자신도 편지에서 메르메와의 결혼 가능성을 언급하는데, 어조가 특이하다.

친애하는 메르메 부인, 제 소원이 뭔지 아세요? 부인께서 지체 높고 아름다운 귀부인이라면 저는 부인의 하녀가 되어 앞치마를 두르고 부인의 시중을 들고 싶답니다. 혹시라도 부인이 저에게 만족하지 못하시고 제가 부인의 심기를 불편하게 한다면 따귀를 때리시겠지요. 그럼 저는 애정 어린 따귀를 맞았으니 환하게 웃겠어요. 그게 글을 쓰는 것보다 더 근사한 인생일 거예요. 물론 글쓰기도 나쁘지는 않지만요.[2]

이 편지는 메르메를 만난 지 15년이 지난 1918년에 쓴 것으로, 아마도 허물없이 농담을 주고받는 친밀한 사이여서 짐짓 장난스

---

[2] 다음에서 재인용. Jürg Amann, Robert Walser. Auf der Suche nach einem verlorenen Sohn, Zürich 1985, 90면.

럽게 쓴 것일 수도 있다. 하지만 세탁부 여성을 '지체 높고 아름다운 귀부인'으로 격상시켜놓고 자신은 그 귀부인을 섬기는 '하녀'가 되고 싶다는 발상은 예사롭지 않다. 발저의 작품에서 사랑과 흠모의 대상으로 등장하는 여성은 대개 동화 속의 인물처럼 환상적이다. 그리고 그 여성을 흠모하는 남성은 대개 '소년'이거나 '시동'이다. 예컨대 이 책의 2부에 수록된 「지몬」에서 스무 살의 '소년'은 외딴 성의 여주인을 섬기는 '시동'으로 등장한다.

　「지몬」에 나오는 이야기와 비슷하게 발저는 귀족의 성에서 하인으로 일한 적도 있다. 그는 산문집 『프리츠 코허의 작문』(1904)을 출간한 이듬해에 베를린에서 한 달 동안 종업원 교습소를 다녔다. 그리고 세 달 동안 오버슐레지엔 지방에 있는 담브라우 성에서 하인으로 청소를 하고 접시를 닦는 일을 했다. 이미 시와 희곡을 발표하고 산문집을 출간한 이후에도 그런 허드렛일을 했던 것은 물론 찢어지게 가난했기 때문이다. 그는 한평생 내내 일정한 거처가 없었고, 1929년 정신병 진단을 받고 요양원에 들어가기 전까지 호텔 다락방 등을 전전했다. 20대 이래 발저가 잠깐씩 세를 들어 살았던 거주지는 무려 80곳이 넘을 정도로 주거가 불안정했다. 생활고의 압박이 극심할 때는 대량 발송용 편지 봉투에 주소를 베껴 쓰는 필경사 일도 했다.

헤리자우 요양병원

정신병원에서 보낸 28년

발저는 생의 마지막 28년을 정신병원에서 보냈다. 1929년 그는 불면증과 환청 등으로 고통을 호소하다가 발다우 요양병원에 입원했다. 발다우 병원에서 4년을 보내고서 1933년에는 본인 의사에 반하여 헤리자우 정신병원에 강제로 수용되었다. 발다우 병원에 머물던 기간에는 집필활동을 계속했지만, 헤리자우 병원에 들어간 후로는 완전히 절필했다. 종신 강제수용을 해야 할 정도로 그의 정신분열증이 심각했는가에 대해서는 논란이 있다. 아마도 가족의 병력이 분열증 확진 판정과 강제수용에 부정적 영향을 주었을 것이다. 이미 언급한 대로 어머니는 심한 우울증을 앓았고, 베른대학교 지리인류학 교수였던 둘째 형 알프레드 발저(1870~1919)는 자살했다. 그리고 교사로 재직하던 넷째 형 에른스트 발저(1873~1916) 또한 정신병 진단을 받고 18년 동안 발다우 병원에 수용되었다가 거기서 생을 마감했다.

헤리자우 병원에서 발저는 다른 환자들과 마찬가지로 오후에는 채소를 다듬거나 봉투를 접거나 청소를 하는 등 규칙적인 의무노동을 했고, 나머지 시간에는 독서나 산책을 했다. 특히 산책은 발저에게 평생 몸에 배인 습관으로, 그의 거의 모든 글에는 산책의 리듬이 바탕에 깔려 있다. 발저는 전설적인 도보여행의 기록을 남겼다. 20대에 잠시 슈투트가르트에서 출판사 직원으로 일하

다가 다시 스위스로 귀향할 때
는 수백 킬로미터를 걸어서 갔
다고 한다. 또 베른에서 제네바
까지 170킬로미터를 걸어가기
도 했고, 베른에서 빌까지 25킬
로미터를 자정부터 이른 아침
까지 한밤중에 걸어가기도 했
다. 요양원에서도 산책은 그에
게 가장 중요한 일과였다. 한겨
울에 눈이 오는 날씨에도 외투
도 없이 산책을 했다고 한다.

발저의 은인 카를 젤리히

　요양원에 들어온 이후 발저는 문학계에서 거의 잊혀졌다. 이따
금 누나 리자와 메르메 부인이 면회를 오는 것이 바깥세상과 연결
된 유일한 끈이었다. 이처럼 고립무원으로 유폐되어 잊혀지던 발
저를 다시 문학사에 복권시키는 데 결정적으로 기여한 은인은 카
를 젤리히(Carl Seelig, 1894~1962)라는 독지가였다. 젤리히는 나
치 치하에 스위스로 망명해온 많은 문인과 지식인들의 후원자로
도 알려진 인물이다. 그는 1936년부터 정기적으로 요양원으로 발
저를 찾아와서 하루 종일 함께 산책을 하면서 대화를 나누었고,
발저의 미발표 원고들을 정리 보관하여 나중에 출간될 수 있게 해
주었다. 이렇듯 발저의 후견인 역할을 했던 젤리히는 20년 동안

발저와 산책하며 나눈 대화를 기록하여 책으로 출간했는데[3], 그 책에 기록된 발저의 발언 중에 몇 대목을 소개하겠다.

1937년 6월 27일 대화에서 발저는 자신의 작품을 비판하는 평론가들이 모두 헤르만 헤세에 열광한다고 불만을 토로한다. 역설적이게도 헤세는 발저의 작품을 늘 높이 평가했고, 발저가 받은 유일한 문학상을 주선했던 장본인이다. 헤세는 '발저의 독자가 1만 명만 되면 세상은 더 좋아질 것이다' 라는 말을 남기기도 했다.

1943년 1월 28일. 발저는 이제는 빌이나 베른으로 돌아가고 싶지 않고, 요양병원에서 자신에게 필요한 휴식을 취하고 있으며, 사람들 눈에 띄지 않게 이대로 사라지고 싶다고 말한다. 또 같은 해 5월 16일 대화에서 발저는 정신병 판정을 받고 생의 후반기 36년 동안 요양병원에 갇혀 있었던 시인 횔덜린(Hölderlin)이 통념

과 달리 불행하지 않았을 거라고 말한다. 요양원을 마지막 안식처로 받아들이고 적멸을 꿈꾸는 깊은 체념이 느껴진다.

1943년 7월 27일. 발저는 1920년대 초반에 화가 모르겐탈러(E. Morgenthaler)와 교제할 때 그 집의 보모 아가씨를

헤드비히 슈나이더

3 Carl Seelig, Wanderungen mit Robert Walser, Frankfurt a. M. 1990.(초판 1957년)

좋아했노라고 고백한다. 모르겐탈러의 회고에 따르면, 발저는 당시 17세의 보모 헤드비히 슈나이더 양을 열렬히 좋아해서 자주 편지를 보내오고 책도 선물하곤 했는데, 정작 슈나이더 양 자신은 전혀 눈치를 채지 못했다고 한다. 40대 초반에 17세 소녀를 짝사랑했으니 과연 발저다운 풋사랑이다.

1944년 1월 2일. 젤리히는 발저의 누나 리자가 위독하니 면회를 가자고 권하지만, 발저는 한사코 거절한다. 리자가 감정에 복받쳐 울고불고 하는 모습을 보고 싶지 않고, 다시 못 보더라도 그것이 운명이라면 어쩔 수 없으며, 발저 자신도 결국 홀로 죽을 거라고 한다. 그러면서 형제자매에 대해 얘기하는데, 8남매가 모두 자식 없이 살아서 자식 때문에 근심걱정을 해봐야 체득되는 '성숙'을 경험하지 못했고, 그래서 8남매가 모두 과민한 성격이 되었다는 것이다. 이로부터 닷새 후 1월 7일, 리자는 세상을 떠났다. 평생 의지했던 누이의 임종을 감당하지 못하는 자신의 미숙함을 자책했던 것일까? 같은 날 장거리 도보여행을 하고 돌아오는 기차 안에서 발저는 나치 체제가 비스마르크 시대에 시작되었다고 말한다. 나치의 기원이 독일의 제국적 팽창주의에서 시작되었다는 온당한 역사적 통찰이다.

1950년 7월 23일. 미국이 한국전쟁에 개입한 것에 대해 발저가 30분 동안 격분해서 열변을 토했다고 한다. 젤리히가 기록한 발저의 발언 중 일부를 그대로 옮겨보자. "사형집행인이나 깡패 같

눈길에 쓰러진 발저(1956년 12월 25일)

은 미국 놈들 얼굴을 보았나요? 멍청한 오기로 잘난 체하는 도적
떼 같은 놈들이죠. 오랜 문화민족이 자유를 위해 투쟁하는데 왜
미국 놈들이 끼어듭니까? 물론 그자들은 초현대식 무기로 모든 걸
초토화시키고 승리하겠지요. 그런데 '자본주의'라는 야수를 나
중에 어떻게 다시 우리 안으로 몰아넣을 수 있을까요? 그건 장구

한 세월이 걸리는 또 다른 문제지요. 어떻든 워싱턴에는 진정한 교양은 없습니다." (Seelig, 128면) 발저가 한국을 '오랜 문화민족' 이라고 했다니 뜻밖이다. 발저의 형 화가 카를 발저가 잡지사의 청탁으로 기행문 삽화를 그리기 위해 일본으로 여행한 적이 있는데, 어쩌면 형을 통해 한국에 대한 얘기를 들었는지도 모르겠다. 한국전쟁을 '자유를 위한 투쟁'이라 본 것은 당시 유럽 사회주의자들의 시각이 투영된 것이다. 발저는 스무 살 전후에 사회주의에 심취했는데, 그의 글에서 그런 이념적 소신이 직접 드러나는 경우는 극히 드물다. 다만 그의 영혼이 자본주의적 삶의 방식과 양립하기 어려웠다는 것은 분명하다.

1952년 12월 25일 크리스마스. 산책 도중에 겨울비가 내리는데 지나가던 자동차가 발저와 젤리히를 태워준다. 이에 대한 발저의 반응: "이런 일은 처음입니다! 하지만 차를 타는 것보다는 걷는 것이 더 좋지요. 인간의 게으름이 이런 속도로 진보하면 조만간 사람 다리는 필요 없겠어요." (같은 책, 133면)

젤리히의 대화록은 1955년 크리스마스에서 끝난다. 젤리히는 다음 해에도 몇 차례 더 발저와 함께 산책을 했지만 따로 기록은 남기지 않았다고 한다. 어쩌면 발저의 죽음이 임박했음을 예감하면서 그의 마지막 흔적이 소리 없이 흩날리기를 바랐는지도 모르겠다고 적고 있다.

1956년 12월 25일 성탄절 오후에 발저는 눈길에 산책을 나갔다가 심장마비로 쓰러졌다. 「크리스마스 이야기」(1919)에서 눈길에 누워서 영영 잠들고 싶다고 했던 대로 그는 그렇게 생을 마감했다.

발저의 산문과 단편의 특징

발저는 서른 살 전후에 세 편의 장편소설 – 『타너 가의 남매들』(1906), 『조수』(1908), 『야콥 폰 군텐』(1909) – 을 발표한 것 말고는 주로 산문과 단편소설을 썼다. 작가적 이력을 회고한 글 「나의 노력」(1928/29)에서 그는 장편소설을 포기한 이유를 '장황한 서사의 얼개를 짜는 일이 짜증나서'라고 밝히고 있다. 나날의 생계를 걱정하느라 긴 호흡으로 장편에 매달릴 여유가 없었던 것도 중요한 이유일 것이다. 발저의 산문은 주로 취리히, 베른, 베를린, 뮌헨, 프랑크푸르트, 프라하의 신문과 잡지에 발표되었다. 특히 프라하에서는 카프카의 친구 막스 브로트[4]가 발저를 위해 지속적으로 지면을 할애해주었다. 다른 생계수단이 없었던 1910년대 중반 이후로는 짧은 산문과 단편 원고료가 유일한 수입원이었는데, 1926년에는 무려 60여 편을 발표하여 거의 매주 1편씩을 썼던 셈이다. 그렇게 생시에 발표한 산문과 단편이 모두 1천여 편에 이르며, 유고로 남은 미발표 원고도 5백 편이 넘는다.

---

4 카프카는 폐병으로 죽기 전에 남긴 유언에서 자신의 미발표 원고를 모두 불태워 없애라고 했는데, 그 유언을 어기고 카프카 사후에 그의 원고를 보존하여 출판한 장본인이 바로 막스 브로트다.

발저의 산문은 대개 화자가 전면에 등장하는 짧은 이야기의 형식을 취하지만, 전통적인 이야기 장르의 근간이 되는 특이한 사건이나 플롯은 최소한으로 축소된다. 발저의 산문은 대부분 자신의 경험에 바탕을 둔 자전적 성격과 허구적 요소가 결합된 양상을 보인다. 그런 의미에서 그의 산문은 '자전적 허구(Autofiction)'라 일컬어지기도 한다. 자전적 요소와 허구적 요소의 비중에 따라 다양한 스펙트럼이 형성되지만, 엄밀히 말하면 자전적인 이야기도 화자의 상상을 투영하기 때문에 다분히 허구성을 띤다. 예컨대 「아버지의 초상」(1916)은 일곱 형제가 제각기 아버지를 추모하며 생시의 아버지 모습을 회고하는 이야기인데, 이야기 마지막에서 형제 중 한 명은 글을 쓰는 작가여서 "때때로 펜을 잡고 아버지의 인생행로와 초상을 재주껏 글로 남길" 거라고 말한다. 그렇다면 앞에서 등장한 일곱 명 가운데 과연 누가 작가일까? 발저는 8남매 중 일곱째인데 이 글에는 일곱 명이 등장하므로 산술적 대입은 불가능하다. 각각의 추모사를 자세히 읽어봐도 누가 작가일 거라는 암시도 없으며, 모두가 섬세한 감수성과 아버지에 대한 깊은 애정을 공유하고 있다. 심지어 일곱 명 가운데 누가 딸이고 누가 아들인지도 분간되지 않는다. 사업에 실패한 아버지한테 성화를 부렸던 어머니를 어머니의 입장에서 이해하고 두둔하는 추모사가 딸의 얘기가 아닐까? 하지만 그런 추측은 모자지간이나 모녀지간의 미묘한 관계를 단순화하는 억측일 공산이 크다.

「아버지의 초상」에서 화자는 아버지에 대한 복잡다단한 생각을 일곱 명의 관점으로 분산시켜서 서술하고 있는 것으로 보인다. 요컨대 일곱 형제는 화자의 분신들이다. 이처럼 동일한 화자 또는 인물에게 다중의 역할을 부여하는 것이 발저의 산문에서 반복적으로 나타나는 특징이다. 가령 「오전 근무」(1907)와 「헬블링의 이야기」(1913)에 동시에 등장하는 헬블링이란 인물을 보자. 「오전 근무」에서 은행 경리사원 헬블링은 매일 지각을 하고 일을 죽도록 싫어하며 오전 내내 시간 죽이기에만 골몰하는 게으르고 무능한 인물로 묘사된다. 「헬블링의 이야기」에 등장하는 헬블링 역시 그런 특성을 공유하고 있지만, 여기서는 화자의 관찰 대상이 아니라 1인칭 화자 즉 '작가'로 등장한다. 이야기 서두에서 헬블링은 "나의 두드러진 특징은 너무 지나치다 싶을 정도로 극히 평범한 사람이라는 것이다"라고 우스꽝스럽게 자기소개를 한다. 그리고 그의 직장 동료 중에는 "자기 집도 못 찾아갈 정도로 걸출하게 눈에 띄는 비범한 사람은 없다"라고도 한다. 거의 난센스에 가까운 언술이다. 얼핏 보면 '평범함'과 '비범함'의 차이 따위에는 무관심한 사고의 나태함을 드러내는 것처럼 보인다. 하지만 이야기 전체의 맥락을 보면 사람을 '평범함'과 '비범함'으로 나누어 서열화하는 사고방식과 가치체계 자체를 거부하는 역발상이다. 이를테면 "머리를 써야 하고 날카로운 사고력이 필요한 일을 맡을 때마다 매번 나는 바보인 체한다." 그의 직장인 은행에서 머리를 써야 하는 일은 당연히 이윤을 극대화하기 위해 숫자 계산을 잘하는 것인데, 헬블링은 한 시간에 겨우 세 개의 숫자를 계산하는 무능함을 가장하여 일종의 사보타주를 하는 것이다. 이런 헬블링을 직장 동료들은 얼간이, 게으름뱅이, 몽상가, 염치도 모르는 인간이라고 경멸하고, 그 자신도 마치 연기를 하듯이 그런 바보 놀음을 한다. 하지만 그런 역할의 가면 뒤에 숨겨진 헬블링의 진면목은 인간을 '고장난 기계'(「뷔블리」)로 전락시키는 기계적인 노동을 견디지 못하는 예민한 감수성이다. 그래서 자신의 몸이 '나무토막'으로 변해서 불태워 없어지길 바라며, 종국에는 '나 헬블링 말고는 어떤 생명체도 없는 곳에서' 혼자 살기를 꿈꾸는 것이다.

헬블링의 이야기는 허먼 멜빌(Herman Melville)의 「필경사 바틀비」(1853)를 연상케 한다.[5] 헬블링이 은행에서 일하는 것과 비슷하게 바틀비는 금융 중심가 '월 가'의 변호사 사무실에서 소송 서류를 필사하는 일을 한다. 그런데 바틀비는 필사한 서류를 원본과 대조하는 일을 시키면 매번 "그렇게 안 하고 싶습니다"라는 말만 되풀이하고, 왜 안 하느냐고 물어도 똑같은 대답을 반복할 뿐이다. 바틀비의 이러한 '수동적 저항'은 헬블링의 사보타주와 흡사하다. 하지만 바틀비가 자폐적인 우울증 환자로 묘사되는 반면 헬블링은 회화적으로 자기연출을 하면서 고정관념을 허물어뜨린다.

---

5 허먼 멜빌 외, 『필경사 바틀비』, 한기욱 옮김, 창비 2010, 49~102면 참조.

정말 나는 결코 자기수양을 하지 않는다. 교육열에 편승하는 것은 나의 품위에 어긋난다고 생각하기 때문이다. 게다가 나는 제법 맵시 있게 지팡이를 손에 들 줄도 알고, 셔츠의 옷깃에 넥타이를 맬 줄도 알고, 숟가락을 오른손으로 잡을 줄도 안다. (……) 그 정도 교육은 받았다. 그런데 교육이 무슨 대수라고 나를 대단한 사람으로 키워주겠는가?

짐짓 교육 무용론을 주장하는 것 같지만, 교육열에 편승하는 교육이 과연 진정한 자기수양과 인간성 함양에 무슨 도움이 되는지 반문하는 것이다. 인용문의 어조에서 느껴지듯 발저의 이야기는 무거운 내용도 진지하게 다루기보다는 너스레를 떨며 의표를 찌르는 방식으로 얘기한다. 그런 점에서 발저의 산문은 단정적 진술을 유보하면서 더 깊은 성찰과 공감을 유도하는 아이러니와 유머가 돋보인다.

발저의 산문이 독자의 적극적 반응을 이끌어내는 또 다른 특징은 퍼포먼스적 요소에서 찾을 수 있다. 발저의 화자들은 흔히 무대 위에서 펼쳐지는 사건을 생중계하듯이 얘기한다. 예컨대 독일 낭만주의 작가 브렌타노를 다룬 「브렌타노(1)」(1902)에서 화자가 브렌타노의 등장을 묘사하는 장면을 보자.

브렌타노는 배에서 내렸고, 자리를 잡았다. 점잖은 청중들이라면 모두 그의 옆에 함께 앉기를 권한다. 이야기의 배경은 편안히 몸을 뻗고 쉴 수 있는 아주 멋지고 포근한 잔디밭이고, 음악이 울린다. 브렌타노는 섬세하고도 힘차게 기타를 연주하고, 기타 반주에 맞추어 노래까지 부른다. 우리 모두 이구동성으로 고백하건대 이보다 더 아름답고 감동적인 음악은 일찍이 들어본 적이 없다.

마치 브렌타노가 잔디밭에서 청중들에 둘러싸여 노래를 부르고, 화자 또한 청중과 함께 브렌타노의 노래에 감동하는 퍼포먼스 관람처럼 묘사되는 것이다. 이런 스타일의 이야기에서 화자는 문자 텍스트의 서술자가 아니라 독자를 청중 삼아 직접 이야기를 들려주는 구연(口演)을 하는 느낌을 준다. 독자는 화자와 함께 이야기의 전개과정을 현재진행형으로 동시에 체험하기 때문에 여느 문자 텍스트를 읽을 때보다 더 실감나게 이야기에 동참할 수 있다. 다른 한편 이러한 현재진행형 서술은 이야기의 전개 방향에 대한 예측 가능성을 떨어뜨린다. 매 순간 눈앞에서 벌어지는 현재 상황에 몰입하기 때문에 장차 어떤 일이 벌어질지 가늠하기 어려운 것이다. 이것은 독자의 시야를 좁히는 단점이 될 수도 있지만, 이야기의 잠재적 생성 가능성을 확장하는 장점이 될 수도 있다.

위의 인용문 바로 앞에서 화자는 이렇게 말한다.

독자 여러분이 눈치챘는지 모르겠지만, 기타 연주가이기
도 한 브렌타노의 손에 기타를 쥐여주었어야 하는데, 그
만 깜빡 잊었다. 멋진 신발, 바지, 나룻배, 배타기 등을
묘사하는 데 시간을 허비하느라 이 이야기의 분위기에
가장 잘 어울리는 필수항목, 즉 음악 반주를 깜빡 잊고
말았다.

바꾸어 말하면 브렌타노가 기타 연주와 노래에도 능하다는 이
야기는 생략하고 건너뛸 수도 있었다는 뜻이다. 그런데 그의 기타
연주와 노래는 곧 이어 만나게 될 여인을 단숨에 매료시키는 매
력 포인트다. 따라서 만약 기타 연주와 노래를 생략하고 넘어가면
그 다음에 이어지는 이야기는 전혀 다르게 전개되어야 한다. 그리
고 브렌타노의 방랑벽과 애정편력, 삶의 권태와 허무주의에 초점
을 맞추어 그의 낭만주의 정신을 발저 나름의 관점에서 해석한 이
이야기는 초점을 달리해야 한다. 역시 브렌타노를 다룬「브렌타
노(2)」(1910)를 보면 이러한 디테일의 차이가 얼마나 큰 해석의 차
이를 낳는지 알 수 있다. 후자에서는 기타 연주나 노래는 전혀 언
급되지 않으며, 이야기의 마지막에 이르면 브렌타노는 지하 납골
당에서 가톨릭으로 개종한 이후 완전히 잊혀진 작가로 묘사되고

있다. 중세 가톨릭으로의 복고적 회귀가 음악으로 상징되는 낭만주의 정신을 압살한 것으로 해석되는 것이다. 그 반면「브렌타노 (1)」에서 음악은 브렌타노가 기타를 비행선처럼 타고서 허공으로 날아다니는 환상적 장면과 연결되어 그의 시 정신이 살아 있음을 보여주는 핵심적 코드가 된다. 발저의 이야기는 대개 분량이 짧은 소품이지만, 이처럼 사소한 디테일도 식물의 생장점이 줄기와 싹을 틔우듯 그런 생장점 구실을 한다.

발저의 산문은 시각적 특성이 강하다. 산과 호수의 나라 스위스에서 태어나서 자랐고, 매일 그 풍경 속을 거닐었기 때문일 것이다.「그라이펜 호수」,「은둔자의 오두막」,「저녁 산책」같은 글을 보면 발저에겐 자연이 예술적 영감의 원천이었음을 실감할 수 있다. 그가 처음 발표한 산문「그라이펜 호수」는 발저의 산문에서 큰 비중을 차지하는 자연 묘사의 원형을 보여준다. 하늘과 태양이 호수에 비쳐 호수와 하나가 된 풍경 속에서 오리 한 마리가 헤엄치고 있고, 화자인 '나'도 호수에 풍덩 뛰어들어 오리처럼 헤엄친다. 화자가 자연의 일부로 변신하는 과정, 그리고 그 온몸의 느낌을 서술하는 이 텍스트가 탄생하는 과정을 보여준다. '나' 자신이 곧 텍스트와 한 몸이 되는 것이다. "그런즉 무슨 말을 더 하겠는가? 내가 처음부터 다시 말하더라도 지금과 똑같이 말할 것이다." 더 이상 언어로 형용될 수 없는 언어도단의 유일무이한 체험이 곧 자연과 하나가 되고 내 몸이 텍스트로 탄생하는 과정이다.

　발저의 이러한 자연 묘사가 고전주의 또는 낭만주의의 그것과 다른 점은 자연에 초월적 숭고함을 부여하지 않는다는 것이다. 예컨대 낭만주의 화가 카스파르 다비드 프리드리히(C. D. Friedrich)의 「바닷가의 수도사」 같은 그림을 보면 인간의 감각으로는 다다를 수 없는 무한한 존재 내지 절대자의 그림자가 느껴진다. 반면에 발저의 자연에는 절대자가 끼어들지 않는다. 「저녁 산책」에서 말하듯 자연의 배후에 '본질적인 것'이 따로 없다. 나는 그저 물이 좋아서 헤엄치는 오리가 되고 싶을 뿐이다. 독일 낭만주의 철학이 세계를 '자아의 구성물'이라고 했듯이, 초월자 내지 절대자도 자아의 구성물이다. 다시 말해 절대자를 상정하는 것은 자아를 절대자의 위치에 놓고 싶은 욕망의 산물이다. 인간의 자의식이 지워지지 않는 한, 정도의 차이는 있겠지만 누구도 그런 욕망에서 자유로울 수 없을 것이다. 발저에게 산책은 그 욕망을 비우는 과정이다. 그라이펜 호수로 가는 길에서 화자는 휴식과 망각을 선사하는 정원과 졸졸 흐르는 샘물을 지나서 "이 망각의 순간에 생각나지 않는 다른 모든 것들도 그냥 지나친다." 여기서 망각은 단순히 기억의 소멸이 아니라 나의 의지로부터 놓여나는 '자기 방임(Sich-gehen-lassen)'이다. 아감벤(Agamben)은 '산책'의 어원적 의미가 바로 그런 의미에서 '자기 방임'이라고 밝히면서, 어떤 행위의 원인이 외적 요인에 구속되지 않는 자율성의 의미로 해석한 바 있다. 타율에 얽매이지 않음은 물론, 더 나아가 자기 자신에 얽매이지 않는 것도 어쩌면 더 도달하기 어려운 자율성의 요건일 것이다. 발저가 산책을 하면서 고독을 견딜 수 있었던 것은 그런 자유자재의 상태를 경험했기 때문일 것이다.

발저의 이야기에서는 누구도 특권적 지위를 누리지 않는다. 그의 이야기에는 무일푼 실업자, 노동자, 말단 사무원, 부랑자, 하인, 시동, 떠돌이 예술가, 가난한 시인, 마음의 병을 앓는 작가, 아웃사이더, 고독한 산책자가 주로 등장한다. 발저는 이들의 눈으로 세상을 관찰하고, 우리가 당연시하는 가치와 통념이 허상이 아닌지 끊임없이 되묻는다. 그래서 그의 산문은 고정관념을 깨는 사유의 실험장이 된다. 「날쌘돌이와 게으름뱅이」에서 세상에서 가장 민첩한 날쌘돌이는 세상에서 가장 느린 게으름뱅이보다 늘 뒤처진다. 「혈거 인간」에서는 20세기 문명인이 과연 원시시대의 혈거 인간보다 진보했는지 묻는다. 「철가면」에서는 머리에 철가면을 쓰고 평생 감옥에 갇혔던 철가면의 사나이도 자기 자신과 대화를 나누며 나름의 자유를 누렸을 거라 상상한다. 「주인과 피고용인」에서 부하직원에게 명령을 내리는 주인은 불행하고 피고용인이 오히려 더 자유롭고 행복한 삶을 산다. 「게르머」에서는 올림포스의 신들도 은행 사무원처럼 무미건조한 생계형 일자리에 노예처럼 얽매여 있을 거라 상상한다. 「원숭이」에서 원숭이는 사람으로 변신하여 동양의 공주님 같은 여주인을 사랑한다. 「나는 가진 게 아무것도 없어」에서는 송아지와 개와 양이 무일푼 떠돌이 총각에게 친구가 되어달라고 애틋하게 말을 걸어온다. 「난로에게 말 걸기」에서 화자는 뻣뻣하게 구는 난로를 훈계한다. 「재, 바늘, 연필 그리고 성냥개비」에서는 이런 하찮은 사물도 저마다 자기 몫의 고유한 운명을 살다 간다. 독자는 이런 이야기를 통해 우리가 기성의 척도로 구획하고 나누어 가치를 매겨놓은 사물의 질서가 과연 온당한 것인지 다시 생각하게 된다. 그리하여 우리가 뻔히 알고 소유하고 있다고 생각했던 모든 것이 한순간 낯설게 보이고, 우리는 갑자기 낯설게 다가온 사물을 새로 보는 법을 익혀야 한다. '나'라는 존재 또한 예외가 아니다. 발저는 그가 쓴 모든 글이 결국 '나' 자신에 관한 글이라고 언급한 적이 있다. 이미 알고 있는 '나'에 안주하지 않고 끊임없이 미지의 '나'를 찾아가는 여정, 그것이 발저의 글쓰기다. 그렇게 새로운 눈으로 '나'를 발견하는 것과 바깥의 사물을 새롭게 발견하는 것은 동시에 일어나는 사건이다. '나'의 거듭남과 더불어 사물도 낡은 껍데기를 벗고 새롭게 탄생한다. 그런 과정의 연쇄를 통해 우리의 삶도 조금은 바뀌기를 꿈꾸는 것이다. 발저가 「나의 노력」에서 "내가 언어의 영역에서 실험을 하는 것은 언어 속에 그 어떤 미지의 생기가 잠재해 있고 그 생기를 일깨우는 것이 기쁜 일이라는 희망을 품고 있기 때문이다"라고 하는 것은 그런 의미로 이해할 수 있다.

발저가 '언어 속에 잠재하는 미지의 생기'를 드러내는 서술기

법 중 하나는 서로 무관하거나 대비되거나 대립되는 사물이나 이미지를 하나의 장면으로 병치시키는 방식이다. 예컨대 「세상의 끝」에서 무작정 '세상의 끝'에 다다르기 위해 16년 동안이나 방랑하는 소녀는 '세상의 끝'을 이렇게 상상한다.

세상의 끝이 처음에는 높은 성벽일 거라는 생각이 들었고, 그런가 하면 어떤 때는 깊은 낭떠러지, 때로는 아름다운 푸른 초원, 때로는 호수, 때로는 반점이 수놓인 수건, 때로는 냄비에 가득 담은 걸쭉한 죽, 때로는 맑은 허공, 때로는 온통 하얗게 펼쳐진 설원, 때로는 출렁이는 바다처럼 마냥 자신을 내맡길 수 있는 황홀경, 때로는 우중충한 잿빛의 길이라는 생각도 들었고, 때로는 아무것도 아닌 것 또는 안타깝게도 하느님도 모르는 그 무엇일 거라는 생각도 들었다.

'세상의 끝'을 '높은 성벽'이나 '깊은 낭떠러지'로 이해하면 그것은 엄청난 장애나 절체절명의 위기가 된다. 반대로 '세상의 끝'을 '아름다운 푸른 초원'이나 '바다처럼 출렁이는 황홀경'으로 떠올리면 '세상의 끝'은 궁극의 안식처와 통하는 어떤 상태일 것이다. 그런데 이 대극적 이미지가 어떻게 동시에 '세상의 끝'을 가리킬 수 있을까? 우리의 인생에서 그 둘은 상극으로 경험되

지만, 발저는 양자가 공존할 가능성은 없을지 의문을 제기하는 것이다. 나아가서, 의미가 선명한 이런 이미지들과 '반점이 수놓인 수건'이나 '냄비에 가득 담은 걸쭉한 죽'은 대체 무슨 상관이 있다는 말인가? 그리고 이 '수건'이나 '죽'은 '하느님도 모르는 그 무엇'과 어떻게 연결되어 있는 것일까? 누구도 쉽게 답하기 어려운 이러한 질문을 던짐으로써 발저는 우리의 타성적 사고와 지각으로는 포착되지 않는 삶의 진경과 세상의 이치가 무엇일지 곰곰이 생각하게 한다.

발저의 산문은 그 소재가 다양한 만큼이나 서술형식도 다채롭다. 발저 스스로 글의 성격에 따라 산문, 짧은 이야기, 일기, 편지, 작문, 스케치, 에세이, 독후감, 서평, 동화, 코미디 등의 명칭을 두루 사용했다. 신문과 잡지의 문예란에 실리기 때문에 정해진 틀에 매이기 쉬운 짧은 글의 제약을 극복하고자 무척 고심했음을 짐작할 수 있다.

발저의 글쓰기는 문학사에 유례가 없는 특별한 경험을 동반한다. 그에겐 글쓰기 자체가 무척 고된 노동이었다. 그는 당시 작가들의 일반적인 관례와 달리 타자기를 사용하지 않고 펜으로 글을 썼다. 짧은 산문 원고료 수입이 유일한 생계수단이었던 1920년대에는 하루에 10시간 넘게 글을 썼다고 한다. 그래서인지 발저는 1920년대 중반 무렵 펜으로 글을 쓸 때 손에 경직 증세가 오고 신경이 곤두선다고 고통을 호소했다. 이때부터 발저는 먼저 연필로 초고를 쓰고, 다시 펜으로 정서하는 새로운 글쓰기 방식을 도입했다. 그가 이렇게 연필로 쓴 원고의 글씨는 1~3밀리 크기로 거의 식별조차 힘들 정도였다. 원고지 또한 깨끗한 새 종이가 아니라 달력이나 엽서의 이면과 여백, 영수증 등의 재활용 종이를 사용했다. 발저는 마치 어린아이가 글씨를 배우듯이 연필로 초고를 쓰는 방식을 통해 글쓰기의 고통에서 점차 벗어났고, 이 새로운 글쓰기에서 행복감을 느꼈다고 회고한 바 있다. 이른바 '마이크로그램'이라 불리는 이 원고 중 극히 일부는 발저 생시에 다시 펜으로 정서하여 지면에 발표되었고, 연필 초고 상태로 남은 유고가 526편이나 된다. 발저 사후에 학자들이 십수 년에 걸쳐 '마이크로그램' 원고를 해독하여 1985~2000년 기간에 모두 6권으로 완간되었다. 이 번역서에 수록된 글 중에 「타자기」, 「꿈이 아니었어」, 「올리비오 여행기」 등이 '마이크로그램'에 속하는 것들이다. 「타자기」는 장면의 전환이 다소 부자연스러워서 초고의 완성도가 떨어지는 느낌을 준다. 반면에 「꿈이 아니었어」, 「올리비오 여행기」는 이 번역서에 수록된 다른 글들과 비교해도 전혀 '초고'의 티가 나지 않을 정도로 완성도가 높다.

마지막으로 이 번역서의 구성에 관해 간단히 부연하고자 한다. 1,500편이 넘는 발저의 산문에서 한 권 분량을 고르기 쉽지 않았지만, 발저의 산문과 짧은 이야기의 특징을 다양하게 보여주는 글들을 고르게 선별하고자 했다. 또한 대표적인 산문 몇 편을 제외하고는 기존 번역서에 수록되지 않은 새로운 글을 골랐다. 그리고 발저의 산문과 단편에서 초기부터 후기까지 지속적으로 다루어지는 소재와 주제에 따라 분류하여 5부로 나누어 편집하였다.

이 책이 나오기까지 도움을 준 분들이 있다. 과분하게 사진 삽화까지 넣어서 편집과 디자인을 직접 챙겨준 민병일 선배에게 감사드린다. 민 선배는 손수 찍은 사진으로 이 책의 내용과 분위기에 어울리는 근사한 표지까지 만들어주었다. 그리고 흔쾌히 번역 초고를 읽고 독일어 원문 대조를 해준 훔볼트 대학 박사과정 최가람 양에게도 고마운 마음을 전한다.

'마이크로그램' 원고

Walter !

Redaktion
der
Neuen Zürcher Zeitung

Lieber

Es ist nett von

einmal

zu danken

See-skizze

gerne im

Wochen